小学館文庫

終身刑の女

レイチェル・クシュナー
池田真紀子 訳

小学館

終身刑の女

主な登場人物

ロミー・ホール……………………終身刑で服役する囚人
コナン………………………………ロミーと同房の囚人
ローラ・リップ……………………ロミーと同房の囚人
サミー・フェルナンデス…………ロミーと同房の囚人
ベティ・ラフランス………………死刑囚
キャンディ・ペニャ………………死刑囚
ジミー・ダーリング………………ロミーの元恋人
カート・ケネディ…………………ロミーのストーカー
ジャクソン…………………………ロミーの息子
エヴァ………………………………ロミーの地元の友人
ゴードン・ハウザー………………スタンヴィル刑務所の教員
ジョーンズ…………………………スタンヴィル刑務所副ブロック長
マッキンリー………………………スタンヴィル刑務所刑務官

別の惑星の風を感じる
かつて私を見ていた親しげな顔は
いま暗闇に消えていこうとしている

第一部

1

　チェーン・ナイトは週に一度、木曜の晩に行われる。週に一度、六十人の女の運命を決める夜が訪れる。人によっては運命を左右する夜が何度も訪れる。その人たちにとって、チェーン・ナイトは日常の一部だ。わたしは一度しか経験していない。午前二時に起こされ、手錠と足枷《あしかせ》をかけられ、点呼——受刑者番号W314159、ロミー・レスリー・ホール——を受け、ほかの受刑者と一緒に列を作り、谷に沿って北上する徹夜のドライブに出発した。

　護送バスが郡刑務所の敷地を出て走り出す。わたしは外の世界を見ようと、金網で補強された窓に顔を押しつけた。見るものは大してなかった。陸橋をくぐるアンダーパス、自動車専用道路の入口ランプ、静まり返った真っ暗な大通り。人影ひとつない。護送バスは、人々の生活と隔絶した真夜中の一角——信号が青か赤に変わるのを一休みして、ひたすら黄の点滅を繰り返している時間帯——を走り抜けた。別の車が横に並んだ。ライトをつけていなかった。その黒い輪郭は、悪魔の力を借りたように加速しながら追い越していった。郡刑務所の同じユニットに、車を運転しただけで終身刑になった女の子がいた。あたしは撃ってないのに。その子は誰彼かまわずつかまえてはそう訴えた。あたしは撃ってない。車を運転しただけ、それだけなのに。街にはナンバープレート読取装置がある。街頭監視カメラもある。監視カメラは、夜の街を走る車をとらえていた。初めはライトをつけて、途中からはライトを消して走る車。ドライバーがライトを消したら、それは計画的な犯行だったという証拠になる。ドライバーがライトを消したら、その事実一つで、事件は計画的な殺人だったとみなされるのだ。

護送が真夜中に行われるのには理由がある。山ほど理由がある。わたしたちをカプセルに詰め、州刑務所に向けて発射すればすむなら、きっとそうしているだろう。手錠と足枷をかけられ、鎖でつながれた女の一団を乗せた保安官事務所の護送バスを一般市民の目から隠せるなら、州当局はどんなことだってやる。

護送バスはハイウェイに乗った。若い子の何人かは泣いて鼻をぐずぐず言わせていた。妊娠八カ月くらいの子が一人、檻《ケージ》に入れられていた。おなかが大きすぎて、腰に回す鎖が一本だけでは足りなくて、二本目を継ぎ足してあった。手錠はおなかの左右で固定されていた。その子は顔を涙でぐしゃぐしゃにし、しゃくり上げながら震えていた。檻に入れられているのは年齢を考慮してのこと、ほかの受刑者から少女を保護するための措置だ。その子は十五歳だった。

バスの前のほうに座った一人が檻の女の子のほうを向き、殺虫剤をスプレーするような音を立てて黙らせようとした。効き目なしと見ると、今度は大声を上げた。

「うるさい、黙れ！」

「よしなよ」わたしと通路をはさんで隣り合った席の一人が言った。サンフランシスコ出身のわたしには、トランスジェンダーくらい珍しくも何ともない。それでも、その人は本物の男のように見えた。肩幅は護送バスの通路くらいありそうで、顎の輪郭に沿ってひげが生えている。郡刑務所ではきっとレズビアンの隔離房《ダディタンク》にいたんだろう。男っぽいレズビアンはそこに入れられる。このコナンと、わたしはのちに親しくなった。

「よしなよ。まだ子供だろ。好きに泣かせてやりなよ」

前のほうに座った一人がコナンに黙れと言い返し、そこから口論になって、刑務官が仲裁に来た。

郡の刑務所にも州の刑務所にも、勝手にルールを作ってみんなに押しつけるタイプの人がかならずいる。このとき黙れと怒鳴った人もそういう一人だ。自分のルールに周囲が従えば、新しいルールをまた作る。刑務所では、闘わなければ何もかも奪われてしまう。

泣いたら負けだと、わたしはとっくに学んでいた。二年前に逮捕された直後は、わたしも我慢できずに泣いた。わたしの人生は終わった。そう痛切に感じた。郡刑務所で過ごした最初の夜のことで、これは夢のなかで起きていることだ、目が覚めたら夢も覚めると自分を慰めた。けれど、何度目が覚めても夢は覚めず、おしっこの臭いがするマットレスと乱暴に閉まるドアの音、錯乱したわめき声と警報は消えなかった。やがて同房の受刑者、錯乱せず正気を保っていた子に肩を乱暴に揺すられた。顔を上げると、その子は背中をこちらに向けて監房着のシャツの裾をたくし上げ、尾骨のすぐ上に入ったタトゥーを見せた。

黙ってな

わたしには効果絶大だった。一瞬で涙が止まった。

それは郡刑務所で同房だったその子とのあいだに訪れた心温まる瞬間だった。その子はわたしを励まそうとした。泣くのをやめさせるのは誰にでもできることじゃない。わたしはわたしなりに努力はしたけれど、最後まであの子のようにはなれなかったし、あとで振り返って、あの子は聖人みたいな人だったんだなと思った。あのタトゥーを入れていたからではなく、自分のなすべきことに忠実だったから。

護送バスでは、白人同士で並んで座らされた。わたしの隣は、ひ弱そうな手足とつやつやの茶色い髪をした人で、歯のホワイトニング剤の広告モデルのように大きな笑みが気持ち悪かった。拘置所や刑務所で白い歯を見かけることはめったにない。隣の人の歯も決して真っ白というわけではないのに、大げさで押しつけがましい笑みを作る。その笑顔が不気味だった。脳の一部を切除した人を連想させられた。なぜかフルネームで自己紹介した。ローラ・

リップ。これまで州南部のチノ刑務所にいたけれど、中部のスタンヴィル刑務所に移送されることになったそうだ。わたしとのあいだには隠し事なんて何一つないみたいに。あれ以降、フルネームで自己紹介されたことは一度もないし、初対面の相手に自分の素性をもっともらしく語る人にも会ったことがない。誰もそんなことはしない。わたしだってしない。

「Pが二つのLippは育ての父の姓でね、あとになってからわたしもそう名乗ることにしたの」ローラ・リップはそう話した。わたしは何も訊《き》いていないのに。そのときもいまも、わたしにはどうでもいい話なのに。

「実の父はカルペッパー家の一員だったの。アップルヴァレーのカルペッパーよ、ヴィクターヴィルじゃなくて。ヴィクターヴィルにカルペッパー靴修理店があるけど、うちとは親戚でも何でもないのよ」

護送中の私語は禁じられている。そんな規則はおかまいなしで、ローラはしゃべり続けた。

「うちの家族は三代前からアップルヴァレーに住んでるの。アップルヴァレーって聞くと、すごくすてきな街が思い浮かばない？　本当にりんごの花のにおいがしてるし、ミツバチの羽音も聞こえたりして、そこからアップルサイダーやホットアップルパイがほしくなっちゃう。秋の飾りつけは、毎年七月の手工芸祭から始まるのよ。紅葉した落ち葉とか、プラスチックのかぼちゃを使って。あとはパンやお菓子を焼いたり、アップルヴァレー伝統の地酒を造ったり。うちの家族はやらないけどね。だからって誤解しないで。カルペッパー家もちゃんと地域に貢献してるんだから。父は建設会社を経営してたの。わたしがお嫁に行った家族とは違って——あ！　見て！　マジック・マウンテン！」

何車線もある大きなハイウェイの向こう側で、ジェットコースターが白い大きな弧を描いていた。

三年前にロサンゼルスに引っ越したとき、マジック・マウンテン【テーマパーク。絶叫系アトラクションの多さで有名】は、新たな生活への入口に思えた。南に向かうハイウェイ沿いに見えた最初のランドマークがそれだった。輝くように白く、醜悪で、スリル満点のランドマーク。でもいまは何の感興も湧かない。

「同じユニットにね、マジック・マウンテンで子供を盗んだおばあちゃんがいたのよ」ローラ・リップは言った。「ビョーキじみた旦那と組んで、子供をさらってたの」

ローラ・リップには、つややかでまっすぐな髪を、手を使わずに払いのける特技があった。体のほかの部分と髪が電流でつながっているかのようだった。

「手口を教えてもらったわ。お年寄りだから、みんなつい信用しちゃうでしょ。優しそうなおじいちゃんとおばあちゃん。子供たちが一斉にばらばらな方角に走り出して困ってるお母さんがいると、そのへんで編み物をしてたおばあちゃんが——二段ベッドの上下だったから、何から何まで細かく教えてくれたのよ——子供を見ていてあげようかって声をかけるわけ。で、お父さんとお母さんの姿が見えなくなると、預かった子供の喉にナイフを突きつけてトイレに連れこむの。絶対に失敗しない段取りができあがってた。かわいそうな子供にかつら《ウイッグ》をかぶせて別の服を着せたら、強引にテーマパークから連れ出すのよ」

「ひどい話」わたしはそう言い、鎖が届くかぎりローラ・リップから離れようとした。

わたしにも子供がいる。ジャクソンだ。

わたしはジャクソンを愛している。でもジャクソンのことを考えるのはつらい。だから思い出さないようにしている。


わたしの名前は母がつけたもので、テレビのトーク番組で、銀行強盗に向かってあなたが好きよと言ったドイツ人女優にちなんでいる。

あなたのことが好きよとその女優は言った。あなた、大好きよと。

銀行強盗は、ドイツ人女優と同じく、ゲストとしてその番組に招かれていた。司会者のデスクの左側に並んで座るゲスト同士はふつう会話をしない。番組が進むにつれて、話題の中心は画面の外側に向けて移動していった。

外側から使うんだよ――以前、いやみな男からナイフやフォークを使う順についてそう注意された。そんなことは知らなかったし、教わったこともなかった。わたしにお金を渡してのデートだったから、わたしより自分のほうが上だというところを示さなければ元が取れないとでも思ったんだろう。その夜、わたしは部屋の出入口に置いてあった買い物の袋を一つ持ってホテルの部屋を出た。男は気づかなかった。わたしのあらを探す任務はもう終わったと思い、あとはホテルのベッドの寝心地を存分に楽しむだけと油断していたんだと思う。サックス・フィフス・アヴェニュー百貨店の買い物袋で、なかに小さな包みがたくさん入っていた。どれも女性へのプレゼントだった。きっと奥さんだろう。野暮ったくて高そうな服ばかりだった。わたしなら絶対にあんな服は着ない。その袋を提げてロビーを突っ切り、ミッション・ストリートの屋内駐車場に預けておいた車に戻る途中でくず入れに押しこんだ。何ブロックか離れたところに車を置いていたのは、その男に個人的なことを何一つ知られたくなかったからだ。

トーク番組の一番外側の椅子には、過去を語るために番組に呼ばれた銀行強盗が座っていて、その右隣の椅子に座っていたドイツ人女優は、銀行強盗のほうに顔を向けて、あなたが好きよと言った。

母はわたしにこの女優の名前をつけた。司会者を差し置いて銀行強盗に話しかけたドイツ人女優の名前を。

その男は買い物袋を盗んだわたしを気に入ったらしい。それ以来、定期的に誘ってきた。

彼が期待したのは疑似恋愛サービスで、わたしの知り合いにはそれを理想にしている子も多かった。一年分の家賃相当を前払いできる男。そういう男を一人確保すれば、しばらく安泰だ。わたしがデートに応じたのは、幼なじみのエヴァに説得されてのことだった。他人がほしがっているものが魅力的に思えることはあるけれど、そう思うのはほんの一瞬で、自分が本当にほしいものの前ではたちまち色褪《いろあ》せる。あの夜、シリコンヴァレーで働くまじめそうなその男は、わたしとは本当の恋人同士で共存共栄の関係にあるように装った。それがどういう態度かというと、わたしをごみのように扱い、〝ふつうなら〟きれいといわれる容姿をしているねと言い、これは恋愛関係ではあるけれど、お金を払っているのは自分なのだから、自分がいい気分になるようにわたしがふるまうのは当たり前だとでもいうように、お金の力でわたしに尻尾を振らせようとした。わたしが何を言うか、どう歩くか、何を注文するか、どのフォークを使うか、何をされて感じているふりをするかを決める権利は自分にあるというみたいに。一度試しただけで、恋愛ごっこサービスはわたし向きじゃないとわかった。だからマーケット・ストリートのマーズ・ルームでいかに稼ぐかだけを考えることにした。わたしの仕事選びの基準は堅気の仕事かどうかではなく、吐き気がしないかどうかだった。ラップダンスの仕事を続けてきた経験から、客の膝に座って腰をくねらせるほうが、客とおしゃべりするより楽だと知っていた。判断の基準や許容範囲は人それぞれだろう。わたしはお友達ごっこができない。他人に自分を知ってもらいたいとは思わない。それでも、ヒントのかけらをあげた人は何人かいる。たとえばドアマンの〝顎ひげのジミー〟。彼のサディスティックなユーモアのセンスをごくふつうだと思っているふりさえできれば、とくに害のない人だ。それから夜間の支配人のダート。彼とはクラシックカー好きという点が共通していて、いつかわたしをリノに連れて行きたいな、ホット・オーガスト・ナイト【毎年八月にネヴァダ州リノで開催されるクラシックカーとロック音楽の祭典】を見せてやりたいからとしじゅう言っていた。どうせ口先だけだろうし、わたしにとって彼は、勤めている店の夜間の支配人でしかない。ホット・オーガスト・ナイト。わたしの好みの車イベントとはいえない。いつだったか、ソノマのダートトラックには行ったことがある。レースカーが金網フェンスに泥をはねかけるのをジミー・ダーリングと一緒に眺めながらホットドッグを食べ、生ビールを飲んだ。

マーズ・ルームの女の子は指名客を確保したがり、脈のありそうな客だと見れば営業攻勢をかける。わたしはとくに指名客がほしいと思っていなかったのに、カート・ケネディ——変態《クリープ》ケネディ——という指名客がついた。

サンフランシスコは呪われていると思うことがある。ふだんはみじめで退屈な街だ。美しい街とみんな言うけれど、その美しさは来たばかりの人にしか見えないもので、ここで生まれ育ったわたしたちの目にはたまにしか映らない。ブエナビスタ・パークの裏手をぐるりと巡る道を歩いていると、住宅と車庫の隙間に設けられた屋根付き通路の向こうに一瞬だけ閃《ひらめ》く青いサンフランシスコ湾とか。なのに、刑務所に入ってからは、自分が亡霊になって街を歩いているみたいに、そういう景色が頭に浮かぶようになった。ブエナビスタ・パーク東側の小高くなった一帯に並ぶ住宅を一つずつ見上げ、ヴィクトリア朝様式のゲートに顔を押しつけて、その奥に広がる景色に目を凝らす。消え残った霧の湿り気を含んだキス、淡い輝きに包まれて柔らかなブルーに輝く海。自由な世界にいたころ、わたしはそういうものを美しいと思ったことがなかった。少年や少女にとってあの公園は、お酒を飲みに行くところだった。おとなの男がナンパ目的でうろつき、茂みの奥に隠したマットレスにこそこそ消える場所。友達の男の子がそういうおとなを捕まえては集団でぼこぼこにしていた場所。一度など、ビールをケースで買わせたあと、崖から投げ落としたことまであった。

わたしが子供時代に母と住んでいたモラガの十番街からは、ゴールデンゲート・ブリッジが見えた。その向こうに横たわる、深緑色のしわくちゃなシーツみたいなマリン岬の急斜面も見えた。世の中の人たちにとってゴールデンゲート・ブリッジは特別な存在だということは知っているけれど、わたしや友達には何でもないものだった。ただそこで酔っ払いたいというだけだった。わたしたちにとってサンフランシスコは、服の下にもぐりこんでくる冷たく湿った指だった。いつもじっとり湿っている指だった。冷たい霧の大きな壁がジュダ・ストリートにのしかかり、わたしはそのジュダ・ストリートの砂でざらついた路面電車の線路脇に立ち、深夜になると一時間に一本しか来ないNラインの電車を延々と待つ。ジーンズの裾には、オーシャン・ビーチの駐車場の水たまりではねた泥が乾いてこびりついている。LSD《アシッド》をやってアシッド・マウンテン【サンフランシスコのコロナ・ハイツ地区のこと。ヒッピーがここでLSDを楽しんでいたことから】に登ったときについた泥かもしれない。アシッド・マウンテンはアシッドをやって登るためにあるわけだから。乾いた泥がこびりついているせいでふだんより重たくなったジーンズの裾が、不吉な予感になってわたしを下に引っ張った。コルマの墓地の前のモーテルで、見知らぬ他人と一緒にコカインをやったときからくっついてきていたいやな予感。サンフランシスコは、雨降りの日にザ・グローヴで開かれたビール・パーティに集まった濡《ぬ》れた足とふやけた煙草《たばこ》だ。聖パトリックの祝日の雨とビールと流血の喧嘩《けんか》騒ぎ。バカルディ151で酔っ払い、ミニパークのコンクリート柵に顎をぶつけて血だらけになったわたし。グレート・ハイウェイ沿いの白人向け公営アパートの一室でドラッグの過剰摂取で死んだ誰か。ゴールデン・ゲート公園の野球場ビッグ・レクで、弾をこめた銃を何の理由もなくわたしの頭に突きつけた誰か。それは夜のことだった。わたしたちはいつものように、といってもそれ以降二度とそういうことはなかったけれど、いつものようにビールを大瓶で飲んでいて、そのあとどうなったのか、いまとなってはもう思い出せない。わたしにとってサンフランシスコは、マクゴールドリック一家とマクキトリック一家、ボイル一家とオボイル一家、ヒック一家とヒッキー一家、彼らが入れていた〝アイルランドよ永遠に《Erin go Bragh》〟のタトゥー、そして彼らアイルランド系の人々が挑んで勝利した戦いだ。

護送バスは右車線に移って減速した。マジック・マウンテンの出口でハイウェイを下りるらしい。

「ジェットコースターに乗せてもらえるのかな」コナンが言った。「いいね、楽しそうじゃん」

マジック・マウンテンは左側、ハイウェイの対向車線のさらに向こうにある。右に行けば郡の男子刑務所だ。護送バスは右折した。

世界は善と悪に二分されたあと、結び合わされた。テーマパークと、郡刑務所。

「いいさ」コナンが言った。「別に本気で乗りたかったわけじゃないから。料金もバカ高いしな。それだったらまたビッグOに行くほうがいい。オーランドのディズニーワールドな」

「何吹いてんだよ」誰かが言った。「ディズニーワールドなんか行ったこともないくせに」

「行って二千ドル、ぱあっと使ったよ」コナンが言い返す。「三日でな。彼女を連れてってさ。彼女の子供たちも一緒だ。ジャクージつきのスイート。ワンデーパスポート。アリゲーターのステーキ。オーランドはいいよ。この護送バスよりよっぽどいいのは確かだ」

「このままマジック・マウンテンに行くなんて本気で思ったわけ？」コナンのすぐ前の席の人が言った。「頭悪いんじゃないの」その人の顔はタトゥーだらけだった。

「すげえな、その顔。ずいぶんなインクの量じゃん【inkにはタトゥーの意味も】。今日のメンツ限定で〝将来成功しそう〟な一人を選ぶなら、俺はあんたに投票するね【アメリカの高校などの卒業アルバムには、投票で選ばれた「将来〜しそうな同級生」を集めたページがある】」

前席の人は舌打ちして前を向いた。

サンフランシスコについて、ようやく理解できたことがある。わたしは美しいものに囲まれていたのに、目をふさがれていたのだ。それでも、サンフランシスコを離れる気にはなれなかった。指名客のカート・ケネディのせいで引っ越しせざるをえなくなるまでは。しかも街の呪いは、引っ越し先までついてきた。

わたしが名前をもらったその女優は、仕事以外の面では不運続きの人だった。息子は柵を跳び越えようとして脚の動脈を切り、十四歳で命を落とした。そのあと女優はお酒に溺れて四十三歳で死んだ。

わたしは二十九歳だ。四十三歳までしか生きられないとしたら、あと十四年。永遠と思える長い歳月だ。四十三歳で死なないにしても、仮釈放を検討してもらえるのはその倍くらい先の話、三十七年後のことで、しかも仮にそこで仮釈放が認められても即座に二つ目の終身刑が始まる。わたしは二つの終身刑プラス六年の刑で服役している。

長生きするつもりはない。かといって早死にする予定もない。計画らしい計画は一つもない。だって、自分では長生きする予定であろうとなかろうと、死ぬ瞬間まではどのみち生き続けるわけで、そう考えるとどんな計画も無意味だ。

ただ、将来の計画がないからといって、後悔がないわけではない。

マーズ・ルームで働いていなかったら。

クリープ・ケネディと知り合っていなかったら。

クリープ・ケネディがわたしをストーキングしようと考えていなかったら。

でも彼はストーキングを始め、執拗《しつよう》に続けた。いま挙げたことが一つも起きていなかったら、わたしはコンクリートの監房でこの先一生を過ごすためにこの護送バスに乗っていたりしなかっただろう。

護送バスは出口ランプを下りきったところの信号で停《と》まった。窓の外に目をやると、コショウボクにマットレスが立てかけてあった。そんなかけ離れたもの同士でさえ、二つセットでなければならないらしい。レース模様みたいな枝にピンク色の実をつけたコショウボクの、パズルのピースを集めたような樹皮に覆われた幹には、汚れた古マットレスがもたせかけられていなくてはならない。善いものはすべて悪いものに縛られ、やがて悪いものに変わる。芯まで悪に染まる。

「昔ね、ああいうのを見るたびに、あ、あたしのマットレスって思ってた」ローラ・リップが捨てられたマットレスを窓からのぞいて言った。「ロサンゼルスで車に乗ってるときなんかに歩道にマットレスが捨てられてるのを見ると、かならず思っちゃうわけ。たいへん、あたしのマットレスが盗まれた！　あれ、あたしのベッドよ……あたしのベッドがそこに捨ててあるって。いつもかならず思った。だってそうでしょ、あたしのマットレスとそっくりなんだもの。そのあと家に帰ると、あたしのベッドは出かけたときと変わらず寝室にある。それでもカバーやシーツをみんな剝《は》いで、マットレスがなくなっていないか、あたしのがなくなっていないか確かめたわ。なくなってたことは一度もなかった。あたしのだとしか思えないマットレスが道ばたに捨ててあるのを見たばかりなのに、家に帰ればいつもマットレスはちゃんとあるのよ。同じことを考える人って、あたしだけじゃないって気がするんだけど。集団錯乱みたいなものだろうって気がするの。世の中のマットレスにはどれもまったく同じ生地が張ってあって、キルティングの模様も似たり寄ったりだから、ハイウェイの出口に捨ててあるのを見たら、どうしたってあれは自分のだって思っちゃうでしょ。あたしのベッドがどうしてこんなところにあるのよって」

ライトつきの大形看板の下を通った。〈スーツ3着129ドル〉。それが店の名前だった。

スーツ3着129ドル。

「あの店にはいいものがそろってる。服だけ羽振りがよさそうになる」

「ねえ、そこの馬鹿、なんでここにいるわけ」誰かが言った。「安っぽいスーツの話なんかする馬鹿がさ」

どうしてここにいるのか。それを知っているのは当人だけで、誰も他人には話さない。ローラ・リップ以外は話さない。

「子供をさらってどうしてたか知りたい?」ローラ・リップがわたしに訊いた。「マジック・マウンテンで子供をさらったあと、おばあちゃんとビョーキの旦那がどうしてたか知りたいわよね」

「別に」わたしは答えた。

「それがね、ひどい話なのよ」ローラ・リップは続けた。「人間のやることとは思えない。その二人は――」

車内放送のスピーカーから大きな声が聞こえた。自分の席から離れないこと。いまから男子刑務所に寄って、前のほうの檻に収容されている男性受刑者三人を降ろすという。刑務所への引き渡しのあいだ、その三人とわたしたちに銃が向けられた。

「ここは頭のいかれたホモだらけだぜ」コナンが言った。「半年入れられてたから知ってる」

コナンのすぐ前の席の人がいきり立った。「ちょっと待ってよ、あんた本物の男ってこと?本物なの? やめてよ。刑務官! 刑務官!」

「落ち着きなって」コナンは言った。「俺はこのバスに乗ってるんで合ってるからさ。いや、間違ってるか。合ってることなんか一つもないよな。それでも、ファイルは訂正してもらったよ。警察も混乱してさ、最初はダウンタウンの紳士のみなさんと一緒にされたよ。男子中央刑務所で。けど、ただのうっかりミスだ」

笑い声や鼻を鳴らす音が聞こえた。「あんた、男子刑務所に入れられたの？　本物の男と間違われたわけ」

「郡の刑務所だけじゃないよ。ウォスコの州刑務所にも入れられたことがある」

どうせ嘘《うそ》だろうと言いたげな空気が通路伝いに広がった。コナンは言い返さなかった。あとになって、わたしは詳しい話を聞いた。正直いうと、コナンが男子刑務所に入れられていたのは事実だ。少なくとも収監直後はそうだった。コナンは男にしか見えない。初めて会った瞬間からずっと、わたしはコナンを男だと思っている。


マーズ・ルームのことも、カート・ケネディのことも、後悔している。でも、他人から見たら後悔すべきこと、後悔してしかるべきことでも、わたし自身は後悔していないことがほかにある。

ドラッグでハイになった年月、図書館の本を読んで過ごした年月をわたしは後悔していない。あのころに戻ることはきっともう二度とないだろうけれど、まんざら悪い暮らしでもなかった。ストリップの収入があったから、ほしいものを買うゆとりもあった。ほしいものというのはドラッグのことで、ヘロインを試したことがない人がいたら、教えてあげたいことがある。ヘロインは自信を持たせてくれる。やりはじめのころはとくにそうだ。周囲がみんないい人に思える。世界中のいろんなことを許したくなる。猶予を与えて、優しく見守りたくなる。ヘロインほど神経を鎮めてくれるものはない。わたしが最初に試したのはモルヒネだった【モルヒネを精製したものがヘロイン】。ビルという人が錠剤をスプーンで溶かして注射してくれた。それまでビルのことなんてろくに考えたことがなかったし、モルヒネを打ったらどうなるのか想像したことだってなかったのに、わたしの腕を縛って静脈を探す彼の優しい手、静脈にすっと差しこまれたいまにも折れそうに細い注射針——そのあと二度と会うことのなかった行きずりの男性が廃屋でモルヒネを注射してくれたその体験は、世間知らずの女の子が夢見る愛そのものだった。

「皮膚がざわつくような快感が来るよ」ビルは言った。「うなじにがつんと来る」たしかに首の付け根に来た。ゴムのトングで首をぐいとつかまれたような感覚。次にそこから温もりが全身に広がった。あんなに気持ちよく汗をかいたのは初めてだった。その瞬間に恋に落ちた。あのころに戻りたいとは思っていない。それは嘘ではない。

　護送バスはまたハイウェイを走り出し、わたしはローラ・リップからできるかぎり顔を背けて座り直し、目を閉じた。そうやって眠ろうとしていると、五分後、ローラ・リップがまたささやくような声で話しかけてきた。

「こんなことになったのって、双極性障害のせいなの。訊かれる前に打ち明けちゃうけど。だってきっと不思議に思ってるでしょ。染色体の問題よ」

もしかしたら〝染色体的の問題〟と言ったのかもしれない。いまのわたしはそういう言葉の間違いをする人ばかりの環境に放りこまれている。何でもかんでも科学的の陰謀だと信じて疑わない人たち。郡刑務所は、ＡＩＤＳとは同性愛者やヘロイン中毒者を一掃することを目的として政府が作り出した病気だと信じて疑わない人ばかりがいた。いまとなってはそれに対する反論を思いつかない。決して間違いではないように思えてくる。

さっきから静かにしなよと言い続けていた人が、手錠と足枷が許すかぎり体をねじって後ろを向いた。消えかけてにじんだ涙形のタトゥーが目尻にあって、鉛筆で描いたみたいな眉をしていた。瞳が灰色がかった緑色にぎらつき、カリフォルニア州刑務所に向かう護送バスのなかというより、まるでゾンビ映画の一シーンか何かみたいだった。

「その女、自分の子供を殺したんだってさ」その人はわたしたちに向かって、というよりわたしに向かって叫んだ。ローラ・リップのことを言っている。

刑務官が通路をやってきた。

「フェルナンデス、やっぱりおまえだったか」刑務官は言った。「あと一言でもしゃべってみろ、檻に放りこむぞ」

フェルナンデスは刑務官をちらりとも見ず、返事もしなかった。刑務官は自分の席に戻った。

　ローラはごくかすかな笑みに似た表情を作った。ちょっと気まずいことが起きたのは事実だけれど、何もなかったような顔で流せばいいことだとでも思っているようだった。誰かがうっかりおならをしたようだけれど、絶対に自分ではないとでもいうような。

「なんだよ、あんた自分の子供を殺したのか」コナンが言った。「そりゃひでえや。同じ部屋にはなりたくないな」

「ほかにもっと心配するべきことがあるんじゃないの。ルームメイトが誰かなんてことより」ローラ・リップはコナンに言った。「あなたこそ、拘置所や刑務所にいる期間のほうが長そうな人に見えるわよね」

「なんでそういうこと言う？　俺が黒人だからか。少なくとも俺はここで浮いちゃいない。あんたはマンソン・ファミリーの女みたいだよな。いや、気を悪くしないでくれよ。俺には人に知られてまずいようなことはない。俺の基本データはこうだ。更生可能性否定派。ＯＤＤ――これは反抗挑戦性障害の略な。犯罪者気質で自己愛が強く、累犯性が認められ、協調性が欠如している。あと、プルーノ依存症のセックス依存症だ」

　誰もがおしゃべりをやめ、やがて何人かは眠りについた。コナンはブルドーザーみたいないびきをかいていた。

「あたしたち、ただ者じゃない人たちと暮らすことになりそうね」ローラが小声でわたしにささやいた。「言っとくけど、あたしはマンソン・ファミリーの女なんかじゃないから。これは本人たちを知ってて言ってるのよ。同じ刑務所にスーザン・アトキンスとレスリー・ヴァン・ホーテンがいたから。二人ともおでこに刻印の傷痕があった。スーザンは特別なクリームを塗ってたけど、その痕は何をやっても隠せなかった。おでこにバツ印が刻まれた高慢ちきで自意識過剰な女だったわよ。独房に高級品を並べて。お高い香水とか。タッチセンサー式のランプとか。受刑者の誰かが刑務官をけしかけてスーザンの独房のものを処分させたことがあって、それはちょっと気の毒だと思った。スーザンが死んだとき、最初に思ったのがそのことだったわ。病気で脳の一部を切除して体が麻痺《まひ》してたのに、釈放を認めてもらえなかったのよ。その話を聞いたとき、独房にあったものを処分されたこと、タッチセンサー式のランプや化粧品をみんな没収されたことを思い出したの。レスリー・ヴァン・ホーテンのほうが、世間の人が想像するような服役囚らしい人だった。そんな風にいうと、褒め言葉に受け取る人もいそうね。でも、あたしはそうは思わない。そういうのって単なる集団思考だから。スーザン・アトキンスと同じように、レスリーもきっと刑務所で死ぬことになるのよ。このまま釈放されずに終わる。フォルジャーズのコーヒーがこの世にあるかぎり。それって永久にってこと。だって、フォルジャーズがこの世からなくなったら、朝一番に何を飲んだらいいのよ。被害者の一人はフォルジャーズの創業者のひ孫だったわけで、その一家はレスリーの釈放を望んでない。フォルジャーズの創業一家だもの、影響力は絶大よね。だからフォルジャーズが存在するかぎり、レスリーは塀のなかで死ぬことになるわけ」

　母親はヒトラーの愛人だった。ドイツ人映画女優の母親の話、わたしが名前をもらった女優の母親の話だ。母親はヒトラーの愛人だった。ただ、わたしもそういうことに詳しいわけじゃないけれど、当時、ヒトラーの愛人じゃなかった人っているんだろうか。

「きみはどうしてドイツ語を話せないの」以前、ジミー・ダーリングにそう訊かれた。母親からドイツ語を教わるなんて、一度も考えたことがなかった。ドイツ語にかぎらず、あの母親から何かを教わるなんて想像もできなかった。

「母の鬱がひどすぎて、そんなこと考えてる余裕がなかった」世の中には、沈黙のなかで子供を育てる親もいる。沈黙、不機嫌、否定。そこからドイツ語なんて学べるわけがない。〝このクソガキ、わたしの財布からお金をくすねたね〟とか、〝静かに帰ってくるんだよ、目が覚めちゃうじゃないか〟みたいなフレーズからドイツ語を覚える羽目になっていただろう。

　ドイツ語なら一つだけ知ってるよとジミーは言った。

「Angst?【不安、苦悩】」

「Begierden。肉欲、欲望って意味だ。欲望のドイツ語はビアガーデン《ベギーアデン》。なるほど、だろ」

わたしも眠ろうとしたけれど、拘束具のせいで、眠ろうにも、顎を胸につけた姿勢くらいしか取れない。手錠が食いこみ、腕全体が脈打つように痛んだ。手錠は腰の鎖につながれているから、手を体の脇に下ろせない。それに護送バスのなかは、エアコンを十度に設定してあるのかと思いたくなるくらい冷え切っていた。寒すぎていまにも凍りそうなのに、まだヴェンチュラ郡に入ったばかりだった。あと六時間はかかる。マジック・マウンテンのトイレの個室でウィッグをかぶらされた子供のことを考えた。サングラスと新しい服をあてがわれた子供。変装で別人になるだけではすまない。新しい環境で別人に育つのだ。見知らぬ子供、まったく別の子供に変わる。ある日突然に押しつけられた新しい運命がどんなものであれ、邪悪な目的に利用されるはるか前、誘拐された時点ですでに汚《けが》され、そこなわれた子供。ウィッグをかぶった子供の姿がまぶたに浮かんだ。周囲にちらほらいるテーマパークの客は、失われ、盗まれた子供がすぐそこにいるとは夢にも思わない。ジャクソンの姿が見えた。ベンチで編み物をしていたおばあちゃんにさらわれていこうとしているジャクソン。わたしにできることは何一つない。心のなかの写真を、そこに写ったそばかすのある小さな顔をただ見つめることしかできない。その写真はゆらゆらと漂いながら鼓動する。遠くへ消えたり、散り散りになったりはせず、ずっとそこにある。

ジャクソンはわたしの母の家にいる。母のことはあまり好きではないけれど、母がジャクソンを預かってくれていることはわたしにとって唯一の幸運だ。母はベンチで編み物をするサイコおばあちゃんではない。偏屈で煙突みたいにたばこを吸うドイツ系女性、結婚と離婚と再婚の繰り返しで食いつないでいるおばちゃんだ。わたしに対しては氷山のように冷たくても、ジャクソンにはそれなりに愛情を示してくれる。何年も前に大喧嘩して疎遠になっていたのに、わたしが逮捕されると、母はジャクソンを引き取ってくれた。ジャクソンはそのとき五歳だった。いまは七歳になっている。裁判がのろのろと進んで判決が出るまでのあいだ、つまりわたしが郡刑務所にいた二年半のあいだ、母はジャクソンを連れて可能なかぎり面会に来てくれた。

自分で弁護士を雇うお金があったら、雇っていただろう。母は自分のコンドミニアム、サンフランシスコのエンバーカデロ地区にある一間のアパートを抵当に入れてお金を借りようと言ったけれど、その物件はもう二度も抵当に入っていて、不動産の価値以上のお金を借りてしまっていた。わたしが子供のころ、ブロードウェイ沿いの看板に描かれて赤いネオンの乳首を点滅させていた伝説のストリッパー、キャロル・ドダが生前、母と同じ建物に住んでいた。母に会いにいったとき、食料品の買い物袋ときゃんきゃん吠《ほ》える犬に手を焼いているキャロルを廊下で何度か見かけたことがある。顔色はあまりよくなかったけれど、失業中で鎮痛剤依存症に苦しんでいるわたしの母だって似たようなものだった。

母がつきあっていた男性、ワイン色のジャガーに乗って、いつも格子縞《こうしじま》のスーツを着て、瓶入りのマンハッタンを愛飲するボブという人が、わたしの裁判費用を支援してくれるという話も一時はあった。ボブが弁護士費用を出してくれるってさ、と母は言った。ところがボブが消えてしまった。文字どおり姿を消した。のちにロシアン川の丸太の下でボブの死体が発見された。母はろくな人脈を持っていない。母の人脈はいつだってうさんくさい。わたしには公選弁護人がついた。わたしたちはみんな別の結果を期待していた。でも、別の結果にはならなかった。こういう結果が待っていた。

護送バスはセミトレーラーに交じって右車線を走り、キャスティークに差しかかった。グレープヴァインに行くルートの最後の立ち寄り先だ。以前、ジミー・ダーリングとキャスティークのバーに行ったことがある。わたしをストーキングしていたカート・ケネディから逃げてロサンゼルスに引っ越したあとだった。ジミー・ダーリングはそのころヴァレンシアのアートスクールで教えていて、キャスティーク近郊の農場にある家を借りて住んでいた。口にしてはいけないことはいろいろある——たとえば、カート・ケネディはもう死んでいてもわたしはいまも彼の被害者だということとか。

このあたりには馴染《なじ》みがある。グレープヴァインにも。吹きさらしで、空っぽで、荒々しくて、北カリフォルニアに行きたいなら通らなくてはならない試験のような街だ。金網で守られた窓の向こうに広がる色のない景色は、手を伸ばせば届きそうに近くて、現実が袋のように身をよじってくれたらいいのにとわたしは思った。よじれたところに穴が開き、その穴から裂け目が全体に広がって、わたしを解放してくれたらいいのに。この不毛の地にわたしを放り出してくれたらいいのに。

わたしの心を読んだみたいにローラ・リップが言った。「あたしはね、このバスに乗ってるほうが安心だと思う。周囲で何が起きてるか考えるとね。病的で、痛ましくて、恐ろしいこと。何も起きてないふりをするなんて、あたしにはできない」

わたしは窓の外に目を向けた。見えるのは、自然が敷いたカーペットだけだった。どこまで行っても変化のない岩や低木の茂みが作るでこぼこした連なりが背後に流れていく。

「トラックの運転手には連続殺人犯がたくさんいるのよ。でも捕まらない。ほら、いつも移動してるでしょ。ある州から別の州へ。州をまたいだ警察同士の連絡がないから、誰も気づかない。アメリカ大陸を行き来してるトラックがどれだけあると思う？　そのうちの何台かには、縛られて口をふさがれた女の人が運転台のうしろに転がされてるのよ。運転台の後ろにカーテンがあるのは、その人を隠すため。殺された人はね、小分けにしてパーキングエリアのくず入れに捨てられる。ごみ捨てコンテナがダンプスターって呼ばれるのは、だからなのよ。死体を遺棄《ダンプ》するから。大人の女性や若い女の子の死体を」

パーキングエリアが見えてきた。休憩のためのエリア。なんと温かく美しい発想だろう。

この護送バス、わたしの隣に座っているこの女に比べたら、頭に浮かんでくるものは何であれ美しかった。パーキングエリアで冷たい光を放っている自動販売機の陰で眠れるのなら、もう何もいらない。偶然にもいまどこかのパーキングエリアに入ろうとしている人がいるなら、その人たちはみんなわたしのソウルメイト、ローラ・リップに対抗するわたしの味方だ。でもわたしの味方は誰もおらず、しかもローラと鎖でつながれている。

「あたしは生きてる」ローラ・リップは言った。「かろうじて、だけど。チェーンソーで心臓《ハート》をくり抜かれたから」

バスは下り坂に入り、緊急退避所の脇を通過して、グレープヴァインの入口から谷へと下りていった。この緊急退避所は何度も見たことがあった。砂利敷きの急坂で、登った先は行き止まりになっている。ブレーキが故障した車が安全に停まるためのもの。この待避所を見ることは二度とないのだと思うと、急に愛《いと》おしくなった。頼りがいのあるすてきな待避所。いま初めてそう気づいた。頼りがいがあって愛おしい。この世のすべてがはかなくて愛おしくなった。

「よく言うでしょ。自分が持っていないものほど、それを欲しがっていない人にあげたくなるのよ」

わたしは敵意をこめた視線を向けた。

「愛のことよ」ローラは言った。「たとえばね、あたしがそのへんで小石を拾ってきたとするわよね。それを誰かに渡してこう言うわけ。この小石はあたしなの、もらって。別に石なんかほしくないのにって考える人もいるだろうし、ありがとうって言ってポケットに入れる人もいるかもしれない。そのまま砕石機に放りこむ人もいるかもね。その石があたしだなんてことは気にしない。だって本当はあたしじゃないわけだから。それがあたしだってあたしが勝手に決めただけだから。あたしが自分を砕石機でつぶしたようなものよ。ね、わかるでしょ」

わたしが何も答えずにいても、ローラはかまわず話し続けた。このままスタンヴィルまでずっとしゃべり続ける気でいる。

「刑務所に行ったら何が起きるかはわかるよね。これから初めて行くわけだから、確実にわかるわけじゃないけど。意外なことが待ってるかもしれないから。ただし、意外なことといっても、面白くもなんともないことよ。悲劇や大惨事が起きたりはしない。もちろん、まったく起きないとは言いきれないわ。起きることだってあるはず。でも刑務所に行ってから何もかも失ったりはしない。もうとっくに何もかも失ってるわけだから」

キャスティークで入った店のバーテンダーは、ジミー・ダーリングに色目を使った。彼とつきあうデメリットはそれで、一緒に出かけた先ではいつも必ず〝ねえ、そんなビッチは厄介払いして、あたしと楽しいことしない？〟という暗黙のメッセージを彼に送りつける、美人だけど頭は空っぽな女に警戒しなくてはならない。

でも、彼がわたしを厄介払いすることはなかった。わたしが刑務所に入ったあと、電話をかけて話をするまでは。声を聞いただけで、もう終わりなんだとわかったけれど、わたしは自分を否定しないですむよう気がついていないふりをした。いま自分の身に起きていることに意識を集中するほうが優先だった。ジミー・ダーリングは、そちらはどんな様子かと他人行儀に尋ねた。わたしは答えた。「この電話はロサンゼルス郡矯正施設の受刑者からコレクトコールであなたにかかってるってことを考えたら、わたしがどんな気分でいるか想像つくわよね」

わたしの時代、わたしの季節は、本当に、そのときにはもう終わっていた。わたしにとっても、彼にとっても。一度だけ手紙が来たけれど、そろそろ野球のシーズンが始まるという話がつらつら書いてあるだけで、わたしが終身刑に服している現実にはひとこととたりとも触れていなかった。

ジミー・ダーリングの立場なら、誰だって同じことをするだろう。野球の話で手紙を終わらせるという話ではない。死んだも同然の相手とは縁を切るだろうという話だ。現実的な考え方をする人で、しかもただのボーイフレンドや恋人にすぎず、恋愛は楽しくなくては意味がないと思う人なら、この先一生を刑務所で過ごすことが決まっているわたしとは縁を切るだろう。二人の関係に刑務所が割りこんできたとたん、おもしろいことは何一つなくなるのだから。でももしかすると、相手を突き放したのはわたしのほうだったのかもしれない。

ジミー・ダーリングはデトロイトで育った。お父さんはゼネラルモーターズに勤めていた。ジミー・ダーリングは十代のころ、自動車用ガラスメーカーで働いた。ガラスを車に取りつけるのに使う接着剤のにおいを初めて嗅いだ瞬間、自分が夢見てきたにおいはそれ、まさにその接着剤のにおいだと気づいて、車のガラス交換こそ天職だと確信したらしい。幸運にも、彼の天職は複数あった。大学を中退したあと、ジミーはラストベルト地帯をテーマに映画の製作を始めた。自分の経験を売り物、持ちネタにして、ブルーカラー代表の映画製作者になった。わたしはそのことでずいぶん彼をからかったけれど、それでもデトロイトに対する彼の熱い思いにほろりとさせられた。ゼネラルモーターズのロゴ入りトランプを一枚ずつ裏返していく彼の手だけをひたすら映す作品がある。そのトランプは、ライン工として四十年勤めたお父さんが会社からもらった記念品だった。会社は、四十年分の愛社精神と重労働に、そのトランプ一組で報いた。ジミー・ダーリングは言った。「キャディラック・プレースの旧本社ビルにはいま、宝くじ当選金支払い事務所が入ってる」あるときジミーは、当選者がお金を受け取りに入って行くところをフィルムに収めようと、ビルの前で丸一日待った。誰も来なかった。

ジミー・ダーリングとは、彼の生徒の一人、そのころわたしが寝ていた男の子を通じて知り合った。エイジャックスという名のその子は、若くて一文なしで、マーケット・ストリートの南側に建つ倉庫の屋上のジオデシックドーム【三角パネルを組み合わせたドーム】に住んでいて、マーズ・ルームで掃除係をしていた。使用済みコンドームでいっぱいのくず入れを空にするのを仕事にしている男の子とつきあうなんてどうかしてるって笑われたけれど、わたしは気にしなかった。クレンザーみたいな名前も笑われた【同名の床用クレンザーがある】。本人によると、ギリシャ系の名前らしい。お金と引き換えにお尻は触らせても、掃除係とは寝ないという、ほかの女の子たちの基準のほうが笑えるとわたしは思う。それはともかく、エイジャックスは若くて鬱陶しかった。わたしにプレゼントを持ってきてくれるのはいいけれど、使い道のないおかしなものばかりだった。道端で拾った壊れた掃除機とか。一度、LSDでトリップした状態で現れて、アイルランド系の訛《なま》りで話し始めたことがあった。それやめてとわたしが言うと、やめたくても止まらないんだと言った。ある晩、エイジャックスに誘われて行ったアートスクールのパーティでジミー・ダーリングを紹介されて、エイジャックスとはそれで終わりになった。パーティ会場を出たとき、わたしはジミーと一緒だった。エイジャックスよりルックスがよくて、しかも面倒くさくないジミーと。

「どうして大学に行かなかったの」ジミー・ダーリングからそう訊かれたことがある。わたしのことを頭がいいと思っていたからだけど、ジミーには、大学に行かない人はただその気がないからだろうと思いこむような、高学歴の人特有の世間知らずなところがあった。

「鬱がひどかったから」

「どうしてドイツ語を教わらなかったのって訊いたとき、お母さんのことを同じように言ったよな」

「だからって、別に嘘じゃないし。ストリップ・クラブで働いてる女の子が頭がいいのは驚くことだとでも思うの？　わたしが知ってるストリッパーはみんな頭がいいよ。天才かって思うような子だっている。お得意のカメラをかまえて、きみはどうして大学に行かなかったのって一人ひとり訊いてみれば」

子供のころはよく、この子は将来が楽しみだねと周囲から言われた。学校の先生や周囲のおとなから。本当に将来性があったんだとしたら、わたしはそれを無駄にしたことになる。エヴァみたいにはならずにすんだし、平日の朝七時からエディ・ストリートとジョーンズ・ストリートの交差点で立ちんぼをしたりはしなかったわけで、それについては自分でもよくやったと思う。妊娠したとわかって、ドラッグもやめた。でも、それは達成したことのうちに勘定していない。大惨事は回避したというだけのことだ。わたしはマーズ・ルームでラップダンサーをしていた。サンフランシスコの高級ストリップ・クラブの一つに挙げられるような店じゃない。平均的とか並みといえるクラブでさえなかった。どこよりもいかがわしくて騒がしいだけの最底辺のクラブ、悪名高きクラブの一つと思って間違いないと言われて感心するような人にとってはともかく、マーズ・ルームで働いていたなんて、ステータスでも何でもない。わたしがジミー向きだったように、マーズ・ルームはわたし向きだったということかもしれない。あの店には何か並外れたところがあり、それがほかの店にはない魅力になっていて、マーズ・ルームで働いている女の子のなかには本当の天才が何人かいる。

自分は特別だとか、並外れているとかと言いたいわけじゃない。でもジミー・ダーリングは、シボレー・インパラを運転しながら助手席の彼を車から突き落とすような彼女は初めてだと言った。そのとき、速度は大して出ていなかった。時速十キロとか二十キロくらい。一度、あんまり腹が立って彼を車から突き落としたら、またやってくれと言われた。なかなかのスリルだったからと言って。でもわたしは断った。ジミーはテンダーロイン地区のホテルに住んでいる女の子とそれまで知り合ったことがなくて、アパートの階段の踊り場で繰り広げられている騒ぎ、そのカオスや飛び交う怒鳴り声、ただ階段を上るだけでお金を取られることに戸惑っていた。健康食品の店で、わたしの知り合いと偶然行き合ったことがある。ドラッグで朦朧《もうろう》とした状態で体をかきむしっているその子から、このジュースはオーガニックのものかどうかわかるかと尋ねられて、ジミーはそんな矛盾——オーガニックではないジュースは体に入れたくないというジャンキー——は初めて見たという反応を示した。ほかの街からサンフランシスコに来た人はたいがいそうだけれど、彼にはちょっと世間知らずなところがあった。心身ともに健康で、学歴があって、仕事を持っていて、人生には目的があると信じていた。そしてサンフランシスコで育った人の虚無感や、大学に行かれず、品行方正な世界に加われず、ふつうの仕事に就けず、未来を信じることができない事情が理解できなかった。わたしは彼にとって二つの世界の架け橋のような役割を果たした。わたしとつきあったせいで、ジミー・ダーリングは底辺層に身を落としかけたと言いたいわけではない。そんなことはなかった。彼はわたしと同じように、もしかしたらわたし以上に〝並み〟の人間だったから。ただし、わたしとは違って好奇心から下々の生活をちょっとのぞきに来ている〝並み〟の人間だった。

誰も意識したことがないのかもしれないけれど、女は〝並み〟と評されることがあるのに、男はそういう風には言われない。外見について男が〝並み〟と評価されることはまずない。男の場合、並みといえば平凡な人、典型的な人、そこそこの夢とそこそこの能力を持った実直で勤勉な人を指す。ところが女の場合は、安っぽい外見をしている人を指す。安っぽい外見の女は尊重するに値せず、一方で特別な価値、つまりお値打ち感がつく。

マーズ・ルームでは、遅刻しても叱られなかった。愛想笑いを顔に張りつけなくても、お店の規則を端《はな》から無視しても何も言われなかったし、大半の男性客のことを単なるカモにすぎないと思っていなくても許された。それでも男たちは女の子を食いものにしているつもりでいるから、わたしたち女の子の従順なふるまいによってめっきされているとはいえ、彼らにとって油断ならない場所ではあった。マーズ・ルームでは何をしても許された。少なくともわたしはそう思っていた。ジャクソンの父親とつきあっていたころ、ガラスボトルで彼の頭を思いきり殴りつけたことがあって、仕返しに顔を拳骨《げんこつ》で殴られた。その日、わたしは五時間も遅刻したうえに、目の周りにできた真っ黒な痣《あざ》をサングラスで隠していたけれど、そのまま店に出ても誰からも何も言われなかった。まっすぐ歩けないくらい酔っ払った状態で出勤したことも何度かあった。女の子のなかには、ほとんど毎日、勤務時間の最初の数時間、更衣室の鏡の前でパウダーのコンパクトを片手に持ったまま居眠りして過ごすような子もいた。それが問題になることもなかった。お店の経営者は何も言わなかった。ステージで踊るとき、上はレースのブラとパンティというお店の規則どおりの衣装なのに、足もとだけハイヒールではなく穴の開いた履き古しのテニスシューズという子もいた。シャワーを浴びてから出勤すれば、それだけでマーズ・ルームではライバルより優位に立てる。入れたタトゥーのスペルが間違っていなければ、話題の中心にいられる。妊娠五カ月や六カ月のおなかを抱えていなければ、その夜、クラブで一番クールな女の子だ。女の子が催涙ガスのスプレーを客の顔に向けて噴射し、居合わせた全員が咳《せ》きこみながら外に逃げ出したこともある。夜間の支配人のダートに腹を立てた女の子が更衣室に放火したこともあった。その子はクビになったけれど、何かしでかして解雇されたのはその子くらいのものだった。

客の前ではいい子ちゃんを演じなくてはいけない。でも、期待されるのはそれだけだったし、それさえも絶対というわけではなかった。みんなお金のためにいい子ちゃんを演じていたから、それ以上の動機づけは不要だったのだ。顎ひげのジミーとダートに嫌われないようにしなくてはならなかったけれど、それも楽勝だった。ちょっと媚《こ》びておけばそれで足りる。二人とも肥大したプライドの持ち主で、それをくすぐるのは笑っちゃうくらい簡単だった。念のため言っておくと、顎ひげのジミーとジミー・ダーリングはまったくの別人だ。ジミーという名前以外、共通点は一つもなかった。顎ひげのジミーはマーズ・ルームの迷惑な客を追い払う用心棒《バウンサー》で、ジミー・ダーリングは、一時のことではあったけれど、わたしの恋人だった人だ。

万事順調だったと言ったけれど、実際には何一つ順調ではなかった。わたしは命を少しずつ吸い取られていた。問題は道徳ではなかった。倫理はまるで関係なかった。クラブの客はわたしの輝きを鈍らせた。触れられても何も感じなくなった。怒りがふくらんだ。わたしは与え、それと引き換えに何かを得ていたけれど、損しているという感覚は消えなかった。わたしは財布から――わたしは男性客を歩く財布と思っていた――できるだけたくさん引き出した。でも、わたしは損をしているという思いが薄い膜のようにわたしを覆っていった。マーズ・ルームで男性客の膝に乗って腰をくねらせ、一方に有利な取引にどっぷりと浸《つ》かっていたあいだ、長い年月をかけて、わたしのなかで何かが発酵していった。その何かは発酵し、ふつふつと泡立った。ついにそれを誰かに向けたとき——そうしようと思う暇もなく衝動に押し流された——すべてが終わった。

顎ひげのジミーとジミー・ダーリングには、名前のほかにも共通点があった。わたしという共通点だ。でもそれも一時のことで、二人はまたわたしという共通点を失った。

いまならわかる。わたしが怒りを向けた相手のなかには、本当なら怒りを向けるべきではない相手がいた。たとえば疑似恋愛サービスを望んだ人、わたしのテーブルマナーにケチをつけた人がそうだ。わたしが彼に反感を持ったのは、子供時代の記憶の奥の奥に押しこめておいた人物、わたしが道を尋ねた人物にどこか似ていたからだ。十一歳だったわたしは、エヴァとパンクロック・クラブの深夜のライブを観《み》る約束をして、ダウンタウンの待ち合わせ場所に向かった。そして夜更けに道に迷った。本降りの雨が降り出した。サンフランシスコでは、深夜になるとダウンタウンから人の姿が消える。でもその日は、格好いいメルセデスから降りてロックしようとしていた灰色の髪をした初老の男性がいて、何か困っているのかいお嬢ちゃんと声をかけてきた。スーツを着たその人は、誰かのお父さん、りっぱな実業家といった風に見えた。わたしは事実、困っていた。どこに行くところだったか話すと、ここから歩くにはちょっと遠いねとその人は言った。

「タクシー代をあげようか」

「ほんと?」わたしは期待をこめて言った。雨でもうずぶ濡れになっていた。

するとその人は、ぜひきみの力になりたいんだと言い、まずは自分が泊まっているホテルに行こう、お金を渡すのはそのあとでと言った。ぜひきみの力になりたいが、一緒にホテルの部屋に行って一杯飲むのが先だと。

メルセデスの初老の男にせよ、疑似恋愛サービスを期待した男、わたしのテーブルマナーを指摘した男にせよ、どこにでもいそうな人だ。わたしは二人のどちらの名前も知らない。でも、二人がわたしに求めたものは同じだ。


護送バスは坂道を飛ばしてセントラル・ヴァレーに下っていった。

「刑務所をくそみそにけなす人間は多いけどさ、どこにいたって一分一分を大事に生きなくちゃならないよな」コナンが言った。「人生を無駄にしちゃいけない。前回、刑務所暮らしをしたときは、信じられないくらい派手なパーティを何度もやったよ。ここはほんとに刑務所かよって思うようなパーティだ。ない酒はないってくらいいろんな酒をそろえた。ドラッグもな。乗れる音楽も。ポールダンサーだっていた」

「ちょっと！」フェルナンデスが、前のほうの座席に座った刑務官に向かって叫んだ。「ねえ、あたしの隣の人、様子を見てやったほうがよさそうなんだけど」

フェルナンデスを知っている刑務官が振り向き、静かにしろと言った。

「だけど、この人——なんか変なんだってば！」

フェルナンデスの隣の大柄な人は、たしかにぐったりと前かがみになっていた。頭がもげそうなくらい垂れている。でも、誰もが同じ姿勢で眠っていた。

ふつうならついていかない。それはわかる。ふつうなら、その初老の男性についてホテルの部屋に行ったりしない。その人に助けを求めたりしない。十一歳の子供が真夜中の街をうろうろしたりしない。安全で、雨に濡れることもない家で眠っているはず、子供のことを考え、ルールや門限を設け、将来を楽しみにしてくれる両親のいる家にいるはずだ。ふつうの人なら、そもそもそんな状況にいるはずがない。でも仮にあのときのわたしの立場に置かれたら、誰だって同じことをするだろう。期待に目がくらんだ愚かな子供は、タクシー代ほしさについていく。

セントラル・ヴァレーの奥底のどこかの空はまだ暗かった。窓の外に目を向けると、巨大な黒い影が二つ、行く手の闇に浮かんでいた。ハイウェイ沿いで間欠泉が油混じりの黒い蒸気を噴き上げているかのようだった。すすを吐き出して空を黒く染めるなんて、いったいどんな恐ろしいものがあそこにあるのだろう。まるで煙か毒の巨大な黒雲だ。

ガス漏れのことは何かで読んで知っていた。フレズノだかどこだかで、何キロ分もの汚染物質が空に向かって吐き出されているそうだ。気体の量がキロ単位で表現されるようになったら、それはよほどの大事《おおごと》なのだと誰もが思う。行く手に見えるあれも環境災害の一つなのだろう。原油が地中に埋設されたパイプラインを破断させたとか、オレンジ色ではなく黒い炎が燃えているというような、あまりに不吉で説明さえできないようなことが起きているとか。

保安官事務所の護送バスは巨大な黒い間欠泉に近づいていき、ほんの一瞬だけれど、わたしにもその正体が見えた。

暗闇に浮かんでいたのは、ユーカリの木のシルエットだった。

緊急事態ではない。この世の終わりではなかった。ただの木だ。

夜が明けるころ、わたしたちは濃い霧に包まれていた。セントラル・ヴァレー全体が霧の海を漂い、舗装の割れ目から顔をのぞかせた雑草が風に吹かれながら霧に濡れていた。窓の外は一面、煙で覆われたように灰色だった。

目が覚めると、ローラ・リップが待ちかまえていた。

「自分の車に乗ってて殺された女の人の記事、読んだ？　刃物か何か、凶器を持った犯人が近づいてきて、銀行のＡＴＭまで乗せていけって要求したの。そいつに車に乗りこまれて、その女の人、結局殺されちゃったのよ。何の理由もなく頭を何度も切りつけられて。理由なんて何一つなかった。そもそも知り合いでさえなかったんだから。都会は野蛮で危険な場所になったってことよ。考えてみて、お昼の二時よ。場所はセプルベダ・ブールヴァード。数時間後に警察が死体を発見した。犯人はその朝、出所したばかりだった。殺す相手を探して街をうろうろしてた。ここまでくるともう、いまどきは刑務所にでも入れられてるほうが安全ってことよね。外に出るなんてごめんだわ。こっちからお断り。絶対に」

護送バスは農地に取り巻かれていた。働いている人影は一つもない。畑は農機具と一緒に捨て置かれていた。わたしはローラ・リップと一緒に捨て置かれている。

「そいつを出所させてなければ、被害者は殺されずにすんだ。一部の人にとって、現実は薄っぺらすぎるのよ。現実を透かして光がまともに入ってくる。特定の種類の人たち、常軌を逸した種類の人たち、精神的な病気を抱える人にとってはそういうことなの。わたしにはわかる。さっきも話したけど、わたしがここにいるのは双極性障害のせいだから。このバス、エアコンがあって本当によかった。暑いと、それがきっかけになって症状が悪化するから。悪化するときはあっという間よ」

日が昇って、霧は晴れた。ハイウェイの分離帯にこんもりと盛り上がったキョウチクトウの茂みが風で大揺れしていた。桃色の花は力なく倒れこんだかと思うと、次の瞬間、勢いよく立ち上がる。しかしまた襲いかかってきた風が桃色の花の頭を乱暴に振り回す。

車内に牛のにおいが充満した。コナンはそれで目が覚めたらしい。あくびをしながら窓の外を見やった。

「牛が着てるものは全部レザーだよな」コナンは言った。「頭のてっぺんからつま先までレザーで決めてる。クールじゃん。よく考えてみたら」

「その女の人には子供がいたの」ローラ・リップはわたしに言った。「その子、いまはみなしごよ」

ハイウェイ沿いにユーカリの木があった。わたしが夜の暗いなかで目にして、この世の終わりを想像した黒い影。それがいまは埃《ほこり》をかぶってみじめに見えた。南カリフォルニアでは、同じ葉が同じ枝に何十年もついたままだ。葉の落ちない木は、ほかの生物にはなかなか真似《まね》できないことをしていることになる。来る年も来る年もひたすら埃を集め続けている。土埃と排ガスをためこんでいる。

「アウトバック・ステーキハウスが最近、新しいステーキを開発したって聞いた。ビールを飲ませた牛のステーキだとさ」コナンの目は、土に囲まれてうずくまっているみすぼらしい生き物を見つめていた。見渡すかぎり土しかなくて、牛も土の一部に見えた。生きた土、息をして糞《ふん》をするオーガニックな土。牧草なんて、どこにも、一本も生えていなかった。「バドワイザー限定らしいよ。それを牛に強制給餌する。強制的に飲ませる、か。ビールで肉が柔らかくなるらしいね。けどさ、牛は飲酒年齢に達してるのかな。そのステーキは一度食ってみたいね。ここから出たら一番にやろうと思ってることがそれだ。アウトバックでステーキを食う」

定時の点呼のために刑務官が通路をやってきた。

「あんたさ、ブルーミン・オニオン、食ったことあるかよ」コナンはその刑務官に大声で訊いた。刑務官は黙って歩き続けた。コナンは遠ざかっていくその背中に向かってまた大声を出した。「でかいタマネギに花みたいな切れ目を入れて、衣をつけて、油で揚げる。これがまたうまいんだな。あれはほかの店じゃ食えない。商標登録されてるから」

バスは農家の前を通り過ぎた。ポーチにタイヤのぶらんこが下がっていた。枯れた葉が垂れ下がったワシントンヤシが何本か密集していた。カリフォルニアオウギヤシとも呼ばれていて、州の非公式マスコットのような植物だ。庭先に看板があった。〈クリッチリーをフレズノ郡地区検事に。クリッチリーに一票を〉。

左側の車線で工事が行われていた。作業員の一人が「減速して右車線へ」と書いた案内板をこちらに向けていた。

「あんたが着てるそのシャツ、俺が作ったんだぜ！」コナンがガラス越しに怒鳴った。作業員には聞こえていない。聞こえるのはわたしたちだけだ。「おいロンドン、静かにしてろ」刑務官の声で車内放送が流れた。「ウォスコじゃ道路工事用の作業服を作ってる。反射テープを接着剤で貼りつけてるんだ」

窓の外を見ると、さっきまではなかった白いふわふわしたものが無数に飛んでいた。ハイウェイ全体を覆い尽くすような勢いで飛んでいる。雨のように路面に落ちるのではなく、空中を浮遊しながら渦を巻いていた。白いふわふわしたくずの出どころは、護送バスの前を走っている貨物トラックだった。いったい何なのかわからなかったけれど、バスがトラックを追い越そうとして横に並んだところでわかった。荷台に金網のケージが何段も積み上がっていた。ケージには七面鳥が入れられている。ぎゅうぎゅう詰めで、みな長い首を窮屈そうに曲げていた。風でむしられた羽毛が白い斑点《はんてん》になってハイウェイの路面を覆っている。いまは十一月。今月末の感謝祭向けの七面鳥だ。

「ねえ、ちょっと！　この人を見てあげてよ！」フェルナンデスがまた声を上げた。隣の人は席に座ったまま横に大きく傾いていた。「ねえ、誰か！」

その人は大柄だった。体重は百五十キロくらいありそうだ。ずるずるとすべって座席からずり落ち始めた。まもなく体を不自然に折った格好で通路にどさりと落ちた。車内がざわついた。みな小声で何か言い合ったり、舌を鳴らしたりしていた。

「居眠りってやつか」コナンが言った。「爆睡だ。うらやましい。護送バスは乗り心地が悪くて、ろくに眠れないもんな」

「ちょっと!」フェルナンデスが前に向かって叫んだ。「どうにかしてよ。隣の人の様子が変なんだってば」

刑務官の一人が立ち上がってこちらに来た。床に落ちた人を見下ろして大声を出す。「おい! おい!」反応がないと見ると、軍用ブーツのつま先で肩を揺らした。

それから前のほうに向かって叫んだ。「反応なし」

彼らは〝矯正官〟を自称している。一般の警察官は、刑務官を警察官のうちに勘定せず、法執行機関の最底辺をなす半端者扱いしている。

バスの前方にいた刑務官が電話をかけた。

様子を見に来た一人は自席に戻りかけたところで足を止め、フェルナンデスに顔を向けた。

「結婚したんだってな、フェルナンデス」

「よけいなお世話だよ」

「一つ教えてくれよ、フェルナンデス。おまえらは何かスペシャルな結婚式をやるのか? 知的障害者にはほら、スペシャル・オリンピックがあるだろ」

フェルナンデスがにやりとした。「どうかな。あんたみたいな知恵の遅れた男と結婚する羽目になったら、刑務官どの、そのとき初めてわかるかもしれないね」

コナンがよく言ったといわんばかりに野太い歓声を上げた。

「俺みたいな知恵の遅れた男は、でぶで醜い刑務所の売女とは結婚しないさ、フェルナンデス」

刑務官は通路を戻っていき、自分の席に座った。意識を失った人のことはすっかり忘れているようだった。

ローラ・リップは眠りこんだ。おかげでようやくおしゃべりがやんだ。

護送バスは、座席の一つに半分もぐりこむようにして力なく床に転がった一人を放置したまま、静かに走り続けた。

2

サンフランシスコのいやなところは、あの街での未来がなかったこと、過去しか持てなかったことだ。

わたしにとってサンフランシスコといえばサンセット地区だった。霧に覆われ、緑がなく、吹きさらしで、砂丘の上に開かれた住宅地に同じ顔つきの民家が並んで、ビーチまでの四十八ブロックを埋め尽くしている。そこに住んでいるのは主に中流から中流の下層の中国系アメリカ人と、労働者階級のアイルランド系カトリック教徒だ。

中学時代、よくみんなで〝フライライ（fly lie）〟を注文した。紙カートン入りのチャーハン【フライド・ライス（fried rice）】。ものすごくおいしかったけれど、何かでハイになっていたりするときは、食べ足りなかった。わたしたちはお店の人を〝グック〟と呼んだ。それがベトナム人を指すとは知らなかった。わたしたちにとっての〝グック〟は中国系の人のことだった。ラオスやカンボジアの人たちは〝FOB《エフオービー》〟【fresh off the boat、「船から下りたばかりの移民」】。一九八〇年代の話だ。移民の人たちが、どれほどの苦労の末にアメリカにたどりついたのか。わたしたちは彼らの背景を知らなかったし、思いやることも知らずにいた。移民の人たちは英語を話せず、わたしたちの鼻にそれぞれの国の料理のにおいをさせていた。

サンセット地区こそサンフランシスコと胸を張って言いたい。ただし、わたしの思うサンセット地区は、世間に知られているサンセット地区のイメージとは少し違う。レインボー・フラッグやビート世代の詩、曲がりくねった急坂ではなく、霧、グレート・ハイウェイまでびっしりと並んだアイリッシュ・パブや酒店、グレート・ハイウェイとオーシャン・ビーチにはさまれてどこまでも続く緑地帯と、そこできらめく割れたガラス瓶の海だ。塗装を剝いで下塗り剤だけを塗った誰かのチャージャーやチャレンジャーの後部シートに女の子が並んで乗って走る、ビーチまでの短くて長い四十八ブロックだ。助手席に乗った男の子はどこかからくすねてきた消火器をかまえて、街角の人々に無差別に白い泡を浴びせかけた。

サンフランシスコを訪れた旅行者や、サンフランシスコの住人でももっと高級な地区からオーシャン・ビーチに来た人なら、堤防の向こうでわたしたちが囲んでいた焚《た》き火を目にしたことがあるかもしれない。女の子の髪には煙のにおいが染みついた。一月の初めにオーシャン・ビーチに来たことがあれば、もっと大きな焚き火も見ているだろう。クリスマスツリーを燃やす焚き火だ。乾燥してよく燃えるようになったツリーは、うずたかく積み上げられた薪《たきぎ》の山のてっぺんで破裂する。一本破裂するたびにわたしたちが上げた歓声がきっと聞こえただろう。〝わたしたち〟というのはWPODのことだ。わたしたちは、未来よりも目の前の日々を愛していた。『ホワイト・パンクス・オン・ドープ』という歌があるけれど、わたしたちは聴いたことさえなかった。〝WPOD〟はその曲タイトルの頭文字を取ったものではない。ギャング組織の名前ではなく、分類名だ。価値観、ファッション、人生哲学、人としてのあり方を象徴する名前。そのスローガンを〝ホワイト・パウダー・オン・ドーナッツ〟と読み替える人もいたし、わたしたちの大半はそもそも白人《ホワイト》でさえなかったから、何を表すのか、なおさらうまく説明できない。というのも、サンセット地区のWPODが信奉していたのは、白いパウダーではなく〝白いパワー〟だったから。ただ、それを信じていたのは、パワーとは無縁の若者だった。ごく少数の少女や少年のように、デルー美容学校に入学したり、九番アヴェニューのアーヴィング・ストリートとリンカーン・ウェイのあいだにあるジョン・ジョン屋根塗装店に採用されたりする幸運な〝選ばれた少数〟になれないかぎり、いつかリハビリ施設や刑務所に入ることになるかもしれない、パワーとは無縁の若者だ。

まだ小さかったころ、古い雑誌の表紙を見た。ガイアナで教祖ジム・ジョーンズから渡されたクール・エイド【アメリカの粉末ジュース。洗脳された信者が青酸カリ入りのクール・エイドを飲んで集団自殺するという事件があった】を飲んだ人民寺院信者のローブや足が写っていた。子供時代を卒業するまでずっと、その写真を思い出しては悲しくなった。ジミー・ダーリングにそのことを話すと、世間ではそういうことになってるけど、実際はクール・エイドじゃなかったんだよと言われた。あれはHI-C《ハイシー》だった。

そんな区別を気にするのって、いったいどういう人よ?

答えは、自分の知識をひけらかしたがる人だ。わたしと違って、あの写真を見て平気でいられる人。わたしはカルト教団に入るようなタイプではなかった。自殺した信者の足、毒入りジュースが入っていたバケツを見てわたしが感じた脅威はそれではなかった。あの写真の足が明らかにした事実、死を飲んでようやく一員として認められる集団があるという事実だ。

五歳か六歳のとき、スーパーマーケットでペーパーバック本の表紙を見た。裸の女の人のイラストだった。ナイフが二本突き立てられていて、周囲に血だまりが広がっていた。その表紙にはこうあった――〈彼女は二度殺された〉。それが本のタイトルだった。そのとき母は店のどこかで買い物をしていて、わたしは一人きりだった。アーヴィング・ストリートのパーク&ショップだった。母は二つ三つ先の通路にいるはずなのに、わたし一人だけ吸い出されて海に放りこまれ、『彼女は二度殺された』の世界に沈んだきりもう戻れないのだという錯覚にとらわれた。スーパーマーケットからの帰り道、ずっと吐き気をこらえていた。母が作った夕飯は喉を通らなかった。母はろくに料理をしない人だった。その日もわたしの食事はたしか袋麺のトップ・ラーメンで、それをわたしの前に置いたあと、そのとき交際していた誰だかの世話を焼きに行った。

それから何年も、『彼女は二度殺された』の表紙のイラストを思い出すたびに吐き気を催した。いまなら、わたしの反応はごくノーマルなものとわかる。みんなこの世に悪が存在することを幼いうちに学ぶ。その知識を吸収する。ただ、最初はうまくのみこめない。巨大な丸薬みたいで、なかなか喉を通らない。

十歳のとき、わたしはタイラという年上の少女に心酔した。とろんとした目とオリーブ色の肌をしていて、ちょっと嗄《か》れた声が格好よかった。タイラと初めて会った夜、わたしは誰かの車に乗り、街を流しながらレーベンブロイ・ライトを飲んでいた。通称〝ローウィ・ライト〟。緑色のボトルにベビーブルーのラベルがついたドイツのビール。車はノリエガ・ストリートの一軒家の前でタイラを拾った。その家は非公認の少女専門養護施設だった。その施設を運営していたラスという男性は、意外なことにというべきか、やはりというべきか、夜な夜な少女を暴行していた。そこに入所していると、遅かれ早かれ夜中にラスの訪問を受けることになる。ラスは年を食っていて、たくましくて、卑劣な男だった。女の子たちは、それが規則だというみたいに、あるいは家賃代わりだというみたいにレイプされると不満を言った。それでもあきらめて我慢していた。我慢するしかなかったからだ。周りのわたしたちも何もしなかった。ラスはみんなにお酒を買ってくれたから。それに、何をすればよかった？　警察に通報する？　女の子から相談の電話を受けると、タラヴァル・ストリートの警察署に呼んで話を聞く代わりに、ロボス岬に連れていく刑事がいるというのは有名な話だった。

タイラは助手席に乗りたいんだけどと有無をいわさぬ調子で言い、助手席に乗りこむなりダッシュボードに足を載せた。ちょっともう酔っちゃってるんだよねと呂律《ろれつ》の回らない舌で言って、それがたまらなく格好よかった。ダイヤモンドのピアスをつけていた。タイラはローウィ・ライトを飲み干し、空きボトルをウィンドウ越しに投げ捨てた。その動きに合わせて、子供みたいな耳たぶの上でダイヤモンドがきらきら光を放った。あの石は実は偽物だったのかもしれないけれど、関係ない。効果は同じだ。わたしの目には、タイラそのものが魔力を持っていた。

その年、わたしは両親がそろった中流家庭の子と仲よくなった。その子はわたしの家にお泊まりに来た。次の週の学校で、その子はみんなに向かって言った。ロミーの家では、晩ごはんにホステス印の甘いパイなんか食べるんだよ。しかも食べ終わったら包装紙を丸めてベッドの下に投げこむの。わたしはそのことを覚えていない。だからといって、その子が嘘をついたと言いたいわけじゃない。母は夕飯にわたしが食べたいものを食べさせてくれた。母はそのときつきあっている男と一緒にいることが多かった。どの相手もだいたい子供嫌いだったから、寝室に鍵をかけて二人でこもっていた。母は近所の食料品店に代金後払いの口座を持っていて、わたしは一人その店に行き、お菓子やポテトチップス、何リットル分ものソーダなど、好きなものを買った。友達によく思われたくて見栄を張るなんて知恵はなかった。わたしやうちのことについてその子が言った内容を思うと悲しくなった。放課後、その子がパルナサス6番バスを降りるとき、お尻をピンで突いたときだってまだ悲しかった。わたしは後ろの扉のそばで待ち、その子が降りようとしたところでパンツのお尻にぷすりとピンを刺した。みんなやっていたことだ。家庭科の実習室からくすねたピンで。誰でもやっていたけれど、自分がやられると、涙の粒が頬をぼろぼろ転がり落ちる。

ジミー・ダーリングはよく、〈ダイヤモンドは永遠の輝き〉という広告のコピーをジョークの種にした。地球の鉱物はどれだって永遠の輝きなのにと彼は言った。ジュエリー業界は、ダイヤモンドを売るためにダイヤモンドだけが永遠の輝きを保つように消費者を勘違いさせ、しかもそれが功を奏している。

数日後、タイラから電話があって、日曜にゴールデンゲート・パークに行くことになった。ゴールデンゲート・ブリッジ周辺にはよく人が集まってローラースケートをしたりしている。わたしは橋の数ブロック手前に住んでいたから、タイラが行きがけにわたしの家に寄った。

タイラは言った。「ある女の顔に一発お見舞いしてやんなきゃいけなくなってさ」

わたしはわかったと答え、二人で公園に行った。

タイラが一発お見舞いしてやらなくてはならない相手は先に来ていた。お兄ちゃん二人が一緒だった。サンセット地区の子ではなかった。ヘイト＝アシュベリー地区の子だった。お兄ちゃんは二人ともおとなで、そろってコール・ストリートの自動車整備工場で働いていた。タイラの喧嘩相手の女の子は背が高く、華奢《きゃしゃ》な体つきで、つやつやの黒髪をポニーテールにしていた。ピンク色のショートパンツに、〈WHATEVER（どうでもいいけど）〉と書かれたシャツを着ていた。偏光パール入りで青っぽく光るリップグロスを塗っていた。タイラは恵まれた体格をしていて気が強い。タイラと喧嘩したい人なんかいなかった。脚の長いポニーテールの子もタイラもスケート靴を脱いだ。ソックスで芝生に上がってそこで戦った。足もとがソックスだからといって、やわな喧嘩になるわけではない。

タイラが強烈な蹴りを入れようとした。ポニーテールの子にその足をつかまれ、タイラはバランスを崩して地面にひっくり返った。ポニーテールの子がそこに飛び乗り、タイラの胸を両膝で押さえておいて、拳《こぶし》でタイラの顔を殴り始めた。左、右。パン種をこねているみたい、パン種に八つ当たりしているみたいだった。パンチ、パンチ、パンチ。人の顔の形をしたパン種を殴り続ける。お兄ちゃんたちがはやし立てた。もっとやれとけしかけていた。もしも妹がやられている側だったとしても、仲裁には入らなかっただろう。二人があの場に立ち会っていたのは、喧嘩はガチンコ勝負だと信じ、力を尽くして闘うことに誇りを見いだしていたからだ。ポニーテールの子は延々と殴り続けた。腕が細くて、拳で顔を殴りつけても大した威力はなさそうだったけれど、回数が重なるうちにダメージが蓄積した。止めに入ろうなんて考えは、わたしの頭に浮かばなかった。タイラがむちゃくちゃに殴られているのをただ見ているだけだった。

もう充分だろうと思ったか、ポニーテールの子はついに殴るのをやめた。立ち上がり、ポニーテールを結び直し、お尻の割れ目に食いこんでいたショートパンツの裾を引っ張った。タイラも起き上がり、手で涙を払おうとした。わたしはタイラに駆け寄った。タイラの髪はもつれ、そこらじゅうに刈られて枯れた芝生の切れ端をくっつけていた。

「強烈な蹴りを入れてやったよ」タイラは言った。「見たでしょ。あの女の胸を蹴ってやった」

両目が腫《は》れて、ほとんど閉じてしまっていた。頬も腫れててらてらしていた。相手の子の指輪が当たって、顎に切り傷ができていた。「強烈な蹴りを入れてやったよ」タイラはそう繰り返した。

そうやって都合のいいところだけ見るのも一つの知恵だけれど、はっきりいえば、あの日、タイラはこてんぱんにやられた。しかも〈どうでもいいけど〉なんてTシャツを着ている〝女の子女の子〟した相手、喧嘩になんて絶対に勝てそうにない子に。でも、喧嘩が始まった瞬間、その絶対に勝てそうにない子が勝つんだろうと誰の目にも明らかになった。その日の勝者がエヴァだった。

エヴァと友達になったのは、その日ではなく、もう少しあとになってからだった。〝あと〟というのは、たぶん一年くらいたってからのことで、それでもエヴァとあの連続パンチの記憶は少しも遠ざかっていなかった。女の子はたいがい喧嘩の前には大きなことを言うけれど、実際にはひっかいたり髪を引っ張ったりするのがせいぜいで、そもそも約束の場に現れないことだってある。

エイジャックスからジミー・ダーリングに乗り換えたみたいに、わたしはタイラからエヴァに乗り換えたともいえるかもしれない。どっちの場合も、一人目がわたしを二人目に引き合わせた。人生は評価と再評価の繰り返しだ。それに、いつまでも負け犬にくっついていたい人なんてどこにもいない。

エヴァはプロフェッショナルだった。いつもライターや栓抜き、落書き用のマーカー、お酒のポケット瓶、硝酸アミル、バック印のナイフを持ち歩いているような女の子だ。防犯タグの解除器まで持っていた。新品の衣類についた万引き防止のセンサー入りタグをはずすのに、百貨店の販売員が使うあれだ。エヴァはそれを盗んで持っていた。ほかのみんなは万引きした品物を抱えて店を出る前に防犯タグを強引にむしり取っていた。試着室に防犯タグだけ残っていたら一目でばれてしまうから、タグを脇の下に挟んで店を出た。そうすればセンサーの通信の邪魔ができて、警報を鳴らさずに店を出られる。わたしたちは窃盗症《クレプトマニア》だったわけじゃない。窃盗症というのは、万引きをやめたくてもやめられないお金持ちの人を指す言葉だ。わたしたちは、化粧品や香水、バッグや衣類――女の子なら持っているはずの品物、持っていたい品物なのに、お金のないわたしたちにはとても買えないもの――を手に入れる革新的な方法を模索していた。

わたしの服にはどれも、防犯タグをはずした穴が開いていた。エヴァは魔法の機械を使い、万引きした服から正規の方法でタグをはずしていた。ある日、エヴァは高級百貨店アイ・マグニンに行って、ラビットファーのコートの万引き防止ワイヤをワイヤカッターで切り、コートを着て、そのまま店を出た。ファーやレザーのジャケットのワイヤは袖に通されていたから、袖口からワイヤの輪がぶら下がって、巨大な手錠みたいだった。

やがて〝男の子ファッション〟期が訪れて、エヴァはファーのジャケットを着なくなった。代わりに、サンセット地区の男の子と同じような格好をした。ベンデイビスのパンツをはき、門番が下げるようなキーリングをベルトループから垂らした。下がっている鍵の数が多ければ多いほどよかった。金色のペイズリー柄のキルティング裏地がついた黒いダービージャケットを着ていた。ジャケットには左右の肩を結ぶ独特の縫い目も入っていた。男の子と同じように、エヴァも鋼鉄の補強入りのブーツを履いて流行のファッションを完成させた。補強入りの爪先は、誰かの頭を蹴飛ばす必要が生じたとき役に立つ。

ある晩、わたしは、真っ暗なビッグ・レクに座ってバカルディ151を飲んでいるグループに遭遇した。わたしより年代が上の、初めて見る人たちだった。サンセット地区の敵地、クロッカー＝アマゾン地区の人たちだ。その人たちからエヴァのポラロイド写真を見せられた。この女、おまえの友達？　写真のエヴァは酔いつぶれ、非行少年風のいつもの服を脱がされ、むき出しのもものあいだに野球のバットをはさんでいた。

エヴァは相手が男の子でも殴り合いの喧嘩をすれば勝った。ドラッグやお酒の競争でも勝った。だからそのグループの男の子たちは、俺たちはエヴァにこんなことをしたんだぜと自慢したくて、わたしに写真を見せた。

わたしはそのことをエヴァに話さなかった。そのあとのこと、エヴァがのちにテンダーロイン地区で暮らすクラック常習者に身を落としたことを考慮に入れても、バットを股にはさんだポラロイド写真は、エヴァが他人から受けた最悪のしうちだった。たしかに、エヴァは自分自身にひどいことを山ほどした。でも、それとこれとは別だ。

ドラッグをやりたいという抗しがたい衝動を抱えている子が一部にいる。どうしてもやらずにいられない。エヴァもそんな感じだった。エヴァが自分のママから初めて安定剤のヴァリアムをくすねたとき、わたしたちは二人で一錠ずつやって、それからウェスト・ポータル地区に繰り出した。あたし何も感じないんだけど、あんたどう、とエヴァは訊いた。あたしもまだ何も感じないよ。じゃあ、もう一錠やろっか。まだ何も変わらないんだけど、あんたどう。ちょっとだけかな。じゃあ、もう一錠やろっか。ねえ、ハイになった？　わかんない。結局わたしたちは一瓶全部やり、七時間後、ラウンド・テーブル・ピザで、ミズ・パックマンのテーブルゲームのほんのり温かいガラス天板に頰を押し当てた状態で目が覚めた。二人ともふらつきながら家に帰って、三日間、寝通した。

それからまもなく、わたしはラグーナ・ホンダ・ブールヴァードのフォレスト・ヒル駅の真向かいの停留所でバスを待っていた。真夜中のことで、バスは深夜運行していた。つまり、一時間に一本の割合でしか来なかった。同じ停留所でもう一人待っている人がいた。その男の人はたばこを差し出して火をつけてくれ、この近くでドラッグを買えるところを知らないかと訊いた。まだ二十代くらいの若い人だったんだと思う。でもそのときは、年齢なんて見当がつかなかった。そのころのわたしには、十八歳より上の人はみんな年寄りに見えたから。その人は女の子との話し方を心得ていた。軽くおだてるのがコツだと知っていた。わたしはいい気分になって、ヴァリアムなら売ってあげられるよと言った。それは嘘だった。わたしは、ママがたまたま処方されていた薬を運よくくすねた友達がいるだけの十二歳の子供にすぎなかった。それでも、少しなら調達できると思うけど、と言った。いますぐ売ってもらえるかな、とその人は訊いた。わたしは、友達に電話してみないと、と答えた。男の人は、わたしが友達と電話で話したあと連絡が取れるように、自分の電話番号を教えようとした。でも、二人とも書くものを持っていなかった。正直なところ、わたしにヴァリアムを調達できるとは思えなかったけれど、嘘でしたとはいまさら言えなかった。男の人は靴を脱いだ。年寄りが履くようなタイプの靴、スーツに合わせるような靴で、その人は、わたしがドラッグを手に入れたら連絡できるよう、停留所の後ろのざらざらしたスタッコ塗りの壁にかかとの黒い部分を使って七桁の電話番号を書いた。それを見ながらわたしは思った——あたし、なんかひどいことしちゃったみたい。

エヴァが来てノックするまで、わたしはたいがいドラッグをやるつもりではいなかった。ある朝、エヴァはデルコートとかいうものを二回分持ってうちに来た。ＬＳＤとエンジェルダストを混ぜたドラッグだ。それぞれ一回分ずつやった。六年生と七年生のあいだの夏休みのことだった。あいかわらずどんより曇った霧の一日で、やることといえば、アーヴィング・ストリートのカフェ・ローマに行ってゲームで遊んで、ドーナツに牛挽肉《ひきにく》とアメリカンチーズを詰めたピロシキを食べて、洗濯前のソックスみたいな臭いがするミッキーという名前のビールを公園で飲んで、〝ブルーボール【直訳すると「青い睾丸」。性的に興奮させておいて射精させないことを指す】〟の意味を教えてくれたコミック書店の店員と駄弁るくらいしかなかった（そんな質問をしたわたしはたぶん、その人にブルーボールしたことになるだろう）。

たまには変わったことをしようと、ＬＳＤとエンジェルダストの混合ドラッグをやってから、路面電車の線路伝いにはるばるオーシャンビーチまで歩いていった。途中でジュダ・ストリートのセブンイレブンに寄った。わたしはバターフィンガーを買って一口かじった。チョコレートとピーナッツバターのお菓子なのに、砂みたいな味しかしなかった。わたしは思った。こんな人生、いやだ。しばらくたって、誰かのガレージに駐《と》まったバンのなかでスラッシュメタルのスレイヤーを聴いていると、エヴァが頭をのけぞらせて目を閉じた。わたしは長い黒髪をしたエヴァの横顔を見て確信した。わたしとエヴァの未来は悪魔の手に握られている。わたしたちは決して救われない。

それはみんながアントン・ラヴェイの家に集まるようになる前だった。ラヴェイの家では悪魔《サタン》崇拝の集会が開かれていた。家はゴールデンゲート・パークの向こう側、リッチモンド地区にあった。わたしは一度も行ったことがないけれど、周りの子たちは行っていた。悪魔崇拝にはまるのはキリスト教徒として育てられた子と決まっていた。わたしの母は無神論者だったから、たとえ悪魔教であろうと、わたしが宗教に心酔したと知ったら笑っただろう。スタンヴィル刑務所の木工工場でパートナーを組むことになったノースなら、もしアントン・ラヴェイの家に招かれたら喜んで行きそうだ。でもあいにくノースは塀のなかで、アントン・ラヴェイの家はもうない。アントン・ラヴェイは死に、彼の黒い家も取り壊されて、いまはコンドミニアムが建っている。

わたしが興味を惹《ひ》かれた家は別にあった。スカマーズというグループが暮らしていた家だ。そこにはエヴァに連れていかれた。マソニック・アヴェニューのヘイト地区寄りにある家だった。伝統的なヴィクトリア朝様式にありがちな増築を繰り返した建物で、ディーゼルエンジンのバスが坂を下ってくるたびに気泡ガラスの出窓ががたがた音を立てた。その四三番のバスに乗ると、ギアリー・ブールヴァードのシアーズ百貨店に行ける。街で遊んでいて疲れるとシアーズに入り、家具売り場のベッドに寝転がって休憩したものだ。わたしはスカマーズのことをよく知らなかった。どんな素性の人たちなのか、いつごろからあの大きなアパートで暮らしていたのか。なかに入ると、時代は一九六九年で止まっている。どの部屋もテニスボールでペイントされていた。いろんな色の塗料に浸したテニスボールを放り、室内を跳ね回るにまかせる。すると、壁、床、天井にスパゲティ状の色が散乱する。家全体に統一感はあったけれど、気が休まらなかった。混乱した頭からあふれ出した走り書きを部屋中に撒《ま》き散らしたみたい、淫《みだ》らな妄想に囲まれているみたいだった。スカマーズには互いに血縁のない人たちが集まって住み、紫色のマイクロドット【直径二ミリほどのLSDの錠剤】の販売ビジネスを総出で営んでいた。大柄な女性がキッチンに座り、肉切り包丁を使ってマイクロドットをグラシン紙の袋に小分けしていた。一粒でも取りこぼしてはいけない。ドラッグを買いに行ったときたまたま袋詰め作業中だったら、作業が一段落するまでテーブルに座ってじっと待つしかない。女性が顔を上げたら、ようやくお金を渡して小袋を受け取る。わたしがその家に初めて行ったとき、夢遊病者みたいにうつろな表情をした上半身裸の少年が女性の背後のガスレンジの前に立ち、マカロニチーズを作るお湯を沸かしていた。痩《や》せてしなやかな体つきをして、髪はノミの卵みたいに透き通った金色だった。胸の真ん中に陥没したところがあった。そのせいで、お湯が沸くのを待っている姿がますます幽霊じみていた。箱のなかでマカロニが立てる乾いた音を聞いて、なんだか気味が悪くなった。少年はチーズの袋を開けて鍋に振り入れた。マカロニをかき回したスプーンでそのまま食べた。少年は裸足《はだし》で、パンツはベルトをしないとずり落ちそうだった。年齢は十歳くらいに見えた。

スカマーズの人たちはどこの誰だったのだろう。あれからどこに行ってしまったのか。歴史というものは、大半が世に知られていない。ネット接続が禁じられている刑務所にいるわたしより、自分のほうが自由にものごとを調べられるつもりでいても、たしかに存在したのにネットや本では見つからない世界がたくさんある。〃スカマーズ〃をグーグル検索しても、何も出てこない。痕跡一つ見つからない。それでもスカマーズは実在した。

そしてもし、わたし以外の誰かがあの人たちを覚えていたとしても、その誰かの回想を聞いたら、あの人たちが本当に存在したとはかえって信じられなくなりそうだ。事実によってわたしの記憶から誤りが取り除かれることにはなるだろうけれど、事実は、感覚的な印象、これだけの歳月が過ぎても消えない何かぼんやりとしたもの、過去が拭い去られてもなおわたしをとらえて放さない生々しいイメージを容赦なく切り捨ててしまうだろうから。

エヴァのお母さんがいつも時間をつぶしているアッパー・ヘイト地区のバーは、ポール・モール・グリルという名前だった。子供が来ても追い払わず、おとなの客がラブ・バーガーを奢《おご》ってくれたりした。ただのハンバーガーだけれど、お店にいえばバンズにカレーをかけてもらえた。たぶんその部分が〃ラブ〃だったんだと思う。カレーをかけたのを食べると、手が花粉のように鮮やかな黄色になった。食べきれなかった分は、店の前にいるレザーマンに食べてもらった。

レザーマンって覚えてる？　ヘイト地区の住人にそう訊けば、たいがい覚えているはずだ。レザーマンは黒いレザーのパンツとレザーのシャツ、黒いレザーの帽子をかぶっていた。靴も靴下も履いていない足は、街のすすで黒く汚れていた。レザーマンはいつもポール・モールの前にいるか、公園の東側のスタニアン・ストリートをビーチで貝殻を探すみたいな目をして行ったり来たりするかしていた。もちろん貝殻が落ちていたりはせず、通りの反対側のマクドナルドの店舗から出たごみが散らかっているだけだった。レザーマンは、どんなときも決してレザーの服を脱がないという噂《うわさ》だった。もう何十年も一度たりとも脱いだことがないという。一度、エヴァやお母さんと三人で、くず入れをあさっているレザーマンをポール・モールの前から観察したことがある。エヴァのお母さんは言った。「あんたたちさ、あの人がもし服を脱いだらどうなるか知ってる？」

エヴァとわたしは首を振った。

「死んじゃうんだよ」

お母さんは煙を吐き出し、たばこを投げ捨てた。わたしはのちにそれを真似して、親指と人差し指でたばこをはじくようになった。その小さなしぐさ一つで、いっぱしの女になった気がした。

レザーマンはその吸い殻を拾い、エヴァのお母さんが惜しげもなく捨てた最後の数口をおいしそうに吸った。

レザーマンとリヴァーマンを混同してはいけない。といっても、両方を知っている人なら、まず間違わない。

リヴァーマンは七一年型のプリムス・ノリエガに乗っていた。わたしは一度しか見かけたことがないけれど、見た瞬間、ああこれが噂の人かとぴんときた。見た目が肉とか肝臓《リヴァー》に似た硬質プラスチックの物体が、頭に溶接されたみたいにくっついていた。それは死ぬまで取れないということ、完全に一体化していることが、何か見てはいけないものを見てしまった気にさせた。つやのある分厚い板状のものが、本当なら髪や頭皮があるはずのところにくっついている。朝鮮戦争の帰還兵だという話も聞いた。戦争で後遺症を負い、その治療のために頭のてっぺんにあの物体を載っけることになったという話だった。

シャッフラーもときおり見かけた。出没エリアは公園の反対側、わたしが高校時代に働いていたギアリー・ストリートのバスキン・ロビンス・アイスクリーム店の前あたり。その人は、初めはふつうに歩いているのに、突然、脚の動きが妙になる。靴の裏で歩道にバフがけするように設計された機械みたいだった。小刻みなすり足《シャッフル》でその一ブロックを歩ききるとそこで立ち止まり、またふつうに歩き出す。何か神経的な障害のせいだったのかもしれないけれど、それよりもそういう星の下に生まれついたように思えた。ギアリー・ストリートにさしかかったらシャッフルを始め、一定区間を進んだらまたふつうに戻る運命にあったように。アイスクリーム店で働いていた、というのは少し違うかもしれない。アイスクリームを売ってはいたけれど、売り上げをレジに入力せず、閉店時刻にレジを締めるとき余剰分をくすねていた。ホイップクリームの泡立てディスペンサーに充塡する亜酸化窒素ガスを吸引したりもした。店員はほとんどが女の子で、男の子に店内でスケートボードをさせたり、カウンターのなかに入れて亜酸化窒素ガスを吸わせたり、アイスクリームを好きなだけ取らせたりしていた。毎晩、時計を進めて閉店時刻を前倒しにし、フロアに水をはね散らかしただけでモップ掃除が完了したことにした。あの店はおとなの監督なしに子供が経営していたようなものだった。夜間の店長、スコットランド系のアルコール依存症のヘレンという人は、アイスクリームケーキを作り終えたらさっさと帰宅してしまっていたからだ。アイスクリームケーキを作るスキルは、わたしたちの誰も持っていなかった。

ラグーナ・ホンダ・ブールヴァードのバス停留所で会った男の人、ヴァリアムをほしがった人は、強引な楽観主義の持ち主だった。靴の踵《かかと》を使って自分の電話番号を道端の塀に書き殴るような押しの強い人だった。それがわたしに警戒心を抱かせた。その人はドラッグが切れた苦しさに負け、十二歳の子供と取引をしようとした。その子供がおそらく嘘をついていることくらい考えるまでもなくわかっただろうに、それでも無理にその子を信じようとした。

エヴァのお母さんは白人だった。お父さんはフィリピン人だった。お母さんはヘロイン中毒者だった。お父さんは厳格だった。警備会社に勤めていて、ベイヴュー地区にかつてあったけれど、そのころにはもう閉鎖されていたラッキー・ラガーの古い巨大な醸造所のエントランスゲートで警備員をしていた。わたしたちは醸造所までお小遣いをもらいに行ったことがある。お父さんは紙幣を丸めてエヴァに投げつけると、ゲートのなかに戻っていった。十年後、わたしがよく遊んでいた男の子たちがその醸造所に押し入った。いろんな機械をごっそり盗み出した。後日、一人がバックホーをレンタルしてまた醸造所に行き、重くて運べなかった機械を持ち出した。エヴァのお父さんはもう隠居していた。エヴァは街で体を売っていた。お母さんは過剰摂取で死んだ。ポール・モール・グリルは閉店した。スカマーズは消えた。サンセット地区は変貌を遂げた。アーヴィング・ストリートの食料品店は高級食料品店に変わった。わたしが高校時代に仲よしだった女の子はそこの精肉カウンターで働いていた。大学のロゴ入りのスウェットシャツを着て、発泡スチロールの大きなカップから健康的な飲み物を飲む、見るからに中産階級出身の男子学生が街にあふれた。昔からあった郵便局まで移転した。それはあまりにもひどい侮辱と思えた。あらゆるものがお金に交換されるようになって、わたしはかつてあった陰鬱な場所が恋しくなった。そういう場所に幸せな思い出など一つもないけれど、それでも取り戻したくなった。床がべたべたしていて、トイレにはイボつきコンドームの自動販売機が置かれていたバー。たとえばゴールデン・グロメット。みんな金色のゲロ《ゴールデンヴォミット》と呼んでいた店、アイルランド系の年寄りが午前七時の開店を待って戸口で眠りこんでいた店。いつも誰も乗っていなくて、時間にいいかげんだった路面電車が懐かしい。いまでは八分ごとに鐘を鳴らして発着し、高価な靴を履いてヘアスタイルを気にする人たちを満載している。

わたしが四四番のバスを待ったラグーナ・ホンダ・ブールヴァードの屋根つき停留所は修繕された。おしっこの臭いは消え、停留所の背後の丘の上にあった少年院と同じピンクがかった冴《さ》えないベージュ色の擁壁や停留所の屋根もなくなった。あのころ少年院は少年指導センターと呼ばれていたけれど、いまはもっと弱者に寄り添うような親しみやすい名称に変わっている。あの男の人が靴の踵で電話番号を書いた塀は、ペンキが塗り直された。

もしペンキが塗り直されていなかったら、ざらついたスタッコ塗りの塀にあの人が書いた数字が奇跡的にいまも残っていたら。黒い靴の踵で書いた数字が、歳月を透かしていまも読み取れたとしたら。その番号をダイヤルしたら、誰が電話に出るのだろう。あの男の人はいまどうしているだろう。マソニック・アヴェニューの家で鍋をかき回していたスカマーズの男の子は、レザーマンは、いまどこにいるのか。エヴァは？　みんなどうしているのだろう。みんなあれからどうしたのだろう。

3

面会時の禁止事項

オレンジ色の服
明度・彩度にかかわらず青系の服
白い服
黄色い服
ベージュあるいはカーキ色の服
赤い服
紫色の服
色にかかわらずデニム素材の服
スウェットパンツやスウェットシャツ

アンダーワイヤや金属パーツを使用したブラジャー
女性はブラジャーを着用のこと
〝シースルー〟など透ける素材の服
〝レイヤード〟ファッション
肩の露出
タンクトップや〝キャップスリーブ〟のトップス
襟ぐりの大きく開いたトップス
不必要な肌の露出――ハーフシャツや〝ローウェスト〟のパンツ
ロゴやプリント
〝カプリ〟パンツ
ショートパンツ
膝より短い丈のスカートやワンピース
〝長いショートパンツ〟に分類されるようなショートパンツ
襟のないシャツ
シャツの裾はかならずパンツに入れること
ジュエリー類（〝地味で趣味のよい〟結婚指輪一つまで可、入館時に矯正局職員が持ち込み品目録に記入）

ピアス
ボビーピンや金属製の髪留め
頭髪は櫛《くし》を入れて整え、顔にかからないようにすること
シャワーサンダル
ビーチサンダル
サングラス
ジャケット
〝オーバーシャツ〟
パーカなどフード付きの服
体の線が出る服
過剰にゆるい〝バギーな〟服は禁止

身だしなみ、頭髪、着衣は、公の場にふさわしく、趣味のよいものでなくてはならない。不適切な服装で州矯正施設を訪問した場合、入館を拒否され、面会はキャンセルとなる。

4

生徒が自分の頭を働かせることを学び、読書の喜びを知れば、封じこめられていた能力の一部が解放されるだろう。ゴードン・ハウザーはそう自分に言い聞かせている。生徒にも言い聞かせた。しかし、刑務所内の教室に入ってきた女子受刑者が沸騰した砂糖水を別の受刑者に浴びせかけるのを目撃したときなど、信念を疑いたくなる日がある。自分の仕事のことを思うとき、相手の顔を焼いて剝がしてやりたいと互いに思っている人々に何かを教える仕事に、自分自身の生活をぶち壊しにするまでの価値が本当にあるのかと疑いたくなる日もある。刑務官の存在もやっかいだ。彼らは女子受刑者を憎悪し、ゴードンのような自由世界で暮らす職員に敵意を向ける。刑務官はみな感受性訓練を強制され、それに憤慨している。「おまえらがぴいぴい泣いて説明を求めるせいだ」刑務官はそう言う。「なんで、なんで、なんで――おまえらはそれしか言わない」刑務官はみな、男子刑務所に配属されていた古きよき日々を懐かしむ。男子刑務所では、血で血を洗う刺傷事件を安全な当直室の監視モニター越しに眺めていれば良かった。男子刑務所では、自分たちが勝手に作った規則に厳密に従って暮らす受刑者に対応するだけですんだ。ところが女子受刑者は、刑務官に反論し、文句を垂れる。暴動を鎮圧するよりも、何かと議論を吹っかけ、何を言ってもかならず反論してくる女子受刑者の相手をするほうがよほど気苦労が多かった。女子刑務所に勤務したがる刑務官はいない。NCWF(北カリフォルニア女子刑務所)で教えるようになって初めて、ゴードンはそのことを知った。ゴードンがNCWFを選んだのは、オークランドからの通勤範囲内にあることに加え、教室いっぱいの男子受刑者より女子受刑者のほうが威圧されずにすみそうだと思ったからだった。

最初の配属先は、サンフランシスコの少年院だった。そこには半年いたが、気が滅入《めい》った。収容された少年たちは、里親家庭での経験、性的虐待をはじめあらゆる種類の被虐待体験を語った。ほとんどの子に親がいなかったが、両親がそろっている子もなかにはいた。裏の出入り口から教室に行く途中で、裁判所の待合室にいる親の姿がちらりと見えることがあった。穴の開いたスウェットパンツ、雑多な企業ロゴのついたTシャツ、場にふさわしくない靴。行き当たりばったりの人生を歩む人々。保護者を見れば、子供に与えられてしかるべきチャンスが与えられていないことは明らかだろうに、少年審判の判事にはその現実が見えないのだろうか。腰穿《こしば》きは敬意を欠くからパンツのウェストを引っ張り上げろという注意書きが壁に張り出されていた。ゴードンの生徒に、パンツをずり下げすぎていつも注意されている少年がいた。白人の大柄な子で、左右の目が顔の真ん中に寄っていた。「おまえのしゃべり方は黒人みたいだ」ある黒人の少年が寄り目の白人の少年に言った。「でもって、顔はだいぶバカっぽいよな」建物の入口に〈裸足では入館できません〉という注意書きもあった。寒々とした吹きさらしの一角に建つ市の施設、ビーチとは遠く離れた少年院や裁判所に、靴を履かずに入ろうとする人などいるのか。別の注意書きにはこうある。〈タンクトップ禁止〉。その真下にはなぜかいつも、そろってタンクトップを着て肌を露出した三世代家族が座っている。なぜ肩を出してはいけないのか。法執行機関はなぜむき出しの肩を敵視するのか。

「ここには救いようのないブスで、歯が一本もなくて、ちぎりパンみたいにぶくぶく太った女しかいない」NCWFのブロック長は、勤務初週にゴードンに言った。ちょうどそのとき、美しい受刑者の一団が看守長の背後を通り過ぎた。モップや箒《ほうき》を持ち、キャスターつきのくず入れを押した清掃班だった。何人かは痩せていて、全員にちゃんと歯があった。若い女性たちはゴードンに笑顔を向け、ウィンクした。そいつが言うと笑えるよねと伝えているかのようだった。看守長はでっぷり太っていた。

ゴードンはある受刑者を一目見るなり、ひそかに意識するようになった。何か考えこんでいるような純真そうな顔、黒く大きな瞳がゴードンの心を揺さぶった。誰かの顔を見ただけで心が揺さぶられることがあったら、それこそが美というものだろうと思った。その受刑者はいつ見ても本を読んでいた。本のページに目を伏せていた。美しい女というのはだいたい自分の美しさを過剰に意識しているものだ。その美をもって周囲を従わせる。それを売りにし、物々交換をして、他者を支配する。ゴードン・ハウザーは、刑務所のなかであれ、もう一つの生活、いまや少しずつリアルさを失いつつあるとはいえリアルなほうの生活のなかであれ、その種の駆け引きに応じたことがない。しかしその若い女子受刑者は、自らの美を利用して他人を操ることを知らないようだった。ゴードンは彼女を美しいと思ったが、本人は自分が美しいことに気づいていない。ある日、ゴードンが彼女を見つめたまま目をそらさずにいると、彼女が彼をちらりと見た。顔をそむける寸前に、その目に不安がよぎったのがわかった。少なくとも、ゴードンはそれを不安と解釈した。

彼女がどのユニットに収容されているのかゴードンは知らなかった。初めはブロックの掃除班にいたが、しばらくして姿を見かけなくなったところからすると、おそらく配役換えになったに違いない。法律書の並んだ図書室にいるところは何度か見かけた。ほかの受刑者と同じように、人身保護令状請求について調べていたのだろう。また一度は礼拝堂で何人かと一緒に祈禱《きとう》しているところを見かけた。さらに別の日には、受付エリアで荷物を受け取ろうとしているのを見かけて、ゴードンは理不尽な嫉妬《しっと》を覚えた。彼女に差し入れが届いた――誰からの？　ライバルの出現だ。おそらく男のライバル。あれだけの美人に、男から差し入れが送られてこないほうがおかしい。仮に本人の母親や姉妹からの差し入れだとすれば、彼女はゴードンが見つけた捨て子というだけではなく、誰かの愛しい家族でもあるわけで、そうなると彼女とのあいだに育まれつつあるとゴードンが空想している絆《きずな》は、彼の知らない人々、彼女の人生に関わっている現実の人々に対して彼女が抱いている愛情の前ではあまりにも影が薄いだろう。

NCWFは北カリフォルニア女子刑務所（Northern California Women's Facility）の頭文字を取った略称だが、刑務官は〝年棒四万ドルを失うに値する女《スケ》はいない（No Cunt Worth Forty K）〟刑務所と呼んでいた。仕事を取るか、受刑者とのお手軽な快楽を取るか、まるで刑務官の誰もがジレンマに悩まされてでもいるかのように。その空想のなかでは、刑務官がタイムカードに打刻するのは、スロットマシンのレバーを引くに等しく、そのたびに小窓にドルマークが三つ並ぶか、チェリーがそろうかしているわけだ。レバーを引いてチェリーが出たとき誘惑に抵抗しきれるかどうかは各人の克己心や判断力にかかっている。

「おまえは自制心が強いな。それは確かだ」マルティネスの市営図書館にゴードン少年を迎えに来た父親はそう言った。その図書館は、ゴードンが生まれ育ったカーキーネス海峡近くの町のちっぽけな図書館よりずっと大きかった。父親は金属加工職人で、ページをびっしりと埋め尽くすちっぽけな記号を朝から晩まで座って目で追っていられるのは、それ以外の欲求を払いのける自制心があるからだと考えていた。しかしゴードンにとっては、本を読むことがただ一つの欲求だった。本を読めば、世界が広がる。高校ではドストエフスキーと恋に落ちた。自分の疑念をそのまま映したような陰鬱な作品群に夢中になった。ドストエフスキーが信奉するのは世俗的で危うい世界のみだった。そこで人はさまよい、争い、堕落し、殺し合う。一方で、ドストエフスキーはキリスト教徒でもあった。彼の小説のなかで争い、さまよう人々は道を見失っているが、神が道を見失うことは一度もない。ドストエフスキーが書く世界は宇宙のごとく広大で、その宇宙には秩序が備わっているが、法則に基づいて造られたギリシャ建築とは違う。それは苦難がでたらめに散らかった混沌《こんとん》とした世界で、ドストエフスキーを読むたび、ゴードンは自分が真実の国に足を踏み入れようとしているのだと感じた。

父親はすでに故人となっているが、ゴードンはついに父親の眼鏡にかないそうな仕事に就いた。労組があって、福利厚生が充実した仕事。就職先として刑務所を意識したことはそれまで一度もなかった。何度も挫折を経験し、大学院を退学せざるをえないぎりぎりの状況に追いこまれながらも、二度目の挑戦で口述試験に合格し、英文学の修士号という中間地点はどうにか突破した。そして博士課程に進み、ソローをテーマとしてアメリカ文学博士論文に取りかかった。そこで取り上げるつもりだった、魂の換毛期や人としての生まれ変わりのイメージ、アダム的アメリカ人という重要な概念をゴードンは気に入っていた。せっかちで傲慢な考えであるのもよかったし、そもそも、人生を一変させたいと思わない人間が果たしているだろうか。生まれ変わって自由になりたい、罪から解放されてやり直したいと思わない人間がどこにいるのか。しかし、論文の執筆は大きなストレスとなってゴードンを押しつぶしにかかった。指導教官ともそりが合わなかった。指導教官が望む方向に書き進めるほど、自分で設定したテーマに対する情熱は失われていった。果たせない約束にがんじがらめにされているように感じた。借金があるのに、このままでは成績優秀者としてもらっていた奨学金を打ち切られてしまう。働かなくてはならない。そこで地元オークランドのコミュニティ・カレッジに非常勤講師の職を見つけた。しかしその給料では生活費さえまかなえず、しかも博士論文の執筆に充てる時間は取れなくなった。それがかえって好都合だったのかもしれない。博士論文の執筆を滞らせる言い訳になった。ただ、非常勤講師の仕事は不定期にしか入らなかった。破産寸前でなかば自暴自棄になったゴードンは、カリフォルニア州矯正局が募集していた教職に応募し、面接を受けた。矯正局はフルタイム勤務の条件でゴードンを採用した。経済的な悩みはそれで一気に解決した。友人のアレックスはメルヴィルを取り上げた博士論文を提出し、アメリカ文学研究者を〝野暮で感傷的〟と馬鹿にしながらも、アメリカ文学研究者として就職市場に売りこみをかけた。アレックスは好意を持って迎えられた。就職面接、新教授採用面接。ゴードンやほかの大学院生と同世代だったのに、アレックスは神童と呼ばれていた。アレックスは十八歳くらいに見える。そのおかげだ。アレックスは権力者の前でのふるまいを心得ていた。適度に無知を装いつつ、そこに生意気な言動を絶妙にブレンドした。学部には、アレックスをかわいがり、指導者の役割を買って出る人々——ゴードンには好意を示さなかった人々——が大勢いた。ゴードンはアレックスとの友人関係を手放すまいとした。別に嫉妬しているからじゃない——自分にそう言い聞かせた。

いつのまにか、NCWFで教える日々は、ゴードンがしじゅう夢想しているあの若い受刑者の姿をちらりとでも見られるかどうかに左右されるようになった。ゴードンが見ると、彼女は目をそらす。話しかけてみるべきかどうか、ゴードンは悩んだ。

やがて彼女は美容科で職業訓練を受けていると知り、ゴードンの運任せの日々は終わりを告げた。美容科には美容室が併設されており、職員は十二ドルで散髪してもらえる。ゴードンは練習台に志願し、彼女がいることを確認してから美容室に出かけた。運命の日、ゴードンは椅子に腰を下ろし、間近に立った彼女の手でクロスをかけられた。彼女の指が頭皮に触れた瞬間、神経系に連鎖反応が起きて、ゴードンは椅子の上で動けなくなった。

理髪店用の椅子に座ったあの日、それまで何カ月も孤独に過ごしてきたゴードンは過敏になっていたということかもしれない。彼女が櫛の柄のとがった先で彼の髪を分けた瞬間、無数の針に刺されたような感覚が頭から首筋へと広がった。明るく輝く配線図になったようだった。彼女の櫛は、ぞくぞくするような願望と、願望が満たされたような感覚の両方をもたらした。

「きれいな髪ですね」彼女が言った。ゴードンの頭髪は平凡そのもの、取り立てて褒めるようなところはない。まっすぐで、色は茶だ。

不思議なことに、美しいものにいたく感激することもあれば、ぴくりとも心が動かない場合もある。彼女は肌が汚かった。しかしそのおかげでますますきれいに見えた。生身の人間らしく思えた。受刑者が〝バブルガム〟と呼ぶ官給のテニスシューズを履いていた。それを履いているのは経済的に貧しい者だけだ。多少なりとも金があれば、カタログ通販でメーカーもののスニーカーを注文できる。カタログ通販で物品を調達するという特権のしるしを身につけていないこと、塀の外に支援者がいないことを本人は意識しておらず、気にかけてもいないらしかった。ゴードン・ハウザーの夢のなかでは、州の色、ブルーの上下は受刑者服ではなく病院のスクラブ、看護師の制服のように見えた。他人の世話を焼く人々の制服。事実、彼女は他人の世話を焼いた。彼の髪を切り、櫛で彼の頭に触れた。

彼女には特別なところがあった。黒人だったが、ゴードンに対しては白人の娘のように話した。模範囚棟に収容されていて、どこへ行くにも聖書を抱えていた。それを見て、聖書を読むくらいだから読書好きなのだろうとゴードンは勝手に決めていたが、本当のところはわからない。

ゴードンは週に一度、散髪に通うようになった。ある日、ゴードンが美容科に向かって歩いていると、カートに乗って構内を移動中だったあの肥満体のブロック長とすれ違った。

「ずいぶんまめに通ってるようだな、ハウザー先生。つい先週も散髪してもらってるのを見たばかりだって気がするぞ」

　ブロック長を始め、刑務官の大多数は歩くにも苦労するほど太っていて、彼らを見るたび、ゴードンの頭には『ギネスブック』に載っていた超肥満体の双子の写真が浮かんだ。寝室からキッチンに移動するにもモペッド【ペダル付きオートバイ】に乗っていたカウボーイハットの双子だ。

　ゴードンは軽い軽蔑の混じった視線をブロック長に向けた。その視線の先を、いまから会いに行こうとしているあの女子受刑者の姿がかすめた。このあとゴードンが座ることになる美容室の椅子、彼女が彼の頭をいじることになる椅子の下にたまった髪の切りくずを箒で掃き出していた。

　刑務官はみな歩けないほど太っていて、ほとんどはスーツケースサイズの弁当箱を持って出勤してきた。折りたたみ式のハンドルとキャスターがついたスーツケース、持ち上げて運ぶには大きすぎるスーツケースサイズの弁当箱。目当ての受刑者に頭をいじってもらうためにどのくらいの頻度で十二ドル支払おうとゴードンの勝手ではないか。ブロック長にはまるで関係のない話だ。

　僕の髪は伸びるのが早いみたいで、とゴードンは答えた。ブロック長はゴードンを困らせ、おろおろさせただけで満足したらしい。

　ブロック長はカートで走り去った。軍服風のパンツに包まれた巨大な尻は、Ｂの字を横倒しにしたようだった。

本をほとんど持っていなかったゴードンの父親も、『ギネス世界記録』、通称『ギネスブック』だけは家に置いていた。刑務所の図書館にも数冊あった。神の下の無学の者にとっての聖書だ。

太った刑務官の無知ぶりを見て、彼女は痩せているから知的なはずだと自分が決めつけていたことにゴードンが気づいたのは、だいぶあとになってからだった。気づくどころか、体型と知性は関係ないと考えているつもりでいた。何か一つが恋心を生んだわけではなく、すべてが関係していた。彼自身が持つエリート意識、刑務所の軍隊式の文化への拒否感、彼女に感じる情欲。そのすべてが合わさってゴードンのなかに感情が芽生えた。彼女に向かうある種の希望、期待のようなもの。だが、実際に起きたことはそれとはかけ離れていた。

ガールフレンドはいた。シモーヌという名の女性で、ゴードンが非常勤講師を務めていたコミュニティカレッジの教師だった。容姿端麗で知的で、よけいなおしゃべりはしなかった。世間の人々は沈黙を埋めるために話し、その行為がもたらすダメージに気づかずにいる。シモーヌは、本当に言いたいことがあるときしか口を開かない人だったが、最後はゴードンのほうから関係を終わらせた。別れに理由などないこともある。しいていうなら、シモーヌの好意を負担に感じたのかもしれない。世の中には、追い求める側になりたがらない人々がいることは知っているが、だからといってゴードンは追い求められる側にもなりたくなかった。女性の物欲しげな視線を感じた瞬間、すぐさま逃げ出したくなる。シモーヌを恋しく思い出すことがないわけではないが、もう一度会いたいと思うと同時に、もう彼女の相手をしなくていいのだと考えてほっとしたりする。必要なときだけ——やりたいとき、話し相手がほしくなったとき——タイミングよく現れてくれるのだったら関係を続けられただろうが、人間はそう都合のよいものではない。人間関係には、あまり重要とは思えない事柄についての相手の感想に耳をかたむけなければならない時間、たしかに重要な問題だと思っているふりをしてうなずかなければならない時間がつきものだ。自分の胸のうちで矛盾する二つの感情がせめぎ合っていることを押し隠し、いつでも百パーセント、相手に恋しているふりを装わなくてはならない。そんなことをするくらいなら、地獄の炎の海を泳いで渡るほうがましだとゴードンは思う。

意中の受刑者のほうも、ゴードンの前で親しげにふるまった。ゴードンが頻繁に散髪に来る理由を察しているかのようだった。ただ、彼をどう思っているのか、態度からはわからなかった。ほかの女子受刑者はゴードンを〝イケメンくん〟と呼び、からかって気を引こうとした。しかし、彼女はそういうことをいっさいしなかった。彼の髪は切るが、目を合わせるのは避けた。彼の質問に遠慮がちに、言葉少なに答えた。ボディランゲージを観察しても、二人がいちゃついているようにはまるで見えなかった。おかげで安心だった。彼女の櫛と彼の頭皮の接触以上のことはなかった。彼女の静かな息づかい、湿らせた髪をはさみが切断するゆっくりとした独特の音、肩に落ちた切りくずを払う彼女の手の感触があるだけだった。

彼女のことばかり考えて過ごす一方で、刑務所の仕事を辞めたいと思うこともあった。だが、変化というものは、手を伸ばすと逃げていくものだ。生活を変えたい、変えようと思うと毎日宣言していても、その嘆きはやがてこれまでと同じ日常の一部にすぎなくなり、変化を望む気持ちが思考を停滞させ、それまでどおりの生活を続ける口実となる。なぜなら、このままではいけないと少なくとも気づいてはいるのだから自分はまだ大丈夫とどうしたって油断するからだ。

ある夜、書類を集めて肩かけ鞄《かばん》にしまっていると、無人の教室に彼女が入ってきた。プログラム参加パスを持っていた。彼女はゴードンのクラスの生徒ではないが、教室に入ってきて、ドアを閉めた。ドアには小さなのぞき窓がついているとはいえ、刑務官が次にこの教室の前を通りかかるのは、早くても十分か十五分後だろう。

何もなかったと言いたいところだ。何もなかったも同然なのだから。自分は責められる側ではないのにとも思った。ドアを閉めたあと、彼女は近づいてきた。二人の唇が重なった。たしかに、キスはしたし、それ以上のこともした。彼の手は彼女のシャツの前をさっとかすめ、脚のあいだも軽くかすめた。反応を確かめるために。期待どおりの反応、積極的な反応を示していた。それを意図的なもの、選択の結果、踏みこんだ行為と見る人もいるかもしれないが、ゴードンはそうは思わない。それは意図した上での結果ではなかった。二人はぴたりと寄り添った。本格的な行為には及ばなかった。服はすべて着たままだった。ほんの一分くらいのこと、ひょっとしたらもっと短かったかもしれない。それだけで就寝前の点呼の時間が来て、彼女は自分のユニットに戻っていった。

彼女は苦情の申し立てを行った。ゴードンに体をまさぐられたと訴えたのだ。あの美しい受刑者は彼を狙い撃ちにした。のちにわかったことだが、ゴードンの生徒だった彼女の同性の恋人が関係する何やら込み入った事情があってのことだったらしい。二人の言い分は対立した。内部調査課からゴードンに連絡があり、双方の事情聴取が行われ、ゴードンに不利な証拠は何一つ出てこなかったものの、受刑者に過度に親しい態度を取る傾向ありと断じられて、別の施設への異動が勧告された。矯正局は、空き缶を廊下に転がすようにゴードンをセントラルヴァレーに沿って転がし、スタンヴィル女子刑務所に送った。誰も、そう、誰一人、そこでは働きたがらない女子刑務所に。

5

わたしの運命を決したのは、わたしを待っているカート・ケネディを見つけたあの夜だと考える人もいるだろう。でも、わたしは運命の分かれ目は公判だったと思っている。判事や検事、わたしにあてがわれた公選弁護人だと思っている。

その弁護士に初めて会った日のことで覚えているのは、ステンレスの表面でイオン化される人間の汗のにおいが染みついたエレベーターに乗せられたことだ。天井で青白く光るパネル照明が作る薄暗がり。裁判所独特の色調。左右それぞれの外側にロサンゼルス郡と書かれた上履き。

時間が来ると、廷吏の先導で廊下を歩いた。廷吏は歩き、わたしは足枷を引きずって、三〇号法廷内にある横長のガラスボックスに入った。拘留中の被告人はそこで判事に会うことになる。わたしが入れられた罪状認否ボックスは、顔の高さに穴が開いていて、そこから弁護士と話ができた。そこから法廷全体が見渡せた。母が来ているのが見えた。わたしは母の娘だから。母にとって娘は無罪だから。母の姿を見て、わたしの胸に子供じみた希望が芽生えた。母はわたしに気づくと、悲しげな顔で手を振った。廷吏が母に近づいて小声で何か言った。手を振るなと注意したのだろう。

法廷には警告のプレートがたくさんある。傍聴席で横になってはいけない。ガムを嚙《か》んではいけない。眠ってはいけない。飲食禁止。携帯電話使用禁止。州の証人として召喚された証人を除いて、十歳以下の子供は入廷禁止。公判で法廷に出たときは、警告のプレートの文字を目で追わないように気をつけた。陪審、被害者の親族、判事、誰にいつどの瞬間を見られてもいいように、慚愧《ざんき》に堪えないという表情を一瞬たりとも崩してはならない。自分のしたことが恥ずかしくて生きているのさえつらいといった表情をしていなくてはならない。退屈そうな顔、空腹そうな顔、疲れた顔を見られてはいけない。罪を少しでも軽くするために、どの瞬間をとっても罪の重さに耐えかねているように見えなくてはならない。

わたしは判事席の前の弁護士席に目を走らせた。あのなかのどの人がわたしの弁護士なのだろう。

わたしの罪状認否手続きより先に、廷吏がジョンソンと呼んだ被告人の罪状認否手続きが始まった。ジョンソン対カリフォルニア州。わたしは自分の弁護士に早く会ってみたくてたまらなかった。けれど、男性なのか女性なのかさえわからないその人はまだ来ていないらしく、わたしはジョンソンが自分の弁護士と意思疎通を図る様子を見守った。弁護士は年を取っていて、灰色の長い髪をなびかせていた。

「うちの母ちゃんは保安官なんだ」ジョンソンはのろのろしたしゃべり方で言った。顎が針金で固定されていて、ろくに口を開けられないようだった。声は猿ぐつわを嚙まされている人みたいにしわがれていた。

「ミスター・ジョンソン。お母さんは保安官なんですか」老いぼれ弁護士は、いかにも驚いた風を装って聞き返した。「どの管区の？」

「俺の母ちゃんじゃない。俺のガールフレンドの母ちゃん。保釈金立替業をやってる」

「あなたのガールフレンドは保釈金立替会社で働いているわけですか。とすると、保安官ではなさそうですね、ミスター・ジョンソン」

「ガールフレンドの母ちゃんは社長なんだ」

「あなたの義理のお母さんは保釈金立替会社を経営している、と。会社の名前は」

「ヨランダ」

「会社はどこにありますか、ミスター・ジョンソン」

「そこらじゅうに」

「とすると、支社のどれかで働いているわけですね」

「社長だって。さっき言ったじゃん。ヨーランーダ」

ジョンソンの事件を担当する検事が判事の前に進み出た。高圧洗浄を受けてきたみたいにぴかぴかだった。

この日を皮切りに、何度も法廷に召喚されてそこでたくさんの時間を過ごしたけれど、どんなときも法廷で誰より有能そうに見えるのは検事だった。そろってハンサムで、颯爽《さっそう》としていて、几帳面《きちょうめん》で、効率よく仕事をこなし、オーダーメイドの服を着て、高そうな革のブリーフケースを提げていた。対照的に、公選弁護人はそろって姿勢が悪く、サイズの合っていないスーツを着ていて、傷だらけの靴を履いているから、一目で区別がついた。女性なら、とにかく手間がかからないこと優先の不細工なショートカットにしていた。男性は、いろんなスタイルの、またはスタイルもへったくれもないスタイルの長髪で、いまどきありえないくらい幅の広いネクタイを締めていた。シャツのボタンは糸がほつれていまにも取れそうだった。検事はみな裕福で睡眠たっぷりの共和党議員みたいだし、公選弁護人は残業続きの正義漢といった風で、かならず息を切らしながら遅刻ぎみに法廷に駆けこんできて、ファイルされていないばらばらの書類をデスクにどんと置く。書類はすでにどこかで落としたせいで人に踏まれ、靴底のワッフル形の黒い汚れがついている。わたしやジョンソンをはじめ、公選弁護人がついている被告人はと言えば、みんな望みなしだと思った。完全に詰んでいる。

ジョンソンは、高血圧の薬が必要だと弁護士に訴えた。精神科でもらっていた薬も必要だ。鎮痛剤も。前に撃たれた傷の慢性痛があるから。そして監房着の前をたくし上げて銃創を見せた。わたしの位置からジョンソンの胸は見えなかった。弁護士は後ろによろめいた。

「驚いたな、ミスター・ジョンソン。それで生きているのは奇跡ですよ。ところで、その口はいったいどうしたんです？」

年配の弁護士は大きな声で話した。ジョンソンの聴覚に問題があるとでもいうように。わたしは緊張しながらそのやりとりを観察した。わたしの番はこの次だ。

「針金で固定されてる。顎の骨が折れた。俺は善良な市民です。娘もいるし」

弁護士は、娘が生まれた年を尋ねた。

「一九八〇年」

「ミスター・ジョンソン、それはあなたが生まれた年では」

被告人のジョンソンは、二十一歳という計算になる。なのに銃で撃たれたことがあって、高血圧と慢性痛の持病がある。どう見ても四十八歳くらいだった。そのあとジョンソンの半生は、ズボンのポケットを逆さにするみたいにすべて明らかにされた。

「そっか。そうだった」ジョンソンは言った。「薬でぼんやりしてて。悪《わり》い。ちょい待ち――」

ジョンソンは片方の脚を持ち上げ、手錠をかけられたままの手で裾をめくり上げた。ふくらはぎに娘の誕生日のタトゥーが入っていた。ジョンソンは、文化財の歴史を解説する小難しい案内板でも読むみたいに、その日付をのろのろと読み上げた。

「判事は住居侵入を軽い罪とお考えではありませんよ、ミスター・ジョンソン」

「反省してるって伝えてくれよ」ジョンソンは顎を固定した針金の隙間からもごもごと言った。

ジョンソンはジョンソンなりに本領を発揮したのだろうとわたしは思いたかった。あの日の彼は絶好調だったのだと。何に絶好調だったのかはわからないにしても。人生に、か。人生に絶好調というのは、人生を味方につけているという意味だ。勢いに乗っている人。尊敬を集める人物。女に愛され、敵に恐れられる男。いまはたまたま本人を輝かせるものを取り上げられているだけ。いずれにせよ、自分の娘の誕生日すら思い出せなかろうと、ジョンソンはとても人間らしかった。

わたしにとって未知の世界、ジョンソンの世界になじむにつれて、あの日、罪状認否ボックスで隣り合わせたジョンソンがあれほど頭が鈍そうに見えた理由がわたしにもわかった。鎮静剤のソラジンを本人の同意なしに注射されていたせいだ。特定のタイプの被告人を裁判所に移送する際、鎮静剤を注射しておけば刑務官の仕事が楽になる。ただ、よだれを垂らし、脳の働きを不快に鈍らせるドラッグでハイになった被告人は、判事によい印象を与えない。もちろん自分の公選弁護人にもよい印象は持たれず、三歳児に話しかけるような言葉遣いをされる。

ジョンソンの罪状認否手続きが終わると、廷吏はジョンソンの体に触れる前に青いゴム手袋をはめた。ジョンソンは足枷のせいでうまく歩けなかった。法廷から連れ出すとき、廷吏は自分の体をできるかぎりジョンソンから離すようにしていた。ゆっくりな、と一人がジョンソンに声をかけた。ジョンソンがつまずくと、廷吏は一斉に飛びのいた。ジョンソンはすでに骨折した顔面から先に留置場に倒れこんだ。誰も手を差し伸べなかった。ジョンソンのジャンプスーツは茶色、つまり医師の治療を要することを意味していた。郡のリストバンドは開放創があることを示していた。細菌感染症、あるいはもっと恐ろしいものをうつされるおそれがある。たとえば反抗的な態度。抑鬱症。失読症。ＨＩＶ。知的機能の退行。あるいは、悪運。

わたしの番が来たのに、何も始まらなかった。判事は席をはずした。わたしはたぶん二十分近く待たされた。背後に廷吏が控えていたけれど、弁護士に名前を呼ばれることもなく、ただ母の悲しみをひしひしと感じながら、母の視線を避け続けた。母と目を合わせたらますますつらくなる気がした。そして法廷の旗竿《はたざお》のてっぺんのワシの飾りを観察した。木の旗竿の先端で翼を大きく広げたワシは、獲った獲物がたまたま竿に下がっている星条旗だったかのように見えた。天まで届きそうな旗竿で翻る旗なら数えきれないほど目にしてきた。車の販売店にも掲げられている。店舗によってはマクドナルドにもある。営業時間中に翻る旗は〝アメリカ〟を宣言していた。でも、法廷の旗は力なく垂れたままそよともせずに埃をかぶっていた。旗は風がないとだめなのだなと思ったところで、判事がわたしの名前と事件番号を読み上げた。すぐにもう一度、わたしの名前と事件番号を呼ばわった。公選弁護人とは罪状認否手続きで初めて会えると言われていた。廷吏の命令でわたしは立ち上がったが、弁護士は現れなかった。

まもなくジョンソンの弁護士、灰色の長髪をなびかせた弁護士がよたよたと来てわたしの前に立った。この人、何の用なのよとわたしは思った。

「ミス・ホール？　ロミー・ホールですね？　わたしがあなたの公選弁護人です」

ジョンソンの弁護士に同情したいならどうぞ。でも、わたしはそんな気にならない。あの人に悪気はなかったのだと思う。だけど、彼は無能なうえに過労ぎみの年寄りだった。あの人のせいで、わたしは二度の終身刑を言い渡された。カート・ケネディの卑しむべきストーキング行為の数々を証拠として法廷に認めてもらうのに失敗したあの人のせいで。

ケネディはわたしに執着した。まるでライフワークのように、わたしが暮らすアパートの前でかならず待っていた。わたしがいつも車を駐めていた駐車場に先回りしていた。わたしがいつも買い物に行っていた近所の店の窮屈な通路に隠れていた。徒歩で、オートバイで、わたしを尾《つ》け回した。あのオートバイの甲高いエンジン音が聞こえるたび、わたしはびくりとした。毎日のように、うちの電話に三十回も続けて電話をかけてきた。わたしは電話番号を変えた。彼は新しい電話番号を手に入れた。マーズ・ルームに来た。わたしが出勤すると、彼はもう店にいた。彼を出禁にしてほしいとダートに頼んだけれど、断られた。あの人はいいお客さんだからね、とダートは言った。わたしはいつでも替えがきく。でも、店にお金を落としてくれる客は替えがきかない。カート・ケネディはわたしをしつこく追い回し、どうしてもあきらめようとしなかった。ところが検事は、被害者が何をしたかは重要ではないと判事を説得した。事件当夜の被害者の行動は、差し迫った脅威に該当しないと主張した。だから、カート・ケネディが何をしたか、陪審には最後まで開示されなかった。何一つ、まったく知らされなかった。証拠を却下したのは判事だけれど、あの弁護士のせいだとわたしは思った。わたしの味方のはずなのに、あの人は少しも味方してくれていないとわたしは思った。

「わたしが証言台に立って説明するのではどうしてだめなの」わたしは弁護士に訊いた。

「反対尋問で証言をぼろぼろにされるとわかりきっているからですよ」弁護士は答えた。「かえって印象が悪くなりかねない。まともな弁護士ならあなたを証言台に立たせたりしません」

もう一度頼むと、弁護士は矢継ぎ早に質問を浴びせかけてきた。わたしが生計のためにしていた仕事について。カート・ケネディやほかの客との関係について。鈍器を手に取った瞬間に何を考えていたかについて。椅子に座っている男、杖を二本使わなければまともに歩けなかった男を鈍器で殴ったという事実――これは事実ですからねと弁護士は念を押した――について。わたしは質問に答えようとした。すると弁護士は、わたしの答えをずたずたにして新しい質問に作り替えた。それに答えようとして、わたしは言葉に詰まった。別の質問をされて、わたしはやめてと叫んだ。

「あなたを証言台に立たせるわけにはいきませんよ」弁護士は言った。

陪審席に並んだ十二人が知らされたのは、疑わしい道徳観の持ち主である若い女――ストリッパー――が、尊敬に値する市民、勤務中に負傷して回復不能な障害を負ったベトナム戦争の帰還兵を殺したという事実のみだった。事件の現場に幼い子供が居合わせたため、児童を危険にさらした罪も上乗せされた。その子がわたしの息子だということ、そもそもその子を危険にさらした人物はカート・ケネディであることは無視された。

ジョンソンの弁護士は、司法取引に応じたほうがいいと言った。わたしは拒んだ。裁判の仕組みはわかっていた。少なくとも漠然とは理解していた。ほとんどの事件は裁判に至らない。検察は被告人が司法取引に応じることを恐れ、弁護人は黒星がつくのを恐れて司法取引に応じるよう依頼人に勧める。わたしの事情は特殊だった。情状酌量の余地があった。その場に居合わせた人、それまでの経緯を知っている人なら、何が起きたか、なぜ起きたか、理解できただろう。でも、居合わせた人はいなかったし、経緯を知っている人もいなかった。

そのときのわたしが知らなかったことがある。たいがいの被告人が司法取引に応じるのは、死ぬまで刑務所で過ごすのはごめんだからだ。

国選弁護人を自分の弁護士だと思ったことは一度もなかった。最後まで〝ジョンソンの弁護士〟だった。ジョンソンとは知り合いでも何でもなかったし、あのあとどうなったかも知らないけれど。ジョンソンも、司法制度に押しこめられ、押し出された人の一人、何千何万といる〝ジョンソンたち〟の一人にすぎない。知り合いでも何でもなかったけれど、嫌いではなかった。ジョンソンのガールフレンドのお母さんは保安官なのだ。それを疑う人がいようと関係ない。

ジョンソンの弁護士は法廷で同じことを繰り返した。「いまのは記録から削除してください」一つの文を途中まで言ったところで「いまのは記録から削除してください」。それがふつうなのかもしれない。わたしにはわからない。でも、それを言われるたびに、わたしの心は沈んだ。

カートが何をしたか、陪審は最後まで知らされなかった。執拗なストーカー行為、待ち伏せ、尾行、電話、また電話、予告なしの訪問。どれも法廷では話に一度も出なかった。陪審が知らされたのは、タイヤレバーが使用されたこと（検察側証拠物件第八九号）、最初の一撃を受けたとき、被害者はパティオの椅子に座っていたこと（検察側証拠物件第七四号）、悲鳴を上げて助けを求めたこと（証人一七番、クレメンシア・ソーラーの証言）だけだ。

検視解剖の経験は何件くらいになるでしょうか。検事は検察側の最初の証人、検死官に尋ねた。

「五千件を超えます」

「そのうち頭部に損傷があったのは」

「おそらく数百件」

検死官は写真を指さし、致命傷となった傷を二つ示した。解剖によって確認された死因は、重度の頭部外傷だ。ミスター・ケネディは、被告人の自宅のポーチで相当量の血を吐いたようですと検死官は付け加えた。

「ミスター・ケネディの頭部に殴打の痕はいくつありましたか」検事は訊いた。

「少なくとも四カ所です。ひょっとすると五カ所」

「殴打によってミスター・ケネディは相当の痛みを感じたと思われるでしょうか」

「ええ、もちろんです」

「腕や手に残っていたほかの傷は、身を守ろうとしてのものと考えてよいでしょうか」

「はい」

「五十代なかばの人物の頭骨は、もっと若い人物の頭骨に比べ、はるかに弱い力で骨折させることが可能ではありませんか」こう尋ねたのは、反対尋問に立ったジョンソンの弁護士だ。

「ええ、そういえると思いますが——」

「異議あり。仮説にすぎません」

「異議を認めます」

　検察側は、わたしと同じ建物の住人をひとり、証人として呼んだ。クレメンス・ソーラーは注目を集めるためならどんなことだって言う人だった。たとえばカートが助けを呼ぶ声を聞いたとか。あの女は嘘つきだ。弁護側の証人、コロナドという名の男性は、クレメンスの一つ向こうの部屋に住んでいた。わたしは彼と話をしたことが一度もなかった。向こうはスペイン語しか話せず、わたしは英語しか話せない。車の修理をしているところを見かけたことはある。いつだったか、コロナドの車からタンク満杯分のガソリンが通りに漏れ出して、別の住人が彼を怒鳴りつけたこともあった。コロナドは警察の事情聴取に応じて、カート・ケネディがオートバイで来て建物の前に駐め、そこで待っているのを見たと証言した。言い争う声を聞いた、事件は正当防衛だったと思うとも言った。そのとおりの証言をしてもらう予定だった。ジョンソンの弁護士はコロナドと事前に面談し、コロナドの証言はこちらの有利になると判断した。コロナドも法廷での証言に同意してくれた。

「ミスター・コロナドには、サンバーナーディノ郡裁判所から逮捕状が出ています」検事が判事に告げた。「長年にわたって飲酒運転を繰り返しており、強制治療の処分を下されています」

証人、わたしの証人、わたしの隣人のミスター・コロナドに、通訳が検事の言葉を通訳し、コロナドは判事のほうを向いて何か言った。通訳がそれを英語に直した。

「裁判長閣下、いますぐ問題を解決したいと思います。そのつもりで来ました。必要なことを何でもするつもりです」

判事は書記に大きな声で逮捕状の詳細を尋ねた。どこに出頭すれば自首を認められるかも確認した。

「ミスター・コロナド、あなたに逮捕状が出ているのはサンバーナーディノ郡です。出頭先はサンバーナーディノ郡ということになります。今日は金曜ですね。本日中の出頭は受け入れられません。月曜の朝、サンバーナーディノ郡に出頭してください」

コロナドがまた何か言った。通訳の説明が腑《ふ》に落ちなかったらしい。

「裁判長閣下、出頭するつもりで来ました。罰金を払って、刑務所に入ります。いますぐ問題を解決したいのです。そのつもりで来ました、裁判長閣下。問題を解決したいと思います」

弁護側の証人は彼だけだった。せっかくわたしの力になろうとしてくれたのに、役に立たなかったこの人だけだった。

最終弁論の日、ジョンソンの弁護士は酔っ払っているみたいに見えた。陪審に向かって大声で怒鳴り、足を踏み鳴らした。相手を叱りつけるみたいな声で話した。陪審が何か悪いことでもしたようだった。陪審はジョンソンの弁護士にうんざりしていた。わたしにもうんざりしていた。書類に必要事項を書いて判事に渡した。書類にはチェックボックスが二つある。陪審長はその一つに印をつけた。

6

児童は保護者が監督することとし、静粛に、かつつねに行儀よくしていなければならない。これに違反した場合、面会エリアから児童を連れ出すよう保護者に指示する場合がある。

受刑者に自動販売機カードを渡さないこと。

自動販売機では現金は使えない。自動販売機カードは面会受付で購入のこと。自動販売機カードは五ドルとする。再使用可能な状態で返却した場合、二ドル五〇セントが返金される。

受刑者は自動販売機の一メートル以内に近づいてはならない。

面会の開始時に短いハグ一度、終了時にごく短いハグ一度まで許される。継続的な身体接触が認められた場合、面会はその時点で終了するものとする。

手を握ることは継続的な身体接触と見なされ、許されない。

ハイファイブ禁止。

面会中は手をテーブルより下に置かないこと。面会者と受刑者は、つねに両手を刑務官から確認できる場所に置かなくてはならない。

ポケットに手を入れない。

騒がない。

大きな声を出さない。

言い争いをしない。

〝バカ騒ぎ〟をしない。

大きな声で笑ったり騒いだりしない。

泣くのは最小限にとどめる。

7

スタンヴィル刑務所に続く道はまっすぐだ。その先には山脈がある。スモッグがひどくない日なら、刑務所の大運動場から山々を望める。冬になると尾根は白く薄化粧をする。雪は遠い。スタンヴィル刑務所がある谷底に降ることはない。わたしたちは太陽に焼き焦がされた谷底の空気の層を透かして白い尾根を眺める。雪はふるさとの家と同じくらい遠かった。

スタンヴィル刑務所に続く道を行くのは、スタンヴィル刑務所に向かう者だけだ。わたしたちが到着した朝、その道路を走っているのは護送バスだけだった。道の左右にアーモンドの果樹園が広がっていた。見ただけでは何の木かわからなかったし、どうでもよかったけれど、ローラ・リップが目を覚ましてまたしゃべり出していて、生産者がアーモンドと称して包装しているものは実は本物のアーモンドじゃなく、果物の毒入りの種なのよ、あなた知ってたと訊き、自分の子供の一人がそれを食べて死にかけたことがあると言った。

「桃の種、割ってみたことある？」ローラ・リップは言った。「桃の種に入ってるあれなのよ。本当のアーモンドじゃないの。桃の種の毒入りの部分なの。隣に住んでた人がね、わたしに確かめもしないでうちの子に食べさせちゃったわけ。救急隊のおかげで助かったけど、それがなかったらあの女、うちの子を殺すところだったわよ」

「あんたが殺したんだろ」すぐ後ろの席から誰かが言った。

空気が波打った。みんながいまいましげに舌を鳴らしていた。

刑務所にいる白人の女が犯した罪は二つに一つ。子供を殺したか、飲酒運転をしたか。もちろん、ほかにも罪状はあるけれど、典型的なのはその二つで、それをもとに女子受刑者のあいだの序列や分類が形成される。

「本当のことは表に出ていないのよ」ローラ・リップは言った。「彼のこと、彼がわたしに何をしたか、彼がわたしたちに何をしたか――わたしと子供に何をしたか。あんたたちの誰にもわたしを批判する資格なんかないわ。何一つ知らないんだから。わたしがあんたたちのことを何一つ知らないのと同じ」

それからローラ・リップはわたしのほうを向いた。わたしならわかってくれると信じているみたいだった。

「メーデイアの話、知ってる？」

「知らない」わたしは答えた。「もう黙ってよ。わたしはあなたを知らないし、聞きたくもないから」

「わたしを黙らせたいわけね。だけど言いたいことを最後まで言わせてもらうまでは黙らないから。あなたたちとは違って、わたしは大学を出てるの。ギリシャ神話のメーディアは夫に捨てられた。わたしにも同じことが起きたのよ。何もかも奪われた。子供まで。メーディアは夫を苦しめずにはいられなかった。自分がどんな苦しみを味わったか教えてやるために。歴史にそう書いてあるのよ。事実だってこと。そういうことをすれば、相手をかならず苦しめることになる。夫はメーディアの人生をめちゃくちゃにした。だからメーディアは同じことをやり返す手段を見つけたの。わたしの唯一の慰めはそれよ。とてもとても小さな慰め。ふだんはどこにあるのかわからないくらいちっぽけ」

わたしは目を閉じていた。顔を反対に向けていた。ローラ・リップと一緒に閉じこめられていても、心だけはどこか別の場所に行こうとした。どこかのホテルの階段の踊り場にいる女性を想像した。みっともない赤いカーペットに白いものを見つけ、クラック・コカインではないかと拾って確かめている。パンくずを、マッチの頭を、ラグから出た綿埃を、カーペットからつまみ上げる。指の先の物体をまじまじと観察し、においを嗅ぎ、ちょっと味見をしてから、カーペットに戻す。また別のパンくずを拾い上げて同じ手順を繰り返す。それから泣き出した。探索を続けながら、終わりのない探索を続けながら、その人は泣く。それほど悲しい場面をわたしは見たことがない。見たくないのにわたしがそれを見ているあいだ、ローラ・リップは際限なくしゃべり続けた。

カーペットの表面を探っている人はエヴァだとわたしは気づく。わたしは特定の記憶を意識から閉め出す。誰だって同じことをする。それが健全だ。でもローラ・リップの口から出てくる言葉を閉め出そうとして、うっかりもっと悪いものを思い出してしまった。エヴァは早くからコカインに手を出した。クラックにはまり、そのうち注射に移ったけれど、最終的にはクラックで充分ということになって、それに落ち着いた。ひどく痩せ細り、喧嘩で歯を一本なくし、車の事故の後遺症で足を引きずっていた。それでもエヴァはエヴァで、わたしの大事な友達だった。

野球場のナイター照明よりもっと高い照明が見えたら、そこが刑務所だ。

二人ずつバスを降ろされた。急げ、早くしろと怒鳴られた。わたしはつまずくのではないかと怖かった。すぐ前にいたコナンは涼しい顔をしていた。手錠や足枷があってもふつうに歩いた。どうすればそんなことができるのか、わたしにはわからない。コナンはまるで浮かんでいるみたいに歩いた。足をちょっと引きずるシンコペーションを盛りこんだリズムで行く。それはコンプトンの通りにこそふさわしい歩き方、あるいはポモナ・クラシックカー・ショーが開催されるイングルウッドのザ・フォーラムの駐車場にこそ似合う歩き方だった。鎖でつながれて収監手続にぞろぞろと向かう女子受刑者の列にはそぐわない。

刑務官は険悪な態度でわたしたちを迎えた。とくに女性の刑務官は殺気立っていた。無作法で手荒な歓迎ぶりだったけれど、おかげでローラ・リップも口を閉じた。優しい扱いを受けたのはただ一人、護送バスのシートからすべり落ちた特大サイズの人だ。彼女だけは通路にそっと寝かされていて、自分で歩けるほかの受刑者は早く歩けと怒鳴られながらその横を通り過ぎた。通りがかりに見ると、倒れた人は穏やかに眠っているように見えた。彼女はほかの全員が降りるのを待って救急隊の手でストレッチャーに乗せられ、バスから降ろされ、その場で死亡宣告を受けて、顔に防水シートをかけられて収監手続エリアの床に安置された。

ほかの全員は駆虫とムームーのために整列を命じられた。副ブロック長はジョーンズという名で、マックの大型トラックみたいな四角い体形の女性だった。あとで知ったことだけれど、四角く見えるのは、防刃ベストを着ているせいでもあった。防刃ベストを着ると、男性は筋トレで鍛えたようにたくましく見え、女性は運送用の木箱みたいに見える。

シラミやら何やらに有効な殺虫成分が入ったリンデンローションをそれぞれ自分で塗りたくった。あのローションは体によくない。マーズ・ルームで疥癬《かいせん》をうつされて二度使ったことがあるけれど、二度とも数時間後に生理が始まった。刑務官は、十五歳で妊娠八ヵ月くらいに見える女の子にもローションを使うように指示した。わたしはやめたほうがいいよと教えた。わたしとその子はシャワールームで隣同士だった。刑務官に強制されて、その子は泣きながらリンデンローションを全身に塗った。正式に妊娠が確認されれば手続きの一部を免除してもらえただろうけれど、免除してもらうには免除事項が医療情報カードに記入されていなければならず、まだ誰も医療情報カードを作ってもらっていなかった。その子も健康診断の予定日まで待たなくてはならないし、妊娠検査の結果が記入された書類が届くのを待たなくてはならない。たとえおなかの赤ちゃんがいまにも生まれようとしているのが目に見えたとしても、その書類がなくては何もしてもらえない。手続きがすむと、〈カリフォルニア州矯正局　妊婦〉キットが送られてきて、それには背中に巨大な活字体で〈カリフォルニア州矯正局　妊婦〉と書かれた監房着や官給のレインコートが入っている。出される食事が増えることはないし、出産前検査もビタミン剤もカウンセリングもない。唯一の配慮は、二段ベッドの下の段をあてがわれること、運動場で警報が鳴り出した場合、うつ伏せになるまでの時間を余分に与えられることくらいだった。レインコートにでかでかと〈妊婦〉と書いてあるのはそのためだ。スワット隊のジャケットの背中にでかでかと〈SWAT〉と書いてあるのに似て、〈撃たないで！（動作がのろいです）〉という意味だ。

　次は服を脱いで体腔《たいこう》検査だ。わたしは郡の刑務所で何度も受けて慣れていた。刑務官は、脚をもっと大きく開けと怒鳴る。とりわけ恥毛が濃い人は何度も怒鳴られる。前かがみになったわたしたちのお尻を、刑務官が後ろからライトで照らす。泣いている子もいた。護送バスに乗った直後、妊娠中の子にうるさいとわめいていたフェルナンデスは、身体検査で泣いている子にもわめき散らしていた。刑務官はみなフェルナンデスのことを知っていた。「フェルナンデス、また来たか」そう声をかけられるたび、フェルナンデスはなれなれしく冗談を言うか、よけいなお世話だよと言い返すかしていた。ほかの子たちはみんなフェルナンデスを怖がっているようだった。

フリーサイズの水玉模様のムームーと、三サイズから選ぶキャンバス地の室内履きが配られた。大柄でたくましく、顎の輪郭にひげが生えているコナンまでムームーを着せられた。コナンは胸をそらしてムームーが小さすぎることを強調した。

「パンツとシャツをくれよ。こんなもの、着てられない。無理なものは無理だって、ボス」

コナンは何度も両腕を上げ下げした。「肩まわりがきつすぎる」

ジョーンズが言った。「それを着て何をするつもり。オーケストラの指揮？　口を閉じて手を下ろしなさい」

ムームーを着たら、ブタに口紅という言い回しが頭に浮かんだ。女性をブタにたとえてはいけないし、刑務所で配るあのムームーを着せてもいけない。コナンにだって着せちゃいけない。室内履きは、まあ我慢できた。子供のころ、マーケット・ストリートの軍放出品ショップで売っていたズック靴を思い出した。学校用の運動着もそこで買った。大人になってからは、その前を通ってマーズ・ルームに通っていた。その二つと、雨の夜中にタクシー代を約束した初老のビジネスマンがメルセデスに乗りこもうとしていた交差点は近所にある。サンフランシスコはそういう街だ。わたしの何層倍もある歴史が一緒くたに圧縮されて、一つの平面に存在している。軍放出品ショップからマーズ・ルームに行く途中に、十代のころ、エヴァとわたしがよく時間をつぶしたプレイ・ファシネーション【細長いテーブルにボールを転がし、奥にある5x5個の穴に落とすゲーム、〝ファシネーション〟の専門店】もある。エヴァはいつもそこのレジ係といちゃいちゃしていた。その後、エヴァはファシネーションよりさらに北のテンダーロイン地区に林立する騒々しくて不潔なホテルを渡り歩くようになる。そういったホテルは、わたし以上に殺風景だったエヴァの生活を彩る真珠になった。

最後にエヴァに会ったのは、別の友達の結婚式だった。ヤク中の元売春婦で、リハビリ仲間の男性と出会い、キリスト教会で結婚式を挙げた。アルコールフリーの式だった。参列者はみなキリスト教布教番組の出演者みたいににこにこしていた。教会に通うようになって、友達は変わってしまっていた。顔を見ればわかった。祭壇で涙を流していた。過去を清算したのだろう。教会の人たちはあの子を洗脳した。いまはあの人たちに心を支配されているのだ。花嫁姿はきれいだったけれど、まるで葬儀場に飾られた造花みたいだった。その日参列していたサンセット地区出身の別の子は、自分のボーイフレンドの話ばかりしていた。彼のクラブ仲間が死んで、朝からお葬式だったから、彼は来られなかったのだと言った。彼のクラブ仲間。その日、ヘルズ・エンジェルス【バイカーギャング】のメンバーの盛大な葬儀が行われていた。その子は自慢したかったけれど、同時に口を慎んでいるように見られようとしていた。

ピア39【フィッシャーマンズワーフの観光スポット。レストランやゲームセンター、水族館などが集まっている】でウェイトレスをして、すごくいいお給料をもらっているのよと何度も繰り返した。わたしがどんな仕事をしているか、なぜか知っているみたいにこう言った。「あたしはちゃんとした仕事をしてお金をもらってるんだから」言っておくけど、ピア39なんてカスだから。

エヴァは式のなかばで現れた。やけに濃い顔をした男と一緒だった。二人とも三日くらい寝ていないような顔色をしていた。エヴァは本来の肌の色よりずいぶん明るいファンデーションを厚塗りしていた。屋内でもサングラスを取らなかった。塗り壁みたいな化粧をした顔をわたしに向けて言った。

「ねえロミー、これって何の儀式だっけ」

まさに当を得た質問だった。みんなの気持ちを代弁していた。

顔の濃い男はたぶん、ドラッグの売人だ。エヴァは彼氏だと言ったけれど、その区別に意味はない。その前の年、エヴァはもともと客だった男とつきあっていた。男はまず常連客になり、まもなくエヴァを独占したくなって、エヴァが客を取らなくてすむようにとドラッグ代を肩代わりした。ある晩、マーズ・ルームの前でその男がわたしを待っていた。エヴァを探していた。困り果てていた。エヴァのコカイン代に一年で八万ドルも使ったのに、エヴァが消えたという。そのくらい、初めからわかっていたことだと思うけど。あの人は本気でエヴァを愛していたんだと思う。少なくとも、エヴァみたいにきれいで自由な女が自分みたいな男とつきあうのはお金目当てだってこと、そもそもエヴァが金づるを探しているドラッグ依存症じゃなかったら彼になんか見向きもしなかっただろうってことは、本人もわかっていたと思う。「消えてよ」わたしは言い、店の前にその人を置き去りにした。

エヴァをあきらめられなかった男の名前はヘンリーといった。ヘンリーはわたしがどこへ行ってもくっついて来るようになった。わたしがエヴァに会いに行くんじゃないか、わたしについて回っていればエヴァに会えるのではないかと期待してのことだった。でもわたしはエヴァと連絡を取っていなかったし、どこにいるのかも知らなかった。だいたい、エヴァは電話で連絡がつくような人ではなかった。わたしはエヴァの電話番号を十種類くらい知っていたけれど、どれももう使われていなかった。しばらくすると、わたしはヘンリーのこともその時期のことも忘れた。それからまもなく、わたし自身がカート・ケネディにストーキングされるようになったからだ。厳密にいえばヘンリーはわたしのストーカーではなく、エヴァのストーカーだ。わたしにつきまとったのは、エヴァを探すためだった。エヴァはヘンリーから逃れたくて姿を消した。いまヘンリーやカートのことを思い出すと、喉の奥が詰まったように苦しくなる。

わたしたちは廊下のベンチに鎖でつながれ、小さなコンクリートの部屋に呼ばれて面談を受ける順番を待っていた。面談では、ドラッグ使用や性経験、メンタルヘルスに加えて、暴力団とのつながりがあるか、敵対関係者がスタンヴィル刑務所で服役中ではないか質問される。数時間かけて全員の面談が終わると、寝具一式と『カリフォルニア州矯正局編　服役の手引き』、四十ページの厚さの『カリフォルニア州矯正局編　服役の手引きガイド』が配られた。このあとまた手引きのガイドのガイドまで配られたりしてな、とコナンがつぶやいた。「規則違反の報告を怠ると」コナンが鼻をつまんだみたいな声で言った。「それも規則違反となります。規則違反の報告を怠るという規則違反の報告を怠ると、それもまた規則違反となります」

ジョーンズが言った。「刑務所に入ってまだ六時間もたたないのにもう最初の一一五号とは、ロンドン、早いわね」

嫌みで言っただけだろうと思ったけれど、ジョーンズは担当台に戻って違反行為報告書(一一五号書式)を書き始めた。

「ロンドン」誰かが言った。「ロンドンだって」

コナンが違反を取られたことに何人かが笑ったりにやにやしたりした。塀のなかの受刑者は団結していると世間では思われている。そのときのわたしたちのように、たまたま同じ護送バスに乗せられただけの寄せ集めの集団でも、六十人もいたのだから、護送官二人を威圧し、バスを乗っ取ってメキシコに逃げるくらい楽勝だっただろう。でも、協調した動きは何一つなかった。受刑者は、他人が苦しむのを見てつらいのは自分だけじゃないと思いたがっている烏合《うごう》の衆にすぎない。

郡刑務所も似たようなものだった。そこに収容された直後、わたしは専用の発泡スチロールのカップをなくしてしまった。使い捨てに見えるけれど、郡刑務所にいるあいだ支給されるカップはそれ一つだ。わたしはそのことを知らず、周囲の収容者は教えてくれなかった。くず入れをあさってソーダの空き缶を拾ったわたしをみなで笑った。それから十八カ月、わたしは水を飲むのにその空き缶を使った。郡刑務所は、他人がどうなろうと知ったことではないという警察官みたいな考え方を培うのに最適な環境ではあるけれど、刑務所内のどこに行っても刑務官の目が光っている。マーズ・ルームの楽屋には、あの子は高価な衣装を持っていないとか、ちゃんと振りつけられた高度なテクニック満載のフロアショーができないとかと悪口を言う人もいた。働く目的はお金を稼ぐことであって、衣装に浪費することではないのだから、どうだっていいことなのに、それでも楽屋にはストリップの仕事にルールを作りたがる人たちがいた。見応えのあるショーをやらなくちゃいけない、高価な衣装を買わなくちゃいけない。そのほうが品位があってプロらしく、その人たちが後生大事にしているルールに見合うからだ。でも、あの店で働いていた女の子の大半は、そもそもルールなんて糞《くそ》食らえだと思っている人、ルールにとらわれずに自由にやりたいと思っている人だ。何かを信奉しなければマーズ・ルームでは働けないなどということはない。マーズ・ルームで少しずつ増えていたロシア系の子たちは、ソ連崩壊後の合理性を持ちこんだ。衣装や美しさなんて完全無視だった。売り上げに直接結びつかないものには目もくれない。みんな客席で手コキの裏サービスをしていた。その分、ほかの子たちの売り上げが激減した。

せこい客は、つるつるした薄手の生地のトラックパンツを穿いて店に来た。女の子との密着感を最大にするためだ。でもほとんどの客はそれに考えが回るほど通い慣れていないか、もっと紳士的かのどちらかだった。なかには女の子を膝に乗せず、隣に座らせて話をするだけの客もいた。個人的にはトラックパンツのタイプのほうがましだと思った。仕事らしい仕事をしないですむ。愛想笑いがいらず、いい子ちゃんのお芝居もいらず、共犯めいた雰囲気を演出する必要もない。トラックパンツ・タイプの希望に合わせてあっちを向いたりこっちを向いたりするだけで、何も頑張る必要がない。それで一曲二十ドルもらえる。ところがロシア系の子たちが進出してきたとたん、一曲につき二十ドルの料金はそのままで、手コキを要求する客ばかりになった。ロシア系の子たちは、わたしたち全員を安売りした。客だけではなくわたしたちのお財布からもお金をしぼり取った。

これから収容されることになるユニットの共用エリアに全員が集められ、監房の割り当てを待った。そこはコンクリートブロックの大きな建物で、監房の列が二段ある。どの壁もコンクリート打ちっぱなしか、薄汚れたピンク色に塗ってあった。先にいる受刑者はみな、監房の扉に設けられた細長いガラス窓に顔を押しつけてこちらを凝視していた。一人が扉越しに大声で言った——そろってひでえ顔をしてるな。おい新入り！ おい、バカ面こいた新入り！ こっちに来て、あたしのケツを拭きな！ ついでにあそこも舐《な》めろよ！ その一人はずっとそんな調子でわめいていたけれど、刑務官が警棒で扉をがんと叩《たた》くとようやく黙った。

ローラ・リップがわたしの隣に来て座った。わたしは別の席に移ろうとしたけれど、ジョーンズに怒鳴られた。

「割り当てられた席から動くんじゃない。椅子取りゲームじゃないんだからね」

「ベビー・キラーの隣か」フェルナンデスがわざと聞こえる声で言った。

「あんたらはボブシー・ツインズか」フェルナンデスは続けた。

ボブシー・ツインズって？ 知っている人はいないようだった。フェルナンデスは、わたしたちが似ていると言ったのだ。二人とも白人だから。勘弁してよと思った。どうにかしてローラ・リップから離れないと。

「失読症の人はいる？」ジョーンズがわたしたち六十人に向かって訊いた。

わたし以外の全員が手を挙げた。

ジョーンズは人数を数えた。わたしだけ手を挙げていないことに気づかなかった。別にかまわない。だんだんにわかったことだけれど、過度の虐待からわたしたちを守る盾は、米国障害者法くらいしか残されていない。ローラ・リップはこれぞわたしとの絆を深めるチャンスと思ったらしい。

「あたしは本当は違うんだけど、失読症ってことにしておけば、いろんな書類に記入する時間を余分にもらえるから。あなた、本は好き？」

わたしは目をそらした。ローラ以外の誰かの視線をとらえようとしたけれど、誰もわたしを見ようとしなかった。「いつか模範囚棟に移れたら、みんな本を貸してくれる。くだらない本ばっかりだけど」

ジョーンズは談話室に掲示された注意書きの数々をゆっくりと読み上げた。わたしたち全員が失読症か非識字者とされているからだ。注意書きはどれも同じ書き出しだった。

みなさん、ブドウ球菌感染症にかかったら職員に報告しましょう。

みなさん、めそめそ泣くのはやめましょう。

みなさん、立入禁止エリアへの立入は、即、一一五号を取られます。

警告発砲の注意書きだけはそっけなかった。このエリアで警告発砲はしません。

壁の時計の文字盤は、正時の五分前から五分後にかけてくさび形に赤く塗られていた。これは時計が読めない受刑者のための措置だ。ジョーンズが赤いくさび形の意味を説明した。長いほうの針が赤の範囲にあるあいだは部屋のドアに鍵がかかっていないということだけ覚えておけば大丈夫です。

刑務所では万事が知能程度の低い人、時計の文字盤が赤く塗られていなければ困る人を考慮して作られている。でも、そういう人には一度も会ったことがない。刑務所で知り合った人のなかに文字が読めない人は大勢いたし、時計の読み方を知らない人も何人かはいたけれど、だからといってその人たちは悪知恵が働かないし頭脳的でもないから、学歴の高い人たちの裏をかくなんて芸当は無理だということにはならない。刑務所にいる人たちはおそろしく利口なのだ。刑務所を牛耳っているのはその人たちで、注意書きが想定しているような知能程度の低い人は一人もいない。

ジョーンズは、『手引き』の『ガイド』の全文を読み上げてから、次に『手引き』を読み上げた。あらゆるものごとに規則があった。身だしなみに思考に手紙に言葉遣い、食べ物に態度に日課、工具に器具の使い方。誰に触れてはいけないか（誰にも）、どこに触れてはいけないか（どこにも）を定めた項目もたくさんあって、性交はもちろん禁じられていますとジョーンズは強調した。まるで欲情した説教師みたいにその言葉をゆっくりと発音した。

「〝性交〟って何だっけ」コナンが言った。「単なるファックのことだったか」

受刑者は居眠りを始めた。一晩中バスに揺られてみんな疲れきっていた。ジョーンズは一度も顔を上げず、『手引き』の棒読みを一度も中断しなかった。わたしもいつのまにか寝てしまったけれど、悲鳴が聞こえて目が覚めた。

妊娠中の子がおなかを押さえて泣いていた。ジョーンズは一瞥《いちべつ》しただけで、親指をなめて『手引き』のページをめくり、朗読を続けた。毎週金曜日に護送バスが新入りを運んでくるたび、八十ページもある『手引き』とその『ガイド』の全文を読み上げなくてはならないわけで、もうほとんどが頭に入っているから、そのあとの休憩時間を少しでも長くするために早口で読むくらいわけはない。ところが妊娠中の子の陣痛が始まったせいで、ジョーンズの規則の読み上げは中断した。

女子受刑者はみな仲間の受刑者が罰せられるのを見て喜ぶという話はさっきした。でも、どんなときもそうというわけではない。収監手続をしたその日、わたしたちの何人かは助け合った。ジョーンズは着席したまま医師を待つようにと指示した。でも、フェルナンデスは護送バスのなかではその子にあれほど怒鳴り散らしていたのに、ジョーンズの命令を無視してその子に駆け寄った。わたしもだ。ローラ・リップから逃れるチャンスと思ったのもあるけれど、子供みたいな年齢の子が一人きりで苦しんでいるのを放っておけなかった。その子は苦悶《くもん》の悲鳴を上げていた。フェルナンデスとわたしはそれぞれ手を握った。コナンは、わたしたちのところに来ようとしたジョーンズやほかの収監手続担当の刑務官の行く手に立ちふさがった。刑務官はコナンに唐辛子スプレーで対抗したけれど、コナンをよけいに怒らせただけだった。コナンはジョーンズを床に押さえつけた。警報が鳴り出した。わたしは妊娠中の子に話しかけ続けた。深呼吸をしてと何度も言った。彼女は「いや」と繰り返した。赤ん坊なんかいらないとでも言いたげだった。未来が現在と融合するのを邪魔しようとでもいうみたいだった。刑務官がなだれこんできた。そのうちの四人がコナンを組み伏せた。

大丈夫だからね、心配しないでとわたしは言い続けた。大丈夫なはずがない。だってここは刑務所なんだから。それでもできるだけ落ち着かせようとした。刑務官の数がさらに増えて、わたしは引き剝がされて手錠と足枷をかけられた。いまにも赤ちゃんが生まれそうなのに、誰も彼女に付き添ってやろうとしなかった。彼女はひとりぼっちで苦しげに泣き叫んでいた。

コナンと同じく、フェルナンデスも勇ましく抵抗した。唐辛子スプレーに気づいてもいないみたいだった。抵抗をやめようとせず、ついには電気矢《テーザー》を撃たれて檻《ケージ》に放りこまれた。わたしもケージに入れられた。ケージは人ひとり分の大きさもなくて、首をすくめていなくてはならなかった。わたしはハイウェイで見た七面鳥になった。コナンはケージに文字どおり押しこめられた。ケージに入ったコナンは、ムームーを着たコナンよりももっと見るに堪えなかった。ケージを埋め尽くすコナン。にらみつける目、波打つ筋肉。わたしたちは三人とも隔離ユニット行きになった。

刑務所での初日、わたしは早くも仮釈放の可能性をつぶしてしまった。といっても、仮釈放委員会の面接に呼んでもらえるのは、一番早くて三十七年先だけれど。

救急隊が駆けつけてきたときにはもう、妊婦は動かせる状態ではなくなっていた。分娩《ぶんべん》が始まっていた。彼女は収監手続エリアで子供を産んだ。その子は耳が痛くなるような金切り声で自分の誕生を知らせ、その声がコンクリート打ちっぱなしの部屋に反響した。

新しい命の誕生は喜ばしいもののはずだ。でも、それは孤独な誕生だった。母親は州の管理下にあり、赤ん坊も同じだった。二人はそれぞれその結びつきしか持っていなかった。お役所との結びつきだ。矯正局の職員は、収監手続エリアに赤ん坊がいることに落ち着かない様子だった。赤ん坊などいるはずのない場所だから。赤ん坊は禁制品だ。

ジョーンズは首を振り続けていた。自分の担当ユニットで赤ん坊が生まれたのは、わたしたちに社会で暮らす能力がないことを裏づける一例、新たな証拠だと言いたげな顔をしていた。救急隊は母親をストレッチャーに乗せた。彼女は赤ちゃんを抱かせてと頼んだけれど、救急隊はその頼みを無視した。一人が赤ん坊を運んだ。汁が垂れてきそうな生ゴミの袋を運ぶみたいに体から離していた。

ジャクソンはサンフランシスコ総合病院で生まれた。その病院は、健康保険に入っていない患者も引き受けなくてはならない。看護師がわたしの胸に抱かせると、ジャクソンはわたしをじっと見上げた。沼から這《は》い出てきたばかりの濡れた野生生物。大きな目。その目を見開いていた。泣き声は絶叫調ではなかった。世を嘆くような声でもなかった。真剣にこう尋ねていた。いる？　ぼくのためにちゃんといてくれてる？

わたしも泣いた。そして何度も答えた。いるよ。ちゃんとここにいるよ。看護師がジャクソンをきれいにして透明のプラスチックケースに寝かせた。一晩中、いろんな看護師や用務員が入れ代わり立ち代わり顔を出して、ジャクソンをそっとつついたり、あれこれ世話を焼いたりした。わたしは約束どおりずっとそばにいたけれど、ジャクソンの守護神ではなかった。

ジャクソンの父親は、わたしがときどき働いていた、マーズ・ルームの近所にある別のクラブ、クレイジー・ホースのドアマンだった。息子が誕生した夜、彼は産後のわたしに付き添ったりはせず、友達と飲みに出かけていた。しみったれた回復室にはわたしのほかにももう一人いた。その人にも付き添いはいなくて、朝までずっとテレビを眺めていた。ジャクソンが生まれた数日後から数週間後まで、父親がわたしのアパートを訪ねてくるたび、わたしは無責任な男となじった。本当に無責任な男だ。やがて彼は二度と来なくなった。これでせいせいしたと思ったけれど、彼が過剰摂取で死んだと聞いてからは、哀れなジャクソンの顔を見るたびにやりきれない気持ちになった。ジャクソンにはもう、負け犬の父親さえいない。この子が頼れる相手は一人しか残されていないのだ。ジャクソンはまだ据わっていない頭をゆらゆらさせ、濡れたような大きな青い瞳、近視の人みたいに焦点の合わない瞳でわたしを見つめた。ふわふわ柔らかい髪はまっすぐ立っていた。自分に父親がいないことなど知らずにいた。〝この人〟が守ってくれる。そのことしか知らずにいた。

そのころわたしはサンフランシスコのダウンタウンの通称〝アヴェニュー地区〟に住んで

いた。ジャクソンが三カ月のとき、大家がアパートを売却した。新しい所有者は、家賃を引き上げるために、そのとき住んでいた店子を全員追い出した。街は変わろうとしていた。家賃は高騰していた。追い出されたわたしは、実家に戻って母と暮らすか——その少し前に大喧嘩をしてわたしにうんざりしていたのだろう、母は帰ってきなさいとは言わなかった——テンダーロイン地区に引っ越すか——住環境に耐えられれば、家賃が手頃なワンルームアパートをまだ探せた——しかなかった。わたしは後者を選んでテイラー・ストリートに引っ越した。頭のなかではそこを〝エヴァ・ランド〟と呼んでいた。マーズ・ルームの仕事に復帰し、近所の家にお金を払ってジャクソンを預かってもらった。その近所の家には三歳の子供がいて、家庭環境も似ていた。お金に余裕がなくて、娘を一人で育てていた。ジャクソンはその人にずいぶんお世話になった。とくにわたしがジミー・ダーリングとつきあうようになってから、預かってもらう時間が増えた。

ジョーンズは尊大な態度でほかの受刑者をもとの席に座らせ、入所のオリエンテーションを続けた。わたしたち三人は七面鳥のケージのなかからそれを眺めた。みんな動揺していた。泣いている人も大勢いた。ジョーンズはうるさい静かにと叱りつけ、これはあんたたち自身の愚かな選択の結果なんだからねと言った。サンチェス——赤ん坊を産んだ子をジョーンズはそう呼んだ——はとりわけ愚かな選択をした、法律を破る前に自分の赤ん坊の将来を考えるべきだった。

ジョーンズは掃除係を呼んで出産の後始末をさせた。髪を黒人風にコーンローにし、赤くすりむけた肌をした白人の若い女の子二人で、陰気な顔をしていた。何があったか知って気の毒に思っていたのかもしれないし、ふだんからいつもそういう顔なのかもしれない。陰気な掃除係は官給の洗剤をボトルから床に絞り出し、ホースの水を勢いよくかけた。汚水が泡立ちながら排水口に集まった。

ケージにうずくまっていると、赤ん坊も母親もとっくにどこかに連れていかれてしまったのに、赤ん坊の金切り声がいつまでも耳の奥にこびりついて離れなかった。わたしたち三人をどうにかしようと急ぐ人はいなかった。ケージに入れられて身動きさえままならないのだから、どこかで誰かがわたしたちを収監手続エリアから隔離ユニットに移すための書式にのろのろと記入しているあいだ、そのまま薄汚れたピンク色の壁を見つめさせておけばいい。ちなみに隔離ユニットは、ふつうの刑務所よりひどいところだ。

本人にとって不運なことに、赤ん坊は女の子だった。

8

過去五年間の職歴を記入してください。

漏れのないよう、また詳細に書いてください。

女性容疑者は職歴の欄に〝会社員〟と記入した。逮捕手続担当官は、もっと詳しく書かなくてはならないと説明した。

殺人課刑事による尋問記録によると、ふだんどのような仕事をしていたかと尋ねられ、男性容疑者は「リサイクル業」と答えた。

〝品質管理〟——彼女は職種の欄にそう記入した。

自分は会社員だと男性容疑者は話したが、仕事の内容を具体的に説明できない様子だった。

リサイクルごみの収集。

メンテナンス員。

小売店。

卸売業。

チラシ配布。

物流倉庫。

安売り店。

配送センター。

ウォルマート。

街頭でチラシを配っていると彼は言った。

リサイクル業と彼は記入した。

二人ともチラシ配布係として働いていた。

彼はフリーペーパーの配達をしていたが、フルタイムで働いていたわけではなかった。

彼は配送センターに勤務していた。

彼女は品質管理と記入した。

閉店後の安売り店の清掃仕事をしている友人をパートタイムで手伝っていたと彼は答えた。

レジ係。

無職。

求職中。

QCとは品質管理のことだと彼女は説明した。

トラックの荷下ろし係。

荷物処理係。

配送センターで荷物を開梱《かいこん》する仕事をしていたと彼は答えた。

何で生計を立てていたかと訊かれ、容疑者は働いていたと答えた。

リサイクルごみの収集、と彼は書いた。

リサイクルごみを換金業者に持ちこんでいたと彼は説明した。

リサイクル業。

リサイクル業。

リサイクル業。

リサイクル業。

換金、と彼は書いた。

彼女は換金業と記入した。

女性容疑者は、主に空き瓶や空き缶の収集で生計を立てていたと答えた。

9

スタンヴィルという町名をグーグル検索すると、顔が並ぶ。逮捕時の顔写真だ。写真の列に続いて、スタンヴィルは最低賃金労働者の割合がカリフォルニア州でもっとも高い自治体であると伝える記事が表示される。スタンヴィルの水道水には毒物が含まれている。大気汚染がひどい。古い商店のほとんどが閉鎖されている。安売り店、酒屋を兼業するガソリンスタンド、コインランドリーがある。気温が四十五度に達する一日の一番暑い時間帯でも、車を持っていない人々が大通りを歩いている。空のショッピングカートを押して路肩の側溝の際をとぼとぼと行く。ゆるんだキャスターが転がるがたがたという音が夕方の死んだような静寂を切り裂く。道路に歩道はない。

〝スタンヴィル〟は町を指すと同時に、町にある刑務所をも指す。コーコランやチノ、デレーノ、チャウチラ、アヴェナル、スーザンヴィル、サンクエンティンのように、所在地と刑務所が一つの名を共有している町は、カリフォルニア州各地に数十ある。

ゴードン・ハウザーは現地を見ないまま新居を決めた。スタンヴィルの町のはずれ、シエラ山脈西部の麓《ふもと》にあるバンガローだった。部屋数は一つ、薪《まき》ストーブがついている。〝ソローの年〟になりそうだよとゴードンは友人のアレックス宛のメールに書き、物件のリンクを添えた。

〝カジンスキーの年〟だな――写真を見たアレックスの返信にはそうあった。

その二人が一間しかない山小屋で暮らしていたのは事実だ、とゴードンは返信した。でも、ソローとカジンスキーの共通点なんてそれだけだよ。

自然に対する崇敬の念、独立独歩の精神。それにカジンスキーはソローの『ウォールデン 森の生活』の愛読者だった。アレックスはそう返信してきた。バンガローで見つかった蔵書のリストにソローがあった。きみが尊敬するR・W・B・ルイスの著作も。

話を単純にしすぎじゃないか？

まあな。しかし共通点はもう一つあるぞ。二人とも女を知らないまま死んだ。

カジンスキーはまだ死んでないよ、アレックス――ゴードンはそう返事をした。でも、言いたいことはわかるだろ。

ソローは鉄道網の発展に懸念を抱いた。テッド・カジンスキーは、原子爆弾の時代に生きた。テクノロジーが世界を破壊した時代を目撃した。

もちろん、それは重要な違いだ。それは認めるよ。二人のどちらにせよ、歴史という文脈から切り離すことはできない。それに、ソローにまともな郵便爆弾が作れたとも思えないしな。市民政府に抵抗するというソローの炎上行為は、好意的に受け止められなかった。

二人きりの送別会と称してシャタック・アヴェニューのバーでビールを飲んだとき、アレックスはジョークのつもりでテッド・カジンスキー選集をゴードンに餞別《せんべつ》として渡した。いわゆる〝ユナボマー・マニフェスト〟ならゴードンも読んだことがあった。誰もが読んでいた。カジンスキーは、ごく短期間ではあるものの、最年少助教授としてカリフォルニア大学バークレー校で教えていた。

二人はゴードンの再出発に乾杯した。「これから始まる田舎暮らし《ラスティケーション》に」

「それはオクスフォード大学の停学処分《ラスティケーション》を指す言葉じゃなかったか」

「いや、その場合は、停学といってもしばらく田舎で謹慎するだけのことさ」

夕方、ゴードンはオークランド中心部を発《た》ち、車をまず東に向け、次に南に向けて、ハイウェイ九九号線沿いの暗く平らな農業地帯を抜けた。内気循環モードにしていたのに、合成肥料の焦げたようなにおいが空調伝いに入りこんできた。ハイウェイからだいぶ離れたところにオレンジ色の光がぼんやりと見えてきた。暗闇にぽつんと浮かぶ巨大な光輪のようだった。謎の光源から放たれる輝き。夜の闇に沈む野原の真ん中に大きな工場でもあるかのようだった。あれがそうだなとゴードンは思った。総数三千人の女子受刑者たち。NCWFと同じく、夜が存在しない場所。なぜなら、一日二十四時間、週七日、万全の警備体制が敷かれているからだ。

その夜はホリデイ・インに泊まった。不動産管理会社の人間と翌朝会って、新居の鍵を受け取ることになっていた。ホテルの女性フロント係に、スタンヴィル刑務所で働いている人を知っているかと訊いてみたかったが、質問をのみこんだ。代わりに、この町の水道水は飲んでも大丈夫かと尋ねた。「わたし、水道水を飲むタイプじゃないので」フロント係はなぜか語尾を持ち上げて答えた。近くにいいレストランはあるかとゴードンは尋ねた。「エビのフライ、お好きですか」それもタイプの一つらしい。

ゴードンが借りたバンガローの水道水は汚染されていて、飲用に適さなかった。原因は農業ではない。自然発生のウランだ。ボトル入りの水を買ってくるしかない。バンガロー自体は気に入った。削り立てのマツ材の香りがした。せまいが合理的な造りだった。こぢんまりとして居心地がいいといってもいい。急斜面に立てた脚柱で支える高床式のバンガローで、近隣にほかの家はほとんど建っていない。窓から谷の絶景を一望できた。

新しい職場への初出勤日は一週間後の予定だった。それまでわずかな持ち物の荷ほどきや薪割りをして過ごした。散歩にも出かけた。日没後はストーブに薪をくべて本を読んだ。テッド・カジンスキーは主にウサギを食べていたらしい。日記によれば、リスは悪天候を嫌うという。カジンスキーの日記の大部分のページは、毎日の暮らしぶりや周囲の大自然で起きたできごとを記録するのに費やされていた。カジンスキーとソローとを同列に並べるのは、考えていたほど乱暴なことではなさそうだった。ただし、テッド・カジンスキーは、ソローの著作にある次のような文章を綴《つづ》ることは決してなかっただろう――〝われわれ自身がもう一度無垢《むく》になれば、隣人の無垢性もわかるようになる〟。

ゴードンの新しい隣人はみな白人のキリスト教徒、そして保守派だった。トラックやオフロードバイクをいじるタイプの人々で、ゴードンについてそれぞれ勝手な思いこみを抱いたが、ゴードンはそのまま放っておいた。いつか彼らの力を借りる必要が生じたとき、その思いこみが自分に味方してくれるだろうと思ったからだ。そのあたりでは雪が積もる。道路は閉ざされ、生活必需品が手に入らなくなる。倒木で送電線が切れることもある。夏から秋にかけては山火事があたりを焼き払う。週末になると谷にこだまするオフロードバイクの2ストロークエンジンの甲高い音は耳障りではあったが、田舎暮らしとはそういうものだ。手つかずの自然と小鳥の歌声に囲まれた純粋で自由な世界ではなく、自分の土地の木々をチェーンソーで伐採してアスファルトや人工芝を敷いたり、森を切り開いて道を作ったりして、そこをオフロードバイクやスノーモービルで駆け抜けるような田舎の人々の世界なのだ。ゴードンは判断を差し控えた。彼らは山での暮らし方について、自分よりよほど多くの知識を持っている。冬や山火事、春の雨のあとの泥流をどう生き延びるか。薪はどう保管すべきか。

ビーヴァーという名の、手の指がほとんどない配達人がゴードンのバンガローの私道に二コード分の薪を届けたあと、斜面を下ったところに住む隣人が薪の積み方を懇切丁寧に教えてくれた。薪割りのコツも身についた。田舎暮らしの第一歩だ。

薪を積むのを手伝ってくれた隣家の男性には、妻かガールフレンドがいた。ゴードンはまだ会ったことがないが、二人が言い争っている声は聞いた。声は谷に反響しながら斜面を登ってきた。

山の奥での新生活が始まってまもないある晩、女性の悲鳴のような声が闇を貫き、ゴードンははっと目を覚ました。手探りで電灯をつけた。隣家の妻に違いないと思った。その家は斜面を三百メートルほど下ったところにある。悲鳴がまた聞こえた。怯《おび》えた金切り声。さっきよりも近い。逃げ場を失ったような声だった。

下着のままテラスに出た。隣家は真っ暗だった。ゴードンはしばらくそこから様子をうかがったが、悲鳴はあれきり聞こえなかった。だからと言って放っておくわけにはいくまいと思った。服を着て、声の聞こえたほうへと斜面を下った。道路に立って耳を澄ました。月はなく、目が暗闇に慣れなかった。ほとんど何も見えない。夜空に届くほど高い松の木のてっぺんの輪郭がぼんやり見て取れるだけだった。

星が不規則に瞬くさま——明るく、暗く、また明るく——は、車のヘッドライトを連想させた。夜、並木道を走る車、断続的に閃くヘッドライト。しかし、星は神々しいが、ヘッドライトは不吉にも思える。星空は自然だ。車は人間の隠された意図を運ぶ。

風が木々の枝をさわさわと揺らした。星が明滅するのは風のせいなのだろうかとゴードンは考えた。地上で風が吹いているなら、空では風が絶え間なく吹き続けているだろう。

そのとき、また聞こえた。女の叫び声。今度はさっきより遠かった。

ゴードンは呼びかけた。「誰かいますか。大丈夫ですか」

寒空の下、返事を待った。風の音しか聞こえなかった。

斜面を登ってベッドに戻った。眠ろうとしたが、それきり眠れなかった。

10

肌を刺すような寒さのなか散歩に出たとき、木を登ろうとしているヤマアラシを見つけて撃った。死んだようだったが、よく見るとまだ息をしていた。こわい毛と針が邪魔で、頭の脳が入っている部分を見きわめられなかった。このへんだろうと当たりをつけて撃った。解体には骨が折れた。皮がなかなかきれいに剝げず、針にも気をつけなくてはならなかった。腹を開けるとサナダムシがぞろぞろ出てきた。内臓を取り除いたあと、ライソールの溶液を濃いめに作って両手とナイフを徹底的に消毒した。当然ながら、肉はよく火を通して食べようと思う。

今朝、深い雪のなかを二時間ほど歩いた。帰ってからヤマアラシの残りを茹《ゆ》でた（心臓、肝臓、腎臓、脂肪の塊数個、胸から取った大きな血の塊一個）。腎臓と肝臓の一部を食べた。美味だった。血の塊も少し食べた。味はよかったが、ぱさついた食感は好きになれなかった。

雪解けのころ、丘陵地帯のあちこちからダイナマイトの爆発音が轟《とどろ》くようになった。山小屋にいても聞こえることがあった。石油会社のエクソンが地震探査を行って石油を探している。ヘリコプターが二機、上空を飛びながらダイナマイトをケーブルで地表まで下ろして爆破し、地中に伝わる振動を機器で計測していた。春の終わりごろ、クレーター山の東側に行ってキャンプを張った。ヘリコプターを撃ち落とすつもりだった。しかし、考えていたより難しかった。ヘリコプターはつねに動いているからだ。一度だけ、ほんの一瞬のチャンスが訪れた。木と木の隙間を通過しようとしたところを狙ってすばやく撃った。二発ともはずれた。キャンプに戻ってから泣いた。失敗が悔しかったせいもある。だが何より、この田園地帯に起きようとしていることが悲しかった。これほど美しいのに。ここで石油が見つかりでもしたら、大惨事になる。

11

「いいよ、流して！」サミー・フェルナンデスが言った。わたしはトイレを通じてものを受け渡しするやり方を教わっているところだった。垂直のパイプにひもを通し、上下階でやりとりする。ブリトー。トゥインキー。たばこ。シャンプーのボトル入りのプルーノ。

サミーとわたしはこれから九十日間、一つの隔離房で同居することになる。刑務官の指示に従わなかった罰だ。二メートルかける三メートルくらいの広さの空間に、便器が一つとビニールのマットレスを敷いたコンクリートのベッドが二つ。そこでおしゃべりをしたり、交代で見張りに立って扉の小さなガラス窓から廊下の様子をうかがったりした。廊下はメイン・ストリートと呼ばれていて、タイミングが合えば、隔離ユニットのほかの収容者が規則に従って手錠をかけられ、刑務官を二人従えてシャワー室に向かう姿が見られる。わたしとサミーは二人とも一日二十四時間、この監房に閉じこめられていた。例外は週に二度、一人ずつ廊下を引き立てられていってシャワーを浴びるときと、週に一度、屋外の鳥小屋《ケージ》に出されて一時間の運動をするときだけだ。

同じ棟の下の階には死刑囚監房が並んでいる。刑務官は〝グレードA〟と呼ぶ。一日に五十回くらい口にすることになるから、もしかしたら刑務所の偉い人たちは〝死刑〟という言葉を何度も繰り返すのは職員の士気の低下につながると考えたのかもしれない。

垂直のパイプで結ばれた真下の房には、サミーの昔なじみのベティ・ラフランスが収容されていた。ベティ・ラフランスを含め、死刑囚はみな食堂の食べ物や禁制品を手に入れる伝《つ》手《て》を持っている。わたしたちはベティに伝手を持っている。つまり、トイレや通気口だ。ベティは誰とでも気軽に口をきくわけではなかった。ブリトーや寝棚醸造の酒を分ける相手となると、なおさら限定される。けれど幸運なことに、何年も前にベティが裁判を闘っていたころ、サミーはベティと郡刑務所で一緒に過ごしたことがあった。

「わたしのチカーナ・ベビーなの？　サミーなの？」初日の夜、通気口越しにベティの大きな声が聞こえた。ベティは黒人やチカーナ【メキシコ系アメリカ人の女性】の女性の何人かを〝わたしのベビー〟と呼んでかわいがっていたが、なかでもサミーはお気に入りの一人だった。

ベティはかつてヘインズ・ハー・ウェイ社のストッキングの広告の脚モデルを務めていた。

「脚に何百万ドルだかの保険がかかってるんだってさ。たしかに、土踏まずのアーチがすごくきれいでね、バービー人形みたいだった。リアルなバービー人形」サミーによれば、ベティは自分の独房にピンヒールを何足も並べている。刑務官に何百ドルも渡して持ち込みを見逃してもらい、靴をときどき履いては自分の脚をうっとり眺めているらしい。

何百万ドル。何百ドル。他人の話を鵜呑《うの》みにはできない。でも、ここでは他人の話しか信じるものがない。

脚モデルだか何だか知らないけれど、ベティが作る刑務所ワイン《プルーノ》は、プルーノの例に漏れず、見た目もにおいもゲロそのものだった。プルーノの生ゴミ臭は独特で、みな発酵を待っているあいだは房内にベビーパウダーをまいてにおいをごまかしている。

「スタンヴィルで一番おいしいプルーノだけど、二度、デカントしなくちゃだめよ、ハニー」ベティが通気口越しに怒鳴った。「デカントを忘れないこと。空気に触れさせてあげてちょうだい」

ベティのプルーノはごく一般的なレシピで作られていた。紙パックのジュースをビニール袋に空け、そこに小袋入りのケチャップを砂糖の代用として加える。靴下にイースト代わりのパンを詰め、それもビニール袋に入れて、数日発酵させる。

ベティは次にワイングラスを送ってきた。ステムをプレートにねじこむタイプのものだった。

「こんなもの、どうやって手に入れるわけ」

「ふつうの方法で」サミーが言った。「ヴォールトかカヌー」

女子受刑者は、面会者から受け取ったヘロインやたばこ、携帯電話といった禁制品を膣《カヌー》や直腸《ヴォールト》に隠して持ちこむ。ベティはプラスチックの足つきグラスをそうやって持ちこんでいる。グラスに注《つ》いだプルーノをサミーと交互に飲んだ。飲みながら、サミーはベティが生命保険金目当てで夫を殺したいきさつを話した。受刑者はふつう、他人の犯罪を話題にしない。でもベティは特別だ。死刑囚は特別なのだ。スタンヴィルには超有名犯罪者が何人もいた。有名人のゴシップはいろんな側面で役に立つ。

ベティは愛人の殺し屋に頼んで夫を始末させた。でも保険金が下りるのを待っているあいだに、愛人に裏切られるのではないかと不安になった。そこで、シミヴァレーのバーで知り合った汚職刑事に依頼して愛人を消してもらった。次に第二の殺し屋――愛人だった殺し屋を殺害した汚職刑事――を始末しようと画策しているうちに逮捕された。ベティは刑事が密告するのではないか、あるいは密告するぞと脅してベティから金を巻き上げるのではないかと恐れていた。そのころ二人はラスヴェガスにいて、保険金で派手に遊び回っていた。ベティはエル・コルテス・カジノの警備員に、報酬をはずむから刑事を殺してくれないかと持ちかけた。

「ハニー、エル・コルテスじゃないわよ」ベティが通気口越しにわめいた。「シーザーズ・パレスだったら。いいこと、シーザーズとエル・コルテスの違いもわからないくらい世間知らずなら、あたしの話をする資格はないから。エル・コルテスはね、勤務明けのリムジンの運転手やフィリピン人が遊びに行くところなの。運転手やフィリピン人を差別するつもりはないけどね。やれるうちにそのどっちかを雇ってドクを消しておくべきだったわ」

〝ドク〟っていうのは汚職刑事のことだよ、とサミーが言った。

「あいつはもう五回くらい、あたしの首に懸賞金をかけた。だけどあたしは死刑執行を待つ身なんだから、心の平安を与えられてしかるべきでしょ。放っておいてほしいわ」

ベティの有罪を決定づけた証拠の一つは、お金の山に埋もれて横たわっているベティのヌード写真だった。夫の生命保険金が下りた直後、汚職刑事のドクが撮影した。ベティはお金を愛してるんだとサミーは言った。郡刑務所では、札束を詰めた枕で寝ていた。法廷に出る日はサミーに枕の番を頼んだ。ベティ・ラフランスのような有名人から札束の詰まった枕を預けられるなんて、女王様になった気分だったよとサミーは言う。

ベティとドクはラスヴェガスで逮捕された。サミーはもう事件のあらましを知っているわけだけれど、ベティにしてみれば、新しい聞き手が一人でもいるなら、同じ物語を何度でも繰り返す価値がある。通気口を介して、カリフォルニア州に引き渡されるまで収容されていたネヴァダ州の刑務所の様子を話した。向こうの女の子たち――〝ギャル〟たち――はみな仕事をしていた。ラスヴェガス郡刑務所に収容されている女子は全員、トランプを数え、しかるべき順序に並べ直して、カジノに納める作業を課されていた。ベティも例外ではなく、おかげで指があかぎれになった。

このころにはわたしたちはプルーノでほろ酔いになっていた。

「その写真、見せてもらったことある？　お金に埋もれてる写真」わたしは写真を見てみたかった。

サミーも見たことがなかったけれど、ベティが自分に関係するものをまとめたファイルを持っていることは知っていた。新聞記事や公判記録など、何から何までまとめたファイルがある。マスコミはベティの事件を大騒ぎで取り上げたんだよとサミーは言った。ベティは殺し屋を何人も雇った。汚職刑事が別のいくつもの犯罪に関与していたことが判明し、ロサンゼルス市警は大きなスキャンダルに巻きこまれた。サミーは通気口越しに、例の写真を見せてとベティに伝えた。酔っ払ったわたしは、通気口から聞こえてくる声の主が札束に埋もれている写真をどうしても見てみたかった。でも本当は、窮屈な監房のコンクリート壁以外のものなら何だってよかった。

ベティはトイレを通じて写真を送るのを拒んだ。水でだめになったら心配だからと言った。でも、ビニールで何重にもしっかりくるめば、水は一滴も入らない。たとえば生理用ナプキンを断熱材にし、ビニールでぐるぐる巻きにすれば、アイスクリームサンドを食堂から送ることもできる。ベティはもったいぶっているだけだ。サミーは隔離ユニットのその晩の当直だったマッキンリー刑務官に、ベティから本を受け取って来てもらえないかと頼んだ。受刑者はみなマッキンリーを〝ビッグ・ダディ〟と呼んでいた。「結末を知りたいんだよ、ビッグ・ダディ」サミーは言った。「前回ここにいたとき、最後の章だけ読みそこねたんだよね」引き受けてもらえるなら、ベティに写真をページのあいだにはさんでもらえばいい。「もののやりとりは手伝えないな、フェルナンデス。自分のじゃない持ち物があるのを見つかったら、懲罰の期間が延びるぞ。知ってるだろう。俺のかわいい娘たちがここでつらい思いをするのを見たくない。規則を守れ、フェルナンデス。規則さえ守ってれば、じきに一般棟に戻れる」

「ねえ、ビッグ・ダディ」サミーは言った。「あんたがほんとのパパだったらよかったな。そうしたらあたしの人生はまるきり違ってただろうに」

「なあ、フェルナンデス」マッキンリー刑務官は言った。「おまえのお父さんだってせいいっぱい努力したと思うぞ」

ビッグ・ダディのブーツの足音が遠ざかっていった。

「実の父親なんて、顔も見たことないよ！」サミーは配膳ハッチのフラップを上げて廊下に向かって叫んだ。「母ちゃんだって同じ。誰があたしの父親なのか、それさえ知らなかったんだから！」

わたしたちの笑い声は下の房まで伝わり、それでベティの気が変わった。自分が注目の的でなくなったとたん、写真をトイレから送ってもいいと言ってきた。

ビニールを三十枚くらい剝がすと、ようやく有罪の決め手になった写真が載った新聞記事が現れた。わたしはビキニの下だけ身につけ、数百万ドルの保険がかかった小麦色のすらりとした脚をあらわにした女が百ドル札の束に埋もれているような古典的なヌード写真を想像していた。

ところが現物は、死体みたいに硬直した表情でベッドに横たわった女と、そこに押し寄せる札束の土砂崩れが映っているだけだった。札束の山から頭だけがのぞいている。砂利を運ぶトラックがバックしてきてベッドにぶつかり、何トン分もの荷が崩れて彼女を札束責めにしたみたいに見えた。

サミーもわたしもひとことの感想も述べなかった。サミーは記事を折りたたみ、ビニールで元どおりくるむと、トイレの配管伝いに真下の房に送り返した。

週に一度、運動場に出られたけれど、わたしたちが使ったのはみんなが使うちゃんとした運動場ではなく、隔離ユニット専用の運動場だった。かみそり鉄線で囲まれたコンクリート敷きのちっぽけな一角にすぎない。でも、そこに出るとコナンと会えた。コナンはすぐ隣のかみそり鉄線で囲まれたコンクリート敷きの区画に出されていた。そこで腕立て伏せをしたり、わたしと車談義をしたりした。あるときコナンから出身はどこかと訊かれ、それをきっかけに車の話をするようになった。

「フリスコか。ふうん」コナンは言った。「エクステンデッド・アクスルを流行《はや》らせた街だな。九〇年代に。ポーカーズとかって呼んでたか。責任取ってもらいたいな、あんなもんを流行らせてさ」

サンフランシスコを〝フリスコ〟と呼ぶなんて、エクステンデッド・アクスルに負けず劣らず田舎くさくてダサい。でも、コナンの言うとおりだ。あのころは、ある日突然、近所の人たちが車軸《アクスル》を長いものに交換したとでもいうみたいに、タイヤが車幅から完全にはみ出した車に乗っていた。いまとなっては遠い過去の話、とんでもなく古くさい流行だ。あれが流行ったのは、わたしがダウンタウンのアヴェニュー地区から引っ越す前、街が再開発の嵐に見舞われ、高騰した家賃を払えなくなってテンダーロイン地区に移る前だった。エクステンデッド・アクスルは、わたしたちが盛り上がったほかの思い出話のどれにも負けず劣らず無視できない話題、あのころを象徴するものの一つだった。

大径ホイール、フローターホイール、スピナーホイール【後ろの二つはホイールに装着する装飾品】。わたしたちはむかし流行ったものを懐かしく思い出した。アンダーネオン、ホーリーのキャブレターやヘミエンジン。人気があったトラックやSUV。シボレー・イントルーダー。ダッジ・レンディション。

イントルーダーは別の何かに差しこんで合体させることを念頭にデザインされているように見えたという点で、コナンとわたしの意見は一致した。

「ニッサンからキューブの新型が出るんだってよ」コナンが言った。「日本でしか買えないらしいけどさ。しかし、真四角な車なんて誰がほしがる？　立方体《キューブ》だぜ。空力なんかまるで考えられてない。ところで、ニッサンのトラックについてる触媒コンバーターは、弓のこで三分もありゃ切り落とせそうだよな。歩いてて見かけると、どうしたってマフラーごと盗みたくなる。ニッサンを訴えるか。犯罪行為を誘発する製品を作るなって」

　わたしたちはスマートという車の話で笑い合った。わたしの目には、家具の脚の先につけるキャップに見える。ちょこまか走り回る、寸詰まりでずんぐりした車。

「外では何に乗ってた」コナンが訊いた。

「六三年型のインパラ」わたしは答えた。

「うわ、うらやましいな」

「ほんとほんと」サミーが言った。「すごくいいセンス」

でも、インパラの話が出たとたん、楽しかった気分は粉々に砕けた。いまのわたしには車もない。

「エスカレードに直管マフラーつけてる奴《やつ》を見ると、殺意が湧くよな」コナンが言った。わたしは意識をその場に引き戻そう、話をちゃんと聞こうとした。うじうじしてもしかたがない。「エスカレードはだめだ。プラスチックっぽくて安っぽい。けど、エルドラドならまともいいかな。アメリカ車がよかったのは七〇年代までだね。昔のアメリカはトラックを作ってた。それがいまじゃトラック・ナッツ【陰嚢《ナッツ》の形をしたジョークグッズ】なんか作ってる」

「それってもしかして、やけに飛ばしてる車の後ろでぶらぶらしてるあの悪趣味な飾りのこと? へえ、あれトラック・ナッツっていうんだ、知らなかった」

陰嚢《いんのう》——男性の体のなかでもっとも繊細なパーツ——の模造品をトラックのリアバンパーにぶら下げたがる気持ちはまるで理解できないとわたしが言うと、コナンもまったくだとうなずいた。

「あれをバンパーからぶらぶらぶらさせるなんて、プライドってもんはないのかね。俺が男だったら、でかいトレーラーにハーレーを積んで走るな」コナンが言った。「いや、それよりハーレーに乗って走るよ」

「マッキンリーに自慢してるのが聞こえた。ハーレー、ほんとに持ってるんでしょ」わたしは言った。

「そうだよ、だから言ってるんだ。俺が男だったら、いまのままの俺で、性別が変わるだけさ。まあ、刑務所には入ってないと思うけどな」

サミーは、十五歳のときポンティアック・トランザムに乗っていたと言った。売人でボーイフレンドでもあったスモーキーからもらったらしい。

「スモーキーってやつ、俺も知ってるけど」コナンが言った。

わたしも知っていた。といっても、直接のつきあいがあったわけではない。わたしが知っていたスモーキーは、スモーキー・ユニック、全国ストックカーレース協会《NASCAR》のレースカーのデザイナーだった人物だ。スモーキー・ユニックは、ジミー・ダーリングとわたしが意気投合するきっかけになった人でもある。スモーキー・ユニックはNASCARにたくさんの革新をもたらしたけれど、そのどれも〝ズル〟が出発点だった。でも、ほかの人たちだってみんなズルをしていた。スモーキーはまだ駆け出しのレーサーだったころ、片方の腕をウィンドウの枠に置いたまま車を走らせたことでも有名だ。スモーキー・ユニックは反骨精神の持ち主だった。でもスモーキー・ユニックは死んだ。わたしは刑務所にいる。ジミーはどこにいるのかわからない。きっと別の女といるんだろう。誰であれ、新しい彼女の存在は、何を失ったかをわたしに痛烈に思い出させる。過去といまのわたしの違いを見せつける。

　コナンが言った。「そのスモーキーって、ベルガーデンズのスモーキーか」

　そうだとサミーが答えた。

「スモーキーがボーイフレンドだったたって？　俺はベルガーデンズの出身なんだよ。ただし、俺が知ってるスモーキーは女だ」

「彼と知り合ったときは女だなんて知らなかったんだって」サミーが言った。「何て呼ぶんだろう、ほら、ちっちゃな白い貝《シエル》を糸に通したネックレス。あれを首から下げた、お尻のきゅっとした男が現れてさ、さっそく一緒にキメたわけよ――彼が持ってきてたエンジェルダスト《PCP》で。でもって次に目が覚めたら、ホイッティアのモーテルの部屋だった。しかも二日もたってた」

「プカシェル・ネックレスな」構内放送のスピーカーからマッキンリー刑務官の声が聞こえ

いる。

た。監視台の偏光ウィンドーの奥で、集音マイクを使ってわたしたちのおしゃべりを聞いて

「なんでそんなところにいるのか、全然思い出せなかったよ。体中、キスマークだらけでさ。でもってスモーキーって人が隣で寝てるわけ。二人とも、その、服を着てなかった。上掛けをちょっと持ち上げてのぞいたら、あそこのつくりがあたしとまったく一緒でさ。びっくりしたよ。それから二年くらいつきあった」

スモーキーはどんな車両でも点火装置をショートさせてエンジンをかけられた。「スモーキーが車を盗んで、そこでドラッグをやって、指紋を消して、どこかに捨てる」あるとき喧嘩をしたあと、サミーはコンプトンのハンバーガー店でヘロインを買おうとした。スモーキーは、おそろしくやかましいコンクリートミキサー車で追いかけてきた。ミキサーが全開で作動していた。サミーはそのがらがらいう音に負けない大声で、止めてよとスモーキーに叫んだ。「ミキサー車を引き連れてヘロインなんか買えないでしょ。だからスモーキーとミキサー車を追い払おうと思って歩き出したんだけど、あたしの速度に合わせてついてくるわけよ。あんなに目立ってちゃ売ってくれる売人なんかいない。頼むからそのぐるぐる回転してるやつを止めてって大声で言ったんだけど、向こうは〝止め方わかんねえし〟とか言うわけよ。ギアを入れて走らせる以外のことはできないって。しばらくそうやって怒鳴り合ってたけど、ついにあたしは運転台に乗ったよ。喧嘩してる声を人に聞かれないように。ミキサー

車に乗ったままその辺をうろうろしてたら、いつのまにか喧嘩をする気が失《う》せた。怒ってたことも忘れちゃった。ミキサー車の運転手が置きっぱなしにしたランチボックスがシートにあった。ジュースやサンドイッチが入ってるなら飲み食いしてやろうと思って開けたら、財布が入っててさ。スモーキーとまた喧嘩になったよ。ミキサー車を盗んで来たのは自分なんだから、財布は当然、自分のだって、わけのわかんないこと言うわけ。ありえない。悪いけど。あたしは現金だけ抜いて車を降りた。スモーキーとつきあってたころは、そういう笑っちゃうようなことばっかりだったよ。ものの考え方が違ったんだ」

刑務所の封鎖《ロックダウン》が宣言されると、運動の時間はキャンセルになる。ロックダウンの理由は濃霧のこともあれば、刑務官の不足の場合もあった。わたしが収容されて三週目に行われたときは、最軽警備ユニットの受刑者がアーモンド果樹園から脱走したのが原因だった。刑務所の外にある果樹園の作業に就くには、刑期が六十日以下まで減っていなくてはならない。脱走した受刑者は何もかもふいにしてしまった。ベティは自分の監房のテレビで脱走のニュースを知り、通気口を介してわたしたちにも教えてくれた。脱走した人は、母親が住む実家で捕まった。脱走後、まっすぐ実家に帰っていた。サミーによると、スタンヴィル刑務所からの脱走に成功した人はまだ一人もいない。

「エンジェル・マリー・ジャニッキっていう、終身刑で入ってた子は、惜しいところまで行った。惜しいところだった。ほんと惜しかったんだよ」

エンジェルは運動場に着替えを隠していた。整備工のつなぎと野球帽。それに着替えて刑務所に通ってくる建設作業員になりすまそうとした。誰かからワイヤカッターも調達してあった。谷がミルク色の濃い霧に覆われたある日、エンジェルは大運動場にある監視塔の死角に入った。フェンスに穴を空けてすり抜け、歩き出した。刑務所を出ようとした刑務官が道ばたの人影に気づいて不審に思った。刑務所周辺の道は人が歩くためのものじゃない。無人の農耕作業車と刑務所を出入りする車両のためのものだ。エンジェルはすぐに捕まった。いまスタンヴィル刑務所は電気フェンスで囲まれている。サミーの呼び方にならうなら、〝電気式フライヤー〟だ。「触ったらかりかりに揚がったフライになる」

「作業用トラックの道具箱に隠れたら」わたしは訊いた。

「確認しないと思う？　出入りする車は残らず徹底捜索される」

「じゃあ、車体の下は。車の下側にストラップで体を縛りつけるとか」

「ローラーつきの鏡があるんだよ。それで全部の車の下側もチェックする。ヘリコプターを持ってる彼氏がいて、監視塔や地上の刑務官を射殺してくれるんでもなければ、脱走は無理だから。あとは、救急車でスタンヴィルの町の病院に運ばれるような重病を装うか。ただし、チームに手榴弾《しゅりゅうだん》とライフルとヘリコプターを持った傭兵《ようへい》チームを待機させておかなくちゃ無理だし、新しいパスポートやら現金やら、逃走に必要なものもひとそろい用意していなくちゃやっぱり無理」

隔離ユニットのコンクリート敷きの運動場に五度目に出た日、コナンは男性に分類されて以降の経緯を話してくれた。

「セントラルヴァレーのどっかの警察署で同性愛者と一緒にされたんだよ。しかしまあ、向こうの間違いは放っておくのがいいと思った。こっちからは正さないほうがいい。向こうのミスがこっちの有利に働くかもしれないだろ。まずは様子見だ。連中の間違いに利用できそうな隙がないか、よく観察する。夜明けごろ、ダウンタウンに移送された。収監手続センターに着いたら、ものすごい人数が手続き待ちしてた。K－10の連中――保護房行きが決まってる奴らは別として、ほぼノーチェックで通してたよ。俺なんかライターを持ってたのにさ、連中はそれも見逃したんだぜ。股のあいだをさっとのぞいただけで、はい次どうぞって具合だった。面談でゲイかって訊かれたから、そうだって答えた。できるだけ正直に答えといたほうが得策だからね。行きつけのクラブはどこだ、上の階に何があるって訊かれたから、適当に返事した。どうやら当たってたらしいな。次にバウンサーの名前はって訊かれたから、リックだって答えた。本当かって念を押されて、ほんとだって答えたけど、これは不正解だったらしくて、追い返された。ゲイ専用の監房には本物のゲイしか入れない。おまえはズンバ不許可だとも言われたな。どのおまわりからも言われた。ズンバ不許可って。逮捕されてロサンゼルス男子中央拘置所に放りこまれたら、ズンバ・エクササイズのクラスに出られたのに、みたいにさ。ズンバが何だったのか、いまだにわからない。で、同性愛者用のベビーブルーのシャツじゃなく、ふつうのダークブルーのシャツを渡されて、雑居房行きだ。どうってことなかったよ。同房者に恵まれたしな。チェスターって奴だった。シャワーの上の換気口にはまってる鉄格子をくすねるのを手伝ってやった。俺がその階で一番背が高かったから。そのお返しにって、何かと俺のことをかばってくれた。男子刑務所のほうが恵まれてる点も多いよ。食事がいいし、トレーニング機器も充実してる。図書館もだ。電話の台数も多いし、水圧も高くて――」

「シャワーを浴びてて、あなたが男じゃないって誰も気づかなかったわけ？」わたしは尋ねた。

「男子刑務所ってのは危ないんだよ」コナンは言った。「いつだって喧嘩や暴動に備えてなくちゃいけない。だからみんなボクサーショーツとブーツは脱がないままシャワーを浴びてた。

俺がいたころ、シュグ・ナイト【ラッパーで実業家。二〇一五年、殺人容疑で逮捕】が収監されててさ。領置金が八万ドルもあるって話だった。カップ麺を何個買う気だよ。デオドラントを何個買おうってんだよ」

チェスターは鉄格子を何に使うつもりだったのとわたしは訊いた。

「槍《やり》を作ろうとしてた」コナンは答えた。「いまの流行《はやり》なんだよ。聖書を丸めて作った伸縮自在の柄《え》がついた槍」

　槍なんか何に使うのよとわたしは訊いた。

「知るか。他人のやることをあれこれ詮索しちゃいけない。そうやってよけいな質問ばっかりしてると、男子刑務所じゃ一分と生きていられないぞ」

　コナンは男子中央拘置所からウォスコ州刑務所に移送された。ある日、出役前の検身のとき、刑務所はコナンの生物学的な性は女であることに気づいた。そこでまた護送バスに乗せられ、女子拘置所で手続きをやり直し、スタンヴィル刑務所に移された。


　ある朝、マッキンリーの大声が扉の向こうから聞こえた——今日は午後からGED準備クラスの授業だぞ。

「職員の昼めし後だ。面倒を起こすなよ、ホール」

　高等学校卒業程度認定試験《GED》準備クラスの参加希望なんて、わたしは出していなかった。GED準備クラスは、スタンヴィル刑務所で受けられる唯一の生涯教育プログラムだ。でもわたしは高校はふつうに卒業している。わたしだって本気になればそれなりの成績が取れるのだ。コナンが言っていたことを思い出した。向こうの間違いは放っておくのがいい。向こうのミスがこっちの有利に働くかもしれない。

　その日の午後、わたしは監房から出された。たとえ手錠と足枷をかけられていても、何週間も閉じこめられていたあとだ。刑務官にせき立てられて廊下を歩くのは、自由になったような気分がした。隔離ユニットの檻《ケージ》に入り、そこで待つように言われた。死刑囚監房からミシンのかたかたいう音が聞こえていた。

「まじめに勉強しろよ、ホール。世間の思い違いを証明してやれ。刑務所にいるからってかならずしも悪い人間じゃないってところを見せてやるんだ」

マッキンリーは巨大なブーツをかぽかぽ鳴らして廊下の先に消えた。

刑務官が刑務所の外のものをどれほど嫌っているか知っていたら、G・ハウザーにもう少しにこやかに接していたのに。GED講師のシャツの名札に〈G・ハウザー〉とあった。講師はわたしが入れられたケージの隣の椅子に座った。練習問題のプリントの束を抱えていた。わたしと同年代か少し上くらいで、口ひげをたくわえていたけれど格好つけといった風ではなく、みっともないランニングシューズを履いていた。

「簡単な問題から試してみようか」講師は算数のプリントの最初の問題を読み上げた。「4たす3は、(a) 8、(b) 7、(c) どちらでもない」

「ねえ、わたしをからかってる?」

「答えはどれかな。(a) 8、(b) 7、(c) どちらでもない。指を使ったほうが計算しやすければ、使ってかまわない」

「7」わたしは言った。「もう少し頭の使い甲斐《がい》のある問題はないわけ」

講師はプリントをめくった。「じゃあ、これはどうかな。文章題だ。子供五人に母親二人、いとこ一人で映画館に行きます。切符は何枚必要ですか。(a) 七枚、(b) 八枚、(c) どちらでもない」

「どんな映画を見るの」

「そこが算数の素晴らしい点でね、どんな映画なのかは関係ないんだ。詳細を知らなくても計算はできる」

「どういう人たちなのか、どんな映画を見に行くのかわからないと、考えられない」

講師はうなずいた。わたしの反応は筋が通っていて、当然のものだというみたいだった。

「ちょっと先走りすぎたかな。二人で問題を作ってみようか」講師は言った。「それか、いまの問題をシンプルにしてしまうか」

この講師は超人的に我慢強いのか、それとも正真正銘のお人好しなのか。

「おとなが三人と子供が三人います。切符は何枚必要ですか」

皮肉めいた響きはかけらもなかった。G・ハウザーがわたしの知的レベルをどう想定しているのか知らないけれど、それに調子を合わせてつきあうのは面倒くさすぎる。

「児童が無料の映画館もあるから、切符が何枚いるかなんてわかるわけないでしょ。それにその人たちの背景とか、どんな映画館なのかとか、そういう条件でも変わってくる。低所得層の人？　あなたみたいに頭がこちこちの人？　だって、おとな二枚を買って、おとなのうちの一人、たとえばいとこを非常口から入れるとかもできるでしょ」

オークランド空港のすぐ前にあるシネコンのふかふかした染みだらけのカーペットが目の前に浮かんだ。あそこなら、いとこは切符を買わずに非常口から忍びこむだろう。あのシネコンもきっともうなくなっているだろう。わたしが昔知っていた映画館はみんななくなってしまった。子供のころエヴァと行って、おとなたちに交じってリップル・ワインを飲んだマーケット・ストリートのストランド・シアター。『ロッキー・ホラー・ショー』を公開したデイリーシティにあるセラ・シアター。わたしが名前をもらった女優が主演した映画を母と見に行ったビーチ沿いのサーフ・シアター。その映画は、同じ自動車事故を別カットのスローモーションで何度も見せた。わたしが質問ばかりするのにうんざりしたのだろう、母は途中でわたしの手をつかんで立ち上がらせると、帰るわよと宣言した。母が楽しみにしていた映画をわたしはだいなしにした。

「頭がこちこちのタイプだ」G・ハウザーが言った。「僕みたいに」

「子供からも料金を取る映画館？」

G・ハウザーがうなずく。

「じゃあ、答えは八枚」

「たいへんよくできました」G・ハウザーは言った。

「それ、3たす5に正解した二十九歳の女に言うことなの」

「どこかから始めなくちゃいけないからね」

「わたしには数が数えられないと思うのはどうして」

「刑務所には算数が苦手な女性もいる。足し算でつまずいてしまうんだ。GEDの練習問題を渡しておこうか。合格できる自信がついたら、受験日を決めよう」

「GEDはいらない」わたしは言った。「呼ばれたから来ただけだし」

「資格なんて必要ないといまは思うかもしれない。でも将来、いざ出所となったとき、資格があってよかったと思うんじゃないかな」

「わたしはここを出られないの」わたしは言った。

するとG・ハウザーは、ロボットじみた淡々とした調子で、出所日が未定の受刑者でも勉強はすべきだとか、GEDを持っていれば受講できる長期受刑者向けの学習プログラムがたくさんあるんだとか、長々しゃべった。わたしは高校を卒業していることを黙っていた。考えておくと答え、刑務官を呼んで監房に戻った。


ジミー・ダーリングはよくジャクソンと算数遊びをした。きっかけは、ヴァレンシアの農場のピクニックテーブルで勘定の歴史をジャクソンに教えたことだった。ジミーは紙に円を描いた。「牧場主はこの囲いで家畜を飼ってる」ジミーは言い、家畜を入れる円を三つにした。「家畜って、どんな？」ジャクソンが訊いた。わたしに似て、どうでもいいことが気になるたちらしい。「そうだな、羊にしようか」ジミーが答えた。「牧場主は羊を三頭飼っていて、それぞれに名前をつけている。サリー、ティム、ジョー。毎朝、三頭を囲いから出して草を食べさせる。夕方になると呼び集めて囲いに入れる。三頭しかいないから、サリー、ティム、ジョーが夜に備えて囲いにちゃんと戻ってきたことを確認するのも簡単だ。囲いにいればオオカミに食べられてしまうこともない。

　さて、羊は三頭ではなくて十頭だとしたらどうかな。一頭ずつ名前をつけたら、囲いに呼び戻すのに十種類の名前を覚えておかなくちゃならないし、十頭を見分けなくちゃならない。一頭ずつ名前が違う。おなかに赤ちゃんがいるのがサリーだとしたら、おなかの大きい羊が帰ってきたら、サリーという名前に線を引けばいい。じゃあ、羊が三十頭だったらどうだろう。名前をつけるだけでもたいへんだ。そこで牧場主はバスケットに石ころを用意する。羊とちょうど同じ数の石ころだ。朝、羊が一頭、囲いから出て行くたびにバスケットから石ころを取り出す。夕方帰ってきたら、今度は石ころをバスケットに戻していくんだ。石ころが全部バスケットに戻ったら、羊は一頭残らず安全な囲いのなかにいるとわかる。羊にはもう名前がいらないわけだね。羊が何頭いるかだけちゃんとわかっていればいい」数《ナンバー》は勘定《カウント》するところから始まり、勘定は名前から始まったのだとジミーはジャクソンに説明する。刑務所もそれに似ている。名前は番号《ナンバー》に変わる。ただしわたしの番号は、家畜の数に対応する石ころというより、個体に対する名前に近い。石ころは特定の一頭を示すわけではないけれど、わたしの番号はわたしだけを示すのだから。毎日の点呼《カウント》はある。この勘定《カウント》は受刑者の総数を示し、受刑者番号とは無関係だ。つまり、受刑者は両面を持つということ――草を食《は》まない家畜であり、それぞれ別々の個体でもある。

週に一度の運動のために刑務官に付き添われて運動場に行く途中、死刑囚監房が鉄格子の奥に見える。サミーは吹き抜けの上の通路から下に向けて大声を出した。

「キャンディ・ペニャ、愛してる！　ベティ・ラフランス、愛してる！」

キャンディが目を上げた。顔がくしゃりとなって悲しげな笑みを作る。下の階の死刑囚はミシンの前で作業中だった。黄麻布の一辺を縫い、九十度向きを変えてまた一辺を縫い、もう一度向きを変えてまた一辺を縫ってから、同じ黄麻布の山のてっぺんに置く。ベティの姿はなかった。ベティはよく作業を拒んで特典を取り上げられている。

死刑囚が作っているのは土嚢《どのう》だ。土嚢だけ。六台あるミシンで、洪水対策の土嚢に使う袋をひたすら縫っている。カリフォルニア州の道路を走っていて土嚢が積んであるのを見かけたら、それはわたしたちのセレブリティの手で作られたものだ。

作業報奨金は一時間につき五セント。そのうち五十五パーセントが賠償金に回される。単純な作業の繰り返しで、しかも何かを完成させる喜びもない。袋を縫うだけ。砂は入れない。

砂を入れて完成させるのは誰かって？　たぶん、男子受刑者だと思う。男子受刑者が砂を入れて、袋の口を閉じる。

わたしたちがシャワー室に向かうとき、死刑囚はユニットに二台ある電話で話していたり、電話が空くのを待っていたりする。サミーによると、電話の相手はジャーナリストや弁護士だ。死刑囚はメディアを利用し、外の世界の人とつねに連絡を取っている。死刑囚であるがゆえに、ありとあらゆるところに知り合いがいる。他人をたぶらかし、インタビューや面会に応じるそぶりを見せながら、結局はその約束を守らない。関心があるのはインタビューではないからだ。電話する相手、自分に何かを期待する相手なのだ。他人に求められるのはいい気分だ。注目を集めるためのゲーム。ただし、死刑囚にはそれしかないわけだから、ただの気晴らしのためのゲームではない。

隔離ユニットでは、郵便も電話も禁じられている。それでも、一階で『フレズノ・ビー』紙の記者と電話で話している人たちよりわたしは恵まれていると思う。面会を許されるようになれば――隔離期間が終わって一般棟に戻されたら、すぐにでも母がジャクソンを連れて来てくれるだろう。コーヒーや歯磨き粉や切手など、必要なものを買えるように、そう、ここで生き延びていけるように、現金を差し入れてくれるだろう。サミーからは、塀の外に誰かいてくれるかどうかが重要だと何度も言われていた。でも、支えてくれる人がいることはサミーに話していない。二度の終身刑プラス六年の刑であることも話していない。それはわたしだけが知っていればいいことだ。マーズ・ルームの更衣室で同僚に本名を教えないのと同じ。情報は明かさない。個人的な話をしたところで何の得にもならない。

キャンディ・ペニャに死刑執行関連の書類が届いた夜、サミーは隔離ユニットにいた。キャンディは執行方法を選んで書式にサインしなくてはならなかった。ガスと注射の二つの方法を書いた書類を読みながらキャンディが泣いている声がサミーにも聞こえた。「抗議のしるしにライトを消したよ」サミーは言った。「隔離ユニットにいた全員が夕飯のトレーを受け取らなかった。そうすれば刑務官の書類仕事が増えるから。食事を受け取らなかった一人ひとり、ライトを消した一人ひとりについて、書類を作って提出しなくちゃならない。キャンディはずっと泣き叫んでた。隔離ユニットと死刑囚監房の全員が泣いた。刑務官まで泣いてた。障害のある人がひとりだけ食事を受け取ったけど、そのとき起きてたことを理解できなかったからだと思う。キャンディは注射を選んだ」

キャンディ・ペニャは幼い女の子をナイフで刺殺した。メタンフェタミンとエンジェルダストの影響で冷静な判断力を失っていた。キャンディは自分の独房に被害者をまつる祭壇を作り、毎日、毎時間、毎分、祈りを捧《ささ》げていた。キャンディは泣きながら書類にサインをした。サミーは他人に威張り散らしたりすることもあるけれど、それでもやはり人間らしい心を持っていて、キャンディに同情した。隔離ユニットに入れられていても、感情がなくなるわけではない。女性が泣く声が聞こえる。しかも本物だ。法廷とは違う。矛盾を解消し、動機を解明するために、当を得た質問、的外れな質問をされ、詳細に話せと執拗に責め立てられる法廷ではない。独房の静けさは、一人の女の心に真に問うべき質問を繰り返し突きつける。唯一問うべき質問、そして答えが不可能な質問。なぜやったのか。どうやって？　手段を問う〝どうやって〟ではない。もう一つの〝どうやって〟だ。どうしてそんなことができたのか。いったいどうして。

サミーの罪はおねしょだった。本人が全部話してくれた。わかってる、刑務所のなかでは個人情報は明かさないと何度も言った。でも、サミーは全部話してくれた。

「四歳のとき、トレーラー暮らしをしててさ。うちには電気が来てなかった。母親は中毒者で、入ってきたお金は全部ドラッグに使っちゃってたから。夜、ベッドを暖《あった》めたくておしっこをしてた。それで脚に湿疹《しっしん》ができちゃったんだよね。近所の人がそれに気づいて児童保護局に通報した」

児童保護局はサミーを保護した。養護施設を渡り歩いたあげく、少年院に収容された。そこで喧嘩を覚えた。「刑務所で生きていくのに必要なスキルは、だいたい少年院で身につく」十二歳で少年院を出て、またお母さんと暮らし始め、自分も体を売ってお母さんのドラッグを買う足しにした。客は若い女に相手をされて喜んだ。最初のパトロンは、保釈立替業を営むマルドナドという男だった。やがてサミーもドラッグを常用するようになり、逮捕され、麻薬取締課の常連になり――なったらおしまいだよ、そんな常連、とサミーは言う――以来、麻薬密売容疑で刑務所を出たり入ったりしている。お母さんは何年も前に死んだ。少年院で一緒だった人たちが大勢、スタンヴィルにいる。サミーの人脈は豊かだ。人生の大半を塀のなかで過ごしてできあがった人脈だ。

サミーはその半年前に仮釈放されていた。娑婆《しゃば》での暮らしは短かった。少しでも早く一般棟に戻って〝資産〟を取り返したがっていた。テレビ、専用の扇風機、湯沸かし用の電熱器を持っている。アイマスクは友達のリーボックに預けてある。「子ブタちゃん柄のアイマスク」サミーは言った。「返してもらわなきゃ」仮釈放前に持ち物を人に配ったとき、サミーが刑務所に戻ったら返すという条件をつけた。どうせすぐにまた戻ってくるとわかっていた。出所ではなく、休暇のようなものだ。

とはいえ、こんなに早く舞い戻ることになるとは本人も思っていなかった。仮釈放の際の身柄引受人は、結婚したばかりの夫だった。この夫とは文通を通じて知り合った。きっかけは夫が書いた手紙だったけれど、サミーに宛てて書いたものではなかった。スタンヴィルで服役している別の女子受刑者に宛てられたもので、その受刑者は手紙を通貨として使った。文通相手《ペンパル》をほしがっている受刑者にその手紙を売ろうとしたのだ。受刑者はいつだってペンパルを探している。その男性と文通を始めたくて手紙を買う受刑者はかならずいると踏んだわけだ。大勢がその男性の手紙を読んだ。サミーのところに回ってきたときには、何度も開かれ、何度も折りたたまれたせいで、折り目から破れかけていた。その手紙と差出人――キース・なんとか――ラストネームは聞き取れなかった――にはポテンシャルがありそうだった。そこで売り手の女子受刑者は、値をどんどん釣り上げた。サミーに回ってきた時点では、五十ドルまで上がっていた。最高値をつけた受刑者が、キースの住所が書かれた封筒を受け取る。サミーは手紙の冒頭を読んだ瞬間、五十ドルよりずっと価値があると確信した。

「小学三年生みたいな文章なんだ」サミーは重々しい調子で言った。その点に計り知れない価値があるのだと言いたげに。

「自分の名前のスペルさえ間違ってたんだから」サミーは言った。「だって、K-e-a-t-hだよ？ そんな綴りのキース、どこにいるのさ【Keithという綴りが一般的】」

キースは、おかしな綴りの名前に至るまで、絵に描いたようなカモだった。

手紙を売りに出した女子受刑者は、刑務所のペンパル募集ページのプロフィールに、どこかの高校の美人コンテストで優勝した人の写真を掲載していた。みんなどこかで見つけた写真、交換して手に入れた写真を載せていた。誰かの娘、誰かのいとこ。自分の写真は使わない。〝金づる〟――お金を送ってくれる人――が塀の外にいるかどうかが受刑者の運命を決める。金づるを手に入れる方法の一つがペンパル探しだ。キースは高校の美人コンテストで優勝するような若い女に手紙を書いたつもりだったけれど、実際にはその写真を拝借しただけの女だった。喉頭癌《こうとうがん》を患い、話すときは人工咽頭を使う、中年過ぎの女子受刑者。声を出せない彼女は、喉に電池式の装置を当ててサミーとの価格交渉に臨んだ。サミーはCDプレイヤー一台で支払うと言った。売り手はキースの住所が書かれた封筒を差し出した。

サミーはキースに手紙を書いて自己紹介し、あなたの手紙を読んだ瞬間、運命を感じましたと綴った。手紙を通じた求愛が始まった。仮釈放を数カ月後に控えていたサミーには、ふつうの金づるではなく、身柄を引き受けてくれる相手が必要だった。身を寄せられるアパート、経済的な安定、有給の働き口。一つでも欠ければ、委員会は仮釈放を認めない。サミーにはロドニーという元カレがいて、頼めばコンプトンの彼の家に居候させてもらえただろうけれど、ロドニーからDVを受けたことがあって、彼には頼りたくなかった。キースは解決策と思えた。

本人によれば、キースは空軍のパイロットだったらしく、そこそこの額の軍人恩給を受け取っていた。初めて刑務所を訪ねて来た日、キースはサミーにプロポーズした。体ばかり大きくて頭の鈍い、パン種みたいにたるんだ白人の男で、落ち着きのない目をしていた。サミーはイエスと答えたものの、面会室でキスを受ける気にはどうしてもならなかった。女子受刑者はたいがいそうだけれど、サミーもいろんなセックスワークを経験している。それでもその世間知らずのぼんやり男には頬にキス一つ許すのもいやだった。そこで、優遇措置を取り消されてしまうから、ハグやキスはできないと言った。キースはそれを信じた。「そっか、あんたを面倒に巻きこみたくないもんな。じゃあ、握手しよう、握手」サミーは仮釈放になった。二人はスタンヴィルの近く、キースの父親がトラクターの部品を販売しているハンフォードという町の郡裁判所で結婚した。キースの家族は新婚夫婦のためにアパートを用意しておいてくれた。内装から何からみんな青で統一されていた。好きな色は青とサミーが言ったからだ。カーテンも青、ソファも青、電子レンジ対応のボウルも青。でも、サミーに好きな色なんてなかった。キースが喜びそうなことを適当に言っただけのことだった。好きな色は青と言ったのは、その日、面会室でサミーが着ていた服が青だったからだ。面会室にいた受刑者の全員が青い服を着ていた。

　というわけで、イーストロサンゼルスの低所得者向け公営住宅エストラーダ・コートで育ったメキシコ系アメリカ人のサミーは、どんくさい白人の夫とセントラルヴァレーの小さな町で暮らし始めた。蓋を開けてみれば、キースは飛行機を操縦したことは一度もなく、空軍に属していた経験すらなく、日がな一日テレビで自動車レース中継を眺めているだけの男だった。いつかデイトナ５００に出るんだと言っていた。口を開けばデイトナの話をした。月に一度、生活保護申請書に左手で必要事項を記入した。知能が低いと思わせるため——実際よりさらに低いと思わせるためだ。そろって図体《ずうたい》が大きくて青白くたるんだ田舎者の一家は、サミーのことを何一つ知らなかった。キースとのなれそめも尋ねなかった。キースは車で州間高速五号線を走ってサミーをピクニックに連れ出した。南北戦争ごっこの趣味がある人たちの集まりだった。古めかしい服を着た女性がログハウスに集まってビスケットを焼いていた。キースは手伝って来なよとサミーに言った。サミーは〝刑務所メニュー〟しか作ったことがなかった。スプライトと植物性クリームで作る刑務所チーズケーキ、売店のドリトスを水でふやかしたものをマサ【トウモロコシの練り粉】代わりに使った刑務所タマーレ。刑務所で入れたタトゥーを隠せる長袖の服を着てくればよかったと悔やみながら、おずおずと女性たちに加わった。「きれいな肌ね、小麦色に焼けてて」白人の女性の一人が、白いビスケット種を麺棒で伸ばしながらサミーに言った。男たちは大砲をぶっ放していた。一人が軍隊ラッパを吹き鳴らした。キースはなんちゃって軍隊のなんちゃって大尉の役回りでその日の戦いに勝ち、本物の剣をもらった。ハンフォードに帰る長いドライブの車中、剣は処分しなくちゃならないとサミーは説明した。サミーはレベル4の条件で仮釈放されていた。火器や刃渡り二十五センチ以上の刃物を所持しているところを見つかると、一発で刑務所に逆戻りだ。「えー何それ」キースは息を吐き出し、子供みたいに口をとがらせた。いかにも夢の世界で生きるキース・なんとからしい反応だった。スタンヴィルで女《スレーニヤ》を見つけ、肌がよく焼けていてきれいと褒めるような人が集まるピクニックに連れていく男らしい反応。

　でもそれ以降、キースはサミーをどこにも連れていかなくなった。週に一度だけ、日曜の夜になると一人で外出した。ボランティアで赤十字の警備員をやっていたからだ。勤務態度は大げさだった。かならずブリーフケースを持って出かけた。次に出場予定のデイトナ50

0レースまでに熟読しておかなくてはならない重要書類が入っていると言った。といっても、ちゃんとしたブリーフケースでさえなかった。駒やサイコロを空にしたバックギャモンのケースだった。あるときサミーはそれを開けてみた。チョコレート菓子が詰まっていた。

一文無しで車も持っていなかったサミーは、脳みその代わりに筋肉が詰まったぼんくら男と家畜の肥育場の隣のアパートに閉じこめられていた。キースは朝から晩まで椅子の上で体を左右に揺らしていた。テレビ中継中のレースカーを自分が走らせているかのようだった。肩に〈ペンゾイル〉のスポンサーロゴが入ったデイトナ500の公式シャツを着ていた。サミーからお金をせがまれると、しぶしぶながら一ドル札を何枚かよこした。サミーは近所の一ドル・ショップに行き、モルトリカーの大瓶を買い、駐車場裏の小屋に住んでいた農場労働者とおしゃべりしながらそれを飲んだ。ある晩、酔って家に帰った。キースはテレビのなかで右に左に揺れながらレース場を走るレースカーの動きに合わせて椅子の上で右に左に揺れていた。サミーはついに我慢しきれなくなった。分厚いガラスの灰皿を取り、それでキースの頭を殴りつけ、アパートを飛び出した。

逃げようにも行く当てがなかった。鉄道の踏切に来たところで、遠くからサイレンの音が聞こえた。切替器の陰に隠れてサイレンが遠ざかるのを待った。それから線路伝いに歩き出した。ハイウェイに出て、南行きの車線の路肩に立ってヒッチハイクした。

サミーはスラムの生活を知っていた。服役と次の服役のあいだの日々をそこで生き延びてきた。だからこのときもスラム街に行った。用心さえすれば、人のあいだに埋没できる。そこで七カ月、逮捕されずに生き延びたけれど、結局は徹底捜査であぶり出されて逮捕された。キースは告発したものの、離婚手続きは進めなかった。だからサミーが知るかぎり、サミーはいまも、スタンヴィルの近隣に住むどんくさい田舎者と結婚したままでいる。

週に一時間与えられる運動の時間、コンクリート敷きの屋外ケージにいると、かみそり鉄線の向こうにGEDの講師の姿が見えた。通路を歩いて隔離ユニットがある棟に入っていこうとしていた。わたしは大きな声でこんにちはと言った。講師はとぐろを巻く有刺鉄線越しに言った。「GEDを目指すかどうか、考えてみたかな」

まだ考えていないとわたしは答えた。

「やってみようって気になったら、刑務所の職員にそう伝えてくれ。このあいだの問題は易《やさ》しすぎたようだね。きみには可能性があるということだ。読解力はまだ評価できていないが」

読み方は知っているとわたしは言った。高校を卒業していることも話した。

講師はうなずいた。「そうだったのか」

「大学にも行こうと思えば行けたの。カリフォルニア大学バークレー校に合格してた」刑務所に入るまで、わたしは嘘が下手だった。職員や刑務官を前にすると、誰でも反射的に嘘をつく。向こうはわたしたちにいい加減なことを言う。こっちも彼らにいい加減なことを言う。

「へえ、本当に？　僕はバークレー校を卒業したんだ」

父が大病を患って看病をしなくてはならず、結局は入学できなかったとわたしは話した。

「自由に本が読めたころがなつかしい」わたしは言った。「読書が大好きなの」嘘ではなかった。

「よかったら本を取り寄せてあげよう。約束する。GED向けのワークブックじゃないよ。きみの学習レベルが高いことがわかったから。どんな本が読みたい？」

「どんな本が読みたい？」GED講師が行ってしまうと、サミーが口真似をした。「いまの人、けっこういいカモになりそうじゃん。あんたのキースになるかもよ」サミーは釣り糸を巻き取る身振りをしながら言った。「時間をかけてうまくやれば、キース2号のできあがり」

わたしはGED講師を引っかけるのに乗り気なふりをした。誰を見ても利用価値があるかどうかでしか考えられないサミーを気の毒に思ったから。カモは救世主なのに。

チェーン・ナイトの翌朝、護送バスから見た七面鳥、風にむしられた羽毛が高速道路上で渦を巻いていた七面鳥の行き先は、スタンヴィルではなかった。

隔離ユニットに収容されてちょうど一月後、感謝祭が来た。配膳ハッチから祭日の特別食のトレーが差しこまれた。自分のトレーを見た。肉がたっぷりついた巨大な鶏《とり》の骨付きもも肉《ドラムスティック》が載っていた。異様な大きさだった。あんな大きなドラムスティックは見たことがない。

「ここじゃ毎年こうだよ」サミーが言った。

「こうって？」

「感謝祭になると、異様に大きい肉料理が出る。エミューの肉だって言う人もいる」

エミューは大きくて醜い攻撃的な鳥で、まっすぐに立つと全高二メートル近くになる。ジミー・ダーリングが滞在していた農場の隣の農家はエミューを飼育していた。ときおりこちらの農場に入りこんできてうろついたりした。人間に似ている。暴力的で予想がつかず、脳味噌《みそ》はクルミ大だ。

胸が悪くなるような食事が終わり、マッキンリーが鳥小屋みたいなコンクリート敷きの運動場に出してくれた。祝日だから特別だ。外は凍りそうに寒かった。空は古びた白物家電みたいな冴えない色をしていた。風が巻き上げる土埃に目を痛めつけられながら地面に座り、かみそり鉄線の向こう側を職員や刑務官が通りかかるのを待った。そんなことが日々の楽しみになるようなところなのだ。看護師が小走りに通り過ぎた。まもなくもう二人。コナンが大きな声で言った。「行け、行って命を救え！」その声を聞いたら、看護師の使命の緊急度がぐんと下がった気がした。コメディみたいに思えた。命は大した価値を持たない。コナンが盛大にはずむ看護師の乳房を目で追いながら茶化す程度のものにすぎない。

おなかがすいていた。エミューを食べなかったからだ。サミーも食べなかった。

「隔離ユニットに閉じこめられていなかったらさ、あのドラムスティック、売れたのに」サミーが言った。「黒人の子たちなら、インスタントの詰め物《スタッフィング》ミックスにコーン缶と一緒に混ぜるだろうな。去年、あの子たちが食堂から馬鹿でかいドラムスティックをこっそり監房に持ちこんだのを見た。股にはさんで持ってきたから、ものの内側がやけどして水ぶくれになってたよ」

「なんでそういちいち人種差別するんだよ?」コナンが言った。「黒人の子たちがどうした、黒人の子たちがこうしたって。この刑務所を仕切ってるのが俺たち黒人だからってさ」

「仕切ってるのはあたしたちだったかもよ」サミーが言った。ラテン系の受刑者が、という意味だ。「ハイになってる子ばっかりじゃなかったら」

「けど、いい思いつきだよな。ドラムスティックを一本よけいに仕入れて、コーン缶とスタッフィングミックスに混ぜるっていうのは」コナンが言った。「ナチョチーズも混ぜて、ハラペーニョのピクルスも入れるともっとうまかったかもな。あいつら、意味もなく肉を盗んだわけじゃない。ちゃんとした目的に使った。あれはモーティマー盛りとは大違いだった」

モーティマーというのは、スタンヴィルに収容されていた受刑者の名前といわれていて、その人は刑務所を訴えた。訴訟後、刑務所は一日にきっかり一四〇〇キロカロリーを受刑者に食べさせることになった。モーティマーみたいに、太ったのは刑務所の食事が多すぎるせいだといって訴訟を起こしたりできないように。〝モーティマー盛り〟は全然足りない。でも刑務所は、刑務所のせいにするな、文句があるならモーティマーに言えという。わたしたちの食事が足りないのは、六〇二号不服申立書を書き、馬鹿げた訴訟に発展させてわたしたち全員の食事を減らしたモーティマーなのだから、そいつに言えと。そういう規則、受刑者の名前がついた規則はたくさんあった。医薬品をもらうときは、アームストロング枠内に立たなくてはいけない。アームストロング枠は、医薬品カウンター周辺の床に書かれている赤い四角を指す。プライバシーを守るための措置だ。窓口に呼ばれている当人以外が、たとえたまたま廊下を歩いてきただけだとしても枠の赤いラインを踏み越えてしまったら、一一五号を取られる――アームストロングとかいう被害妄想の受刑者のおかげで。

全員が迷惑することになるような規則を作らせた受刑者をみな憎んでいたけれど、ひょっとすると、みんな架空の人たちなのかもしれない。六〇二号不服申立書の現実の行き先をサミーが教えてくれた。訴訟弁護士見習いのオフィスのシュレッダーだ。受刑者が歴史を作れるとはわたしには思えない。受刑者の名前のついた新しい規則ができるわけがない。そもそも不服申立書がしかるべき相手に届いてさえいないのだから。

刑務所で迎える休暇シーズンは気が滅入るという。それは本当だ。刑務所に入る前の暮らしを思い出さずにいられないから。あるいは刑務所に入る前は知らなかった暮らしを意識せざるをえないから。家族で過ごす休暇は、人生とはこうあるべきという理想だ。

わたしは自由世界の最後の感謝祭を無駄に過ごした。昼間はマーズ・ルームで仕事をした。客の依存症に休暇はない。休暇シーズンは書き入れ時だ。男はリアルな生活から逃れてわたしたちとの本当のリアルな生活、空想の生活を過ごす必要に迫られる。

感謝祭はマーズ・ルームで働いて過ごせと誰かに強制されたわけではなかった。その日、そこまで切実にお金を稼ぐ必要に迫られていたわけでもなかった。どうしてジャクソンと一緒に過ごさなかったのだろう。わたしは隣の家にジャクソンを預けた。隣の家では、女友達を招いて料理をしていた。子供たちは楽しく遊んだ。わたしは暗い劇場でカート・ケネディの相手をした。そのころには常連客がつく面倒を受け入れていた。それまで本能的に拒絶していたけれど、何か確実なものがあるというのはそれまでにない安心感をもたらした。カートはわたしがお店に入る日はかならず来た。来ればかならずわたしを指名した。わたしは店内にさりげなく視線を巡らせながら一回りしなくてすむ。自分の暗い領土たるマーズ・ルームでつぶす昼休み、わたしにならお金を払ってもいい、わたしと過ごしたいと思ってくれる客が現れるのをそわそわ待たなくていいのだ。

客がわたしにがっかりしたり、ほかにもっといい子を見つけたりしたら、きみはもういいよとあっけなく追い払われる。でも常連客が相手ならそういうことはない。わたしはまだ出勤していないときから誰かに選ばれているのだ。その誰かがまだ来店していないときから選ばれている。カート・ケネディに選ばれている。カートはほんの数時間のあいだに数百ドルもわたしにくれる。そのあいだわたしは彼のものだという芝居をするだけでいい。

　きみは僕のものだよな。かさかさに乾いた彼の両手がわたしのももに置かれる。低くしゃがれた声。ほとんど彼が一人でしゃべった。勤務中に脚を撃たれた。足を引きずって歩くのはそのせいだ。探偵だか何だかなんだと言っていたけれど、あとになって、実はあれは嘘だと取り消し、本当の仕事の話を長々と始めた。わたしは聞いていなかった。彼が嘘をつこうと本当のことを話そうと、どうでもよかった。障害年金で生活していて、暇を持て余していると彼は言った。自分のボートにわたしを乗せて海に出たいと言った。わたしは船に乗るのが大嫌いだけれど、それは言わなかった。いいわねと言った。すごく楽しそう。そこの港の停泊料は高いんだ、きみには想像がつかないだろうけど。ええ、想像もつかないわ。年間二万ドルだよと彼は言い、また二十ドル札をくれた。ありがと。きみ、お尻を叩かれるのは好き？　きみのお尻を叩きたいな。また二十ドル。新札のときもあった。ぱりっとなめらかな手触りで、本物なのかつい確かめたくなった。でも、何であれお金はお金だ。偉大なる中和剤。それが仕事で、これは報酬だ。きみのお尻が真っ赤になるまで叩きたいな。そうさ、鮮やかな赤に染まるまで叩きたい。そう言って、荒れた手でわたしのお尻を軽く叩く。ごく軽い平手打ち。彼は考えにふけっている。考えと呼べるようなものならば。お尻叩き《スパンキング》セッションが実現することはない。実現させる必要がない。わたしは彼の仮想現実マシンで、服を着たままの彼の脚にお尻を押しつけ、彼の財布を空にする。財布が空になったら、彼はマーズ・ルームのロビーにあるATMで追加の現金を下ろす。下ろさない日もある。下ろさないときも、翌日にはまた店に来た。

感謝祭の数日後、マッキンリー刑務官が来て、管理事務所に伝言が届いていると言った。わたしは手錠と足枷をかけられ、マッキンリーと別の刑務官を従えて廊下を歩いた。事務所に行き、ジョーンズ副ブロック長と向かい合った。

「親族が亡くなった」ジョーンズが言った。

「親族？」

「ここにはお母さんと書いてある」

スタンヴィル刑務所には三千名の受刑者がいる。誤った情報を受け取るのはよくあることだった。本当は陰性なのに、HIV陽性だったとか。別の受刑者宛ての郵便物を渡されるとか。だからこれもジョーンズの勘違いだろうと思った。それか、嫌がらせだろう。嫌がらせをするのがこの人の役割なのだから。

何かの間違いだと思うとわたしは言った。

「グレッチェン・ベッカーと書いてある。十一月三十日、先週の日曜日に自動車事故で死亡した」

「まさか」わたしは言った。「まさか。何かの間違いです」

「彼女と子供一人がサンフランシスコ総合病院に入院」ジョーンズは機械的に読み上げた。

「子供は負傷したが、命に別状はない」

「わたしの息子です。まだ七歳です。ほかに誰もいません。わたし、帰らなくちゃ」

「帰らなくちゃ？　あんたは二度の終身刑で服役中だろう、ホール。どこにも行かれない」

「でも、わたしの子供です。入院中なんでしょう、だったら――」

「ホール。誰かの母親になりたいなら、もっと前にそのことを真剣に考えるべきだったね」

わたしはジョーンズが持っている書類に飛びつこうとした。自分の目で確かめたかった。

マッキンリーに腕をつかまれた。わたしはその手を振りほどこうとした。どうしても書類を自分の目で確かめたかった。

わたしは床に組み伏せられた。大きなブーツが肩にそっと置かれ、身動きを封じられた。

マッキンリーはわたしに痛い思いをさせずにすませたいと思っている。そのことは伝わってきた。でもジョーンズは副ブロック長、マッキンリーの上司だ。ブーツが肩に食いこむ。そのブーツはこう言っていた――おまえの母親は死んだんだ。母が死んだ。ここからはわたし一人だ。一人でこの戦争を戦うしかない。

「その書類を見せて」わたしは言った。「お願いします」

あの時は決して冷静ではなかった。それは認める。〝お願いします〟とは言ったけれど、わめくような声だった。お願い。お願いします。見せて。その書類を見せてってば。

「昔はあんたたちに同情したりもしたよ」ジョーンズが言った。「だけどね、親になりたい人間は刑務所に送られるようなことはしない。そういう単純な話なんだ。ごく単純な話なんだよ」

わたしは立ち上がろうとした。のしかかってくる刑務官の数が増えた。わたしは誰かの手に嚙みついた。誰の手だかわからない。頭を床に押しつけられた。顔を横に向けてつばを吐いた。マッキンリーを狙ってつばを吐いた。警棒で後頭部を殴られた。警報が鳴り響いた。その悲鳴のような音がわたしの耳を痛めつけた。抵抗以外、何もできなかった。「そこに書いてあるのはわたしの家族のことなのよ！　子供のことなの！　わたしの息子のことよ！」

頭を持ち上げようとした。勢いよく首をそらした。足をばたつかせた。まもなく足を押さえつけられた。全身を床に押さえつけられて、わたしは動けなくなった。

第二部

12

ロサンゼルス市警のランパート分署のなかでも、ドクは悪徳警官のはしりの一人だった。のちにこの分署の刑事が働いた悪事が次々と明るみに出て一大スキャンダルを巻き起こすことになるが、そのはるか前からドクは、本人いうところの〝裏稼業〟に手を染めていた。つまり、自分は時代を先取りしたのだと思っている。いまは仮釈放なしの終身刑でニューフォルサム刑務所の〝要配慮〟棟に収容されている。

要配慮棟の娯楽室のコンクリート床には段差があって、高いほうの段は広いステージのようになっていた。刑務所の娯楽室らしいドラマが日々繰り広げられるこの空間に面して、それぞれ小さなのぞき窓が設けられた青い遠隔開閉式の扉が並んでいる。ドクの監房はほかの受刑者のものと同じく二・五メートルかける三メートルほどの広さで、ほかの受刑者と同じくルームメートがいる。ルームメートは選べない。そしてニューフォルサム刑務所の要配慮棟では、ルームメートはたいがい幼児性虐待犯かタレコミ屋かトランスセクシュアルだ。なぜなら、要配慮棟はそういった受刑者をほかの受刑者から保護するためにあるからだ。トランスセクシュアルのルームメート――ドクとしてはそれに不満はない。おっぱいのある男に偏見は抱いていなかった。何度かやったこともある。正攻法ではなく、背後から揉《も》んだりまさぐったりした程度ではあるが。人生で経験するあらゆるものごとと同じで、そのときは妥当なことと思えた。同じユニットのトランスセクシュアルたちは、女みたいにソフトボールをやる。精力旺盛な男らしく、ドクはそれを観戦するのが好きだった。男子受刑者はみな楽しみに観戦した。男だらけの刑務所に死ぬまで閉じこめられている異性愛者の男なら誰だってそうだろう。男だらけのなかに、大きな尻と、官給のメリヤスジャージーを丸く盛り上げる本物のおっぱいをつけた生き物がふいに出現し、塁から塁へ走り、上下に跳びはね、へっぴり腰でバットをかまえ、自分のほうに飛んできたボールを追いかけ、それをキャッチしそこねるのだ。連中は愉快で、滑稽で、運動神経が鈍くて、本物の女みたいなにおいをさせている。本物の女のようにおつむの中身は豆粒サイズで、ネズミが鳴くような声でかしましくしゃべる。

　ルームメートがどんな奴でも基本的にはかまわない。だが、よりによって自分の娘をレイプしたというけ好かない奴と一つの監房に押しこめられた。そいつが新しく同房になったとき、同種のユニットの慣例にならい、何をしてムショに入ったのか正直に話せとドクが迫ると、自分がレイプしたのは実の娘ではなく義理の娘だとそいつは言った。まあ、誰にもつらい経験の一つや二つはある。ドクは自分のレイプ体験をふだんから隠さずにいた。子供のころ、養父から性的虐待を受けた。だからドクは新しいルームメートを責めなかった。ここは刑務所だ。ここでは友人などできない。他人の気持ちをいちいち思いやる必要はない。監房ごとにルールを定め、互いに干渉せずにいるのが一番だ。ドクのルールはもっぱら監房の清潔に関わることだった。ニューフォルサム刑務所の要配慮棟の受刑者の大半が清掃に異様にこだわった。共用エリアのコンクリート面はガラスのように輝いている。磨かれ、磨き直されてきた結果だ。清潔さとつややかさと完璧さが層をなしている。ドクのユニットに入ると、カリフォルニア州矯正局専売の殺菌消臭洗剤セルブロック64の柑橘《かんきつ》系の香りがつんと襲いかかってくる。いつもそのにおいが充満しているというだけでなく、独裁者のごとくあらゆる感覚を支配していて、呼吸も、思考も、存在すらもその上に成り立っている。ドクはこのユニットの清掃係だから、洗剤を自由に使えた。自分用のセルブロック64のストックもある。コロン代わりに使えそうなにおいだが、ドクは領置金に不自由していないから、本物のコロンを使っていた。それもオールド・スパイスのような安物ではない。イタリアの何とかいうブランドのものだ。そうそう、ブランドの名前を思い出した。チェザレ・パチョッティ。その名前を記憶の底から引っ張り出すのにいつも数秒かかる。セルブロック64は、私物を埃やちりから守ることにしか使わない。ここでいう私物とは禁制品を指し、監房内にある私物は捜検、すなわち抜き打ちの監房検査が行われたとき、自分で購入したものであることを証明する記録がないかぎり、残らず没収される。監房にあるものはすべて、カリフォルニア州矯正局の許可書面がないかぎり禁制品とみなされるのだ。おっと失礼、カリフォルニア州矯正および更生局か。前年に更生《リハビリテーション》という語が追加された。しかし、何か新しい教育プログラムが追加されたわけでも何でもなく、無意味な一文字――〝R〟――が略称CDCに追加されただけのことだった。

ドクはベッドに寝転んで頭のなかのファイルをめくり、使えそうな画像を探した。エロ本やポルノ写真の持ち込みは許されていない。インターネットも当然ない。脳とはずりネタの保管庫だ。ドクはそこにある画像をめくる。最後に抱いた女でありドクを塀のなかに送りこんだ張本人でもあるベティ・ラフランスの記憶を、距離に余裕を持って迂回《うかい》した。あの女の巻き添えを食う前の時代だけに目を凝らす。

無印の警察車両でストリートを流す自分の姿が浮かび上がってきた。意識をあのころにタイムスリップさせれば、すぐさま格好のシナリオを組み立てられる。団子鼻がかわいらしいウェイトレスの画像が見つかった。気に入ってよく通っていたイーグルロック地区のトッパーズというバーのウェイトレス。

私服刑事がバーに行った。

この一文から始まるジョークを知っているのに、オチを思い出せたためしがない。

私服刑事がバーに行った。思い出せるのはそこまで。そこから先へ進まない。ある晩、トッパーズのウェイトレスは酒とドラッグで完全にハイになっていて、ドクはたった二カナダドル――二米ドルよりずっと価値が低い――のチップしかパンティにはさんでやらなかったのに、ウェイトレスは腹を立てなかった。あらありがと。バーのウェイトレスがパンティしか着けていないのはなぜだ？　それはトッパーズの謎の一つだった。トッパーズの唯一の謎。ドクはその謎を解き、ウェイトレスを無印の警察車両に連れこんだ。パンティを引き下ろし、脚のあいだに手をすべりこませた。脱毛クリームかワックスを使ったらしく、まるで子供のあそこみたいな手触りで、それは子供を悪から守る立場にあるドクには受け入れがたいものだった。ウェイトレスの無毛のプッシーの感触にどきりとして、思わず手を引っこめた。頭のなかの保管庫からこのファイルを選び出した時点では、このディテールをすっかり忘れていた。あの晩、ドクはしわくちゃの二十ドル札をウェイトレスに投げつけ、俺の車から降りろと言った。いまドクの意識は、卑猥《ひわい》なストリップショーやあんたのコックをしゃぶりたいとせがむ女の妄想から離れて、邪悪な男と無垢な子供の世界に入りこもうとしていた。その景色に向けてウージー・サブマシンガンを連射する様を思い描いた。ウージーをぶっ放し、見渡すかぎり幼児性虐待犯だらけの景色をめちゃくちゃに破壊した。

そうだ、ウージーといえば。スイートタート・キャンディみたいなホットピンクの極小ショートパンツを穿いた子供のイメージが浮かび上がってきた。ラスヴェガスの射撃場でインストラクターを誤って射殺してしまった女の子だ。ドクも含め、仮釈放なしの終身刑を務めているカリフォルニア州じゅうの受刑者が小型テレビでそのニュースを見た。ろくな音の出ない安物ヘッドフォンを〝外の世界が見えるマシン〟につなぎ、キャンディ色のショートパンツを穿いた少女がウージーでおとなの男の頭を吹き飛ばす瞬間がちらりとでも映らないかと画面を食い入るように見た。公開された映像では、その少女がまず一発ウージーを試し撃ちする。そこで一瞬の間があって、インストラクターが「よーし！」と褒める。〝この子は筋がよさそうだ〟とでもいうように。次の瞬間、少女は試射を再開するが、テレビで放映されたのはそこまでで、この半秒後にインストラクターの頭が吹き飛ばされる瞬間はカットされている。テレビではその場面は一度も放映されなかったが、次こそ見られるのではないかと期待して、要配慮棟の誰もが繰り返しニュースを見た。放映されるたび何度でも見ていれば、いつか技術的な偶然から、あるいは世界を動かす仕組みにちょっとした不具合が発生して、本来なら公衆の目に触れさせてはならない場面、少女がインストラクターの脳味噌を肉と骨片に変えてぶちまけるシーンが再生されるのではないかとでもいうように。

ドクはその映像からゆっくり遠ざかった。そのときの気分に合ったものをいくらでも選べるのだ。ネタの保管庫をあさるときは、それを忘れないこと。ただ、多すぎる選択肢はときに暴君となる。

多すぎる選択肢による圧政。刑務所における最大の問題は何だと思うかと訊かれて、そう考える人はまずいないだろう。しかしドクは現に、どれか一つに決められずにいる。時間が来て監房の扉が開くまで、ルームメートは戻ってこないだろう。それまでの時間を生産的に使いたい。

まだ刑事だったころの記憶に立ち戻った。気持ちのいい夜、誰にも見とがめられずに車を走らせ、悪さをしに出かけたころ。ドクはすっかりロサンゼルス周辺のバーの事情通になった。売春が公然かつ自然に行われていたバーの数々。コリアタウンのウィルシャー・ブールヴァードに面したポリッシュト・ノブは、中世をテーマにしたレストランで、地階に地下牢《ちかろう》が再現されていた。ビヴァリー・ブールヴァードとウェスタン・アヴェニューの交差点にあるボビー・ロンドンは韓国系とロサンゼルス市警の男しか相手にしなかった。しかも市警を相手にするのは賄賂の一環としてであり、さらにいえば市警のなかでもドク一人しか店に入れず、そうなるともう賄賂というより脅迫というほうが当たっていた。

警察官が売春宿に行った。

このジョークの続きもやはり、思い出せたためしがない。

時速百キロ超で車が行き交うサンセット・ブールヴァードのドジャー・スタジアム寄りのだだっ広い荒れ野原には、ラス・ブリーサスがある。あの店に行けば倉庫でバーテンダーとセックスができる。バーテンダーは親切で、母性を感じさせる豊満な女だ。牛肉のタマーレのにおいと、住居用万能洗剤ファビュローソの、考えてみるとセルブロック64に似ていなくもない、洗濯柔軟剤のような香りをさせている。ラス・ブリーサスに行くと、ドクはまず店の客目当ての売春婦たちとの密着度の高い抱擁や股間と股間をすりあわせるようなハグから始めたが、締めはかならずセルブロック64のにおいのバーテンダーと倉庫にこもってするセックスだった。バーテンダーはファビュローソを手のひらに取り、ドクと自分のそこによくなじませた。それからドクは積み上げられた缶ビールのケースに彼女を押しつけ、立ったまま ぬるぬると出し入れした。包容力にあふれた女はいつも楽しげにふるまった。ドクのオーガズムこそ自分の誇りであるというよう、内ももに大量に放出する彼は真っ赤な薔薇《ばら》の生花を一ダース持ってきてくれる優しい息子だというように。

ドクは深々と息を吸いこんだ。ただし、音を立てないように気をつけた。監房の扉が開いたからだ。タイマーでふたたび閉まるまでは自由に出入りできる。ルームメートが帰ってきて、ベッドの下の段に腰を下ろした。

真っ赤な薔薇。ドクが初めてオールドフォルサム刑務所で服役したとき、ゲート前の赤い薔薇が満開だった。金網で守られ閉ざされた護送バスの窓から満開の花が見えた。大きな花は重たげだった。護送バスには漂白剤や体臭が強烈に染みついていたが、薔薇の香りに鼻腔《びこう》をくすぐられた気がした。大きな頭をゆらゆらさせていた花の香りを感じた。あれは別の誰かの自由のにおいだ。吊《つ》り目の眼鏡をかけてニットカーディガンを羽織った年配の女の自由な世界。弾いたことのないアップライトピアノや遊びに来たことのない孫の写真に囲まれて暮らす老女の世界。頭を公民権運動以前に流行ったバズカットにした亡夫の写真。隠居した老人らしい、大きくてしわだらけでだらしなく垂れた耳。フロイドとかロイドとか、古くさい名前を持つ男たち。夫を亡くし、有り余る自由時間は刺繍《ししゅう》をしてつぶし、門の前に完璧な薔薇を咲かせる老女たち。老いぼれたせいで、あるいは薬の副作用でいつも首がゆらゆら動いていて、まるで朝から晩まで「ノー」と言い続けているみたいな女たち。ドクを愛さず、養護施設に追い払った母親やおばや祖母のように、他人を好意的に受け入れることを知らない女たち。

ドクがオールドフォルサム刑務所に入所した当時はまだ要配慮棟は存在しなかった。配慮が必要な受刑者は当然存在したが、タレコミ屋や元警察官の保護を目的とした専用棟はなかった。ドクはあまり監房から出歩かないように用心した。彼女から直接手紙が届くことなどありえないのに、ベティ・ラフランスが書いたとしか思えない脅迫の手紙を受け取っていたからだ。〝フレッド・ファッジ〟を名乗り、気味の悪い角張った活字体で書かれたその手紙には、おまえが汚職警官だということはまもなく同じ棟の全受刑者の知るところになるだろうとあった。あの女のやりそうなことだ。来て、抱いてよ、汚職刑事さん。ドクはその誘いに乗った。我ながらおめでたい話だ。二人まとめて逮捕されたのは、あの女のおしゃべりのせいだった。いまも聞く耳を持った相手を探しては都合のいいようにしゃべりまくっているに違いない。ドクは監房のベッドに横たわり、脱獄の夢を見た。オールドフォルサム刑務所の塀は花崗岩（かこうがん）でできた巨大な奥歯のようなもので、地上に見えている分より地中に埋まっている分のほうがはるかに深い。建設したのは初期の受刑者だ。ドクは彼らを恨めしく思う反面、羨望の念も抱いた。彼らの労働の結果がいまドクを閉じこめている。しかし彼らは、やることを与えられていた。目に見えるプロジェクトに従事した。刑務所の裏の境界線をなすのはアメリカン川で、その急流と、岸にそびえる監視塔が脱走を阻んでいた。

ドクが若かったころ、ジョニー・キャッシュの『フォルサム・プリズン・ブルース』が流行した。ドクは養父のヴィクのせいで、この歌について相反する感情を抱いていた。ヴィクはこの歌が好きで、ドクに対してはサディストだった。のちに床にショットガンを置いたパトロールカーに乗るおとな、もはや養父のヴィクのサンドバッグではない、銃と警察のバッジを持ったおとなになってから、同じ歌を久しぶりに聴いた。トッパーズのジュークボックスでかかっていた。リノで男を撃った、そいつが死ぬのを見たかったからという一節は、ドクが誰よりも身近に知る真実だった。ドクも、嘘偽りなくまったく同じ理由からたびたび人を撃っていたからだ。場所はリノではなかったが。

ジョニー・キャッシュはコカイン漬けだった。それもドクとの共通点の一つだ。ジョニー・キャッシュの深いしわが刻まれた顔が作る表情は、肉体の限界に挑む者、ハードルを飛び越える瞬間の陸上選手の悲壮感さえ漂う顔を連想させるが、キャッシュのそれは徹夜でコカインを吸った結果だ。

養父のヴィクの唯一の常習癖は、幼いドクを暴行しレイプすることだった。それ以外は一日にきっかり六本のたばこを吸い、ときおりランサーズ・ワインをグラスに一杯やる程度の平凡な保険査定員だった。ヴィクは病的なほど熱心に裏庭を点検して回り、ドクが落ち葉を一枚残らず掃き集めたかを確かめた。

オールドフォルサム刑務所の食堂で開催されたジョニー・キャッシュの有名なコンサートは、子供のころにドクも見た。のちにドクは、まさにその食堂で食事をすることになった——刺される不安を振り払って食堂に行く勇気が湧いた日に限られてはいたが。ドクがオールドフォルサム刑務所に収容された二カ月後に、食堂で暴動が起きた。配られたケーキがほかの者より小さいと誰かが文句を言ったのをきっかけに、二百六十名の受刑者の怒りが爆発した。人数で圧倒された刑務官はいっせいに食堂から逃げ出した。ドクは折り畳みテーブルの下に身をひそめ、ナイフやフォーク、血、食べ物のかけらが降ってきて床に散らばるのをじっと見つめた。金属のトレーは頭を殴る道具に使われた。そのために作られたかのような形と重さだった。刑務官が戻ってきたが、飛散防止設計の壁で食堂と仕切られた細い通路よりなかには入らなかった。全員が暴徒鎮圧用のフル装備をしていた。催涙弾を食堂に投げこまれた。受刑者の一人が催涙弾をつかんで刑務官側に投げ返した。催涙ガスが噴き出し、かさばるフル装備でせまい通路に密集していた刑務官は情けない悲鳴を上げながら、逃げ場を探して右往左往した。催涙ガスは仕切りの壁を越えて食堂にも流れこみ、受刑者たちも涙を流したが、それでも野太い歓声が食堂にこだました。

ラス・ブリーサスのバーテンダーのどこを気に入っていたかといえば、彼女の過剰なほどの受容力だった。誰かの体に精液をぶちまける行為は、ぶちまけられる側から見れば、相手をあるがまま丸ごと受け止める気持ちがあることを伝える手段になる場合もある。

あるときドクが倉庫から店に戻ると、ラス・ブリーサスのバーカウンターから老人が意味ありげにウィンクしてきた。老人はポン引きでもなんでもなく、テカテ・ビールをちびちび飲むのを楽しみにしている、太陽を模したテラコッタの飾り物みたいな顔をしたメキシコ系の男で、誰かに意味ありげにウィンクしてみせるのが好きだった。そのウィンクはこう伝えてきていた――その表情とそのわけを思うとこっちまでうれしくなるね。

ある男がブラインドデートに行きました。これはオチまで思い出せる。このブラインドデートのジョークはちゃんと覚えている。

リチャードという男がリンダという女とブラインドデートの約束をした。二人は電話で打ち合わせた。リンダは言った。「ソーダファウンテンで待ち合わせね」リチャードは指定されたソーダファウンテンに行って待った。

若い女が近づいてきた。「あんた、リチャード？」

男はそうだと答えた。

女は男を眺め回して言った。「あたしはリンダじゃないから」

ドクはブルガリア出身の女と結婚していたことがある。あとになって、あれは期限つきの取り決めだったのだと自分に言い聞かせた。なぜ彼女と結婚したのか、自分でも納得のいく説明ができなかったし、理解もできなかった。チャンスがあれば、いまでも彼女とファックするだろう。はるか昔、彼女に買ってやったシアーズのネグリジェをめくり、イチモツを突っこんでせっせと動くところを空想した。セックスなんて単純なものなのに、世間はなぜあれこれ悩むのか。ドクはセックスが好きだ。できなかったことなど一度もない。ブルガリア出身の女は、行為のあいだ、死んだように静かで、それだけは彼をいくぶん萎《な》えさせた。どんなに激しく突き上げても呼吸一つ乱れない。ドクが限界に近づいても、そろそろ爆発しかけていても、彼女の腹にぶちまけても。ドクがそんなことを思い出していると、監房のベッドの下の段で、ルームメートが姿勢を変える気配が伝わってきた。ドクが考えているのは彼女が声を出さなかった理由ではない。それは毛ほども気にならなかった。いま思い出しているのは、彼女のなかで暴れ回ったときの快感だった。

ルームメートがすぐ下の段にいるとわかっていて真っ昼間からマスターベーションするのが日常になるとは情けないかぎりだが、まあ、それはわざわざ言うまでもないだろう。ときどき、真夜中に、この棟にいる全員が陰部摩擦に励んでいる音が聞こえるような気がすることがある。濡れたリズムのひそやかな合唱。気色悪いと思われることだろう。しかし、ここにいるのは生きた人間なのだと強調しておきたい。投獄されていようがいまいが、ペニスに血液が一極集中することは誰にだってあるし、ペニスが怒張し、かつ性行為の機会は当面なさそうだとなれば、ヒトのオスは怒張したパーツを本能的に握り、上下にしごき始めるものだ。

そうだ、それでまたジョークを一つ思い出した。

ドクが完璧に覚えていられる唯一のジョークがそれだ。無数のジョークが頭に浮かんでは消えていくが——馬がバーに行った。さて、メキシコ野郎が何人いれば——何ができるんだったっけ。だめだ、出だしさえ思い出せない。

これまで生きてきて、これだけは忘れないと自信を持った唯一のジョークなのに。

ある男とその妻が夫婦間の問題を抱えていた。セックスレスに悩んでいた。そこで——世間では何と呼ぶんだったか——ああ、そうそう、セックスセラピストのカウンセリングを受けた。セラピストは、要望を相手に伝えるのが二人とも苦手なようですねと言った。男とその妻はうなずき、セックスについて話し合うなんて気まずくてできないと答えた。するとセラピストは、言葉を使わない合図を決めておくといいとアドバイスした。気分が盛り上がっていることを相手に伝える合図だ。妻は言った。「そうね、あなた、これではどうかしら。むらむらしてきたら、わたしのお腹を二度軽く叩いて。そういう気分じゃないときは一度」

夫は言った。「それならできそうだよ、ハニー。一度なら、今日はやめておこうという意味、二度ならパーティを始めようという意味だ。きみから僕への合図はこうしよう。ファックしたい気分なら、ぼくのムスコを一度しごく。気乗りしないときは百回」

ランパート分署の連中は、ブルガリア出身の女のことをドクの〝通販でゲットした花嫁〟と呼んだが、誰かと誰かの関係の実情や出会った経緯を第三者が正確に知ることなどありえない。ドクは二十三歳、警察学校を出たての新米《ルーキー》だった。通りで彼女に道を尋ねられた。えくぼがかわいいなとドクは思った。片言の英語も初々しかった。ドクは彼女を車で送っていき、電話番号を聞き出した。彼女はさながら未知の巨大な国に放り出されたみなしごだった。ドクは彼女をしばらくのあいだ引き取った。彼女は料理や掃除が上手だったが、むっつりと押し黙っていることが多く、口数の少ない人間も口数の多い人間に負けず劣らず効果的に他人を支配できることをドクは学んだ。やり方が違うだけのことだ。

二十七歳で離婚し、二度と結婚するまいと決めた。女遊びは続けた。夜をともにした女は数知れないが、そのうちの誰のことも愛さなかった。通販の花嫁も愛していたわけではなかった。離婚から十年、ベティ・ラフランスと出会って惚《ほ》れた。ぞっこんだった。料理も掃除もしない女、彼にファックされて盛大に声を上げる女。演技だったのかもしれないが。しかし、演技だったとして、何だ？　どんな違いがある？　肝心なのは気持ちよくいけるかどうかだ。

屈折した心理というべきか、いまもベティが恋しくてならないのに、一方では殺し屋を雇って差し向けたいと思っている。実際に試みたが、どうやら不可能だった。死刑囚監房に収容されている者を殺す手段はない。女は頭が鈍すぎて、刑務所における暴力行為という才知の要る行為を実行できないのだ。男子刑務所なら、標的が誰であれ、殺す手段はある。インスタント麺一杯の報酬で引き受ける者はいくらでもいた。アイリッシュ・スプリング石鹸《せっけん》(香りがいいし、よく泡立てるとマスをかくのに具合がいい)数個と引き換えに人を殺す。しかしベティに接近できる女子受刑者は、やはり死刑囚監房にいる意気地のないサイコ女くらいのもので、連中はおそらく監房にこもってめそめそ泣くくらいしか能がない。そこへいくと男は創意に満ちていた。ロッカーの蝶番《ちょうつがい》をやすりでとがらせて胸を刺し貫いたり、歯ブラシの柄に剃刀《かみそり》を仕込んで誰かの顔をそぎ落としたりする。

しかしベティは、ほかの女と違って根性が据わっている。ドクはベティのそんなところに惚れたともいえる。受刑者の誰かを始末したいと思ったとき、実行できそうな女はベティくらいのものだろう。だが、ベティは標的であって、ベティに殺人を頼むことはできない。

ベティに何度もしつこく言われた——あんたが女に悩まされるのは母親が悪かったせいよ。彼の母親のことなど知りもしないくせに。ドク自身、母親のことはほとんど何も知らない。

一緒に暮らしたのは五歳になるまでだった。仕事は何をしているのかと尋ねたことは覚えている。毎日、前日とは違った見知らぬ男の家に連れていかれ、永遠とも思えるような長い時間、ソファで一人待っているように言われたからだ。「人助けよ」息子の質問に母親はそう答えた。「人助けをしてるの」

ベティは彼の子供がほしいとも言ったが、ベティの子宮は使い物にならなくなっていた。いや、使い物にならなかったのは彼のペニスのほうだったかもしれない。セックスには問題なかったが、ドク・ジュニアを期待して中出ししたことは何度もあったのに、ベティは妊娠しなかった(通常ならドクは体に、できれば顔に射精するのを好んだ)。

馬がバーに行った。

馬がバーに行くと、バーテンダーが訊いた。「そんなに顔が長いのはどうして?」

気乗りしないときは百回。あのジョークは何度聞いても初めてのように吹き出してしまう。といっても、一人さみしくしごきたいときもある。刑務所では、別の男にコックを握らせたいというのでもないかぎり、自分の手でやる以外の選択肢はほぼない。塀のなかで一度、他人のをしごいたことがあるが、ゲイでないなら、しかも初めての経験なら、うわあ、驚くこと請け合いだ。異性愛者の男にいわせると、他人の勃起したペニスは根菜の手触りだ。女は慣れているだろうし、男なら自分の屹立《きつりつ》したイチモツの感触は知っているだろうが、自分のに関していえば、ペニスを感じるためではなく感じさせるためにしごく。他人のムスコを握ったとき、自分のに似ていても、やはり自分のものではないわけで、矛盾した信号を送りつけられた脳は混乱状態に陥った。ドクは手を引っこめた。最後までやれなかった。相手は女みたいにソフトボールなどをやるトランスセクシュアルの一人だった。ラテン系の美形で、ドクとしては、本物の女のように懇願し、泣くような声を漏らし、首をのけぞらせる姿を見てみたかった。昨日と今日にほとんど何の違いもないような場所では大きな違いになっただろうが、〝女〟のパンツに手を入れると勃起した巨大なペニスが触れた。ドクはそのことをできるだけ思い出さないようにしているが、ときどき記憶が蘇《よみがえ》ってくるにまかせ、そしてあれは二度とやるまいと思い直す。

ドクが手を触れるペニスは自分のものだけだ。いま、それに触れている。たいがいの男はたいがい毎日抜く。そのあとしずくを、証拠を拭う。誰もが知っているが、誰も知らない。本当のことをいうと、ドクがいるこのユニットでは、その種の行為の気配が合唱のように聞こえてくることなどなかった。一斉になでたりさすったりしているというのはドクの推測にすぎず、知識の多くはそういう風に機能する——人は目で確認できる証拠を待つことなくそれを知識とするのだ。しかもこの件に関して、ふつうは目で確認したいとも思わない。自分は知っている。それで充分だ。

ベティには、どこまでも堕《お》ちてみろとドクを挑発するようなところがあった。性根の腐りきった人間を好み、なかでも警察の人間を好んだ。二人で浴びるように酒を飲み、コカインをやった。ベティはコカインを食うのが好きだった。ドクはコカインを食う人間をほかに知らない。ドク自身は注射という能率のよい方法を好んだ。

コカインと愛に酔ったドクは愚かにも、自分こそ誰より汚れた刑事だと請け合った。そうやって心を通わせた。それはベッドのなかでだけ有効な言葉だ。人がベッドのなかで互いに聞かせる愚かな言葉。いかに権力を濫用して利益を得たか。どんな悪事をやってのけたか。誰を殺したか。

死刑の恐怖に直面したベティは、ドクから聞いた話を残らずばらした。ドクはベティが最初に雇った殺し屋の殺害と、何年も前に関与した紳士クラブの支配人の殺害の二つの罪で有罪になった。ドクが殺した人間はほかに二人いたが、証拠がなくて有罪にはならなかった。一人は、いなくなっても誰も気づかないような男。もう一人は、自分の五歳の息子をレイプした直後のろくでなし。虐待の気配についに嫌気がさした隣人が九一一に通報し、ドクが現場に最初に駆けつけたとき、そいつはまだズボンのジッパーさえ上げていなかった。子供は肛門から血を流して泣き叫んでいた。ドクは容疑者に楽な姿勢で待てと言い、そいつが両手を下ろすや一発目を撃ちこんだ。

本当のことをいえば、リンダとリチャードのジョークはドクの実体験だった。過去に本当にあったことだ。だがそう打ち明けると、ドクはふざけているだけだと誰もが思う。当時、ドクは高校生だった。たった一度の経験だが、ドクの思春期そのもの、リチャード・リン・リチャーズ、通称ドクの人生そのものが、バーバンクのマグノリア・ストリートにあったソーダファウンテンでリンダという少女から屈辱的な仕打ちを受けたあの瞬間に要約できる。ドクの一生はピンの頭にでも載っけられる。あたしはリンダじゃないから。

フロイドやロイドは実在の人物だ。ドクの二人の大おばと結婚していた兄弟だった。薄情な老女たちとその夫の兄弟についてドクが覚えていることがらは、ドクがときおり披露するジョークになっている。フロイドは桃を一つ持っていて、一口かじった。それからロイドのほうを向いて言った。「この桃は女のプッシーみたいな味がする」フロイドの顎に果汁がしたたった。フロイドは桃をロイドに差し出し、受け取ったロイドは一口かじるが、すぐに草むらに吐き出す。「糞の味がする」フロイドはロイドに言う。桃が反対向きだ。おまえは間違ったほうをかじったんだよ。ドクは混乱する。このジョークはその場に居合わせたかのように語らなくてはならないが、子供のころ、本当に目撃した場面ではなかった。フロイドとロイド、義理の大おじたちは、互いに話などしなかった。誰とも一言たりともしゃべらなかった。寝そべってテレビを眺めているだけだった。女や子供は、そこにいるのを見つかっただけで怒鳴られるのではないかとびくびくしていた。それにもう一つ、誰もが知る事実ではあるが、これはドクの悲惨な家族を語るジョークではない。どこの誰にでも当てはまる話だ。桃はうまい。本当にうまい。糞みたいな味はしない――ドクは強調のために繰り返す――糞みたいな味なんかしない。

13

同房者《セルメート》のロミーはどこかに移されちゃったけど、行き先がわからない。ビッグ・ダディに訊いても教えてくれなかった。「他人のことは放っておけ、フェルナンデス」って、それしか言わないんだ。

いまは監房に一人ぼっち。隔離ユニットの別の監房の人から、ロミーは自殺監視ユニットに移されたって聞いた。でもあたしは信じない。隔離ユニットは、そこから出られない人たちがドアの奥から勝手なことをわめき続けてる巨大なうわさ工場みたいなものだから。ビッグ・ダディはお願いを何一つ聞いてくれない。本を届けてもらうのも断られた。「もののやりとりは禁止だ、フェルナンデス。だめだ」あいつ、本気で昇進でも狙ってんのかな。

前に隔離ユニットに入れられたときは、ダニエル・スティールの小説を一年で八冊も読んだ。刑務所を舞台にした本なんか、むちゃくちゃおもしろかった。みんな夢中で読んでた。本を分解して、監房の扉の下を通せる厚みにして回し読みする。みんなその話しかしなかった。山火事みたいにあっという間に刑務所中に広まった。いま思えば、刑務所にいる女がそろって刑務所にいる女の話を読みたがるなんてね。人は自分のよく知ってる世界の話を読みたいと思うものってことかな。知らない世界の話ばかりじゃなく。

やることはないし、話し相手もいない。通気口からあれこれ大声で言ってくるベティ・ラフランスにはそろそろうんざりしてる。初めて会ったとき、あたしは十八歳で、そのころはベティみたいな有名人と知り合えただけで舞い上がった。お金持ちで、相手が誰でも〝ハニー〟って呼ぶ。郡刑務所ではみんなにマナーを教えたりしてた。でもそれはもう遠い昔の話で、どんな相手でもいつかは嫌気がさすものだよね。あたしはこれからもずっとベティを変わらずに愛するよ。ベティはあたしの歴史の一部だし、あんなぶっ飛んだ人、嫌いになんてなれない。それでも、ときどき口をふさいで黙らせたくなることがある。

いまベティが通気口から怒鳴ってくるのは、最近思いついたっていう計画の話ばかり。ついにあのアル中の刑事に復讐《ふくしゅう》するんだって。あたしは少し静かにしてよって言った。でもベティは黙らない。そういう人だからね、ベティは。今度は聖書の話を始めた。まだ若くて何も知らなかったころ、聖書のダニエル書って実は地球に来たエイリアンの話なのよってベティに言われて、あたしはそれを信じた。今回は士師記の話だった。「ねえ、サミー？　蜂蜜より甘くて、ライオンより強いもの、当ててみて」通気口から何度も同じことを訊いてくる。

「蜂蜜より甘くて、ライオンより強いもの」

何の話かさっぱりわからなかった。ベティはお金の話だけしてるときのほうが好きだな。それか、何百万ドルだかの保険がかかってるっていう美脚の話。

「ライオンはサムソンに殺された」ベティは言った。「サムソンがライオンを引き裂いたら、なかから蜂の巣が出てきた。蜂は蜂蜜を作るわよね」〝蜂蜜〟がこのなぞなぞを解くカギだとでもいうみたいな言い方だった。ここまで言えばあんたにもうわかったでしょと言いたげな。蜂蜜が何かの暗号になってるみたいな。

「死骸に蜂蜜が入ってたわけよ。甘い蜂蜜が」ベティは続けた。「ただし、ライオンを殺さないかぎり手に入らない。蜂蜜がほしいなら、まずライオンを殺さなくちゃいけないってこと。わたしね、彼を殺す手配をしたのよ。さすがの彼も逃げられない」

ベティは次に戦争の話を始めたけど、そのときにはあたしはもうベティの声を意識から締め出してた。

「アメリカはいま戦争中だって知ってた?」あたしが返事をしないでいると、ベティはそう訊いてきた。

「知ってるよ」あたしは答えた。といっても、詳しく知ってるわけじゃなかった。郡刑務所のテレビでニュースは見られない。刺激が強いからとか何とかって理由だった。見られるのは、ドラマの『フレンズ』の再放送くらい。みんな『フレンズ』を喜んで見てた。ドラマの登場人物がセルメートみたいなものだった。

「アメリカは兵士をイラクに送ってるのよ」ベティが大声で言った。「あんたの自由を守るために」

「あたしの自由がどこにあるってのさ」あたしは怒鳴り返した。「こんな自由、好きにくれてやる」

郡刑務所の同じ階にいた誰かが、アメリカはイラクに侵攻したって話を家族から聞いてきた。あたしはイラクってどこにあるのってみんなに訊いて回ったけど、誰も知らなかった。刑務所では教養のある部類の人たちも誰も知らなかった。アメリカが爆撃するまで存在しない国が世界にはたくさんあるみたいな感じ。

ベティは下の階の刑務官を困らせてる。通気口越しにベティの声が聞こえた。兵士に祈りを一緒に捧げてよって言ってた。

ロミーとおしゃべりしてるうちに、昔のことを思い出すようになった。この前はスヌーティ・フォックス・モーテルの夢を見た。夢のなかのあたしは、モーテルの外廊下を歩いてる。昼間で、フィゲロア・ストリートの車の音が聞こえてた。どの部屋のドアノブにも〈邪魔しないで〉の札が下がってて、カーテンは閉まってる。そのうちドアが開きっぱなしの部屋を見つけた。誰もいなくて、掃除も終わってたから、なかに入ってドアを閉めて、ベッドに寝転がって眠った。刑務所ってすごく疲れるから、一番うれしいのは熟睡してる夢だったりする。あたしたちが夢見るものはそれ。熟睡すること。目が覚めたとき、ふだんよりよく寝た気がした。ビッグ・ダディが配膳ハッチから入れてくれた朝食を受け取ったあと、同じ階の一番奥の監房にいるコナンに向かって大きな声で夢の話をした。スヌーティ・フォックスで寝たから、ふだんの倍もよく寝た気分だよって。

ベティ・ラフランスの声が通気口から聞こえた。「スヌーティ・フォックス？　スヌーティ・フォックスって言った？　聞き覚えのある名前なんだけど、何の名前だったかしらね」

「モーテルだけど」あたしは答えた。

「たしかドクがよく行ってたモーテルだわ」ベティが言った。

ベティらしい。何だって自分の話にしてしまう。

スヌーティ・フォックスはあたしの仕事場だった。値段の高い部屋にはベルベットみたいな手触りの赤いベッドカバーがかかってて、マットレスにマッサージ機能がついてた。シャワーヘッドは二つ。一つはふつうの高い位置にあって、もう一つは脚の付け根の高さにある。あたしの常連客、ダウンタウンの裁判所で働いてたおじいちゃんみたいな年齢の人から聞いたけど、リンドン・B・ジョンソン大統領の家のシャワーがそうだったらしいね。〝あそこ専用シャワー〟つき。リンドン・B・ジョンソンは、スヌーティ・フォックスの客と同じようにタマを専用シャワーで洗ってたってこと。

それよりお安い部屋は、一時間十ドルだった。客と交渉するときは一時間二十ドルか三十ドルってことにして、浮いた分は客からもらう料金と一緒に懐に入れてた。でも客が部屋にいるのはせいぜい二十分くらいだったから、どんどん客を引き入れてた。一時間に五人とかいうこともあった。

ある日、あたしが客と部屋にいると、フロント係の韓国系の女が来てドアをがんがん叩いた。「あんた、親戚のおじさん、多すぎ！　親戚のおじさん、多すぎ！」何言ってんだろうなって客に聞かれた。状況がわかってなかった。あたしは爆笑しちゃって何も言えなかった。

それからしばらくして、コンプトンのロングビーチ・ブールヴァード沿いのハブ・モーテルに定宿を変えた。そのモーテルは、おじさんを何人連れてきても何も言わなかった。ロドニーと知り合ったのは、そのロングビーチ・ブールヴァードで——ハブでだった。モーテルのことじゃないよ。コンプトンのニックネームはハブ・シティっていうんだ。

あたしはグリーン・アイズと一緒だった。二人とも一仕事終えたところで、コカインを買いたかったのに、なじみの売人が見当たらなかった。グリーン・アイズが別の売人を知ってるって言うから、そいつが住んでるアパートに行った。部屋に入った。その売人がロドニーだった。こんなに醜い人、見たことないと思った。ロドニーはあたしを指さしてグリーン・アイズに訊いた。「誰？」グリーン・アイズは、サミーだけどって答えた。ロドニーはあたしのほうを向いて、うなるような素っ気ない声で訊いた。「フルーツは好きか」

あたしはグリーン・アイズの顔をうかがって合図を待った。下手に答えるとまずいのかと思ったから。だってあたしたちはコカインを買いに行ったわけで、売人の人柄みたいなものは、何度か取引してみないとわからないものでしょ。グリーン・アイズが何かヒントをくれるかと思った。正解の答えがあるなら教えてくれるとか。フルーツは好きかっていきなり訊かれても、ね。そうしたらグリーン・アイズが小声で言った。「好きだって言いなさいよ、バカ」

ロドニーは純粋にあたしに質問したらしいの。あたしはびっくりした。あたしの好みなんか、なんで訊くわけ？

ロドニーが言った。「オレンジとリンゴ、どっちがいい」

イチゴとスイカしか好きじゃないって答えた。フルーツならその二つが好きって。無事にコカインを買って、グリーン・アイズとまた外に出た。しばらくして、バスの停留所に座って客を待ってたら、目の前で車が止まった。交渉したけど、金額が折り合わなかったから、そいつはパスした。次の車がゆっくり近づいてきた。ウィンドウが下りて、見るとロドニーだった。通りで客なんか拾うと危ないぞ、用心しなと言われた。客を逃したばかりだったから、ロドニーにくっついて買い物に行った。ロドニーはイチゴを買ってくれて、二人で彼の家に行った。そのまま朝まで一緒にいた。コカインをあぶって吸ったり、しゃべったり、イチゴを食べたり。あたしたちはそうやって始まった。いまロドニーの体のあちこちにあたしの名前のタトゥーが二十六個入ってる。

ロドニーはルイジアナ州ゴンザレスの出身で、十七歳から二十二歳までアンゴラ刑務所で服役していた。馬に使う鞭《むち》で叩かれてできたって傷が鼻の下にあって、それを口髭で隠してる。オクラ農園で働かされたんだって。長靴なしで水のなかにずっと立ちっぱなしだったせいで、足に後遺症が残っている。出所と同時にルイジアナ州から出入り禁止を宣告された。それでコンプトンに移ってきたわけだけど、あいかわらずルイジアナ州民のままだった。感覚が田舎者で迷信深いの。生理中は料理しちゃいけないとかね。それに病的な潔癖症だった。あたしも含めて、刑務所にいる人の感覚そのままってこと。あたしは身の回りをきれいにしておくのが好きだから。何かをコントロールできてる感覚を得られるからだろうと思う。でも、考えてみたら笑っちゃうよね。次のクラックを買うためなら、バケツがトイレ代わりのドヤ街のテント暮らしだって平気だったくせに、刑務所に来てリーダー的な立場になったとたん、同房者に一日三度もシャワーを浴びさせたり、歯磨きをするたびに洗面所回りを漂白剤で掃除させたりするんだから。あたしたちは軍隊じみた規律で監房を取り締まる。ルールに検査、怒鳴り声に暴力。あたしも他人に厳しい一人だな。洗面所のシンクに一滴でも拭き残しを見つけたら、容赦なく怒鳴りつける。

ロドニーからはひどい暴力を受けた。あたしを愛してくれてるからだって本気で信じてた。それも愛情表現の一つなんだって。愛するがゆえに厳しく接してるんだって。それにあたしはコカイン中毒だった。売人がいないと生きていけない女の一人だった。ドラッグに手足をもがれた女の一人。やり手の売人は、そういう女をお金と力で支配する。

ロドニーには奇妙な癖がいろいろある。変わった人だ。食事は超薄味。塩やコショウは使わない。ケチャップもホットソースも使わない。お酒もドラッグもやらないし、ラップ音楽やR&Bは聴かない。ほんとに何もなし。お金は大好き。それだけ。キャッシュ限定で。以上。

あたしは朝起きたらオールド・イングリッシュの四十オンス瓶【オールド・イングリッシュはモルトリカー。もっとも一般的な四十オンス瓶はおよそ一・二リットル入り】を一本空ける。ロドニーは牛乳を一本飲む。あたしたちの一日はそうやって始まった。二人で一緒に商売をした。あたしは〝夜勤〟を担当した。アパートの入口に鉄格子の扉を三重に設置してた。一、二、三。それだけあれば強盗にやられずにすむ。ドラッグの在庫と現金と銃は、扉を跳ね上げる方式の床下の金庫に入れて、ふだんはその上に冷蔵庫を置いてた。その金庫を作ってくれたのはコカインをやる人だったから、謝礼はほかの人と同じようにコカインで払った。周囲を残らず同罪にしておくこと。その原則は刑務所と同じだ。以前、監房を汚し放題にしてたころ、あたしはチクられないように同房者全員に無料でクスリを配ってた。

ロドニーはハブ・シティの陰の実力者だったけど、ギャングの一員ではなかった。カードを持ってたようなもの。許可証みたいな。そのおかげで、組織とは独立して商売をしても、ギャングは手を出してこなかった。みんながみんな、そうやって単独で商売ができるわけじゃないけど、ロドニーは大物ギャングにコネを持ってた。いろんな人に恩を売っていまの地位を築いた。

あたしたちは基本的にロドニーのアパートで売ってた。取引はかならず自分たちでした。いまは若い子を雇ってストリートで商売させる売人が多いけど、それは一度もやらなかった。ほかの売人はそうやって子供を食い物にするんだ。逮捕歴のない若い子を探して代わりに売らせる。逮捕されても、初犯だから刑務所には行かずにすむ。だけどその子はもう使えないから、別の子を探してくるわけ。そうやって取っ替え引っ替えされて、子供たちはみんな前科持ちになる。あたしたちは五ドル札と十ドル札しか受け取らなかった。麻薬取締課が印をつけるのは二十ドル札だから。一度、女の子が一ドル札を抱えて買いに来たことがあって、ロドニーは小銭をかき集めて買いに来るんじゃねえよと言ってその子をストリートに追い返した。

ロドニーとあたしはキャデラックを二台持ってた。一台はルートビアみたいな茶色で、トランクの蓋にあたしの絵がエアブラシで描いてあった。グアダルーペの聖母みたいな肖像。その下に〈ブルースについて話させて《レット・ミー・テル・ユー・アバウト・ザ・ブルース》〉って書いてあった。そのころは部屋にいるラテン系はあたし一人ってことがよくあった。黒人の女性たちとたくさん知り合いになった。でも、あたしは昔からどんな人とも仲よくできるほうだった。一つの人種とだけつきあうようなことはしない。誰とでも話ができる。ロドニーによくカジノに連れていかれた。ああいうクラブにいる女の子は、ほんとにきれいだよ。毎日、サロンに通って髪とネイルをやってもらってる。次の日までサロンにいけないときは、手を枕に置いてそこに頬を載っけて寝る。髪が枕にこすれないように。バーカウンターではストリッパーが踊ってた。

旅行も好きだった。二人でラスヴェガスに行った。サンフランシスコにも。旅行中も商売はしてたし、いつも銃を持っていった。シエラマドレを登ったところのもぐりの射撃場で練習したり。大岩を過ぎてもっと登ったところ。射撃場を経営してる人と一緒じゃなくちゃいかれない。巨大な四駆の車で砂利道を登っていく。その車のシフトノブは髑髏《どくろ》の形をしてたのを覚えてる。あのでたらめな白人たち。違法だけど足のつかない銃を売ってた。あたしたちは、イランから直輸入したっていうＳＫＳをその人たちから買った。反動がすごいんだ。射撃の腕はロドニーよりあたしのほうが上だった。

商売に関して意見がぶつかることもあった。ある朝、アパートのすぐ先の角のビルで塗装工事があった。外壁を塗ってた作業員がロドニーに話しかけてきて、二人は連絡先を交換した。あとになってその人——白人だった——から電話がかかってきた。コカインを大量に買いたいけど、自分はラグナニゲルにいて動けないから、そっちから来てくれないかって言う。ラグナニゲルは遠いし、ふだんからそんな量を買ってるなら、ラグナニゲルの売人にコネがあるはずだよね。なのにどうしてあたしたちが行かなくちゃいけないの？　あたしはそんなリスクを冒す価値はないと思ったけど、ロドニーは頑固だった。この取引が成功すれば、ビジネスを拡大するチャンスになるって言った。で、行くことになった。きっと高級住宅街だってロドニーは言ってたけど、そのとおりだった。どの家の前にも長いドライブウェイがあって、道路側の端にインターホンが設置されてた。そのインターホンに向かって用件を言うと、巨大なゲートが自動で開く。すごい。半円形のドライブウェイをたどって玄関前に行くと、例の男が出てきてロドニーにお金を渡した。ロドニーはクスリを渡した。その瞬間、木の陰から大勢が飛び出してきた。二十人か三十人はいたと思う。全員が黒人で、フェースマスクをかぶってた。あたしの頭に銃が突きつけられた。そのときあたしはまだ火をつけてないキャメルのたばこをくわえてた。たばこが上下に揺れた。ぶれて目に見えないくらいの勢いで上下に震えてた。逮捕は怖くなかった。ほんとに。刑務所にはもう十二回も行ってたし、それも人生のうちくらいのつもりでいたからね。でもそのときは、その男に頭を撃ち抜かれるんだと思った。それが怖かった。彼らはロドニーを車から引きずり出してペッパースプレーを吹きかけた。それぞれ八カ月の実刑を食らった。ラグナニゲルの男は情報屋だった。自分の罪を軽くするためにあたしたちをはめた。裁判にのこのこ現れて、検察側の証人としてあたしたちを指さした。平然と。

ロドニーは報復を試みたりはしなかったけど、やろうと思えばできたはず。私立探偵にあの情報屋を捜させればいい。ロサンゼルスの私立探偵にはそういう依頼がたくさん行く。配偶者の浮気調査ばかりしてるんだろうと世間は思ってるけど、そんなことはない。私立探偵の商売は、密売人やギャングの人捜しの依頼で成り立ってる。捜す理由は相手を始末するためってこともあるけど、私立探偵はよけいな質問をしない。目当ての人を見つけたら即座に手を引く。私立探偵の仕事はそこまでだから。もちろん、そのあとどうなるかはちゃんと知ってる。裏切り者は、即座に殺されることもあるし、そうでなければ捕まって、ガレージを改装した拷問部屋に連れていかれて、教訓を叩きこまれる。サウスロサンゼルスには秘密の拷問小屋が無数にある。あたしはそのうちの二つに行った。拷問小屋では天井から吊《つる》される。あんなところに連れていかれるようなことはしないのが一番だ。

ロドニーがあたしを懲らしめたり支配したりするのに拷問小屋なんかいらなかった。いまとなっては、ロドニーは年を取り、あたしも年を取って、もうお互いに興味なんかないんじゃないかって気がする。

キースから逃げたあと、きっとまた刑務所に逆戻りだと思った。でも、どうでもよかった。ストリートで生きていくのは厳しい。刑務所なら、いっぱしの人間にだってなれる。刑務所生活に順応できれば、人生に秩序が戻る。あたしは順応できる。刑務所生活のエキスパートだからね。テントで暮らすのは一時しのぎにすぎない。刑務所に戻るまでのこと。それで人生は回っていく。

どうしてこうなったかっていうと、疲れたから。ドラッグに依存すると、気の休まる暇がない。ぎりぎりまでエネルギーを消耗する。逮捕されて刑務所に入れられたらもう、ドラッグをやめるしかなかった。手に入らないものね。クスリが抜けたとき、思った。まるで電灯がぱっとついたみたいだった。もう二度とクスリはやらない。あたしの人生は今度こそ変わる。

14

「ミス・ホール、泣くのをやめてください。ミス・ホール？」

受刑者が泣きやまないと、刑務官は自殺リスク確認シートの該当項目に印をつける。人の命を救うためではない。書類仕事を減らしたいから、内部調査を避けたいからだ。

わたしは刑務所の別の棟、医療ユニットに移された。このユニットでは、泣き叫んでもその声が届くのは当番の刑務官だけだ。刑務官は行動確認シートに記された手順に従っている。わたしは備品が一つもない独房に全裸で入れられている。寝台にシーツさえない。精神疾患のある受刑者を収容するユニットだ。

母は裁判を始めから終わりまで傍聴していたけれど、わたしを救うことはできなかった。でも、見方を変えれば、母はそこにいるというだけで救いになってくれた。いま、わたしには誰もいない。ジャクソンにも誰もいない。

自殺警戒監視の独房に収容されて、自分が死ねばそれが復讐になるんじゃないかって考える人の気持ちが理解できるようになった。ナイフやフォークはなく、スプーンと柔らかい食べ物だけを与えられる毎日を過ごしていると、禁じられた道具にどんな用途があるのかと想像せずにいられない。シーツも枕もない部屋を見ていると、どうすれば首を吊れるだろう、何を使ってどこに結べばいいのかと問わずにいられなくなる。でも、本当に死んでしまおうとは思わなかった。ただジャクソンのことを考えた。二人とも親を失ったいま、わたしに何ができるか、それだけを考えた。

ジャクソンという現実の小さなかけらが、考えるための原動力になった。ジャクソンのかわいらしく善良そうな顔が目に浮かんだ。額の生え際のつむじのせいで前髪がどうしても立ち上がり、まるでヘアクリームで固めたちょっと古風なスタイルに見えて、ますます善良そうな印象を与える。ジャクソンは髪をとかさない。前髪は、放っておいても広い額から立ち上がる。ジャクソンは父親に似てハンサムだ。でも父親とは違って、どんな時も明るい気分になれそうなことを探していた。

ロサンゼルスに引っ越してすぐ、うちのすぐ前の通りから食品の移動販売車のクラクションの音が聞こえてくるなり、ジャクソンは何の騒ぎだろうと部屋を飛び出していった。移動販売車を運転してきたおじさんが降りて荷台の扉を開け、部屋着姿のおばあさんが近所の建物から大勢出てきて列を作り、荷台に並んだ食料品を買った。移動販売車で買い物なんてメキシコ系の人のすることだという気がして、わたしは白人の家族らしくあとでジャクソンと一緒にヴォンズ【スーパーマーケット・チェーン】に行こうと思った。なのにジャクソンは、列に並ぼうと言って聞かなかった。その日はアボカドとマンゴー、卵、パン、それに移動販売車の天井から吊り下げられていたソーセージを買った。どれもヴォンズの半額くらいですんだ。それがきっかけで近所の人たちと知り合いにもなった。

世界はよいところだとジャクソンは信じていた。わたしは目を閉じ、あの子の顔を手で探った。わたしの手に重なるあの子の手のしっとりとした感触を思い出した。声が聞こえた。わたしの腰に抱きついてくるあの子の体温を感じた。

ジャクソンのかけらに意識を集中した。ジャクソンを感じた。わたしがどうなろうと、そのかけらは変わらずそこにある。それに手を触れられるのはわたしだけだ。触れるのは、そのそばにいられるのは、わたし一人だ。

ジャクソンに連絡する手段はない。誰も何も教えてくれない。あの子にはわたしが必要なのに、わたしには何もしてやれない。わたしは何もない小さな監房に横たわり、ジャクソンの姿を思い浮かべ、ジャクソンと語り合った。

ジャクソンは自分が知っていることをわたしに教え、自分が学んだことをわたしに学ばせようとした。わたしの母にもらった塗り絵の本でギリシャの柱の見分け方を覚え、わたしに問題を出した。てっぺんに飾りがたくさんついている柱の名前は、わたしにも見当がついた。〝コリント式〟だ。ジャクソンは、わたしの答えなら絶対に信用できると思っているみたいにたくさん質問をした。「かかとって、足全体を指すの？　それとも足の裏のこのへんのことだけ？」自分の心のなかで構築されようとしている世界、正しい名称や定義、事実とわたしの答えが一致していると、ジャクソンはうなずいた。そうやって自分が考える事実を確認した。「マミー、あの猫ちゃん、おうちがないのかもしれないね。首輪をしてないから」男の人がゴルフクラブを振り回して電柱やバス停留所の仕切り壁を殴りつけながらアルヴァラード・ストリートを歩いてくるのを見ると、ジャクソンは言った――脳のなかに何か問題があるんだね、病気なんだ、よくなるといいね。

収監時の担当カウンセラーだったジョーンズがわたしの様子を確かめに来た。カウンセラーといっても相談《カウンセル》に乗ってくれるわけではない。刑務所の担当カウンセラーは、受刑者の処遇を管理したり、一般棟に戻してよさそうか、どのタイミングで戻すかを判断したりする。受刑者の様子をつねにチェックして、仮釈放の時期が近づいていれば仮釈放委員会に報告する。カウンセラーは受刑者の運命を左右する絶大な権限を持っていて、かならずといっていいほど性格が悪い。

ジャクソンが無事でいるか確かめる方法は何かないのかとわたしはジョーンズに尋ねた。まだ入院しているのか。どこにどんな怪我《けが》をしたのか。

「病院には個人情報を保護する義務があってね、ホール」ジョーンズは言った。

「あなたにお子さんはいないんですか、ジョーンズ刑務官」

「子供がまだ入院中かどうか確認できるのは、法的保護者か裁判所が任命した弁護士だけなの」ジョーンズは言った。「あんたは保護者じゃないんだよ、ホール」

「じゃあ、保護者は誰なの？　息子の健康状態を知りたいんです」

ジョーンズはわたしの監房を離れて歩き出そうとしていた。それを引き留めたくて、わたしは声の調子を変えた。

「お願いです、ジョーンズ刑務官。お願いします」

こんな日が来るとは。サディスト相手に小さな女の子みたいな声で懇願するなんて。

ジョーンズは足を止め、丁寧に対応するふりをした。

「ミズ・ホール、気持ちはわかるけど、こうなったのはあなたがした選択、あなたがした行為の結果ですよ。親として子供に責任を持ちたかったなら、別の選択をしたはずでしょう」

「わかってます」涙がこぼれて監房の床に落ちた。わたしはしゃがんで床に手をつき、配膳ハッチに顔を押し当てるようにしていた。廊下にいる人と話をするにはそれしかない。

サミーならどうするだろう。サミーならきっと泣かない。そう思っても涙が止まらなかった。二度と泣くものかと心に誓った。

この精神科ユニットから出て隔離ユニットに戻ることを目標に据えた。次に隔離ユニットから一般棟に戻る。そうすれば電話をかけさせてもらえる。弁護士を探して、情報を集めてもらえる。とにかく何かできるはずだ。

ある晩、ヴァレンシアの農場のジミー・ダーリングのベッドにいる夢を見た。ジャクソンは折りたたみ式のベッドで眠っていた。ジミーは、たったいま夢を見たよと言う。わたしが警察に連れていかれる夢だ。ジミーはわたしを抱き締めた。夢でよかったと言った。わたしもほっとした。でも、目が覚めてみると、金網で守られた蛍光灯が天井でぶうんと低くうなっていた。

ジミーはそういう風にはわたしを愛してくれなかった。現実の世界で警察がわたしを連れ去ると、彼はわたしを過去に遠ざけた。郡刑務所から電話で話したとき、彼の声を聞いただけでそうわかった。

自殺監視の独居房にいつまでもいられないし、隔離ユニットにもいつまでもいられない。隔離ユニットに入れたい受刑者はほかにもいるから、監房を空けなくてはならない。母が死んで四カ月後、そしてチェーン・ナイトから五カ月後、わたしは一般棟に移された。Cブロックの五一〇ユニットだ。

Cブロックには二百六十名が収容されている。二フロアに分かれていて、真ん中に壁のない共用エリアと刑務官のデスク――担当台――がある。各部屋は広い。隔離ユニットの監房よりはるかに広くて、寝台が隙間なく並んでいる。本来は四人用なのに、実際には八人収容されていた。

コナンと同房だとわかってうれしくなったけれど、ローラ・リップもいるとわかってげんなりした。

マットレスにシーツをかけていると、さっそくローラが話しかけてきた。

「こんにちは、あたしはローラ・リップ。アップルヴァレーから来たの」

わたしは黙ってベッドを整え続けた。

「モハーヴェ砂漠にある町なのよ。乾いた骨よりも乾燥してて、リンゴの木は一本もないけど、アップルビーズ【ファミリーレストラン】ならあるわ」

ローラ・リップは、わたしと並んで護送バスに八時間揺られたことを覚えていないようだった。忘れたのとは訊かなかった。こっちは親しいつもりでいるなどと勘違いされたくない。

わずかな私物――ジャクソンの写真――を自分のロッカーにしまったところで、別のルームメートが入ってきた。「勘弁しろよ！」彼女はわたしに気づくなり怒鳴った。「この部屋は田舎者お断りだ。さっさと出ていきな」彼女の名前はティアドロップ。おそろしく背が高くて、もし喧嘩になったらわたしはあっというまに半殺しにされそうだ。でもコナンが来てわたしに味方してくれた。

「その子は大丈夫だよ。なんなら俺が保証する」二人は協議のために廊下に出た。

「ただ、アップルビーズはもうなくなっちゃってると思うのよね」まるで何事もなかったみたいにローラ・リップが続けた。「いろいろ変わったから。いい変化ばかりじゃないけど」

わたしはサミー・フェルナンデス風の顔を作って、うるさいな黙ってよと言った。

「それでもね、歴史のある町なの」ローラ・リップは念のためパンチの届かない距離まで離れてから続けた。「前はいいところだったんだけど、すっかり落ちぶれちゃって。昔はカウボーイの町だった。ロイ・ロジャーズの影響で、カントリー&ウェスタン好きが全国から集まってきた。ロイ・ロジャーズの博物館があったのよ。愛用の釣りのルアーのコレクションが展示されてた。アップルヴァレー・インも経営してた。日曜になると、父がよく食事に連れていってくれたわ。あのころは気楽でよかった。いまみたいな問題はまだなかったから。あのころみんなが悩んでたこと、何だかわかる？　静電気よ、静電気で服がくっつくこと。それが最大の恐怖で、テレビもさんざん取り上げてたし、みんな悩んでた。静電気に」

コナンとティアドロップが戻ってきた。「私物をそのへんに置きっぱなしにするんじゃないよ！」ティアドロップはわたしに怒鳴った。でも、さっきより少しだけ口調が和らいでいた。降参して、わたしをこの部屋に置くことにしたとでもいうみたいに。「それとね、朝、あたしが起きるまでは水を流すなよ。水道の水も、トイレの水も」

収監手続エリアで出産した子、ボタン・サンチェスも同房だった。ほかの三人は、サミーが〝その他大勢〟と呼ぶような人たちだった。他人のことに口をはさまず、トラブルに巻きこまれないことだけを考えている、刑期の短い人たちだ。

わたしが田舎者で、ローラは違う理由はさっぱりわからなかったけれど、しばらくしてから、ローラはティアドロップから脅されて〝家賃〟を払ってその部屋に置いてもらっているとわかった。子供を殺したローラはどの部屋でも嫌がられて、ほかに方法がなかったのだ。

夕食のとき、食堂の列でサミーを見つけて、わたしは話しかけようとした。でもサミーはわたしを見て首を振った。刑務官がわたしにライトを向けて言った。「さっさとトレーを運べ」スピーカーから刑務官の声が轟いた。まずい食事を食べる時間は十分しか与えられず、私語は禁止されている。食堂で食べるのはお金がない人だけだ。ティアドロップが食堂に来ることは絶対になかった。いつも売店で買ったラーメンに水を加え、ボウルごと部屋の電熱器で温めて食べていた。

その夜、わたしは共用エリアの電話の順番待ちシートに名前を記入し、列に並んだ。左右で電話中の人が大きな声で話すから、みんな怒鳴るような大きな声で話していた。コンクリートブロック壁に並ぶ注意書きは収監手続エリアと同じく、言葉遣いが場違いに丁寧だった。〈みなさん、めそめそ泣くのはやめましょう〉〈みなさん、ノロウィルス食中毒かなと思ったら、職員に報告しましょう〉。ドアや手すりは同じくすんだピンク色に塗ってある。わたしたち頭のからっぽな収監者の神経を鎮めるはずの色なのだろう。電話の待ち列はどんどん進んだ。ほとんどの電話はつながらないからだ。わたしは母の番号にかけた。母は、グローバル《G》・テル《T》・リンク《L》に登録して口座を開設していた。GTLは、郡や州と刑務所からの通話を独占している企業だ。母が死んだことはわかっているけれど、試してみずにはいられなかった。電話はつながらなかった。公選弁護人は全員GTLの口座を持っているから、〝ジョンソンの弁護士〟にもかけてみたけれど、応答はなかった。

それからの数日、順番待ちシートに名前を書いて列に並び、弁護士に電話をかけ続けた。八度目でようやく電話がつながった。わたしはジャクソンの情報を手に入れるのに力を貸してほしいと懇願した。

やってみようと弁護士は答えたけれど、最低でも一週間は時間がほしいと言った。次にようやく電話がつながると、ジャクソンを担当するケースマネジャーを調べてみたが、わからなかったと言った。これは本来、児童福祉を専門にする弁護士の仕事だという。

わたしは怒りや焦りを声に出さないよう、口調に気をつけながら、州に申請すれば、児童福祉専門の公選弁護人をつけてもらえるのかと尋ねた。

「そりゃ無理でしょう」弁護士は言った。少しでも間が空いたらわたしにつけこまれ、協力せざるをえなくなると思ったのか、わたしが何か言う前に急いで沈黙を埋め、いま大量の案件を抱えていてとても忙しい、あなたはその案件に含まれていないと言い、ではこれでと電話を切った。

資格を与えられるとすぐ、わたしは刑務所のなかの仕事を探した。それがサミーのアドバイスだった。サミーはユニットこそ違うけれど同じCブロックだったから、自由時間にはおしゃべりができた。「いい仕事はみんな白人に割り当てられるんだよ」サミーはそう言った。「事務職とかね。エアコンが効いた部屋で手紙をタイプする。そのころあたしたち黒や茶色は、浄化槽の網から使用済みタンポンを引っこ抜いたりしてるわけだよ。それも時給八セントでさ。あんたはせっかくの特権、利用しなきゃ」

事務職に就いている全員が白人だというのは本当だった。わたしも応募はしたけれど、事務職に採用してもらうには受刑態度良好で、刑務官から気に入られていなくてはならない。

サミーとコナンとわたしは三人とも木工工場に配役になった。報奨金は時給二十二セント。高給の部類だ。コナンは報奨金が貯《た》まったらタトゥー用具を買い、副業を始めて、自分にもタトゥーを入れるつもりだと胸を張った。わたしたちは共用エリアに座って、金曜の夜の映画が始まるのを待っていた。上映予定の作品に公序良俗に反する描写が見つかったとかで、開始が遅れていた。代わりの作品は『ドライビング Miss デイジー』で、その前の週も見たばかりだった。

「どんなタトゥー入れるの」サミーがコナンに訊いた。

「でっかいサダム・フセイン」コナンが答える。「ここにな」そう言って二頭筋を盛り上げた。「世間の神経を逆なでしてやるんだ」

ユニット担当刑務官が二人、プロジェクターの操作に手間取っていた。

「前線の兵士を支えよう！」コナンは叫んだ。

「うるさいな、黙れよ！」別の誰かが怒鳴る。映画が始まるところだった。

　同房者は、ボタン・サンチェスを除く全員が木工工場に配役されていた。ボタンはまだ、法律上、刑務作業に就ける年齢に達していない。ボタンのおなかはもうぺたんこに戻っていた。わたしが見るかぎり、悲しげな表情を浮かべる瞬間もなかった。獄中出産した子供はどこかに連れ去られた。ボタンは刑務所内の学校に通い、放課後はペットのウサギと遊んでいた。大運動場で拾ってきてしつけをしたウサギだ。ボタンは二段ベッドの下の段で寝ていて、生理用品をほぐして敷いた小さな箱をその下に置いてウサギのトイレにしていた。ウサギはちゃんとそこでうんちをした。ボタンは授業に行くときも官給のブラジャーのなかにウサギを隠していた。「あたし、この子のママだもの」ちっちゃな服も手作りしていた。リードも作った。こっそり大運動場に連れていって、仲間に会わせてやっていた。ときどき嚙まれることもあった。ウサギについているノミやダニにも嚙まれていた。ティアドロップは、そんなものは捨てろと言った。八人部屋にはどこもティアドロップみたいなリーダー格がいた。同房で一番強い一人がルールを作る。ティアドロップは、追い出すぞとボタンを脅した。おまえとマットレスとウサギをまとめて廊下に放り出してやる。ボタンとティアドロップは果たし合いをした。ボタンは小柄で、ティアドロップは巨大だ。でも若い子には奇策という強みがある。隙を見せようものなら、角材で脳天を叩き割られる。ボタンはヘアアイロンを武器に死力を尽くしてティアドロップと闘った。ウサギは居住を認められた。

「スケジュールを埋めること」サミーはそう言った。いまのわたしと似た境遇の人を大勢見てきたという。それは胸をえぐられるようなことではあるけれど、わたし一人じゃないと思うと少し慰められた。みんなどうにかして生き延びた。世界貿易センタービルが崩壊したとき、わたしはロサンゼルス郡刑務所にいた。あのテロは、わたしが逮捕された直後に起きた。刑務所ではテレビを見られなかったけれど、いろんな人がいろんな情報を家族との電話で手に入れていた。誰もが震え上がっていたのに、人生おしまいになったのは自分だけじゃないと思うと慰められるよねと言った子が一人だけいた。周囲はその子をなじったけれど、わたしはその気持ちがわかった。

「仲よかったの」サミーから母との関係を尋ねられた。

わたしは全然と答えた。

健康に問題はなかったわけ？

あった。

「だったら、どのみち別の保護者が必要になってたかもしれないよ。シャバで何が起きるか、あたしたちにはコントロールできないんだから」

刑務作業で稼いだお金で切手を買えるようになったら、ジャクソンのことを問い合わせる手紙を州の役所に端から送ってみなよとサミーは言った。手伝うよとも言ってくれた。図書室に行けば役所の所在地は調べられる。「目の前のことから一つずつやっつけてくしかないんだからさ」それがサミーのモットーだった。

木工工場での初日、刑務所産業公社の指導員は、ここでは働きながら素晴らしいスキルを身につけることができますと言った。つまり、出所後に仕事を探しやすくなるということだ。「出所の可能性がない人間はどうなんだよ」ティアドロップが訊いた。「出所の可能性がない受刑者は、基本的に刑務作業に就けません」指導員は答えた。「基本的に、そういった受刑者は雇用しません。出所の可能性がなければ職業訓練の必要もないわけで、刑務作業の目的は職業訓練ですから。しかし、それではさばききれない量の注文が来ています。というわけで、いまここにいるきみたちは幸運ですよ。この工場で家具製作のスキルを身につけられるわけですからね。指物師はかなり高収入な職業です」

コナンは工場の設備に感心して言った。「すげえな、本物の木材を使えるのか。テーブルソーもマイターボックスもある。ウォスコにも木工工場はあったけど、本物とはほど遠かった。木材はみんなパーティクルボードだったし。パーツを接着剤で貼り合わせてた。ツールはそれ一つだったよ。接着剤な。釘《くぎ》なんか打とうもんなら、割れるわ、ばらばらに崩れるわ。スキルも何も身につくわけがない。指導員に言ってやったよ。家具製作のスキルがどうとかいって、これじゃスキルもへったくれもないだろって。そうしたら指導員はこう言った。〝おまえらは動物なんだからしかたがないだろう。工具を持たせせたら、たちまち殺し合いが始まる〟。俺は訊いたよ。だったらここで何を学べって？　〝おまえたちは労働というものを学ぶためにここにいるんだ。時間どおりに通うこと、労働者として働くことを学ぶために〟。それが肝心だって口ぶりだった。ウォスコの木工工場じゃ何一つ身につかなかった。朝から晩までシンナーを吸ってラリって《ハフ》るだけだったよ、接着剤にはシンナーが含まれてるだろ。そのうち、シンナー・フリーの接着剤が出回るようになった。〝ノー・ハフ〟だとさ。そういう商品名だったんだよ。ノー・ハフ接着剤。もうラリれなくなった。吸っても何も起きない。電動工具はない、学習曲線とは無縁、シンナーでいい気持ちにもなれない。けど、ほかの刑務作業よりましだったな。すぐ隣は安全保護具工場でさ、どこかの企業の注文で保護ゴーグルを作ってた。その隣はブーツだったか」

わたしは工作台の一つに割り当てられた。

「あたしは一〇〇パーセント、ノルウェー系《ノース》」工作台を共用することになるパートナーはそう自己紹介した。

ノースは身長が百八十センチくらいあって、長い金髪をいくつかに分けて三つ編みにしていた。木工工場のカバーオールの襟ぐりからハゲワシのタトゥーの頭の部分がはみ出していた。胸に刻まれたハゲワシは、くちばしにアメリカ国旗をくわえていた。そもそもワシの目はイカレて見えるけど、ノースのハゲワシの目はふつう以上にイカレていた。

指導員はローラ・リップをわたしとノースのあいだに座らせた。

「別の席に移りたいんですけど」わたしは言った。

「だめです」指導員は言った。

「ありがたいね」ノースが言った。「二人とも白人で」ノースはわたしが一緒に来た黒人三人組——コナン、ティアドロップ、リーボック——のほうを見てから、わたしとローラ・リップに訊いた。「あんたら黒人をどう思う」

珍しく存在を認められ、誰かに何か訊かれたローラ・リップは、意気込んで答えた。「肌の色は気にしないことにしてるけど、例外もある。だって、なかには人よりたくさん努力しないと——」

「あたしが訊いてんのは、自分らならプッシーをなめさせるかどうかって話なんだけどね」

ローラは息をのんだ。「まさか!」

「この作業台はあたしが仕切ってる。どういう考えの持ち主と一緒に作業するのか、知っとかないとさ」ノースが言った。

「話のついでだから言っておくと、性的な関係って面では同意する。あたしの夫だった人はヒスパニックでね、大失敗だった。人生を棒に振ったわ。だけどあたし、いつだったか夜に気絶したことがあって、そのとき介抱してくれた子はみんな黒人だったし——」

ノースはローラ・リップを無視してわたしのほうを向いた。

「あんた、アイアン・メイデンは好きか」ノースは言った。「あたしはアイアン・メイデン一本槍なんだ」

「ラジオがあるの？」

「この工場のこのあたりじゃ、あたしがラジオだよ」

その午後、ノースはずっと低い声で歌っていた。『ラン・トゥ・ザ・ヒルズ』『アイアン・マン』の二曲リピートだった。高校時代に戻ったみたいだった。でも、出身地を訊かれて答えると、ノースはうなずいて「フリスコか、クールだね」と言い、それでサンフランシスコからはずいぶん遠くに来てしまったんだなと改めて思った。わたしはノースに何も尋ねなかった。ローライダー乗りで極右主義者だっていうノースの兄弟の話も、サンバーナーディノだかどこだかにいるボーイフレンドたちの話も、わたしにいわせればどうでもよくて、詳しく知りたいなんてまるで思わなかった。上流ぶった態度かもしれないけれど、文化の相違というものは否定できない。サンセット地区だって決して高級住宅街ではない。でもすぐ隣には、筋金入りのヘビーメタル好きよりさらに個性的な文化背景を持った住民が集まるヘイト＝アシュベリー地区があった。それでも、たとえば中学の同級生でいつもみんなにからかわれていた男子生徒、ディーン・コンテみたいに、がちがちの白人至上主義者になる人もいた。ディーンは適応障害に悩んで、いろんな人生哲学を解決法として試した。オタク《ナード》、ニュー・ウェーバー、スケートボーダー、ピース・パンク、ハードコア・パンク、そこからスキンヘッドを経由して、最後にスーツにネクタイを締めたネオナチになった。スキンヘッドだったころ、ディーンは仲間と一緒にヘイト・ストリート・フェアをぶち壊したことがある。午後六時、フェアがお開きになって、みんながステージや露店の資材をトラックに積みこんでいるとき、空間の九〇パーセントが急にビール瓶で埋め尽くされた。スキンヘッドがビール瓶を武器に乱入してきて、通りは額の高さ限定のキル・ゾーンに変わった。それより前、まだオタクだったころ、ディーンは学校をサボった同級生を集め、ヒューゴ・ストリートにあった自分のお父さんの家に招待した。わたしたちはお父さんのお酒を一滴残らず飲み、カーテンに火をつけた。それきりその日のことは忘れていたけれど、何年かたって、すっかりおとなになったディーンをテレビで見たとき、初めて思い出した。ディーンは白人至上主義者の一代表としてトーク番組に出演してた。出演していたスキンヘッドの一人が司会者に椅子を投げつけ、司会者の鼻の骨が折れた。ディーンはすっかり有名人になっていた。それでもわたしが知っていたころの面影がかすかに残っていた。ディーンの主義主張を支持しているわけじゃない。ただ、昔の知り合いだというだけのことだ。ディーンはエヴァに恋していた。エヴァはフィリピン系だったけれど、ディーンの恋心はくじけなかった。そういう例はいくらでもある。わたしの高校時代の知り合いに、のちに刑務所でアーリアン・ブラザーフッドのメンバーになった人がいる。その人には黒人のガールフレンドとのあいだにミックスの子供がいた。世の中は、一部の人たちの想像を超えて複雑だ。人間は、一部の人の想像以上に愚かだけれど、想像するほど邪悪ではない。

昼休みにもならないうちに、ローラ・リップはボール盤で自分の手に穴を開け、医務室送りになった。それきり木工工場で作業することはなかった。ノースはビーナーと結婚した罰《ばち》が当たったんだよと言った。ノースは刑務所にいる歳月が長すぎて、〝メキシコ野郎《ビーナー》〟という差別語はもうすたれていて誰も使わないということを知らない。それに気づいて、わたしは思いがけずノースに同情してしまった。

褒められたことなのかどうかわからないけれど、ジミー・ダーリングとわたしには、ときおり人種差別主義者を気の毒に思うことがあった。

たとえば、客が一人もいない店でバーテンダーをしていたわびしい女性だ。ジミーが教えていた学校のあるヴァレンシア周辺を車で回っていたとき会った人だった。めっけものを求めて寂れた商店街を探検するのがわたしたちの共通の楽しみだった。ある晩、サンタクラリタのトレーラーパークを通りかかったとき、〈アダルト・リビング〉というみすぼらしい看板が目に入った。いいね、とジミーは言った。ちょっとのぞいてみたくなるじゃないか。わたしたちは、ここに駐まっているトレーラーのシャワールームはきっとガラス張りなんだろうと言い合った。ウォーターベッドがあるんだろうとか。おとなが楽しめるトレーラーパーク。お子様は立入禁止。朽ち果てた郡道沿いに、朽ちかけたバーがあった。バーテンダーは、その店を買い取る交渉をしているところだけれど、メキシコ系の客が集まる場所にしたくないのだといった。

「メキシコ人ときたら、背中を向けたらすかさず刺してくるからね」その人は言った。そして、白人の客を増やすアイデアはないかとわたしたちに訊いた。

「サンドイッチを出したら」ジミーが言った。

「ああ、そいつはいい考えだね」

その人とジミーは、デリを兼ねたバーのアイデアを出し合った。「ピクルス」ジミーは言った。「薄切りポテトフライ」その人は、ジミーがまじめに言っているわけではないと気づいていなかった。ジミーはまじめに考えていたけれど、まじめに言っているわけではなかった。


作業室の壁の上のほうに、スタンヴィル刑務所の木工工場が誇る製作家具の写真つきカタログが掲示されていた。

商品は次のとおり――

判事席の椅子。陪審席の椅子。法廷入口の木製ゲート。証言台。書見台。判事の小槌《こづち》。判事控え室の壁パネル。隔離が必要な被告人のための法廷用の木製檻《ケージ》。判事控え室用の州章を入れる木製の額。控え室用の判事の椅子は、ここで製作されたあと、隣の椅子工場で仕上げられる。

州の商品カタログには載っていないけれど、以前誰かが造ったらしい子供用の机があった。教室で使うタイプの机で、天板の蝶番で開閉でき、なかにものをしまっておけるようになっている。おそろいの小さな椅子もあった。その机と椅子のセットは、木工工場の入口に置かれていた。「あのちっこい机、見てるとやるせなくなるな」コナンは言った。わたしはそっちを見ない癖をつけた。

死んだ母、嘘でも何でもなく本当に死んでしまった母のことを思い出してしまったときは、ジャクソンは死んでいないのだからと自分に言い聞かせた。母は死んだ。でもジャクソンは生きている。そのささやかな救いに閉じこもって過ごした。

週末はサミーと一緒に大運動場に出た。数千人が同じ服装でひしめく光景は、初めての目にはかなり壮観だ。

みんな何人か集まって近況を報告したり、ただおしゃべりをしたり、バスケットボールやハンドボールに興じたりしていた。ギターを持ち出し、わずかな聴衆（一カ所に集まれるのは五人まで）を相手に上手とはいえない演奏を聴かせていた。肩を丸めてドラッグをやっている人もいる。なかには、刑務官が来たら知らせる見張りを立たせて、移動式トイレのなかで、あるいはおおっぴらに情事に励んでいる人もいた。

季節は夏で、熱風がわたしたちのゆったりとした服をさざ波のように揺らした。服の色は白に近いブルーから紺色、灰色のまだらのあるデニム――受刑者特製の偽物ジーンズ――の藍色まで、さまざまだった。デニム地は本物だけれど、ジーンズとは呼べない。デニム地を大雑把にパンツの形に縫い、ウェストにゴムを入れ、小さすぎるポケットが一つだけななめに縫いつけられただけの代物で、わたしが考える〝ジーンズ〟とは違う。

サミーとわたしはランニング用のトラックを歩いた。二一三ユニットの受刑者と行き合った。全員がサミーに気づいて手を振った。各州は地域番号で分かれているけれど、大運動場も番号で分かれている。

そこらじゅうに同じ注意書きがあった――〈トラック外を走らないこと〉。ランニング用のトラックではない場所を走っていたら、撃たれることもある。

「ワイヤカッターは誰からもらったの」

「何の話？」

「エンジェル・マリー・ジャニッキの話」

「あの子はさ、ほんと美人だったよ」サミーが言った。「スタンヴィルで一番きれいだった」

「ワイヤカッター、どこから手に入れたの」

「塀の外から。男だったよ。完全にのぼせ上がってた。ほんとにすごい美人だったから」

構内放送のスピーカーから指示が聞こえた。明瞭で、非情で、大きな声。

「トイレ周辺にいる者。何か吸ってるようだな。いますぐ消せ」

「ロザーノ。そこは立入禁止区域だ」

ランニング用のトラックは刑務所の敷地をぐるりと一周していて、電気フェンスとその外にもう一重あるフェンスのあいだを走るダートコースになっている。

「コプリー、ハンドボールコートのそばに入れ歯を忘れたな、届いてるぞ」マイクロフォンの近くにいる刑務官たちの笑い声が聞こえた。「コプリー、うははは、監視室まで歯を取りに来い」

外が暑いと、刑務官はエアコンが効いた監視室に閉じこもったまま、双眼鏡を使って大運動場を監視する。寒い季節もそうだ。運動場は巨大で、刑務官はそろって無精だ。

「どの死角から出たの」

「体育館の後ろ。いまロックダウンがあるのはそのせい。エンジェル・マリー・ジャニッキ脱走事件にはビフォアとアフターがあるってわけ」

「体育館の後ろあたりのフェンスは監視塔から見えないってこと？」

「そう、一号塔からは見えない。でも、いまは目で確かめる必要もないわけだよ、電気フェンスに替わったから」

入れ歯の持ち主がわかったのは、歯茎の側面に受刑者番号が印字されているからだ。

わたしたちはクジラ・ビーチを通り過ぎた。受刑者の一団がそこで肥満体を並べて日光浴をしていたけれど、ちょうど刑務官から解散の指示が飛んできた。

「クジラ・ビーチにいる者。スリングショットは禁止だ。繰り返す。クジラ・ビーチに集まっている者。スリングショットは禁止だ。全員、立ってきちんと服を着ろ」

クジラ・ビーチなんて意地の悪い呼び方だけれど、そう呼ばれているのだからしかたがない。ランニング用のトラック沿いのその一角に受刑者たちが集まり、オイルを塗って肌を焼く。〝スリングショット〟は手製のアンダーシャツのことだ。大運動場では素肌を見せてはならない。でも、みんな規則を無視して服を脱ぎ、所内の調理センターから持ち出した調理油や代用バターを塗りたくる。代用バターは〝これがバターじゃないなんて！〟という名称のブランドのもので、コナンはこれを〝このクソまずいもんがバターじゃないなんてマジかよ！〟と呼んでいた。

トラックを走っている人はいなかった。ここは女子刑務所であって、戦闘訓練をする場ではないからだ。ただしコナンだけは例外で、後ろから走ってきてわたしとサミーを追い越していった。

「蚊を一万匹殺しちまったぜ。口開けて走ってただけで！」

コナンは後ろ向きに走りながらわたしたちに叫んだ。

「口を閉じといてみれば？」サミーが言った。「それで問題解決でしょ」

女性刑務官が急ぎ足で通り過ぎた。「そこ、テーブルに座らない！」運動場で日射しを避けるにはテーブルの下に座るしかないけれど、それも規則で禁止されていた。テーブルの標準的な使い方だけが許可されている。

コナンは憤慨の形相で通り過ぎた刑務官を目で追った。それから、よしというようにうなずいた。

「いや、あの女はなかなかの床上手だったぜ」

スタンヴィル刑務所では、訊かれてもいないのにそういう話を持ち出したら、嘘だと思っていい。質問に答えて言った場合でも、やっぱり嘘だ。コナンの話は、刑務官がわたしたちを銃口で追いながら豚の皮揚げを口に放りこんでいる監視一号塔や二号塔に負けず劣らず大げさだった。

「こう言われたよ、舌を使うだけじゃなく、あたしをカズーだと思って鳴らしてって【カズーは声を共鳴させて鳴らす楽器。笛のような形状をしている】。ほんとだよ。あたしをカズーだと思ってって言われたんだ」

園芸班が除草剤のスプレーボトルを手にウォーキング用トラック際で作業をしていた。園芸班の仕事は、運動場を土以外は何もない場所に維持することだ。「草の一本も見逃さないんだから」園芸班に移ったローラ・リップが言った。谷を吹き抜ける疾風がむき出しの土の表面をなで、土埃が巻き上がった。そこへ新人刑務官のガルシアが近づいてきた。

新人のうちは誰でも、同僚刑務官と受刑者の両方からいじられるものだけれど、とくにガルシアには意地悪したくなるような雰囲気があった。大運動場で迷子になったみたいな顔をしている。大運動場はB、C、Dの三つのブロックの運動場が合体しているようなものだ。

受刑者は計三千人、刑務官《ファッド》は六人だ。

〝ファッド〟はアニメのキャラクターのエルマー・ファッドのことで、刑務官をそう呼び始めたのはコナンだった。

「よう、ファッドラッカー」コナンはガルシアに言った。ガルシアは立ち止まった。コナンの声が聞こえなかったふりをするべきか、コナンを問題として取り扱うべきか、迷っているような顔をしていた。

「問題は、ファッドラッカーズって何だよってことだ【ファッドラッカーズはアメリカのハンバーガーチェーン】」コナンはいつものように誰にともなく言った。

「ラドファ、、、ッカーって言い間違えそうで笑えるよな。そうなると今度は、じゃあラドファッカーって何だよって話になる。そういう変な名前をでっち上げておいて、大昔からずっとありましたみたいなふりをみんなでするわけだ。ファッドラッカーズは代々伝わる貴重な伝統です、みたいに」

「でも、あたしの家族は昔からずうっとファッドラッカーズに行ってるけど」ローラ・リップは除草剤をスプレーしながら、間違いを指摘するような調子で言った。

「うちはフーターズ【アメリカのカジュアルレストランチェーン。ウェイトレスの制服はタンクトップとショートパンツ】だったよ」コナンが言った。

「家族でフーターズ？」ローラは首を振りながら言った。

「彼女と、彼女の子供たちを連れてな」コナンが言った。「あそこは子供向けのメニューも充実してるし。そういえば知ってるか。Ｈｏｏｔｅｒｓのｏと、ＩＨＯＰのｏ、な。実は同じだ【ＩＨＯＰ（インターナショナル・ハウス・オブ・パンケークス）はファミリーレストランチェーン】。俺はＩＨＯＰの調理場で働いてたことがある。自慢のパンケーキは、ミックス粉に水を加えて焼くだけだ。実態は〝インターナショナル・ハウス・オブ水を加えるだけ《ジャスト・アド・ウォーター》〟ってことだよ」

高校を卒業した直後、わたしはＩＨＯＰでウェイトレスをしていたことがある。それもコナンとわたしのたくさんある共通点の一つだ。わたしは四十三番ウェイトレスで、コックは厨房から〝四十三番！　料理が上がったぞ！〟と呼ばわる。いま思うと、わたしはあのころから番号で呼ばれることに慣らされていたわけだ。

ＩＨＯＰで働きたければ、まずウォルマートみたいなディスカウントストアに行って、仕事用の靴を買わなくてはいけない。知らない人のために付け加えると、そういうお店に並んでいるおとな用サイズの靴はどれも建設現場や病院、刑務所、レストラン、学校で働く人向けで、子供サイズは、その初心者バージョンだ。ウェイトレス用の靴、医療助手用の靴、ワークブーツ。そういう底辺の仕事をするしかない人向けの安っぽいコピー商品か、なげやりになった人向けの低級品のなかの超低級品、刑務作業で作られた靴。

新人の刑務官はサミーを呼び寄せて質問をした。誰もが通った道を行こうとしている――きみのことをよく知りたいんだ。ここの刑務官はみんなその手を使う。同じことを同じように伝えてくる――きみのことをよく知りたいんだ。

受刑者との疑似恋愛を求める刑務官や職員は少なくない。サミーはもう、刑務官ではなくて民間委託のメンテナンス主任と〝よく知りたい〟関係を築いていた。トラックに乗せてもらったり、職員用の食堂のハンバーガーを買ってもらったりするのと引き換えに、官給のジーンズをまさぐらせる。サミーはほかに、高度看護施設《スキルドナーシングファシリティ》（略称はSNFで、受刑者はみな〝スニッフ〟と呼ぶ）の男性看護師に週一度、乳房の検診をさせて、引き換えにたばこをもらっていた。コナンには、彼を男性認定しているレズビアンや異性愛者の女性刑務官がいる。

「きみ、僕の知り合いに似てるね」ガルシアはサミーに言った。「フィラデルフィアの出身なんだけど、向こうの知り合いに似てる。きみはどこの出身？」

「フィラデルフィアか。ふん」コナンが割りこんだ。「そういえば知ってるか？　フィラデルフィアの自由の鐘《リバティ・ベル》、な。あれ、ひびが入ってるんだぜ。なのに誰も気にしない。ひびが入ってるもんを誇らしげに展示してるってわけだ」

ガルシアはサミーからコナンに向き直った。その表情はこう言っていた――失せろよ、俺はこの女を口説いてるんだよ。

「その服、支給されたものかな。それはボクサーショーツのように見えるが、禁止されているはずだね。規則違反を取ろうと思えば取れるよ」

検身室を出たところで、GED教師のG・ハウザーを見かけた。検身室でちょっとした面倒があったばかりだった。金属探知機が反応したと言われて、所持品を全部調べられた。木工工場に持って行けるように食堂前で配っているボローニャソーセージのサンドイッチのなかまで。挙げ句の果てに、隅のカーテンで仕切られた一角で服を脱いで全身検査まで受けさせられたから、検身室を出るときにははらわたが煮えくり返るような思いがしていた。ハウザーの姿が目に入った瞬間、わたしのなかで何かスイッチのようなものが切り替わった。親しげな声でこんにちはと声をかけた。声の調子は意図して変えるものではない。無意識に変わる。必要は声のギアボックスだ。必要が対人モードを切り替え、声をいくらか高く、好意的な調子にする。計算ずくでしたことではなかったけれど、最後にハウザーに会って以来、わたしの状況は一変していた。

「こんにちは」わたしは言った。「どこかで偶然会えたらいいのにって思ってた」

本当は彼のことなど忘れていた。あれから一度も彼を思い出したことはない。

「いまはCブロックにいるの」わたしは言った。「ずっと考えてたんだけど。何か読むものを取り寄せようかって言ってくれたでしょう。お願いできたらうれしい」

ハウザーはうれしそうだった。頼み事をしているのはわたしのほうなのに、わたしに好意を示してもらったとでもいうみたいだった。ちょっとおしゃべりをしたあと、ハウザーはますます浮かれた様子で言った。「僕のクラスに出席したらどうかな」

「でも、GED対策クラスしかないでしょ。それって、ここの刑務官にお似合いのレベルよね」

「そうだね」ハウザーは人目を気にしつつ短い笑い声を漏らした。「でも、そのレベルのクラスしかないから、読書中心の授業にしてるんだ。本を読んで、感想を話し合う。試しに出席してみないか。きみが参加してくれたら僕もうれしい」ハウザーはクラスに登録する方法を教えてくれた。

精神的に参らないようにするには仕事をするのが一番とサミーから言われたけれど、本当だった。気がまぎれる。よけいなことを考えずにすんだ。代わりに、ほかのみんなと同じく、何を利用できそうか考えることに集中した。

コナンは木工工場でディルドー作りに邁進《まいしん》していた。監督官が机で日課のマラソン読書を始めた瞬間、コナンはディルドーを造り始める。監督官は毎日、小説を抱えて出勤してきて、机に落ち着くや、何かに駆り立てられたように読みふける。けばけばしい表紙にタイトルが浮き出し文字で書かれていた。たとえば『二度殺されて』。本はどれも水で濡れてページがよれていて、〈ご自由にお持ちください〉の箱からもらってきたようなものばかりだ。監督官は連日七時間ぶっ続けで本に読みふけり、その間《かん》コナンは、やすりをかけたり角を丸めたりして作品を着々と仕上げた。コナンとティアドロップは、ディルドーのできを巡って競争心を燃やした。二人とも調理センターの契約者にできあがった〝キュウリ〟を卸していた。

各ユニットのキッチンに届くキュウリはあらかじめ四等分されている。食品が本来の目的と異なる違法な用途で――たとえばディルドーとして――使用されるのを防ぐためだ。調理センターの受刑者は丸のままのキュウリを密売していた。

ノースは木製の鉤十字《かぎじゅうじ》や五芒星《ごぼうせい》を作っていた。わたしの画期的取り組みはサンドイッチのハムだった。食事休憩になると、あらゆるものの製作に使う焼きごてを使ってボローニャハムに焼き目を入れた。刻印は〈CALPIA〉、カリフォルニア州刑務所産業公社の頭文字で、わたしは焼きごての管理を任されていた。ハムの両面に焼きごてで焼き目を入れ、次にサンドイッチのパンにも同じように焼き目を入れる。焼きごてでパンとハムをちょうどい具合にこんがりさせる。そのうち小分けのインスタントコーヒーと引き換えに他の人のサンドイッチも焼くようになった。終業時の検身で没収されないようにコーヒーを隠す方法も覚えた。刑務所というのはそういうところだ。小銭を地道に稼ぐしかない。

土曜日には図書室に行けた。図書室で貸し出しているのは聖書だけだ。ジェームズ王版聖書と新国際版聖書、読書用に選べるのはその二つだけだった。サミーとわたしは、図書室に毎週通い、ジャクソンの件を問い合わせられる役所を調べた。ある日の午後、図書室からの帰り道でハウザーとまた行き合った。わたしはもうじき彼のクラスに出席できることになっていた。

図書室には何も読むものがないのとわたしはG・ハウザーに話した。

「知ってる。だから、本を何冊か注文しておいた。まだ届いてないかな。アマゾンで買って、配送先をここにした。受刑者に直接ものを渡すのは禁止されてるから」

脳裏にサミーの手が浮かんだ。釣り糸のリールを巻く手つき、カモを釣り上げる手つき。焦らずゆっくり、とサミーは言っていた。ゆっくり釣り上げないと逃げられるよ。

「まだ受け取ってない」わたしはハウザーに言った。刑務所ではそういうことに時間がかかる。なんといっても三千人分の郵便物を仕分けしなくてはならないのだから。


あのあともジョンソンの弁護士に何度も電話をかけた。弁護士は、グローバル・テル・リンクの口座を持っていて、わたしが連絡できる唯一の人物だからだ。たいがいは出てもらえなかったけれど、一度だけ電話がつながった。知らせておきたいことがあると言った。公選弁護人を三十年間続けてきたが、ついに引退することにしたという。だから事務所の電話はもう通じなくなる。

扉が一つずつ閉ざされていく。これが現実だなんて受け入れがたかった。ジャクソンのこれからを気にかけているのはこの世でわたし一人なのだ。なのにジャクソンがどこにいるのか、わたしにはそれさえわからない。ジャクソンに連絡する手段もない。わたしはセントラルヴァレーの底、日射しに焼かれた雲一つない空の下にある刑務所に閉じこめられ、かみそり鉄線の上を飛び回るハエを目で追い、巡回車両が外縁を一周するのにかかる時間を頭のなかで計っている。でも視界に浮かんでいるのは、フェンスの穴をすり抜けていく美しいエンジェル・マリー・ジャニッキの姿だった。

ジャクソンが五歳だったころの一場面を何度も思い出した。秋のことで、母と三人でイーストベイのティルデン・パークに行った。頭上に枝を広げた木々の葉は、そのまま髪を染めたくなるような鮮やかで深みのある赤紫色に染まっていた。黄金色や緋色《ひいろ》に紅葉した木もあった。カリフォルニア州ではあまり見られない光景だ。母とジャクソンとわたしは腰を下ろし、華やかに色づいた木々が風に揺れるのを眺めた。ジャクソンは魅入《みい》られたようにうっとり見つめていた。

「無駄にきれいな景色だね」母は言った。「明日にはみんな落ちちゃうんだから」

「でもね」ジャクソンが言った。「落ちるから、また新しい葉っぱが出てくるんだよ、おばあちゃん。その新しい葉っぱもまた紅葉するんだ。いまみたいに」その繰り返しなんだとジャクソンは言った。毎年、その繰り返しだと。古い葉が落ちるのは、次の新しい葉が出てくる前触れだ。母は、別の惑星から来た人を見るような目でジャクソンを見た。

ジャクソンは根っからの楽天主義者で、それは母から遺伝した性質ではないし、それをいったらわたしからでもない。ジャクソンは三歳のとき、地球はどうやって生まれたのかと訊いた。「地球はどこから来たの？」わたしは、たしかなことは誰も知らないけれど、大きな爆発があったらしいよ、ビッグバンっていう爆発があったのと答えた。「じゃ、爆発のあいだ、みんなはどこに隠れてたわけ？」ジャクソンのなかでは、人々は初めからずっと存在していた。そして互いに助け合っている。

弁護士は児童福祉事務所の番号を読み上げ、ここに問い合わせればジャクソンのケース・マネジャーの名前を教えてもらえるかもしれないと言ったけれど、わたしからはグローバル・テル・リンクの口座を持っている相手にしか連絡できない。だからあちこちに手紙を書き続けた。心配のあまり理性を失わないようにした。エヴァの古い住所にも手紙を送り、エヴァのお父さんの住所にも送った。どっちもきっとエヴァ本人には届かないだろうと思った。ジミー・ダーリングに電話をしたけれど、彼はグローバル・テル・リンクの口座を持っていないから、電話はつながらなかった。わたしは、もしいつかここを出ることがあったらグローバル・テル・リンクを爆破してやろうと心に誓った。

荷物が届いた。家族がいる受刑者、塀の外に頼れる人がいる幸運な受刑者みたいに、わたし、ロミー・ホールは入退所手続エリアに呼び出され、小包を渡された。ハウザーから届いた本三冊。ウィラ・キャザー『私のアントニーア』、マヤ・アンジェロウ『歌え、翔《と》べない鳥たちよ』、ハーパー・リー『アラバマ物語』。

「あいつ、そんな本をあんたにって選んだわけ?」サミーは笑いを嚙み殺した。「さすがにあたしだって読んでるよ、そのくらい」わたしは切なくなり、考えの足りない教師をかばいたくなった。届いた三冊は、読む気はしなくても、大事にもらっておこうと思った。本は外の世界とのつながりだ。でも、同じユニットの人から、三冊ともくれるなら一回分のシャンプーとコンディショナーをあげるけどと持ちかけられた。経済的に恵まれない受刑者に州から支給されるのはざらざらした手触りの石鹼だけで、それで体も髪も洗わなくてはならない。髪をシャンプーで洗い、コンディショナーで整えたら、たとえ一晩だけのことであっても幸せな気分になった。三年前に逮捕されて以来、そんな気持ちになるのは初めてだった。

ハウザーのクラスに参加して二週間くらいたったころ、授業の終わりに呼び止められ、本はどうだったかと訊かれた。

「三冊とも楽しんで読んだわ」わたしは答えた。「十四歳のときにね」

そんなことを言うつもりはなかった。〝キース〟を釣り上げたいなら得策とは言えない。

「そうだったか。悪かった。かえって申し訳なかったね」

「気にしないで。わたしのことを知らないだけだもの」

どんな本が読みたいかと訊かれて、わからないとわたしは答えた。考えることがありすぎて、一つのことに集中できない。

ハウザーからまた本が届いた。一冊はチャールズ・ウィルフォードの『拾った女』という本で、一九五〇年代のサンフランシスコを舞台に酔いどれ二人を描いた作品だった。読み終えてすぐにまた頭から読み直した。場面ごとの風景が目に見えるようだった。登場人物が具体的に挙げる場所はシビック・センターや、パウエル・ストリートとマーケット・ストリートの丁字の交差点くらいだったけれど。その交差点はケーブルカーが方向転換する場所で、サンフランシスコの小さな子供の例に漏れず、ジャクソンも夢中でその様子を見た。ストリートミュージシャンが集まる場所でもあって、よくジャクソンを連れていった。ミュージシャンのなかにジミー・ダーリングの知り合いが何人かいた。ジミーはわたしには縁がないような人を大勢知っていて、そういう知り合いの誰かとどこかで偶然に会うと、コンサートやパーティ、映画の試写会に誘われたりして、夜の予定ががらりと変わった。

わたしがまだ子供だったころ、パウエルとマーケットの交差点には大きなウールワース百貨店があって、お店の真ん中あたりがかつら《ウィッグ》売り場だった。エヴァとわたしはよく、ウィッグを買いに来ている風を装ってその売り場に行った。年配の販売員がピンと特殊なネットを使い、ぐるぐるの巻き毛の大きなウィッグを留めてくれた。わたしたちは鏡をのぞいてはしゃぎながら、お化粧品やヘア用品をこっそりバッグに入れ、店内の写真ブースで写真を撮った。そのあとヴァンネス・アヴェニューのジムの店に行って山ほど料理を頼み、支払いをせずに店を出たりすることもあった。タラヴァル・ストリートにあったもっと気軽なレストランで無銭飲食するのとは気分が違った。ダウンタウンの店で食事をすると、おとなになった気がした。ジムズで無銭飲食したあと、ヴァンネス・アヴェニューの美術館に行って隠れることもあった。その美術館にはエヴァのお気に入りの絵が展示されていた。『緑の目の少女』という絵だ。知り合いの子供たちのあいだでは美術館通いなんてダサいと思われていたけれど、エヴァは自分の好きなものを譲らなかったし、その絵の少女、ナプキンリングに押しこまれたみたいに細い首をしたその少女をいたく気に入っていた。少女は絵のなかからこちらをじっと見つめ、わたしたちも見つめ返した。

長い子供時代、わたしはストリートチルドレンみたいに街をうろうろして、決まった居場所を持たなかった。六番ストリートのグレイハウンドのバスターミナルに貼り出されていたポスターのティーンエイジャーみたいだった。ポスターには長い影のようなシルエットが描かれ、家出してきた少年少女に向けて〈助けを求めてください〉とホットライン番号つきで呼びかけていた。わたしの子供時代は、ホットラインの時代だった。でも、いたずらで電話する以外、誰もどのホットラインにも連絡しなかった。それにわたしは家出したわけじゃない。母親だってちゃんといた。母のことをもっとよく知っておこうと思えばできただろうけれど、そうしなかった。母と関係を築くには、十六歳にもなるともう遅すぎる。刑務所に入ったときには完全に手遅れだと思った。でも、それは間違いだった。本当に手遅れになったのは、母が死んだときだった。

『拾った女』を読んだとハウザーに伝えた。どうだったと訊かれた。

「よくもあり、悪くもあったかな」

「わかる気がする。結末が意外だよね。おかげで、すぐにまた読み直すはめになる。前半に手がかりがあったのに読み逃したのかと思って」

そのとおりのことをしたと話した。そして、サンフランシスコを舞台にした小説は楽しかった、サンフランシスコ出身だからと付け加えた。

「へえ、僕もそうだよ」とハウザーは言った。

そう見えないとわたしは言った。

「正確には、サンフランシスコの近くだ。湾の反対側、コントラコスタ郡の出身なんだ」続けてハウザーが言った町の名前は、わたしには初耳だった。

「石油の精製所の裏にある冴えない町でね。退屈なところだよ、サンフランシスコみたいな大都会と比べたら」

わたしはサンフランシスコが大嫌いだと話した。地面から邪悪なものが染み出しているような街だ。それでも『拾った女』が気に入ったのは、サンフランシスコのなかでも恋しく思えるところが描かれていたからだと言った。

ハウザーはほかにも二冊送ってくれていた。チャールズ・ブコウスキーの『勝手に生きろ！』とデニス・ジョンソンの『ジーザス・サン』だった。その二冊はこれから読むとわたしは言った。

「『勝手に生きろ！』は、過去に書かれたなかで一番笑える小説の一つだよ」

『ジーザス・サン』は、映画を見たからストーリーは知っているとわたしは話した。映画はなかなかよかったけれど、時代設定が七〇年代なのに、登場人物がそれらしく見えない。

「女の子がおなかが見えるショート丈のトップスにファー襟のレザージャケットを着てるんだけど、それって九〇年代のヒップスターのファッションでしょ」

「だけど、きみが言う九〇年代のヒップスターは――きみ自身も含めてかもしれないけど――そもそも七〇年代のファッションを真似してたわけだろう」

たしかに。わたしはジミー・ダーリングがテンダーロイン地区の書店に一九七〇年代の『プレイボーイ』を探しに行ったときのことをハウザーに話した。目当ての雑誌は奥のほうの床に積んであった。すると年配の男性がジミーの肩を叩いて小声で言った。「お若いの、最新号は向こうの棚だよ」そして、書店の正面側に陳列されているビニールがかかったアダルト月刊誌『バスティ』『ベアリー・リーガル』のほうに顎をしゃくった。

「ジミーというのは――」

「わたしのフィアンセ。サンフランシスコ・アート・インスティテュートで教えてる」

「いまも……その、婚約してるの？」

「彼は死んだわ」わたしは答えた。

その夜の消灯後、ノースビーチのことを考え、ノースビーチに住んで仕事をしていたジミー・ダーリングと一緒に行った場所を空想のなかでふたたび訪れた。ジミーと出会うずっと前、わたしがまだ子供で、ノースビーチが金曜の夜に友達と歩き回ると楽しくてたまらない界隈《かいわい》だったころによく行った場所も巡ってみた。あのころわたしたちは、エンリコのテラス席の近くをぶらぶらしながら客が席を立つのを待ち、飲み残しのお酒を飲み干したものだ。ブロードウェイの並ぶストリップバーのきらめきが目に浮かぶ。ビッグ・アル。コンドア・クラブの縦長のネオンサイン、そこでチェリー色、チャイナタウン・レッドにきらめくキャロル・ドダの乳首。街を覆う霧にほのかなピンクと緑の光を広げているガーデン・オブ・エデンのネオンサイン。

のちにキャロル・ドダの看板は下ろされてしまったけれど、わたしのなかであの通りはいまもあのころのままだ。記憶の世界のランプは一つ残らず灯《とも》っていて、わたしがいまいる世界ではいまも変わらず存在し続けている。

コロンブス・アヴェニューには、フェミニストのストリッパーが一時間あたり十一フェミニスト・ドル稼ぐバーがあった。提供するサービス、強いられる我慢――ステージを取り巻くように設けられた小さなブースでマスターベーションする男性客を見る――を思うととても釣り合わない低報酬だ。リーガル・ショー・ワールドは、フェミニズムから解放されたのぞきショーを毎日催していた。リーガルの顧問会計士だった物好きで不器量な女性が夜だけマーズ・ルームでこっそり働いていたけれど、わたしの知るかぎり、客がついたことは一度もなかった。それでも、分厚い眼鏡をかけてディスカウント店で買ったランジェリーを着けた大柄で不格好なその人は毎晩休むことなく出勤してきて、控え室に全員分の夜食を持ってきたり、メイクや衣装を褒めたりして、みんなのお母さんのようにふるまった。ベビーキャロットを生野菜《クリュディテ》よと言って配った。わたしの友達のアローをとりわけかわいがって、それこそ〝控え室の愛娘《まなむすめ》〟のように扱った。

アローは『ベアリー・リーガル』のグラビアに載るという快挙を成し遂げた。わたしと同い年、二十代初めで、少し眠たげな目が純真な印象を与えた。少なくとも、『ベアリー・リーガル』のグラビアでポーズを取っている女の子に共通するような純真そうな雰囲気を持っていた。アローとわたしはときどきクレイジー・ホースでも仕事をした。わたしがジャクソンの父親と知り合ったのはその店だった。ハンサムで話が面白くて、クレイジー・ホースの女の子が控え室にも入らせる唯一のドアマンだった。みんながメイクをしているあいだ、地元紙の記事を読み上げるふりをしながら『ウィークリー・ワールド・ニューズ』みたいな大げさな見出しをでっち上げていた――〈女性がフォルクスワーゲン・ビートルを持ち上げる雨水渠《うすいきょ》に落としたたばこの最後の一本を拾うため〉〈チョコレートチップ・クッキー・ダイエットで百キロ減量した男性、牛乳運搬トラックに轢《ひ》かれる〉。ニュース速報――〈オハイオ州トレド市は国民の想像の産物だった〉。ジャクソンの父親は知性に欠けていたわけではなく、あまり賢い生き方をしていなかっただけ――つまり警察当局とうまく折り合うことに関して知恵が足りなかっただけだ。サンマテオ郡刑務所のフェンスを乗り越えて、遠くサンフランシスコまで走って逃げたらしい。わたしは本人と知り合う前にそのエピソードを聞いた。そしてハイウェイの端っこを走る男性を想像した。サンマテオからサンフランシスコに行くには、車と同じようにハイウェイを通らなくてはならないわけではないのに、ボディもエンジンもない車のようにハイウェイをひた走る姿。汗まみれで路肩を走り続ける生身の人間。彼がそうやってサンフランシスコまで来たわけじゃないだろうけれど、わたしの想像する彼はそうだった。実際には刑務所を出てすぐ捕まった。

顎ひげのジミーは一九六〇年代からサンフランシスコ周辺のいろんなストリップクラブでドアマンとして働いていた。そしていろんな話をした。マジック・トムというポルノ俳優に恋したいかれた映画監督の話もあった。マジック・トムはゲイ向けのハードコア・クラブのステージに出ていて、顎ひげのジミーはそこでドアマンをしていた。マジック・トムは映画監督に好意を持っていたわけではなかった。利用するだけして振った。捨てられて怒った映画監督は、グレイハウンドバスに乗り、マジック・トムの実家があるニューヨーク州北部のシラキュースまではるばる出かけて行った。そして実家の玄関をノックした。顎ひげのジミーの話によると、マジック・トムのお母さんがドアを開けた。きちんとした身なりの上品な人だった。「はい、何かご用かしら？」映画監督は言った。「ええ、ぜひ見ていただきたいものがありまして」マジック・トムと一卵性双生児の弟が卑猥なポーズを取っているヌード写真をお母さんの目の前に掲げた。二人は一緒にハードコア・ポルノ映画に出演していた。ここまで話したときには顎ひげのジミーはおなかを抱えて笑っていて、オチを話すのがやっとだった。「その監督はニューヨーク州シラキュース在住のおばあちゃんに、双子の息子がファックし合ってる写真を見せたんだよ」ジミーはこれほど笑える話はほかにないと思っていた。彼のユーモアのセンスが知れるというものだ。彼はわたしの引っ越し先をカート・ケネディにばらしたらおもしろいと考えた。わたしがサンフランシスコを離れてロサンゼルスに移ったあと、カート・ケネディはわたしの引っ越し先を執拗に訊き回った。教えたのは、顎ひげのジミーだった。

15

スタンヴィルの暮らしが二年目に入るころには、ゴードン・ハウザーはもはや動物の鳴き声を女の悲鳴と聞き違えたりしなくなっていた。引っ越してきてすぐの夜、バンガローで聞いたあの声はピューマの声だった。女の声ではなく、助けを求める声でもなかった。

初めての冬、地面が雪で覆われると、バンガローの周辺に足跡や掘り返したような跡がいくつか見つかった。携帯用小型図鑑に載っているのときっかり同じ形、幅だった。また図鑑によると、ピューマの声は人間の女性の悲鳴、叫び声、うめき声などと形容されるという。

ピューマの姿を見たことはまだない。声が聞こえるだけだ。早朝に山を下る曲がりくねった道をたどってスタンヴィル刑務所に向かうとき、つややかな尾を垂らしたハイイロギツネを見かけることはたまにあった。道の途中で雨不足で枯れたカシの巨木を見かけた。ギザギザした葉がうっすら土埃をかぶっていた。錆《さび》色のトチノキ、灰緑色のツツジもあった。トチノキの葉のない枝は、朝日を受けて骨のように真っ白に輝いていた。草は濡れた藁《わら》のように濃い黄色をしていた。あんなに美しい草は見たことがない。

茶色い盆地に向かう直線道路に入ったところで景色は一変し、石油のパイプラインや油井やぐらが見えてきて、ポンプジャックが延々と上下を続けていた。ポンプジャックの群れが埃っぽいオレンジ果樹園に変わるあたりで道は二股に分かれていて、その手前に、前庭にヤシの木が二本立つ農家が一軒ある。ヤシの木はほかであまり見かけない種類のもので、密集した葉がもじゃもじゃ垂れ下がったさまがまるでイヌイットのスノーブーツのようだった。

谷底では気温が十度近く上がり、肥料の強烈な匂いがたまっている。ここまで来るとオレンジの木も油井やぐらも遠ざかり、送電線とアーモンド農園だけがある巨大な一区画の土地が地平線まで広がっている。

カリフォルニア州のすべての刑務所と同じく、スタンヴィルも三種類の旗を掲げている。州旗、国旗、POW MIA旗【POW＝戦争捕虜、MIA＝戦闘中行方不明兵】。アメリカが惨めに敗北した戦争で捕虜になり、ベトナム国内にいまも取り残されているとされる戦争捕虜の帰還を願う旗、POW旗はゴードンの目に感傷的で無意味なものに映る。帰国しなかった兵士はおそらくとうに死んでいるだろうし、たとえ生きているとしても、いまさら奪還に行こうとは誰も考えていないだろう。それでも、州の全矯正施設の刑務官は、彼らの帰還を願ってわざわざ旗を揚げる。時代は変わり、いま国外で捕虜になった人々の運命は違う。大部分は民間軍事会社の戦闘要員で、斬首の一部始終がインターネットで生中継される。ブッシュ大統領はテレビに出て、イラク市民のための病院や学校を建設していると述べた。スタンヴィル刑務所の職員用駐車場にある車のほとんどは、外地に派遣されている兵士との連帯を示す黄色いリボンのステッカーをバンパーに貼っていた。

刑務所の構造は複雑で、簡単に迷ってしまう。かみそり鉄線で何重にも囲まれた土とコンクリートのだだっ広い敷地に、一階建てまたは二階建てのコンクリートブロックの建物がいくつも並び、どれも見かけがそっくりで区別がつかない。教室に行くには電子制御の厳重な出入口を三つ抜けなくてはならなかった。教室は、刑務作業工場や調理センターの近くの窓のないトレーラーだ。調理センターからは傷んだ脂の臭いが絶えず吐き出されているが、それ以上に強烈なのは自動車修理工場から漂う溶剤の臭いだった。修理工場前には刑務官の自家用のトラックがずらりと並んでいる。ここなら格安でボディを再塗装できるからだ。

ゴードンは敷地内のこの一角に出入りする権限は与えられているが、居住棟や運動場には立ち入れない。例外はAブロックの五〇四ユニット内の一棟で、そこで死刑囚や隔離ユニットの受刑者を教えていた。

来る前は、死刑囚監房とは恐ろしいところに違いないと想像していたが、実際に入ってみると、悪夢にうなされるほどのものではなかった。鉄格子や中世の地下牢のようなところを思い描いていたが、現実には自動化されたモダンな施設で、ちんまりとした監房にはそれぞれ白い塗装がされた鋼鉄の扉と小さなガラス窓があった。死刑囚は十二名いて、それぞれ独居房に収容されている。監房前の通路には作業テーブルやミシンが並び、それを囲むように檻《ケージ》が設置されていた。担当刑務官が檻の鍵を開けてゴードンを通し、ゴードンはそこで生徒一人ひとりに個人授業を行う。授業中でない死刑囚は近くのテーブルで編み物をしたり、麻布と毛糸でラグを作ったりしていた。ベティ・ラフランスは生徒ではなかったが、毎回ゴードンと話をしたがり、監房から持ってきたラジオで単調なBGMを流しながら手芸をした。ここの死刑囚は、機械印刷されたメーカーものにそっくりなグリーティングカードを手作りしていた。出来がよいものはライトエイドなどのドラッグストアで売っている既製品のカード、よくある心温まるメッセージが無個性な筆跡で綴られたカードを連想させた。監房からの出入りは自由だった。どの監房もリナジット・エアフレッシュナーの甘い香りが充満し、入口や壁に手編みの毛糸毛布が下がっていた。目隠しのためもあるだろうが、暇つぶしに作っているといくらでもできてしまう毛布の使い道に困ってのことだろう。

彼女たちはゴードンのことを〝おにいさん〟〝パンプキン〟〝かわい子ちゃん〟などと呼んだ。〝おにいさん〟と呼ばれると背筋が寒くなった。『罪と罰』でラスコーリニコフが殺人計画を実行する前、被害者となる高利貸しの老女はラスコーリニコフをそう呼んでいた。少なくとも、英語版ではそう訳されていた。〝おにいさん〟。

死刑囚監房のすぐ上の階は隔離ユニットだが、そこに共用エリアは設けられておらず、交流の手段は大声しかない。受刑者は監房から大声を張り上げてほかの受刑者と意思疎通をし、担当刑務官を質問攻めにし、暇つぶしに独りごとを言ったりしていた。ゴードンが小さなオフィスで待機しているあいだに、隔離ユニットの受刑者は手錠や足枷をじゃらんじゃらんと鳴らしながら廊下をやってきて、ケージに入れられ、そこでゴードンの授業を受ける。初めてロミー・ホールに会ったときもそうだった。ロミーはその後、ゴードンのクラスに入った。ロミーは受刑者には珍しくゴードンの目をまっすぐに見た。女子受刑者のほとんどはゴードンの肩のあたりを見つめたり、ゴードンの背後を凝視したりする。ゴードンと目が合わないよう、視線を忙しく飛び回らせる。こんな環境にあっても、ロミーはとても魅力的だった。左右がやや離れた緑色がかった目。上唇が持ち上がってくびれ、また持ち上がっている、キューピッドの弓と呼ばれる形をした唇。この顔を信用してちょうだい――そう告げているような唇だった。正確な綴りで文章を書き、読解力にも優れている。スペリングが得意な受刑者がいるとは意外だった。ゴードンはスタンヴィル刑務所の受刑者に何も期待していなかった。

次にロミーを見かけたのは、刑務官が〝ドッグラン〟と呼ぶ場所――隔離ユニット専用の金網に囲まれた小さな運動場でだった。五〇四ユニットへ向かうルートの途中にそういった運動場がいくつか並んでいるのだが、無味乾燥で窮屈な囲いに閉じこめられた受刑者をあまりじろじろ見ないようにこちらは気をつけていた。ところがロミー・ホールは、ライターの火を貸してくれないかと頼むように、あるいは次の電車は何時に来るか知っているかと尋ねるように、気軽な調子で声をかけてきた。

ロミーがクラスにいると授業が楽しかった。ロミーは課題の本をきちんと読んで出席した。刑務所内の生徒には、ゴードンのことを愚かだと思っている者も多く、暗号めいた隠語を交わして彼を笑ったりした。だが、そんなことに腹を立ててもしかたがないと思った。受刑者は、ゴードンの理解を超えた刑を宣告されているのだ。ＬＷＯＰ——仮釈放なしの終身刑だったり、複数回の終身刑だったり。たとえ一度の終身刑であっても、ゴードンには想像さえしがたかった。

本の一部をコピーして配布した。『狼とくらした少女ジュリー』や、ローラ・インガルス・ワイルダーの作品。どれも児童向けの作品だが、受刑者にはあえて伝えなかった。楽しんで読んでもらうことのほうが大事だ。だから難解ではない本を選ぶようにした。生徒の多くは小学校レベルの教育しか受けておらず、思春期の少女のような丸文字を書いた。周囲からコナンと呼ばれていて、どう見ても男としか思えないロンドンでさえそうだった。ロンドンは頭がいい。それは明らかだった。課題の本は一ページも読んでこないが、教室ではみなを笑わせてばかりいる。それは大した才能だった。

「胸《bosom》って複数形？」ロンドンが質問した。

「誰の胸かによるんじゃないの」別の誰かが言った。

「ジョーンズの胸。なんかアドベンチャー映画のタイトルみたいだな。『副ブロック長ジョーンズと凶運の胸』」

年老いたネイティブ・アメリカンの受刑者、ジェロニマ・カンポスは、授業の始まりから終わりまでずっとスケッチブックに絵を描いていた。もしかしたら読み書きができないのだろうかとゴードンは考えた。ある日、授業が終わったところで、どんな絵を描いているのかと尋ねた。それをきっかけに読み書きができないのだと打ち明けられたら、個人授業に切り替えようと提案するつもりだった。

肖像画よとジェロニマは答え、スケッチブックを開いて絵を見せた。全部のページに絵が描かれ、その下に名前が添えてあった。読み書きはできるようだ。ただ、描いてあるのは人物の絵とは言いがたかった。色をぶちまけたような抽象画だ。「これがハウザー先生」ジェロニマは言った。殴り書きされた黒い線に青い斑点が散っていた。

ジョン・スタインベックの『赤い子馬』を課題に取り上げたとき、作品中の連峰の描写と大運動場から見える山脈についてクラスで話し合った。生徒はみなあの連峰を恐れているらしいとわかってゴードンは驚いた。山々を自由の象徴、塀のなかから目にすることのできる唯一の自然として憧れを抱いているのではないかと思っていた。「山じゃクマと戦わなくちゃならないもんな」コナンは言った。「ここじゃ相手はせいぜい子グマだけどさ。子グマとヘタレどもだ。そいつらにならﾞ、俺は絶対に勝てる自信がある」

子を孕《はら》んだ牝馬《ひんば》ネリーについて書いた第三章「約束」を読み始めると、生徒の一人が挙手し、自分が出産したときおなかがハート形になったと言った。「二つに分かれたんだよ。馬と同じ。お医者さんも言ってたから間違いないよ、馬の子宮はハート形してるって」

全員でその章の一部を朗読した。ブタが出てくると、別の生徒が朗読をさえぎって言った。アリゾナ州の刑務所にいるいとこから届いた手紙によると、向こうの刑務所では月に一度、日曜日にガス室にブタを一頭入れて、設備に故障がないか試しているという。

ゴードンは議論を本題に引き戻そうとした。ビリー・バックがした約束とは何か。

日曜日にブタをガス室に入れているという手紙をいとこから受け取った受刑者が、ブタが「煙突を昇ると」運動場にそのにおいが充満するらしいよと言った。「桃の花みたいなにおいだったって。いとこの手紙によるとね」

ロミー・ホールが手を挙げ、ビリー・バックはジョーディに健康な子馬を約束したと言った。本の前のほうで、ビリー・バックは赤い子馬を自分が見ていると約束したけれど、子馬は死んでしまった。今度の新しい約束、子馬を無事に出産させるという約束は、ビリー・バックが言行一致した人物になるチャンスでもある。

ビリーはその約束を守っただろうかとゴードンは質問した。

ロミーは、そこがこの本のひねりだと言った。建前としては約束を守ったけれど、そのために母馬を殺さなくてはならなかった。逆子の子馬を救うために母馬を殺した。ハンマーで頭骨を砕いた。約束を守ることを優先して殺すなんて残酷すぎる。その牝馬が死なずにすんでいたら、そのあと逆子ではない子馬をもっと産んだかもしれないのに、約束を守ることにこだわった愚かなカウボーイのせいで、牝馬は死ななければならなかった。

「約束するの自体は悪いことじゃないよ」ロンドンはゴードンに言った。人生の現実についてゴードンに教えようとするかのようだった。「けど、約束を守りゃいいってもんじゃない場面もあるってことさ」


ある夕方、授業が終わったあと、ロミー・ホールはぐずぐずと居残った。ゴードンは、二人の間の距離を保つため、自分のデスクの反対側から手を伸ばして不自然な姿勢で書類を集め始めた。

五分ほどのあいだに、ロミーは個人的な話を次々と打ち明けた。声の調子は落ち着いていた。ずっと誰かに聞いてもらいたかったのかもしれない。ゴードンは後ろに下がり続け、ロミーは彼との距離を縮め続けた。利用されてたまるかとゴードンは思った。これまでに受刑者一人から携帯電話の運搬役を依頼され、別の一人からはたばこを持ちこんでもらえないかと頼まれた。そういった違反行為に関わっている者は職員にも刑務官にもいたが、自分は片棒をかつぎたくなかった。

終身刑を言い渡されているのだとロミーは言った。幼い子供を持つ母親でもある。こんな話をしてごめんなさいと謝った。目が覚めたときとても憂鬱な気分だった、窓のない部屋なのに、霧が充満しているのが感じ取れるようで、その湿り気がふるさとの街を思い出させたのだという。

ある番号に電話をかけて、息子がどうしているか調べてほしいのとロミーは言った。番号や何かを書いたメモを持参していた。ロミー・ホールは二人の距離を縮めようとしてきたが、その目的はまさしくゴードンがなんとしても距離を置きたいと考えている種類のことだった。たしかに本を取り寄せてやったし、美人だと思っていて、ときどき彼女のことを思い出したりもしているが、だからといって、よその家族のごたごたに巻きこまれるのはごめんだった。

初めて自分で決めてした援助、規則に反する種類の援助は、死刑囚監房のキャンディ・ペニャへのものだった。キャンディは子供のように泣きじゃくりながら、毛糸《ウール》がもうないのに買うお金がないの、赤ちゃんの役に立ってあげられないわとゴードンに訴えた。ほかの死刑囚はベビー用ブランケットを手編みして、スタンヴィルの町のキリスト教系チャリティ団体に寄付していた。

自分なら毛糸を持ちこめるという確信がゴードンにはあった。出勤時に荷物検査は受けるが、鞄のなかまではまずチェックされない。バレッシで朝食をとっているあいだに、よしやろうと決めた。ストックカーの額入り写真や地元のレースのトロフィーなどが壁に飾られたバレッシは居心地がよかった。店の半分はダイナーで、もう半分は片隅にピアノが置かれたバーになっている。土曜の夜は女性ピアニストの生演奏が聴けた。

スタンヴィルでは歯科治療を受けられない。靴の修理店もなかった。ゴードンの調理器具に求める基準はさほど高くないのに、その基準に照らし合わせても、まともな鍋一つ買えない町だ。それなのに、手芸店は三軒もあった。ゴードンはその一つに行き、毛糸を何種類か買った。キャンディはウールと言っていたが、その店にウールの毛糸はなかった。ウール混の毛糸もない。もしかしたら、昔と違って〝ウール〟が指すものは毛《ウール》とはかぎらず、編み物に向いたふわふわの糸全般なのだろうか。翌日、買った毛糸をキャンディに渡した。キャンディはとろけそうな顔でありがとうと言い、ゴードンは何やらインチキをしたような気分になった。規則違反をしたからではなく、自分にとっては何でもない行為なのに、キャンディから、こんな風に親切にしてもらったのは生まれて初めてだと涙ながらに感謝されたからだ。キャンディに聖人扱いされた居心地の悪さを解消するには、ほかの受刑者にも何かしてやるしかないような気がした。さらに多くを与えることで、毛糸の件をたくさんあるなかの一つにするしかない。

ベティ・ラフランスは、手紙を投函《とうかん》してくれないかと頼んできた。カリフォルニア州内の別の刑務所に収監されている昔の恋人に宛てた手紙だという。矯正局の書面による許可がないかぎり、受刑者同士が連絡を取り合うことは禁じられている。その規則はゴードンも知っていたが、ベティの恋人は彼女の空想のなかにしか存在しないのではないかとも思った。初めて会ったとき、ベティは刑務官の注意を引こうとして大声でこんなことを言っていた。「お願いがあるの！　わたしの美容師がもうじき来るから、駐車スペースを確保しておいてって駐車場係に伝えてちょうだい」ベティはほかの死刑囚をまるきり相手にせず、わたしはあの人たちとは格が違うのよと言っていた。シンガポール航空のビジネスクラスに乗ったことはあるかと訊かれたこともある。ゴードンがいいえと答えると、ベティは哀れむような目をゴードンに向けた。死刑を宣告された、妄想に取り憑《つ》かれた女。ゴードンはベティを気の毒に思った。手紙を預かって投函した。

園芸を趣味にしている受刑者のために種子を買ってやったこともある。その受刑者は、摘みたてのミントの葉をプレゼントだと言ってゴードンにくれた。どこで摘んだのかと訊くと、刑務所に運びこまれた建設用の古い材木に生えていたのだと答えた。それを植え替え、水をやった。いつも頭上に注意して鳥の糞が落ちてくるのを待ち、それに混じっている植物の種を濡らしたペーパータオルにくるんで、内緒で発芽させたりもするという。規則では、植物を栽培してはいけないことになっている。しかし、その受刑者が属するDブロック長は黙認していた。彼女は終身刑で服役している。ゴードンはカリフォルニアポピーの種を買ってきて渡した。彼女は両手を頬に当てて涙を隠した。「天からの贈り物みたい。ありがとう、思いがけない贈り物をくれて」このときもまた同じサイクルが繰り返された。居心地の悪さ、受刑者の大げさな感謝。植物の種一袋は八十九セントだった。

そしてロミー・ホールには本を送った。アマゾンのページに行き、ボタンを押す。それだけで刑務所にいる誰かに数週間の思想の自由を与えることができるのだから、二十ドルくらい安いものではないか。しかし同じ誰かの個人的な事柄を外の世界に持ち出して調べるとなると、そう、彼女の代理で電話をかけるとなると、話は変わってくる。それは正真正銘のお節介というものだ。彼女の人生に首を突っこむ行為というだけでなく、彼自身の人生も関わってくる。

ゴードンは渡されたメモを自宅のコーヒーテーブルに置いた。電話番号と、子供の名前が書いてあった。電話はかけなかった。それきりロミーからその話題が出ることはなく、ゴードンは、複雑な気持ちではあったがほっとした。そのあともおしゃべりはしたが、他愛のない話題に終始した。手助けするつもりはないのだと思われているだろうが、かまわない。しかし、彼女のことを気にかけていること、あの頼まれごとは彼にとって何の意味もなかったというわけではないことは伝えておきたいと思った。

ソファに腰を下ろし、電話番号のメモを手に取り、またテーブルに置いた。電話をかける代わりに、ネット検索をして絵の具メーカーのオンラインストアを探し、ジェロニマに渡す新しい絵具セットを注文する手順を確認した。これなら簡単だ。深く考えるまでもない。

それから数週間、ジェロニマは新しい絵の具セットを授業に持ってきてせっせと絵を描いた。やがてゴードンのところに来て言った。

「描いた絵を見てほしいの。肖像画よ。前のより気に入ってもらえると思うわ」

「気に入る？　僕が？」

「そうね、たいがいの人が」ジェロニマは絵をこちらに向けた。どれも優れたイラストだった。誰を描いたものか、一目見ればわかる。ジェロニマ自身。ロンドン。ゴードン。ロミー。クラスの生徒全員。それぞれの特徴が無駄なく表現されていた。最後のページから、見覚えのない顔がこちらを見つめていた。頬を涙の粒が伝っていた。「これはリリーよ。同じユニットに収容されてるんだけど、妹にそっくりでね。妹の写真は一枚も持っていないから、リリーに頼んで描かせてもらったの」

16

春、不愉快な騒音や機械の音が聞こえるようになった。気象条件によっては驚くほど大きく聞こえてくる。冬の寒さがやわらぎ、楽しい山歩きの季節が到来したというのに、何キロも遠くから丘を越えて聞こえてくる鉄の怪物どものうめき声や吠え声のせいでだいなしになった。これは報復に値すると思った。ただ、音がどこから聞こえてくるのか特定するのに骨が折れた。どのみち夏を待つしかなさそうだ。私が仕掛けた罠《わな》はおそらく雪で壊れているだろう。しかし春の終わりごろには騒音がやんだ。夏になるとまた聞こえ始めた。音を頼りに探すと、ウィロー川沿いの天然の排水路周辺で伐採事業が行われていた。のこぎりで切り倒すのではなく、ブルドーザーで木々を押し倒していた。私は高い岩の上に身を隠して様子を見守った。その日の作業が終わったとき、木は残らず消えて、むき出しの地面だけが残っていた。誰もいなくなったのを確かめて、現場に下りた。丸太を持ち上げてトラックに積むのに使う機械の上に、燃料が入った二十リットル容器が置きっぱなしになっていた。燃料を機械のエンジン部分にぶっかけて火をつけた。山の上で一晩ぐっすりと眠り、朝を待ってのんびりと家に帰った。やってやったぞといい気分だったが、自分が疑われるのではという一抹の不安も感じた。

17

フィリピノタウンのビヴァリー・ブールヴァード沿いの質店に侵入者ありという連絡が来たとき、ドクはラス・ブリーサスにいた。質店の無音警報装置が作動したという。侵入者がまだ現場でぐずぐずしている場合に備えて、ドクは回転灯をつけず、サイレンも鳴らさずに現場に近づいた。

容疑者はまだ現場にいた。そいつの車、傷だらけのシェヴィー・カプリスは、エンジンがかからなくなったらしく、容疑者は何度もキーを回していた。しかしセルモーターがひゅんひゅん鳴るばかりで、エンジンはかからない。

ドクは制式のリボルバーの狙いをそいつの頭に定め、足音を忍ばせて運転席側に近づくと、車から降りてくださいと丁寧に声をかけた。ドクの声は、ふだんより優しく聞こえた。ミスター・ロジャース【子供向けの長寿番組で有名な司会者。穏やかな語り口が特徴】を思わせる声だが、テレビのタレントが物真似をしているのとは違う。その声は、手袋のようにぴたりとドクに合っていた。ドクは清潔感のある外見をしていた。刑事というより歯科医といった雰囲気だ。自分ではプロバスケットボールの選手の比喩がしっくりくると思っている。これは一九九〇年代初頭の話で、市警には、ストリートのファッションと言葉遣いをする者（たとえるなら、膝まで届く丈の長い短パンをだらしなく履くような選手だらけのロサンゼルス・レーカーズ）もいれば、ドクのような者（高得点を叩き出す主要選手がみなサイズのきちんと合った短パンを履く白人であるユタ・ジャズ）もいる。ドクのように、戦術やテクニックを知的に語る歯科医のような外見をした選手もいれば、試合終了後のインタビューで、焦らずにシュートのタイミングを選ぶようにしたのが勝因だと話すおつむの弱い選手もいるということだ。マイペースに徹し、絶対決められるタイミングを待ってシュートを打った。連中はバカのひとつ覚えのようにそろってそう繰り返す。まるで暗記した台詞《せりふ》のようだ。ただ、実のところ、それは有効な戦略だった。ドクも日ごろからその戦略を実践していた。

ドクは言った。「車がトラブってるようだね」それから、盗みの収穫はあったかと穏やかに尋ねた。

「え、何の収穫？」容疑者は困惑顔をした。黒人の男だった。ドクの経験則では、誰よりトラブルが多いのは黒人だ。というより、ドクがもっとも多くトラブルを押しつける相手は黒人だ。

ドクは、おんぼろ車に両手をついて立てと容疑者に命じ、盗品の入った枕カバーをフロントシートから押収した。子供時代、ドクがハロウィーンのトリック・オア・トリートに使ったような枕カバーだった。ほかの子供を押しのけてでも、誰よりもたくさんのお菓子を詰めこもうとした。枕カバーには、銃や腕時計、ジュエリーなど、いかにも質屋にありそうな品物がいっぱいに入っていた。容疑者は銃を隠し持っていた。ドクはそれも押収した。グロックだった。ドクでも売り払わないで手もとに置いておくようなちゃんとした銃だ。エンジンもかからないおんぼろ車に乗った男がそんな銃を持っているとは、驚くと同時に褒めてやりたい気がした。

ドクの車の無線から、雑音まじりの指示が聞こえた――ビヴァリーとヴァンドームの交差点の現場に応援が向かっている。応援だって？　ドクは応援など要請していなかった。しかし通信指令部によれば、応援が駆けつけてこようとしている。幽霊パトロールかもしれない。市警の警察官のペテンだ。市警本部長は、ロサンゼルス市内をパトロールカーだらけにしたがっている。くそくらえだ。市内に散った無数のパトロール警官は、いまから現場に急行すると通信指令部に嘘の報告をしておいて、実際には食べたりギャンブルをしたり、ジムでトレーニングをしたり、警察官に人気のスポット、ウェスタン・アヴェニューの時間制モーテル、スヌーティ・フォックスで商売女と励んでいたりする。あのモーテルはたしかに良心的だとドクも声を大にして言いたかった。よくあるハエジゴクみたいなモーテル、コカインを吸ったり、五ドルぽっきりでフェラチオをしてもらったりするのに行くモーテルとは違う。

スヌーティ・フォックスは高級で、スイートルームがあり、ちゃんとした製氷機が備えつけられていて、天井が鏡ばりだから、自分を見ていられる（ドクは、自分以外のものを見るのに鏡を使うのはおかしな話だと思っている。ランパート分署の連中とその手の話をするとき、ドクはかならず同じことを言った。「買った女の後ろ姿を見たいときは、女をひっくり返しゃいい。鏡なんか必要ないだろう。鏡がないと見られないのは、俺自身くらいのもんだ」）。現場に急行すると嘘をついたパトロールの連中はいまごろ、スヌーティ・フォックスでイチモツをぬらぬらさせているころだろうとドクは思った。

容疑者がこちらを向いて両手を挙げた。

「そうびくびくするなって」ドクは言う。「いいか、俺もおまえもいまさら逃げられないわけだろう。だから、協力し合おうじゃないか。俺の言うとおりにすれば、何も心配しないですむ。おまえはこのあと中央拘置所に連行される。明日は罪状認否手続だ。そこで腕のいい公選弁護士をつけてもらえる」

かならずつけてもらえるとはかぎらないがな、とドクは心のなかで付け加えた。

「食らってもせいぜい二年ってとこだ」

容疑者は鼻をぐずぐずいわせて泣き出した。

「なあ、気持ちはわかる。ちゃちゃっと仕事をすませて家に帰るはずだったんだよな」

容疑者はドクを見つめた。その目はドクを完全に信用してはいなかった。怯えているせいだ。警察が嫌いなのもあるだろう。「こんなことになるなんてさ」

そのとき、ヴァージルとテンプルとシルヴァーレークとビヴァリーの交差点の方角からサイレンの音が聞こえてきた。本当に応援が向かっているらしい。信号が赤だと仮定すれば、パトロールカーが減速し、ほかの車が停止するのを待って四つの通りが集まる複雑な交差点を通過したあと、ここまで来るには少し時間がかかるはずだ。

ドクはたばこを取り出した。「こういうのはな、俺にとっても楽しい仕事じゃないんだよ」たばこを差し出したが、容疑者は警戒の目をドクに向けて首を振った。目をしばたたいて涙をこらえている。

「手を下ろしていいぞ」ドクは煙を吐き出して言った。「おまえの銃は預かってるし、おまえが危険なやつじゃないこともわかってる。馬鹿なことはするんじゃないぞ。肩の力を抜け。びくびくされると、こっちも落ち着かない」

容疑者はドクを見た。手は挙げたままだった。

「いいからリラックスしろって。逮捕の手続きはほかのやつらにまかせる。いまから来る連中だ。どうしてだかわかるか。俺はな、人を刑務所に送りこむのが嫌いなんだよ。だから、な。その手を下ろせって。これは命令だ。おまえは悪いやつじゃないよな、見りゃわかる。泥棒なんかしたのはきっと初めてだろう。ここまでみごとに失敗したところを見るとな。ほら、手を下ろして一息つけよ。もうじきやつらがおまえに手錠をかける。手錠をかけられた気分は決していいもんじゃないぞ」

容疑者の目に恐怖が浮かんだ。両手を少しだけ下ろす。シャツの袖で顔の汗を拭った。

誰も彼もラグビーシャツを着ていた時代があったのを覚えているだろうか。派手な色の太い縦縞、片側に寄った襟。容疑者が着ていたのはそれだ。

ドクはその手のシャツが大嫌いだった。

容疑者が両手を完全に下ろした。

「いい子だ」ドクは言った。「そう心配するなって。受け入れの担当官は俺の知り合いだ。手加減してやってくれって俺から伝えておくよ。今夜のうちに保釈されるかもな」

容疑者はただ腕を下ろしただけでなく、手をポケットに入れようとしていた。

その両手がポケットにすべりこんだ瞬間、ドクは容疑者の顔を狙って発砲した。二度。銃口をやや上に向けて。

数秒後、応援の車が到着した。容疑者の遺産たる枕カバーを隠すには数秒あれば足りた。

中央署のパトロール警官が二人、降りて来た。

「うわ。何があったんです?」

容疑者は自分の車のバンパーに力なくもたれていた。背後のボンネットに血の飛沫《しぶき》が放射状に広がっていた。

「手を挙げろって言ったんだよ」ドクは言った。「そうしたらこいつ、ポケットに手を入れやがった。危険は冒せないからな」

なぜあんなことをしたのか自分でもわからない。児童性虐待犯は地獄の炎に焼かれればいいと思っているが、ビヴァリー・ブールヴァードのあの若造を殺した理由はわからなかった。あの若造から〝どうしてこんなことをするのか〟と言われていたら、ドクは思いとどまっていたかもしれない。その問いには答えられなかっただろうから。だが、若造はそう尋ねなかった。ドクはその暇を与えずに撃った。

ドクと以前のパートナーのホセが、ある紳士クラブの支配人を州間高速六〇五号線の下で拷問したという噂があるが、あれは事実だ。拷問したあと、死体を州間高速七一〇号線の近くに棄《す》てた。その男はホセのガールフレンドをレイプしたのだ。ほかにどうしろと？ マスコミは猟奇事件として大きく取り上げたが、ドクはサディストではない。シリアルキラーではない。そういった種類の人間が起こした事件のように見せかけただけのことだ。

そんなことばかりというわけではなかった。ドクは人望のある刑事だった。暖かくて風のない日、非番の同僚とオートバイを連ねてマリブの崖沿いを走っている姿を見れば、誰もがうらやましいと思っただろう。いつものメンバーでよくパシフィック・コースト・ハイウェイを走った。ドクはたいがい七八年型のスポーツスターに乗っていた。最近のちゃらちゃらとドレスアップパーツが盛られたモデル、パシフィック・コースト・ハイウェイ沿いのオートバイ乗りが集まるレストラン、ネプチューンズ・ネットの前に泊まっているようなモデルではない。ドクはハーレーをリースで乗るような根性なしが大嫌いだった。念のためにいっておくと、ドクはハーレーを二台所有していて、その二台ともキャッシュで買った。スポーツスターと、もう一台はソフテイルで、ソフテイルもスポーツスターと同じくよけいなアクセサリーはついていないが、スリーリヴァーズの別荘に行くときのために牛革のサドルバッグだけはつけていた。別荘はやはり現金一括払いで買った。敷地の真ん中に小川が流れている。それもまたドクのかつての暮らしぶりのうらやむべき点の一つだった。山のなかの美しい地所、マス釣りのできる川、清々しい空気。素朴なログハウスで、ドクは覚醒剤を注射し、サウス・ロサンゼルスから連れてきた女をファックした。

スリーリヴァーズは、魅惑的なイメージへとドクの空想を導く。広げた尻や太ももが脳裏に浮かぶ。女の体から衣服が剝ぎ取られると現れるものがそれだ。ドクの別荘のへたってでこぼこしたマットレスの上で広げられた尻。壁の安手の羽目板も見える。毛に覆われた割れ目。濡れて、リラックスした様子をしている。唇のような割れ目を指で押し広げ、もう一方の手で自分のムスコの狙いを定める。いいぞ。女の顔は見えないが、見えなくてかまわないし、いっそ見えないほうがいい。開いた太ももが見え、体勢を整えようと体重を移動させると、古びたベッドの枠が軋《きし》む音が聞こえる。部屋にこもった夏の熱気を感じる。いいぞ、これならいけそうだ。

数えきれないほどたくさんの相手とセックスをしたのに。いま残っているのは、こうして繰り返し再生する断片的な記憶だけだ。

尻、押す、壁の羽目板、ベッドの軋む音。彼の臀部《でんぶ》をつかむ手（ドクは男だ。ゆえに〝尻〟ではなく〝臀部〟だ）。彼も女の尻をつかむ。掌《てのひら》いっぱいにつかむ。田舎の別荘のマットレスと彼の体重の間で押し広げられた尻。その記憶が彼の興奮を持続させる。さらに深く貫く。ベッドは狂ったように軋む。彼が達した瞬間、やかましいベッドは、斧《おの》で叩き割られたような音を立てる。


しかしこのベッド、いま彼が息を弾ませながら身を沈めたベッドは違う。このベッドはコンクリートでできている。熱気のこもった監房で仰向けに横たわり、セコイアの森の奥で過ごした夏の日の熱気の記憶を長引かせようとした。

これだけ気温が高ければ、チョークに頼るまでもなくハーレーのエンジンはすんなりかかるだろう。スターターだけで滑らかに回り始める。

そういう日は、押収したドラッグと衛星テレビとともに女をログハウスに残し、午後からスリーリヴァーズにあるオートバイ乗りが集まるバーに出かけた。ひとりでカウンター席に座り、冷えた生ビールを飲んだ。

世間はバドワイザーにそっぽを向き、誰も聞いたことのない銘柄のビールを飲みたがるが、バドワイザーがビールの王様に君臨し続けているのにはちゃんと理由がある——美味《うま》いからだ。

同房者が共用エリアで愛用の大きな黄色いギターを爪弾いている音が聞こえる。レッド・ツェッペリンらしいが、白人の男がアコースティックギターで悲しげなメロディを弾けば、何だってレッド・ツェッペリンに聞こえる。自分の娘をレイプした変態にしては、演奏の腕は悪くない。ほかの連中はみな運動場に出ていた。ドクは運動場には出ない。事情を知らない者のために説明しておくと、刑務所の運動場は、たとえ要配慮ブロックの運動場であっても、〝女の子〟たちのソフトボールの試合の日以外、元警察官の行くところではないからだ。ただしソフトボールの試合の日だけは、ドクも危険を承知で運動場に出た。

ドクがペットのトカゲに餌をやっていると、同房者が戻ってきた。最近になってドクは、厚紙で作った飼育箱に金網の代わりに静電気吸着式のシート——ウォーケンホーストのカタログ通販【刑務所に注文商品を届けるカタログ・ネット通販】で注文できる——をかぶせると具合がいいことを知った。飼育箱はナイキの靴箱を使って自作した。ドクは病院のように真っ白なスニーカーしか履かない。日に何度か白いスニーカーを履き、セルブロック64を片手に清掃をして回る。もう何足も履きつぶした。ドクによけいなことをしゃべられては困る市警の連中のおかげだ。ドクはガラス瓶で栽培している草を小さくちぎってトカゲに食わせていた。監房にちょっとした自然のある暮らしはいいものだ。散らからず、清潔で、妙な臭いが漂ったりしないかぎり。草を差し出すドクの大きな手をトカゲが目で追い、そして——

何かが起き、ドクの脳内スクリーンにクエスチョンマークが浮かんだ。

意識が戻ると、いつの間にか床に突っ伏していた。同房者か。驚きだ。やつに後頭部を一撃されたらしい。何で殴ったのかはわからないが。何かでかくて重たい物体だ。

息ができない。喉を絞め上げられている。手製の首絞め道具。

市販の首絞め道具なんてないものな。

生死がかかった瞬間だというのに、思考が漂い始めた。〝手製の首絞め道具〟はまるで定型句のように使われる。ドクはそれをつかもうとした。頑丈だった——何か頑丈な素材でできている——

くそ、息ができない！

デンタルフロスか。ギターの弦か。

唇から唾を飛ばし、生き延びようとする獣の咆哮《ほうこう》を上げた。どうにか——

いや、無理かもしれ——

18

ロサンゼルスに来て、カート・ケネディから自由になった気がした。といっても、似た人がいて二度見したことは何度かあった。たいがいの人が生理的に嫌悪を感じそうな外見が共通していた――大きな筋肉が盛り上がったふくらはぎ、赤ら顔、つるりと禿《は》げた凹みのある頭。あの低くて耳障りな声が聞こえたように思ってぎくりとしたこともある。でも、ロサンゼルスはまったくの別世界だった。オレンジクリーム味のアイスキャンディ色の夕映え、一月でもサンダル履きの住人たち、巨大な極楽鳥花。スーパーマーケットに行けば、トロピカルな食べ物が棚にあふれている。気持ちが軽くなった。よく知りすぎて息の詰まるサンフランシスコから解放された気がした。

本当のことをいえば、ジャクソンを連れてロサンゼルスに引っ越したのは、カート・ケネディから逃れるためだけではなかった。ヴァレンシアの学校で教えることが決まったジミー・ダーリングと離れたくないからでもあった。ジミーが借りていた家の持ち主は、画家だという変わり者の老人で、日本に行っていた。農場にある建物のほとんどは森林火災で焼けてしまい、画家はエアストリームのトレーラーハウスで暮らしていた。陽射《ひざ》しを和らげるために木の格子でトレーラーを覆い、そこに蔓《つる》植物を這わせていた。ジャクソンはそこがいたく気に入っていた。ほとんどキャンプみたいだからだ。トレーラーから少し歩くと、ミルクグリーン色をしたアンディ・ガンプ【移動式トイレのレンタル会社】の移動式トイレがある。ドアはつねに開いた状態で針金をかけて固定されていた。ジミーのところに遊びに行くと、わたしは木陰のハンモックでジミーとのんびりしながら、敷地の境界線に沿って植えられた木からもいだ、表面にちくちくする毛の生えた洋ナシを食べ、ジャクソンはじめじめした広大な地所で牧草を食んでいる引退したアラビア産の牝馬にリンゴや草を食べさせた。夜は泊めてもらったけれど、翌日は朝一番で出発して長いドライブをし、わたしが借りていた家に、現実の生活に戻った。ジミーと一緒に住もうとは思わなかった。一つ屋根の下で暮らしたり、毎日をともにしたりしたいタイプの相手ではなかった。彼はこれまでどおりの生活を続け、わたしもこれまでどおりの生活を続けて、何日かに一度会い、楽しい時間を過ごして、互いに重すぎない関係を維持した。三人で農場を散歩した。ジミーとジャクソンは一緒に木を削った。老画家がペットにしていたおなかがでっぷり太ったヤギの首をかいてやった。雨が降ると、やはり森林火災で焼けてしまった隣地に放置されたスイミングプールはカエルの天下になって、そのしわがれ声の大合唱を聞いたジャクソンは大喜びだった。トレーラーの床に敷いたマットレスにジャクソンを寝かしつけたあと、ジミー・ダーリングとわたしは防水シートの下に出したピクニックテーブルでテキーラを飲み、酔っ払ったままトレーラーに一つだけあったベッドで存分にセックスを楽しんだ。ベッドにせよトレーラーにせよ、おとな二人が使うには小さすぎる作りだった。

牧場の主である画家は、大勢の女性から逃げ回っているとジミーは言っていた。可動式のトイレしかないのは、ここに長居しようと思わないでくれという女性たちへのメッセージでもある。ベッドはツインサイズだった。ジャクソンとわたしは週末しかそこへ行かなかった。ジャクソンは幼稚園に通っていて、平日の遠出はできなかった。わたしにはちょうどいいペースだったけれど、ジャクソンを後部シートに乗せ、ロサンゼルスの中心街に向けて車を走らせているときなど、いま下っていこうとしている先はあまりにも広すぎて孤独だと思うこともあった。そのころジミーはといえば、おそらく、まっすぐ画家のアトリエに入って大工仕事をしたり何かを作ったりしていただろう。ジミーは大工仕事をしたり何かを作ったりするのが好きで、心に害を及ぼしそうなくらい内省的になる傾向があった。車がバーバンクの醜い発電所の前に差しかかり、原子炉《げんしろ》の口から吐き出されてたなびく煙が見えてきたあたりで、わたしは認めたくない現実を直視する羽目になる。ジミー・ダーリングには心配事など一つもない。社会でそれなりの地位を築いている。これをひっくり返すと、わたしが自分に対して抱いている感覚になる。

この感覚は、自分で正したり改善したりできるものから生まれてくるようには思えない。単にジミーを基準にしたらわたしはどういう人間であるかということで、わたしの人生は浮き彫りならぬ沈み彫りとして見えてくるわけだ。では自分よりも恵まれない相手と交際したら慰めになるのかといえば、それも違う。ロサンゼルスに引っ越した直後、サンフランシスコの知り合いと街でばったり会った。その人はギタリストで、わたしも知っていた女の子の彼氏だった人だ。みんながクールだと思っているバンドでギターを弾いていた。その人から、自分のヘロイン中毒が再発したとか、ルームメートが過剰摂取で死に、お兄さんもやはり過剰摂取で死んだとか、ヌードルズとかいう女の子からルームメートが死んだのはそもそもドラッグを渡した彼のせいだと責任を押しつけられそうになったとか、そんなホラーみたいな話を十五種類くらい聞かされた。そんなこんなでようやく人生をやり直す気になった、サンフランシスコに来てほっとしている、これからはときどき一緒に遊ぼうとか。以前会ったときはなかったタトゥーが増えていた。両腕にモンスターの顔が彫ってあった。悪い気を追い払おうとでもいうのか、ガーゴイルみたいな恐ろしげな顔がこちらを威嚇《いかく》していた。でも、悪い気を発していたのは、タトゥーではなくその人自身だった。わたしは一刻も早くその場を離れたいと思った。

わたしが借りていたアパートは、エコー・パーク湖の近く、ヴィクトリア朝風のぼろ家が建ち並ぶカーブした通りにあって、ダウンタウンからもすぐだった。所有者はサンフランシスコ時代に知っていた女の子で、そのころはアラスカ州の会員制クラブで働いていた。荒稼ぎするつもりでアラスカに行く女の子はたくさんいたけれど、実際に稼いで帰ってくる子はいなかった。クラブでは稼げても、アラスカには遊べるところもなくて退屈だから、みんな朝から晩まで飲んでしまう。物価の高いアラスカではお酒も高かった。だからアラスカの不満だけはたっぷり抱え、でもお金は少しも稼げないまま帰ってきた。アパートの持ち主の子が高級アパートを買えたのは、ロサンゼルスにいるあいだ、サンフェルナンドヴァレーのクラブでものすごく稼いでいたおかげだ。その界隈のクラブは有名で、実際に行ってみると、評判に違わないことがわたしにもわかった――ハリウッド界隈のクラブ、口をぽかんと開けて見つめるばかりでラップダンスにお金を払おうとしない旅行者のカップルが集まるようなクラブをいくつか渡り歩き、苦い思いをしてみてわかった。自分と同年代の人から声援なり野次なりを浴びることほど恥ずかしいものはない。場のルールを熟知していて、それに従う客だけを相手にするのが一番だ。娯楽を求めて集まる客。ラインストーンをちりばめた衣装を着てカナリアイエローのピンヒールを履き、中年男に胸の谷間に顔をうずめられて本気で喜ぶ女の子がこの世に存在すると信じているふりができる客。わたしたちが好む客は、女の子がラインストーンのついた衣装やピンヒールを身につけるのは、その子がそういう装いを好むタイプだからであって、そういうタイプが現実に存在するかのようなお芝居をしているからではないと信じてくれるような客だった。ロサンゼルスに引っ越して、ここならという店が見つかると、わたしは荒稼ぎを始めた。ただ、いくら稼いだかという話をする前に、サービス業でもらう金額の大部分はチップだということは強調しておきたい。バーテンダーであれ、ウェイターであれ、ストリッパーであれ、収入額はかなり割増して話すのがふつうだ。人間というのはそういうものらしい。真っ赤な嘘はつかない。人生最良の一日、自分史上抜群に稼ぎのよかった日を選んで、それを自分の平均として申告する。みんな同じことをする。だからわたしも、ある金曜の夜、サンフェルナンドヴァレーで稼いだ金額をさも平均額かのように言ったりするけれど、それは生きてきたなかで最良の金曜日の話であって、平均というわけではない。お昼のシフト――働き始めてすぐは昼間のシフトを割り振られていた――は、大した額にならなかった。話し相手ではなく、〝おなかいっぱい〟食べられる中華料理のビュッフェ目当ての客ばかりだからだ。わたしは後ろのほうの客席に座って退屈していた。酢豚の甘酸っぱいにおいを意識しないようにしながら、デヴィッド・リー・ロスが「思いきって飛んでみろ」と歌うのを聴いていた。「彼、ビデオ撮影用の衣装を自分でデザインしたんだってね」別のストリッパーが六度も同じことを言った。すぐに思い出せるトリビア、またはは知っているトリビアはそれ一つらしかった。

ジャクソンが通っていた幼稚園はアパートから一ブロックしか離れていなかったから、わたしは毎朝送っていっていた。放課後、わたしが仕事で迎えに行けないときは、知り合ったばかりの近所の人たち、同じ幼稚園に通っている子供が四人いる大家族の誰かがついでに連れて帰り、わたしが帰宅するまで預かってくれた。ジャクソンは短期間のうちに〝グエロ〟【スペイン語で「金髪」】に変わろうとしていた。大家族の人たちはジャクソンをそう呼んだ。おばあちゃんがメキシコ出身で、家族全員の服のすべてに——ソックスや下着に至るまで——アイロンをかけていた。とても愛情深い人たちで、わたしがどんな仕事をしているかよくわかっていなかったと思うけれど、子供は他人を批判しないし、理解する必要もない。

　悪運がまもなく訪れるなんて、そのころのわたしは知らなかった。少なくともカート・ケネディから逃れられたし、ジャクソンは毎日幸せそうにしていた。

でも、悪運は訪れた。それはわたしにまつわりついていた。でもそのころのわたしは、周囲の人に立て続けに不運なできごとが訪れるのをみては、自分に限っては大丈夫と思いこんでいた。

　たとえば水漏れ修理人だ。わたしが借りていたアパートの持ち主の子にはなじみの業者がいて、その人はしじゅうアパートにやってきた。グァテマラからの移民で、ものすごく親切だった。親切すぎた。わたしと出かける計画を山ほど立てていた。家にくる水漏れ修理人に一緒に遊びに行く計画を勝手に立てられて、喜ぶ人がいるとは思えない。その人は、自分とアパートの持ち主の子が仲のいい友達だったからという理由で、わたしとも友達のつもりでいた。わたしは新しい生活を始めようとしていた。でもその水漏れ修理人は、しょっちゅう電話をかけてきて、今度の日曜日に一緒にホーム・デポに行こう、大家さん持ちで洗面台を交換することになってるから、きみに好きな洗面台を選ばせてあげるよと言った。どんな洗面台でもわたしはかまわない、適当に選んで交換してくれればいい、わたしはここを借りてるだけなんだから、ヴィクター（というのがその人の名前だった）と言った。するとヴィクターは、わたしやわたしの好みを尊重したいんだとでもいうみたいに（そういうことをほのめかす人には要注意だ）、いやいや、一緒に行って選ぼうと言った。連れて行ってあげるから。遠慮しなくていいよ、ほんとに。

こっちは遠慮したかった。せっかくの土曜日をヴィクターなんかと過ごしたくなかったから。約束の日に現れたヴィクターは、てらてらした生地の柄物のシャツを着て、コロンの香りをぷんぷんさせていた。香水が流れ出る源泉がどこかにあって、そこで水浴びでもしてきたみたいだった。わたしはジャクソンをお隣のマルティネス一家に預けた。ジャクソンは一家のおばあちゃんを〝アブエラ〟【スペイン語で「おばあちゃん」】と呼ぶようになっていた。アブエラはヴィクターを見て、何もかも了解したみたいにうなずいた。

ヴィクターとわたしは洗面台を買いに出かけた。わたしはその何時間かをただ無駄にすることになった。ヴィクターのバンに乗りたくなかった。ヴィクターの何の根拠もなさそうな幸福感、空っぽの空間を覆った薄っぺらな膜みたいな上機嫌につきあいたくなかった。ジャクソンが恋しかった。ジミーが恋しかった。わたしには縁のない暮らしを夢見た。そのくせ、それを望んでいることを自分でも認められずにいた。ヴィクターを厄介払いして、ポーチでビールを飲み、スピーカーから幼稚な歌を歪《ゆが》んだ音で流しながらやってくるアイスクリームの販売車を待ちたかった。列に並んで二型糖尿病になりそうに甘いアイスクリームを買うジャクソンやお隣の子供を見守りたかった。よそ者としてロサンゼルスで暮らすのは気楽だった。よそ者として、趣味の悪いシャツを着た別のよそ者と一緒に過ごすのは最悪だった。何もかもがそれほどハッピーなら、ヴィクターはなぜ、彼にまるで興味のない女が発している冷ややかで無愛想なサインをあれほど完全に無視し、せっかくの土曜日を無駄にしているのだろう。わたしは追い詰められた気分がした。ヴィクターの必死さとはまた別の種類の切羽詰まった気分だった。

アパートで洗面台を下ろしたあと、ヴィクターはサンセット・ブールヴァードのメキシコ料理の店で炎を浮かべたマルガリータを飲まないかと誘ってきた。わたしは炎を浮かべたマルガリータを飲むと頭痛がするからと断った。ブタンを燃やしているせいだと言っておいた。たぶん違うと思うけれど。ヴィクターは、だったら白ワインもあるよと言った。わたしを白ワインなんか飲むような気取ったタイプだと思ったのだろう。わたしは優しい人間だから、悪いけど実はこれから仕事なのと言った。本当はその週末は休みだった。いろいろ考えたいことがあった。アラスカに出稼ぎに行っている女の子のベッドの端っこに腰を下ろし、肘をついて掌で顎を支え、アイスクリームの販売車の歌を聞くともなく聞き、頭を空っぽにしたかった。一人前のおとならしく、空っぽにしたところに、これからどう生きていくべきかについての考えを詰めこむことになるかもしれないけれど。邪魔したり、のぞき見をしたり、つきまとったり、電話をかけてきたり、尾行したり、こっそり近づいてきたりする奴がいない場所で。クリープ・ケネディには何カ月もそういったことをされていた。ようやく解放されたのだ。その自由をヴィクターなんかにだいなしにされたくなかった。

仕事に行くという嘘を聞くと、ヴィクターは、じゃあ仕事が終わったらサルサを踊りに行こうよと言った。わたしは断った。意地でも引かないヴィクターとそんなやりとりをさらに何度か繰り返したあと、ようやく彼を追い払った。

一週間後、ヴィクターから電話があった。「ロミー、無事でいる?」

元気だけど、とわたしは答えた。わたしが無事かどうかなんて、どうして気にしてるの。

「怖い夢を見たんだ。きみの夢だ」

誰かがきみの夢を見たというとき、その夢が物語っているのはその誰かのことであって、こっちのことではない。夢はごく個人的な妄想の世界のはずなのに、誰々の夢を見たと話した瞬間、その世界を他人に公開することになる。でもヴィクターは迷信深く、その夢を見てわたしが危険だと思いこんだ。

その電話からまもなく、ヴィクターは洗面台を買いにわたしとホーム・デポに行ったあのバンに乗っていて交通事故に巻きこまれ、死んだ。

彼は見当違いの人物が出てくる怖い夢を見たのだ。


ヴィクターが死んで何日かたったころ、コンラッドという青年がドラッグの過剰摂取で死んだ。コンラッドが中毒者だということはわたしも知っていた。ときどき助手としてヴィクターの仕事を手伝っていたけれど、ヴィクターがコンラッドを気の毒に思って雇っていただけのことだった。毎日、コンラッドの妹がわたしたちの通りに来て、わたしのアパートの真向かいに建ついまにも崩壊しそうな家、コンラッドが気味の悪い母親と一緒に住んでいる家の前に立つ。そして毎朝、妹は、近所一帯に聞こえる大声で兄の名前を呼んだ。

わたしが引っ越してきた直後、コンラッドのお母さん、クレメンスがうちの玄関をノックし、ピザの宅配を頼んではいけないよと言った。わけがわからず見つめ返すと、お母さんは続けた。「ほら、あの黒いビニールのケース。宅配の子が持ってくるあれ。ピザを温めておくケースね。あれは悪運を運んでくるの。保温ケースを見かけたら、悪運が来ると思って警戒してね」

ピザの保温ケースについてそんな話をしたあと、今度はJ・エドガー・フーヴァーやジミ・ヘンドリクスなど、この近所にゆかりのある人たち、自分の家族と深い縁で結びついている〝超有名人〟の話を始めた。彼ら超有名人との深い縁というのがどういう性質のものなのか、彼女の説明は曖昧でうさんくさかった。もうわかったから、おばさん――わたしは適当な口実を作ってドアを閉めた。そのあとお母さんを見かけることはめったになかったし、コンラッドの姿もほとんど見なかったけれど、兄の名前を呼ばわる妹の声は毎日聞こえた。毎日、歩道に立ってコンラッドの名前を叫んだ。ある朝、その声が聞こえなかった。コンラッドはその前の晩に亡くなったらしかった。コンラッドはいなくなった。それでもわたしは、この通りは呪われているらしいとは思わなかったけれど、ピザの宅配車から降りてきた男の子が黒い大きな保温ケースを持っているのを見かけたときは、ぎくりとした。背筋がわずかに震えた。

　コンラッドとヴィクターが二人とも死んで間もないころ、午後三時にジャクソンを迎えに行くまでとくに用事がなくて家でぶらぶらしていると、隣の家の人が何か繰り返しわめいている声が聞こえた。何を言っているのかすぐにはわからなかったけれど、しばらくして気づいた。わたしの名前を大声で呼んでいる。何事かとわたしは外に出た。隣人は歩道に立っていた。片手をタオルでぐるぐる巻きにしていて、そのタオルから雨のように滴る血が歩道を濡らしていた。

「車で病院に連れていってくれ」彼は言った。

　引っ越してきたばかりのころ、隣家の人たちはわたしに親しげに話しかけてきたけれど、わたしは距離を置いていた。正視できないような人たちだった。剃《そ》り落とした眉、青白い肌、黒く染めた髪、黒いマニキュアを塗った爪、ビンテージものの黒い霊柩車《れいきゆうしや》。ヴィクターは仕事でその家に行ったことがあって、キッチンに赤ん坊サイズの棺《ひつぎ》を置いて、そこに缶詰を保管してるんだよ、あの人たちはと話していた。四戸で一棟のその建物を購入したばかりで、家賃の釣り上げを狙って店子《たなこ》を一軒ずつ追い出しにかかっていた。ゴス系ファッションの悪徳家主。店子のうちの二軒は出て行ったけれど、三軒目の家族はまだ居座っていた。引っ越す先がないからだ。旦那さんは糖尿病で、その少し前に片方の足を切断していた。松葉杖を頼りに歩き、病院に行くときは自分で車を運転して行くと言って聞かず、やがて脚に黴菌《ばいきん》が入って、膝から下を切断しなくてはならなくなった。掃除婦をしている奥さんは喘息《ぜんそく》の持病があり、仕事で使う洗剤の毒性が原因で嗅覚を失っている。二人ともメキシコから来た不法移民で、子供が三人いた。なぜそこまで知っているかというと、血だらけのタオルを手に巻きつけたゴス系の隣人がわたしの名前を大声で呼ぶ数日前、その隣人が追い出そうとしている家の奥さんが話を聞いてほしいといって訪ねてきたからだ。奥さんはわたしの居間のソファに座り、泣きながら家族の事情を打ち明けた。大家はアルコール依存症を理由に自分たち夫婦を立ち退かせようとしていると話した。「うちは安息日再臨派なの」奥さんはそう話した。「お酒なんて飲みません」わたしは気の毒になって、借家人の権利を守る活動をしている団体の連絡先を調べて一緒に電話をかけ、そこの弁護士に相談できるようにした。奥さんはお礼を言いながら帰って行ったけれど、わたしはよいことをした気になれなかった。彼女の旦那さんは片脚をなくした。彼女は、「夜になるとキリスト教徒にふさわしくない音を立てる」家主のいる家で暮らさなくてはならない。

ゴス系の悪徳家主がわたしを大声で呼んだのは、わたしの車が路上に駐めてあるのを見たからだ。病院に送ってくれる人を探そうとして、わたしが在宅だと車でわかった。親指とほかの指を二本、テーブルソーで切断してしまっていた。落とした指はごみ袋に入れて提げていた。わたしは車に隣人を乗せ、〝救急医療界のバーガーキング〟と呼ばれるハリウッドのカイザー病院に向かった。クラクションを鳴らしっぱなしでサンセット・ブールヴァードを飛ばした。その間、隣人はわたしの車のシートの上で血を流し続けた。勘弁してよと思った。いい車なのに。大事なインパラだ。仕事中だったガールフレンドが駆けつけてくるまで、わたしも救急治療室でつきあわされた。医者は彼のシャツを脱がせ、鎮痛剤を点滴した。わたしは見たくもない彼のタトゥーを見せられた。胸いっぱいに刻みこまれた、逆さ十字架。「兄貴への嫌がらせで入れたんだ」隣人は言った。鎮痛剤のせいで呂律が回っていなかった。「兄貴は牧師なんだよ」

ええ、ええ、自慢げに見せたんでしょうね――そう思ったけれど、言わなかった。

ヴィクターは死に、コンラッドも死に、ゴス系の隣人は手を半分なくした。店子には経済的苦境と足の切断と国外追放、ストリート暮らしが迫っていた。

わたしの周囲は悪運だらけだった。隣人とテーブルソーについては悪運というより因果応報だろうけれど。たぶん、何より不吉な前兆は、テリムクドリモドキみたいに全身真っ黒な格好をした退役軍人だったと思う。わたしの行く手を横切った、人の形をした黒い影。

ラジエーターを清掃してもらうのに整備工場に車を持って行ったときのことだった。行きつけの整備工場はグレンデール・ブールヴァードを行った少し先にあって、そこからなら車を預けたあとバスで帰ってこられた。乗りたいのは九二系統のバスだった。バスを待っていると、男の人が通りかかった。首に〈VIETNAM〉というタトゥーを縦に入れていた。黒いフェルト帽、黒ずくめの服、素足に黒い靴、小ぶりのサングラス。ちょっと不健康な雰囲気だけど、スタイリッシュではあった。「戦争捕虜《ＰＯＷ》だったんだ」その人はそう言って、片方の手に入れた素人くさいタトゥーを見せた——〈ＰＯＷ〉。

時間の流れは二種類ある。バスをひたすら待つ流れと、道の先にバスがようやく見えてくる流れ。わたしは間違ったほうの時間の流れに乗り、頭のおかしな人につかまっている。通りかかる車が坂道を勢いよく登っていき、その微《かす》かな熱と排気ガスが吹きつけてきてわたしの素足をくすぐった。

「ペニスの先端をちょんぎられたよ」ＰＯＷは言った。

「そんな話は聞きたくない」

「悪かった」その人は言った。「そうだ、余ってる小銭はないかな」

わたしは一ドル渡した。バスはまだ来そうになかったし、その人から解放されたかった。彼は一ドルを受け取り、財布を開き、一ドル札をしまう前に財布の向きを変えた。先に入っているお札をわたしに見られないようにだろう。みんなそうだ。頭のおかしい人でも、ずる賢さは最後までなくさない。そのまま持ち続けることもある。

バスが来た。わたしは一番後ろの席に座った。バスの後ろの席には子供時代の亡霊が居座っている。その亡霊は、顎をこちらに突き出して、最近どう？　と訊く。ＰＯＷの男は一番前の障害者用のシートに座り、別の乗客に話しかけて迷惑そうな顔をされていた。そしてグレンデール・ブールヴァードのダウンタウン側にあるアルコのガソリンスタンド前のバス停で降りていった。そのあたりではヘロインが買える。わたしは窓越しにその人を目で追った。やっぱりヘロインを買っているのかどうか、首を伸ばして確かめようとした。でも、その人がどこで何をしようと、その人の勝手だ。一ドルで誰かを所有することはできない。

顎ひげのジミーのいたずら心が災いして、カート・ケネディはオートバイを駆ってはるばるロサンゼルスまで来て、二台の車のあいだにオートバイを駐めた。わたしの部屋の前のポーチに入りこみ、ブーゲンビリアの茂みの陰で待った。そこは表通りから見えない。

その日曜日の朝、起きたときに気温は三十度を超えていた。ジャクソンとわたしはジミー・ダーリングと連れ立ってビーチに行った。ヴェニスの遊歩道に行ったのは初めてで、わたしをそこに連れて行ったのはジミー・ダーリングなりのユーモアだったのかもしれない。

ぶらぶらと散歩した。剣を呑みこむ芸人、タトゥーパーラー、ピアスサロン。パイナップルやブルーベリーの香りのお香、メロンの香りのオイルを並べたテーブル。マンゴーやイチゴの香りの水煙管。クランク・ラップやオールドスクール・ヒップホップが大音量で流れ、ヒッピーがウェストまで伸ばした髭やビーズを揺らしながら踊り回っていた。高齢のホームレスはおしっこの水たまりに浸かって眠っていた。マシンで焼いた小麦色の肌に汗を光らせた上半身裸のローラーブレーダーが、通行人や見苦しいゲロをかわして飛ぶように走っていた。人と人とが押し合っていた。子供は泣いていた。

これって最悪、とわたしは言った。

するとジミー・ダーリングはわたしに腕を回して言った。これぞ最高のカリフォルニアじゃないかと。そのままスケートボード・パークまで歩いた。コンクリートのプールでスケートボードをするティーンエイジャーをジャクソンが見たがったからだ。行ってみると、スケートボードの少年二人が言い争いをしていた。一人がもう一人の頭をスケートボードで殴りつけた。上半身裸の男たちがどこからともなく集まってきて、突然、大乱闘が始まった。

ジミーはジャクソンを抱き上げて走り出した。わたしはそのあとを追った。車に戻って乗りこんだ。わたしは動揺していた。スケートボードが頭骨にぶつかる音が耳にこびりついていた。ジミーになだめられて少し落ち着いた。ビーチから離れたバーにジャクソンを連れていき、ハンバーガーを食べて、ドジャーズの試合を眺めた。試合が終わって、それぞれ家路についた。頼りにできる人がいるのだとわたしは実感した。ジミーのトラックのウィンドウ越しにキスをしたあと、わたしは一歩後ろに下がってまたねと言った。

自分の車で家に帰った。ジャクソンは後部シートで眠っていた。家の前に車を駐めたのは、午後九時くらいだったと思う。ううん、たしかに午後九時だった。のちに一分刻みで確認されたから。

眠りこんだ息子を抱いて階段を上った。

ポーチに、カート・ケネディが座っていた。わたしのポーチの椅子に。凹みがあって髪の毛のない頭、四角く並んだそばかす、首の後ろの贅肉《ぜいにく》、しゃがれた声、しつこい性格。カート・ケネディがいた。

引っ越しをして、何カ月ぶりかで彼から解放された気でいたのに。家に帰ったら、そこに彼がいてわたしを待っていた。

わたしも悪運から逃れられなかった。

19

キャンディ・ペニャは、ゴードン・ハウザーが差し入れた毛糸でベビー毛布を何枚も編んだ。ユニット担当刑務官が毛布を集め、入退所手続オフィスに預けた。オフィスの前を通りかかるたび、刈った草を入れる大きな袋に詰められた毛布がゴードンにも見えた。自分が選んだ鮮やかな色があふれ出しているのがかえってわびしかった。ある日、入退所手続を担当する刑務官に、あの毛布はどうするつもりなのかと訊いてみた。陽に焼けて色が抜けた金髪を引っ詰めてポニーテールにした女性は、元軍人で、ぶっきらぼうな調子で答えた。「これのこと？　誰も欲しがらないからね。ごみとして出しておいてって掃除係に言っておかなきゃと思いながら、ずっと忘れてる」

刑務所が用意した〝アパート〟で三十六時間、血縁のある親族と過ごすことが許される家族面会を監督するのは、その同じ刑務官だった。

血縁《ブラッド》のある親族。なんとなく暴力的な響きだ。環境のせいで視野が歪んで、ゴードンの感覚が世間と乖離《かいり》してきているだけのことだろうか。

　まだ右も左もわからなかったころ、家族が受刑者を残して帰っていく光景を見ていると胸が痛まないかと入退所手続の担当官に尋ねたことがある。家族面会室の前を通ったとき、子供たちが母親にしがみついてぎゃんぎゃん泣いているのを見かけたことがあった。面会室の前の通路には、誰かがラベンダー色のチョークで描いた石けり遊びのマスがあった。

「そういうことには鈍くなるものよ」刑務官は、これが鈍くなるということだと実演してみせるかのように、左右の口角を下げて顔をしかめた。「原因を作ったのは母親自身だってわかってるわけだし」

　ベビー毛布がごみとして処分されていたほうがまだましだっただろう。だが、ユニット担当の刑務官の誰かが、編んだ死刑囚に返却して回ったらしい。次にゴードンが行くと、キャンディ・ペニャは返された毛布のうち柔らかい青と黄色の二枚をはぎ合わせ、ポンチョのような形の大きなベストに仕立てていた。そしてゴードンの前に広げて言った。「サイズ、合ってるかしらね」

　ニット（knit）は編む、結ぶ（knit）の過去形だ。誰だってキャンディ・ペニャと結ばれたくはない。それはゴードンも同じで、もらったベストを紙袋に入れて車のトランクに押しこみ、それきり忘れようとした。

ある晩、ゴードンはバレッシに行った。ウィスキーが染み通った脳に、バークレー時代に交際していたシモーヌの思い出が洪水のように押し寄せてきた。少し前、留守電にシモーヌからのメッセージが録音されていた。冷蔵庫のプラグ、忘れずにコンセントに差した？　それは交際していたころシモーヌがよく口にしていたジョークで、ゴードンはまだ一人前のおとなになりきっていないが、ちゃんと電気の通っている冷蔵庫のある人生に向けて発展途上にあるという意味らしかった。しかし、そのジョークはゴードンが結婚したくなくてシモーヌを拒絶したのだと決めつけているに等しく、シモーヌが思っている以上の罪悪感を彼に押しつけた。なぜなら、別れた理由はそれではなかったからだ。ゴードンがためらいを感じたのは、独身生活に別れを告げることではなく、シモーヌと結婚することだった。留守電を聞いても彼からはかけ直さなかった。なぜか。酔っ払って孤独を痛烈に感じているいま、かけ直さない理由は一つも思い浮かばなかった。大きな笑みとシャツのボタンがはちきれそうに大きな作り物の胸を持った若いバーテンダーは、一つところに集まってはいるがそれぞれ自分の世界にいる男たちに、何か足りないものはないかと何度も確かめて回った。「皆さん《ヤ・オール》、追加の注文はありませんか」ここがカリフォルニアではなくアパラチア地方にあるバーであるかのように、南部の訛りでそう言った。

バーテンダーの頭上のテレビには、シーア派の民兵が手持ちカメラで撮影した動画が映し出されていた。白いフェースマスクで顔を隠したおとなの男や少年がスクーターに乗ってカメラの前を次々に通り過ぎていく。背景には、破壊されて炎を上げる建物の残骸がまるで日常の風景のように映っていた。誰かがマイナーリーグの野球中継に変えてくれとバーテンダーに頼んだ。ゴードンは、家に帰ったらシーア派の民兵のことを調べてみようと思った。この戦争は個人と個人の戦いだ。個人とそれぞれのコンピューターのあいだの戦いだ。ゴードンはデジタル回線を開設せずに世の中と切り離された生活をしてみるつもりでいたが、ゴードンの前にバンガローを借りていた人物がすでに回線を引いていた。大家は、きみは幸運な店子の一人だねと言った。山のほとんどの物件はサービス提供エリア外にある。

シモーヌには絵葉書でも送っておこうとゴードンは思った。このまま曖昧な態度を貫こう。彼の想像のなかで、シモーヌは、彼の山にいたあのピューマのような声を上げることになっているが、それを現実にしたいと思ってることは明かさない。森の奥の彼のバンガローを訪れるシモーヌ、埃っぽい床の上で小さな山をなしている本、キッチンのカウンターに並んだウィスキーのボトル。彼の孤独な生活ぶりを目の当たりにし、彼があの谷を美しいと思うようになったことを知る女。初めて見る者は、ここを美しいとは思わないはずだ。荒涼として、平らで、重機械が並んだ風景は、レモネードに似た奇妙な色具合の光に包まれ、土埃や農機と石油精製所から発せられる汚染物質で煙っている。人間が地上に作り出した地獄だが、両側に山脈が連なる自然の谷であることには変わりない。農工業と呼ぶべき規模の農産物がそこで産出されていた。農地化される前はどんな土地だったのか、想像するのは難しい。人の手で耕されていた時代の風景を想像するのさえ難しかった。機械はアーモンドの木を一斉に激しく揺らす。一揺れごとに実が地面にばらばらと落ちる。殻を取り除かれたアーモンドを別の機械が掃き寄せて畝《うね》を作り、さらにまた別の機械がアーモンドを吸い上げてホッパーに集める。年に一度、九月の収穫期に、それだけの作業が短期間で一気に行われる。それ以外のほとんどの期間、広大なアーモンド果樹園は、動くものもなく静寂に包まれている。

　ゴードンは勘定をすませて隣のガソリンスタンドに行った。ガソリンスタンドはこの町最大の酒類販売店を兼ねており、青白い光の下、おとなの男や若者がまぶしそうに目を細め、ビールやマッド・ドッグ【酒精強化ワイン「MD20／20」の愛称】のボトルを手に会計の順番を待っていた。ゴードンは、山に帰るドライブ中に飲もうと、冷蔵ケースから発泡水ペリエの小瓶を一本取った。炭酸の刺激が運転中の眠気を飛ばしてくれるだろう。ゴードンがレジカウンターに置いたペリエを見て、後ろに並んでいた少年が尋ねた。「それ何？」洋ナシ形の緑色のボトルが急に美しく魅惑的に見えた。少年はおそらくアルコール飲料と勘違いしたのだろう。「これは、えーと、フランスの水だよ」

「フランスの水」少年はちっと舌を鳴らした。「新しく出た酒かと思ったよ」

　ガソリンスタンドは絵葉書を置いていなかった。ダラー・ツリーに行けばあるかもしれませんよとレジ係は言った。スタンヴィルの風景写真の絵葉書はどこにも売られていないようだった。まあ、記念に絵葉書を買いたいと思うような景観の土地ではないし、シモーヌに連絡したいなら、素直に電子メールを送ればすむ話だろう。

その年のクリスマス休暇、ゴードンは車でバークレーに行き、アレックスの家のソファに泊まった。

「一部屋しかない暮らしはどうだよ」アレックスは訊いた。

ゴードンはシモーヌに連絡しなかった。そしてアレックスと二人で、懐かしのスポットめぐりをした。古本店、湾岸の平地エリアにあるアイリッシュ・カフェ、激務を苦もなくこなしているように見える美貌の女性が集まるテレグラフヒルのコーヒーハウス。シャタック・アヴェニューのバーベキューの店、その隣のブルース・クラブ。二人が大学に通っていたころは〝世界一煙たいバー〟という看板を掲げたとしても偽りはないような店だったが、いまはバーで喫煙する客はいなかった。法律で禁じられている。アレックスとゴードンは戦争の話をした。二人とも同じウェブサイト——戦況の分析には〈Informed Comment〉、死傷者数の最新データを確認するには〈iCasualties〉——を暇さえあればチェックしていた。おもしろがって笑う基準、忌まわしいと感じる基準が同じだった。いまは何もかもが忌まわしく思えるが、なかには笑えることもあった。ＣＩＡがイラク首相に据えた「ミスター・マーリキー」のことを話すブッシュとか。「私は彼を助けようとしているんですよ」ブッシュは失敗に終わった記者会見で、真剣な表情で、しかし何もわかっていないことが明らかな様子の表情でそう訴えた。

彼を助けようとしているんですよ！　アレックスは何度もそう言った。

その年末、イラク新政府はサダム・フセインの絞首刑を執行した。ゴードンとアレックスはその一部始終をインターネットで見た。

「最期まで威厳を保ったね」アレックスは言った。「死に際に罵声を浴びてたけど、最後の言葉は言い残せたように見えた」

ゴードンは一人で橋を渡ってサンフランシスコに行き、生徒のロミー・ホールから聞いたダウンタウンのベトナム料理店で食事をした。おすすめの店と言われたわけではなかった。ロミーはいま懐かしく思い出す店の一つとして挙げたにすぎない。店のコックは滑稽な癖の持ち主なのだと言っていた。調理用のトングを使うたびに鍋に二度打ちつけ、そのあとシャツになすりつける。おかげでシャツのその部分には大きな脂の染みができている。コックの父親は、トイレのある二階にいて、くわえたばこで肉を刻んでいる。ゴードンが行ったとき、そのコックが厨房《ちゆうぼう》にいた。たしかに、トングを二度打ちつけてシャツになすりつけた。父親は二階にいて、くわえたばこで巨大な山から肉を取っては刻んでいた。

元日、ゴードンとアレックスはオークランドで開かれたパーティに出かけた。キッチンに集まった人々が「お仕事は何？」「出身は？」といった無意味な質問を連発する、典型的なホームパーティだった。女性たちはそろってゴードンに関心を示した。アレックスによれば、彼女たちはパーティに来ているほかの独身男性が結婚相手に向かない理由をすでにひととおり把握していて、残るはゴードンだけだからだ。ほとんどは英文学や修辞学、比較文学の専攻だったが、精神分析学にも関心の幅を広げた元大学院生も何人かいた。単に勉強しているだけでなく、知識を実践してもいる。アレックスはどうやら〝ヒステリー男〟という的外れなレッテルを貼られたらしい。つまり、寝たい男ではあるが、結婚相手として見るにはずる賢すぎるし、どちらかというと弟っぽいキャラクターだということのようだ。

何度も訊かれるので、ゴードンがしかたなく仕事のことを話すと、キッチンに居合わせた女性はイナゴのごとくゴードンに群がった。

「本当に？　刑務所。きつい仕事でしょうね」

「刑務官なんて、顔さえまともに見たくないかも」

「家に帰っても制服のままなんでしょ。警察官と似た人種だけど、もっと悪いかも。最悪よね、そんな人生」

刑務官と呼ばれるこの世のくずどもについて、ひとしきり議論が行われた。ゴードンは、きみたちは刑務官に一人でも会ったことがあるのかと尋ねたかったが、怖くて訊けなかった。第一、刑務官を擁護する義理はない。自分だって刑務官を嫌っているのだから。しかし、自分の常識をいったん脇に置いて冷静に眺めれば、それ以外の妥当な選択肢を与えられなかった気の毒な人たちが刑務官になっているとわかるはずだ。サリナスヴァレーの刑務所では、少し前に刑務官の一人が監視塔で自分の頭を撃って自殺した。そのことを話してもよかった。現実を説明して、パーティに集まった女性たちの思いこみを正すこともできた。しかし、自分の頭を使ってちょっと考えれば、おかしいとわかることばかりではないか。家に帰っても制服のまま、か。そのやりとりは、大学院時代に抱いた漠然とした恐怖を呼び覚ました。あのころの友人たちもやはり、その人々の事情など何一つ知らないまま赤の他人を平然と批判していた。

家族で初めて、そしてただ一人、いわゆる高等教育を受けた者であるゴードンには、少し過敏なところがあるということかもしれない。大学院には、自分は労働者階級の出身だと訊かれもしないのに宣言したがる学生がいた。親の一方がどちらかといえば低学歴だったり、〝低所得〟の家庭ではあったが両親とも大学は出ていたり。いずれにせよ、誰かが自分は労働者階級の出身だと声高に主張したら、それはその人が労働者階級の出身ではない証拠だとゴードンは解釈した。本当にゴードンと同じような家庭環境で育ったのなら、ゴードンと同じように、そのことは隠したほうが得策であることもわきまえているはずだ。家族で初めて大学院まで進んだ人間だということは、それ自体、いつまた元の環境に戻らざるをえなくなるかわからないことを示しているのだから。

パーティには知り合いも何人か来ていた。博士研究員《ポスドク》になった友人たちは、目前に迫った就職面接の話や学術書の出版契約の詳細について、さも興味深い話題であるかのように語った。女性たちは、話をしながら何度も二本指で空中にクォーテーションマークを描いて〝この発言は自分のものではない〟ことを強調した。学者ぶって些細《ささい》なことにこだわるどこか不器用な彼女たちに、以前のゴードンなら好感を抱いただろう。しかし、彼女らにいまの自分の生活ぶりを話してあれこれ言われたくないと思った。疎外感を一時のことであれ癒すために、酒を飲んだ。

ゴードンもアレックスも、二日酔いで目覚めた。

アレックスにならスタンヴィルでの暮らしの一端を打ち明けられた。それまでにも生徒たちのことは話したが、ロミー・ホールは自分が支援している生徒、少なくとも支援の努力をしている生徒の一人にすぎず、ほかの生徒たちと同じように接しているふりをしていた。そしてそういう風に取り繕うのは、本当は違うからだと改めて意識した。

アレックスから、受刑者との関わりについて質問された。アレックスは、作家のノーマン・メイラーと犯罪者ジャック・ヘンリー・アボットの話題を出した。メイラーの口利きで仮釈放されたジャック・ヘンリー・アボットは結局また人を殺したわけだが、お気に入り《ペット》プロジェクトが起こしたその犯罪について、メイラーに責任はないといえるだろうか。

アボットはペットじゃないよとゴードンは言った。

「だよな、わかってる」アレックスは言った。「ペットじゃない。アボットは人間だ。けど、ノーマン・メイラーはそこを理解してたのかな」

仕事に戻った初日、刑務所長は施設封鎖《ロックダウン》を宣言した。理由は霧だった。といっても、本物の霧ではなかった。刑務所周辺のアーモンド果樹園に飛行機で散布された農薬だ。ロックダウン中、受刑者は監房から出られない。刑務作業や授業は中止、誰もいまいる場所から動けない。ほかの刑務所職員と同様、ゴードンも仕事をしなくても給料は支払われるが、少し残念な気がした。彼女に会えない。きみが話していた六番ストリートのベトナム料理店に行ってみたよと伝えられない。

帰宅してから、衝動的に行動に移した。彼女から聞いていた番号に電話をかけた。子供の名前はジャクソン・ホール。ピンク色のメモ用紙にそうある。ちょっと問い合わせてみるだけだ。電話をかけたことを彼女に話す必要だってない。電話を取った人物から、別の番号にかけるように言われた。新しい番号にかけると、長い時間、保留にされたあげく、別の誰かの留守電に転送された。数日後、誰かがかけ直してきてゴードンの留守電にメッセージを残した。ゴードンは仕事に行っていて不在だった。翌朝、その番号にかけたが、留守電になっていたので、また新たなメッセージを残した。それから数週間、その繰り返しが続いた。自宅の電話に出られるタイミングはほとんどなかった。ゴードンは谷の底の勤務先にいる時間が長く、自宅は山の奥にあった。

サンフランシスコの児童福祉局の生きた人間とようやく話ができて判明した内容を聞いて、

やはりこんなことに関わってはいけないと改めて思った。

20

数年前、ステンプルパス・ロードを渡ってすぐのところにバカどもが別荘を建てた。オートバイとスノーモービルを乗り回す迷惑な連中だ。夏と冬、ほぼ毎週末に来て、やかましい音で私の山小屋の前を往復する。この夏はとりわけひどかった。土日の二日だけでなく三連休で来ていることもあった。さすがに我慢の限界を超えた。心臓が不調を来した。ちょっとした精神的なストレス、それに何より怒りが、不整脈を引き起こす。絶えず聞こえてくるエンジンの音が怒りになって喉を締めつけ、心臓が暴走を始める。これほど近所で不法行為を働くのはリスクが大きすぎるとはいえ、連中を野放しにしていたら、怒りに文字どおり殺されてしまう。そこで秋のある晩、奴らが在宅だとわかっていたが、足音を忍ばせて別荘に行き、チェーンソーを盗んで沼に沈めた。

その二週間後、別荘の入口を壊して侵入し、内部を徹底的に破壊した。たいそう贅沢《ぜいたく》な家だった。敷地内にトレーラーハウスもあった。そこにも侵入した。銀色にペイントされたオートバイの内部パーツがあった。斧でめちゃくちゃに叩き壊した。屋外にスノーモービルが四台あった。エンジンを四つとも完全に破壊した。

一週間ほどたって警察官が来て、近所の建物周辺で不審者を見かけなかったかと訊かれた。オートバイの騒音に困っていないかとも訊かれた。連中の頭のなかを真相がよぎったのだろう。だが、本気で私を疑っているわけではなかった。疑っていたなら、あの程度のおざなりな質問ではすまなかったはずだ。

警察の質問に落ち着いて答えられてほっとしている。

21

こんな状態で目を覚ますのは絶対に嫌だという典型だった──手錠をかけられて、病院のベッドで。しかし、目が覚めたとき、ドクはまさにその状態でいた。手錠でベッドにつながれていた。医者が入ってきた。刑務所の医務室の医者もどきではない。本物の医者だった。ご丁寧に白衣まで着ていた。医者がドクの顔をのぞきこむ。

「目が覚めましたね」医者は言った。「私の声はふつうに聞こえますか」

ドクはうなずいた。

「どうしてここにいるかわかりますか」

ドクは首を振った。まったくわからない。

「そうですか、まあ、気にすることはありません。基本的なことから始めましょうか。今年が何年だかわかりますか」

「今年は──」

何年だったか。わからない。だが、この馬鹿げた質問の答えが思い浮かんだ。

「去年の次の年だ」

医者は眉をひそめた。「ここがどこだかわかりますか」

ドクは周囲を見回した。室内にあるのは錠剤入りの小さな紙コップが並んだ金属のカート一台だけだった。武装した刑務官が椅子に座っている。窓のない部屋で、壁には何もない。自分の体を見下ろす。服は着ているが、服と呼べる代物ではなかった。片手に絆創膏《ばんそうこう》が貼られて針を固定していた。その手から伸びるチューブは、金属スタンドにぶら下がった袋につながっていて、その袋には透明な液体が半分くらい入っていた。看護師らしき人物が入ってきて、その袋を見た。それから無頓着な様子で強く一握りし、部屋を出て行った。ドクの手首にかけられた手錠は、ベッドの金属の手すりに鎖でつながれていた。足首もだ。足枷で手すりに固定されている。ここは一体どこだろう。わかるのは、頭が割れるように痛いこと──頭の真ん中にコンクリートの排水路が通っているみたいな感じがすることだけだった。氷のように冷たい水が排水路を流れ、脳味噌を左右に押している。

「ここがどこだかわかりますか」医者がまた尋ねた。

「わかる。地球の中心からまっすぐな線を引っ張った先だ」

これだってりっぱに答えのうちだろう。

医者はにやりとした。「よしとしましょうか。では、自分の名前は言えますか」

「言える」ドクは答えた。「自分の名前くらい知ってる。覚えてるって！」

「そりゃめでてえな」刑務官が椅子に座ったまま言った。

「リチャード《Richard》・L・リチャーズだ。これ、な？」ドクは自分の腕に目をやった。タトゥーがある。大きなドルマークが一つと、その下に〈うるせえ、俺はリッチ《Rich》なんだよ〉。それはジョークだった。俺は金持ちなんだよ。リッチ・リチャーズなんだよ――周囲は〝ドク〟と呼ぶが。ハリウッドのタトゥーパーラーの壁に並んでいたサンプルのなかから見つけた図案だ。健忘症にはなっていない。自分の名前はわかる。うるせえ、俺はリッチだ。どこかで頭を強打したが、どこでどうやって強打したのか思い出せなかった。

腰にも拘束具があった。電気ショック式のものだ。強引に外そうとすると、強烈な電気ショックが来るだろう。

「俺は何をした？」ドクは医者に訊いた。「誰かを殺したとか」

銃を携帯した刑務官がドア脇の椅子から長く大きな笑い声を上げた。「誰かを殺したとか」女みたいな甲高い声で口真似をする。

「外傷性脳損傷を受けたんですよ」医者が説明した。「あやうく死ぬところでした。脳の腫れが引くまで、八週間、薬で眠っていたんです」

「そこのあほうは、八週間ずっとここで俺を見張ってたのか」

「そうさ、長い八週間だったぜ」あほうが答えた。

医者によると、ここはセントラルヴァレー北端の町ローダイの病院だ。

「くそ、俺はローダイが大嫌いなのに」

しかし、ローダイに一度でも来たことがあっただろうか。よく思い出せない。

外傷性脳損傷《TBI》という言葉が何度も出た。医者はパンフレットをくれた。『ＴＢＩの患者さんへ――愛する家族に理解してもらうには』。その病院で配布している冊子で、ここではどうしてもという場合以外、受刑者の治療は引き受けていないという。ドクには愛する家族がいないが、それでもパンフレットに目を通した。ＴＢＩ患者は睡眠時間が長くなる。ドクの架空の愛する家族はそのことを理解しなくてはならない。性格ががらりと変わったように見えるかもしれない。以前より穏やかになる、怒りっぽくなる、キレやすくなる、サヴァン症候群の人のように特定の分野に限って著しく高い能力を示す場合がある、知性や実行機能において鈍くなるなどの変化が起きる可能性がある。患者のそのような変化、回復途上にある患者の混乱や刺激に対する感受性、めまい、突飛な発想や気分の波を、愛する家族は――愛する家族がいるなら――辛抱強く見守らなくてはならない。

たしかに、ベッドに横たわり、看護師が来て点滴の袋をきゅっと握ったり交換したりするのを待つあいだ、奇妙な考えがいくつも浮かんできた。カントリー音楽のスター歌手に関するものが多かった。まるで円形コースを回る競走馬のように、ドクの頭のなかを回り続けた。

そのスターには男も女もいて、豪華な衣装をまとい、観客席の数千人、テレビの国の数万、数十万人に向けて演奏を披露する。どの歌手も家族ぐるみで付き合いのある古い友人のように思えたが、そもそもどの家族なのか、誰の家族なのか、ドクにはわからない。再会のイメージが心に押し寄せる。ステージに集まった歌手は往年のヒット曲を歌おうとしている。えくぼがチャーミングなドリー・パートン。ロイ・エーカフ。レイ・ピロー。〝ザ・チェロキー・カウボーイ〟レイ・プライス。スキータ・デイヴィス。フェリン・ハスキー。声を合わせて『ワイルドウッド・フラワー』を歌っている。

マーサ・ホワイト印の小麦粉のコマーシャルに切り替わり、フラット&スクラッグスが歌うコマーシャルソングが流れる。

医者の説明では、脳に損傷を受けるとそういうことが起きる。記憶が鮮明に蘇ってきたり、音楽が聞こえたりする。ドクの場合、その両方が起きていた。

ドクの虐待好きの養父ヴィクは、『グランド・オール・オプリ』【カントリー音楽を中心とする公開ライブ番組。テネシー州ナッシュヴィルのラジオ局が一九二五年に放送を開始、現在も続いている。のちにテレビ番組化もされた】の大ファンで、テレビ放送をよく見ていた。養父の一番のお気に入りはポーター・ワゴナーだった。ポーター・ワゴナーは、ロデオの優勝者に授与されるフライパン・サイズのロデオ・バックルがよく見えるよう、その部分に欠けを作ったデニムのジャケットを着ていた。顔は幌《ほろ》馬車の荷台の入口のような細長い楕円《だえん》形をしていた。スラックスの前の折り目はハムをスライスできそうにぴしりと鋭く、立体裁断のスラックスはサイズ合わせが万全で、巨大なロデオ・バックルどころか、ベルトそのものが不要だったし、ポーター・ワグナーのようにダンディな男が真っ当なロデオ大会で優勝したことがあるとはとうてい信じられず、それをいったら出場したことさえあるとも思えなかったが、それもカルチャーのうちだった。

時間はのろのろと進み、ドクの思考は気ままに漂って、昼と夜の境目の曖昧な日々は、輪郭のぼやけた意識、点滴の袋の交換、ドア横に陣取った刑務官との憎まれ口の叩き合い、昏《こん》睡《すい》に近い眠りの繰り返しで過ぎていった。
ある日、ドクは刑務所の服に着替えさせられ、ニューフォルサム刑務所に戻されたが、収容されたのは以前とは別のブロックだった。高度看護施設だ。一日に二十時間も眠り続け、体のバランスを崩しやすくて歩くと転倒するからだ。

今年が何年かはもうわかる。自分がどこにいるかもわかる。ローダイが嫌いな理由は思い出せなかったが、おそらく大した問題ではない。うるせえ、俺はリッチなんだよ。過去に関する情報は多かれ少なかれ戻ってきたが、自分が以前とは違って感じられた。生まれ変わったようだった。片方の耳から、あるいはどこか別の入力点からカントリー音楽が流れこんできて、頭のなかが過去の音や映像でいっぱいになっているというだけではなかった。決定的に違うのは、気質だ。そこに、頭のなかに、別の誰かが入りこんだようだった。生まれたときから頭蓋骨の内側に詰めこまれていたぬめぬめは、本当の自分、記憶や感情、大事に保管されていた映像に入れ替わっていた。ドクが昏睡状態にあったあいだに誰かが入りこんでぬめぬめを引っかき回し、あれやこれや変えてしまったかのようだった。別人になったように感じた。気分がよかった。頭痛で気力体力を消耗させられ、何か言いたいときぴったりの言葉がなかなか出てこないこともあったが、それでも気分はよかった。将来は安泰だという気がした。おかしな話だ。将来は安泰などではない。仮釈放なしの終身刑で服役しているのだ。元警察官だという、それまで厳重に守ってきた秘密も暴かれてしまった。もう誰もが知っている。同房者がドクを殺そうとしたのは、だからだ。ドク殺しに青信号が出たのだ。彼の未来はクソまみれでしかありえない。そのうち隔離棟しかない刑務所に移されることになるだろう。移送先でも元警官であることがばれたら、彼の経歴が周囲に知られたら、もう行くところがなくなる。無残に殺されて死ぬのだろう。それでもドクは、目の前の一時間のことだけを考えてパニックを起こさないように努めた。安らぎを感じた。それは新しい感覚、初めての感覚だった。角が丸くなったというところか。ドクの架空の愛する家族に向けたパンフレットのように。

「気分がいい。むちゃくちゃいい気分だよ」ドクはちっぽけな監房の味気ない壁に向かって言った。

「いったいどんなクスリをもらったの、ハニー?」隣の監房から声が聞こえた。「あたしも同じのがほしい。ウルトラム【鎮痛剤】しかもらえないんだよね」

「クスリなんかもらってないさ」ドクは答えた。「単に気分がいいんだよ。脳天をかち割られたおかげでね。そっちは何でここに？」

「襲われた。刑務官は見てたのに何もしなかった。誰も助けてくれなかったんだよ」

隣の監房の住人の声は甲高かった。ドクはその響きが気に入った。少し前に看護師が話しているのを小耳に挟んでいた。隣の住人はトランスセクシュアル——性転換した女だ。名前はセレニティ。彼女のことを何もかも知りたくなった。

「あんたは白人か、それとも黒人か」ドクは壁越しに叫んだ。

「あたしは色を超越《オール・カラーズ》してるのよ、ハニー」

だが、セレニティがシャワー室に連れて行かれるところが監房の扉の細長いのぞき窓越しにちらりと見えて、黒人だとわかった。細身で、骨格は華奢で、天使の顔をしていた。天使だ。この目で見た。美しい女だった。しかし、かわいそうに。腕は三角巾で吊られ、脚にはギプスがはまっていた。刑務官はセレニティを車椅子に乗せて押していった。セレニティが付き添いの看護師に見せた笑顔にドクは驚嘆した。女そのものの笑みだった。その笑顔はどこか特別で、世界の頬をゆるませる力を持っていた。

隣の監房の扉が開く気配が伝わってくるたびに、ドクはセレニティを一目見ようとした。

「よう、オール・カラーズ」ある朝、ドクは言った。「きみはきれいだな」

「あんたはあたしのタイプじゃないわよ、ハニー」

「どうしてわかる?」

「あんたを見たから。ソフトボールみたいな頭よね、縫い目がたくさんあって」

ドクは笑った。「俺もきみを見たぞ。ずいぶんとこっぴどくやられたもんだな」

意識を失うまで暴行された。セレニティは涙ながらにそのときのことを話した。あとになってセレニティから聞いた話を反芻《はんすう》してみて、自分はまったくの別人になったわけではないらしいとドクは思った。ドクはいまもやはりドクだった。セレニティの身に起きたことを考えると、自分のことのように怒りを感じたからだ。彼女を痛めつけた二人をこの世から抹殺してやりたいと思った。頭に銃弾を撃ちこんでやりたい。死体を車のトランクに押しこみ、ロサンゼルスとラスヴェガスのあいだに横たわる砂漠という広大な廃棄場に放り出してやりたい。

隣室から聞こえる声がどんどん好きになっていった。隣室の女がどんどん好きになった。以前はトランスセクシュアルを馬鹿にしていた。なぜだ? 男の刑務所にまぎれこんだ女みたいな男だったから。彼らのおっぱいを見て楽しみはしても、人間として扱ってはいなかった。しかしセレニティは本物の女にかなり近い。セレニティにペニスはない。〝あそこ〟を探っても何もないのだ。〝あそこ〟などと遠回しに言うドクをセレニティはからかったが、レディの前で品のない言葉を使いたくなかった。セレニティは性転換手術をした。といっても、刑務所の独房で行われる外科手術――勇気と焦りに勢いを借りて自分で執刀したのだ。もう少しで失血死するところだった。だが回復した。刑務所は彼女を雑居棟に入れた。彼女は襲われた。同じユニットの受刑者二名によってレイプされ、殴打された。刑務所側はセレニティを永久的に隔離棟に入れておく予定でいる。

「安全を保証できないって言われた。情報屋向けの刑務所に行ってもやっぱり安心できないだろうって」

請願を出し、女性に再分類して女子刑務所に移してもらいたいと訴えている。弁護士によれば、カリフォルニア州にはそれが認められた前例が一つあった。女子刑務所への移送がセレニティの夢だ。

「いつか夢が叶《かな》うといいな」ドクは壁越しに大きな声で言った。

まもなくドクも警察に協力した情報屋向けの刑務所に移されることになっていたが、セレニティにはそのことを話さなかった。個人的なことは何一つ話さなかった。話すようなことがあるか。俺は大勢を殺した悪徳刑事なんだとでも話すか？　頭をかち割られて前より角が取れて軟弱になったかもしれないが、決して愚かではない。

高度看護施設にいた数カ月、セレニティと大きな声でやりとりしているとき以外はカントリー音楽を聴いていた。音楽は朝から晩までほとんどずっと聞こえていた。ドクの頭のなかに指があって、それが勝手に再生ボタンを押す。グランパ・ジョーンズ。ブーガー・ビアズレー。ポッサム・ハンターズ。フルーツ・ジャー・ドリンカーズ。タールペーパー・シェアクロッパーズ。ストリングビーンとストリング・バンド。ストリングビーンは歌手で、ズボンを腰穿きどころか太ももまでずり下げて穿いていた。ベルトをシャツの裾に縫いとめて、衣装が落ちてしまわないようにしていた。当時は大受けした。一九六〇年代の話だ。少なくともドクの養父ヴィックはおもしろがり、ドクを一緒に笑わせようとした。あるいは、灰皿を持ってこいと言った。ストリングビーンは背が高く、ズボンはちっぽけだった。ベルトをはるか下の太ももまでずり下げていたからだ。ズボンはストリングビーンの実際の脚よりずっと短かった。黒人男性の腰穿きを笑いものにしたわけではない。それは腰穿きが流行するはるか昔の話だった。もしストリングビーンに、そうやって太ももまでずり下げてズボンを穿くのはギャングのすることだし、刑務所スタイルでもあると説明したら――いや、それを伝えるのはやめておいたほうがいい。説明が難しすぎる。『グランド・オール・オプリ』のコメディ・コーナーの笑いは白人を対象にしていた。カントリー音楽は白人のものだった。黒人のチャーリー・プライドもカントリーを歌っていたが、それでもやはり白人の音楽だった。ストリングビーンのずり下げたズボンは、奇妙な偶然の産物だ。ヒルビリー印の小麦粉のコマーシャルソングはヒルビリー音楽のバンドが歌っていた。そういう小麦粉ブランドがあのころあったのだ。ヒルビリー印。リトル・テキサス・デイジー・ローズは、ゴールデン・ウェスト・カウボーイズと一緒にコマーシャルソングを歌った。あばただらけの肌と黒っぽい目をしたデイジー・ローズは、ざらついてどぎつい魅力の持ち主だった。美人ではなかったが、セクシーだった。

ハンク・ウィリアムズは栄養不良で体が弱く、二分脊椎症で背中が曲がっていた。ミニー・パールは客室清掃係として働いていたとき、メイドとしても盛りを過ぎた二十八歳で『グランド・オール・オプリ』創始者の〝ジャッジ〟・ヘイに見出《みいだ》されてスターへの道を歩み始めた。ハンク・スノウは漁船で走り使いをしていた。ポーター・ワゴナーは小学校三年生までの教育しか受けていない。ドリー・パートンは十二人きょうだいで、家には水道が来ていなかった。カントリーはホーミーな音楽だ。といっても、ストリングビーンらズボンをずり下げて穿く者たちが使う意味での〝ホーミー〟ではない。彼らはきょうだいや仲間を指して〝ホーミー〟と言ったりするが、この場合は〝泥臭い〟といった意味の〝ホーミー〟だ。

テキサス・ルビー・オーウェンズはトレイラーハウスの火災で死んだ。トレーラーハウスの火災は、いろんな種類の人々、たとえばドクの知り合いにも、襲いかかる危険のある災難だ。また、ドクに逮捕されるような種類の人々によく襲いかかる。一九八〇年代初め、ウェストレークで発生したトレイラーハウス火災現場に呼ばれたことがあった。散らかり放題のトレーラーハウスをめちゃくちゃにしたのは、住人自身だった。ビールにハマグリとトマトジュースを混ぜて飲み、おまじないにキャンドルを灯しておいて眠りこむようなメキシコ人だ。火をつけたきり忘れられたキャンドルの一本が倒れた。「パーティ小屋か」消防隊の消火活動が終了し、ぶすぶすとくすぶる黒焦げの殻だけになったトレーラーハウスを見て、ドクは言った。自分で自分を焼け出してホームレスになるなんてと思うとおかしかった。ちくしょう、俺はなんていやな奴だったんだ。

自分は悪い人間だったとセレニティに話した。別の悪い人間とつるんで、一緒に人を殺した。セレニティに洗いざらい打ち明けた。ベティと旦那のこと、旦那を殺した男のこと。セレニティは、殺した相手がプロの殺し屋だったなら、世の中のためになったともいえるんじゃないかしらと言った。ドクはそこまで悪い人間ではないのかもしれないと。セレニティは媚びるタイプだ。苦い現実を砂糖でコーティングする。ドクがこれほど彼女を気に入っているのはおそらくそのせいだ。

「何の理由もなく若者を殺したこともある」ドクは人生最悪の行為を打ち明けた。場面はビヴァリー・ブールヴァード沿いの質店の前だった。「そいつの脳味噌を銃で吹っ飛ばした」

「あたしも人を殺したわ」セレニティは言った。ドクは意外に思うと同時に腹立たしくなった。いまはドクの告白タイムなのに、ろくでなしという点ではお互いさまという話に持っていってどうする。次の瞬間、思春期のガキのションベン飛ばしコンテストみたいにおとなげない競争を始めて、自分のほうがよっぽど悪人だと言い張りたくなった。しかしそこでセレニティは女性であること、ションベン飛ばしコンテストを挑むべき相手ではないことを思い出した。そこでセレニティの話をきちんと聞こうとした。

「いとこのショーンがね、ある家からドラッグを盗もうって愚かなことを言い出したの」セレニティは言った。「その家は留守のはずだった。ふつうに働いてる人たちの家だから、仕事に出かけてるはずだったのに、行ってみたらカップルが家にいたわけ。ショーンは計画になかったことを始めた。二人を縛り上げたのよ。でも男の人は縄をほどいて逃げ出した。残された女の人はものすごい声で泣き叫んでた。それでショーンがあたしに命令したの。この女を撃ち殺せって。あたしはそれに従った。あの人が生き返るなら、あたし、どんなことだってするわ」

セレニティは再分類を受けた。州は彼女を女性とみなした。決定が出てからはあっという間だった。いまいる刑務所から急いでよそへ移さなくてはならない。突然、男子刑務所の看護施設の深奥に女性が収容されているという状況が生まれてしまったのだから。

セレニティの高揚感と不安が壁越しにドクにも伝わってきた。ドクは彼女を祝福し、幸運を祈るよと言った。

「でも、怖いの」セレニティは言った。「女子受刑者に受け入れてもらえなかったらと思うと」

ドクは、音楽の道を歩み始めたばかりでまだテネシー州の丘陵のように青く、『グランド・オール・オプリ』のステージに、大勢の観客の前に立つのを不安がっていたミニー・パールに、〝ジャッジ〟・ヘイが言ったことをそのまま伝えた。

「行って、自分からみんなを愛せばそれでいいんだよ、ハニー」〝ジャッジ〟・ヘイはミニー・パールにそう言った。ドクはそのとおりのことをセレニティに言った。

「行って、自分からみんなを愛せばそれでいいんだよ。そうすれば向こうもきみを愛してくれるから」

六週間後、ドクの担当カウンセラーは、これだけ回復すればもう、砂漠の真ん中にある情報屋向けの刑務所の要配慮棟の医療ブロックに移っても大丈夫だろうと言った。

「待ちきれないね」ドクは言った。その言葉に皮肉はかけらもこめられていなかった。

22

ある日、面会者が来た。面会者が誰なのか、事前にはわからない。名前を呼ばれ、面会室に連れて行かれるだけだ。スタンヴィル刑務所に来て三年半がたつけれど、その間、誰も面会に来ていなかった。郵便物さえ一通も届かなかった。サンフランシスコ時代の友人の何人かにはこちらから手紙を書いた。誰からも返事はなかった。こちらが刑務所に消えたとたん、人は瞬く間に離れていく。

わざわざ会いに来てくれたのが誰なのか、見当もつかなかった。

裸検身を終えて面会室に入ると、ジョンソンの弁護士が待っていた。

「ニュースがあるというわけじゃないよ」わたしの期待のこもった驚きを見て取って、弁護士はそう言った。

「様子を確かめに来ただけだ。仕事を引退しても、考えることから引退できるわけではないからね。今日はこのあとコーコランに行って、ゴードンの終身刑で服役している男と、もう一人、仮釈放なしの終身刑で服役している男に会う予定だ。元気そうだね」

「全然」わたしは答えた。「陽に焼けてるだけ」日陰のない運動場でばかり過ごしていたから、腕も脚も、シュガーシロップをかけていないドーナツみたいなきつね色に焼けていた。

面会室にはティアドロップもいた。老人と向かい合って座っている。老人は汗びっしょりだった。九十五歳くらいに見えた。あんな年寄りでも汗をかくなんて。ティアドロップは身長が百八十センチくらいあって、男の人みたいに筋骨たくましく、髪をうしろにぴたりとなでつけた顔は、険があるけれど美しくて、まるで武器のようだった。面会者の老人は背中が丸く、頭は禿げていて、胸をつかむようなしぐさを何度もしていた。ティアドロップが文通でたぶらかした〝運び屋〟なのは明らかだった。別のテーブルにはボタン・サンチェスがいた。面会者はやはり老人で、自動販売機で売っている食べ物をボタンにひととおり買わされたらしい。レンジで温めて食べるハンバーガーとポテトフライ、アイスクリームサンドイッチ、エネルギードリンク二種類。ボタンは老人に笑顔を向け、老人はサンチェスの胸を目でまさぐっていた。

ティアドロップやボタンを始め、面会室にいる全員が〝キース〟の運用中だった。マーズ・ルームと大して変わらない。ただ、ここで愛嬌《あいきょう》を振りまき身を売って手に入るのは、レンジでチンして食べるジャンクフードだけだ。ティアドロップに限れば、ヘロイン一袋か。

わたしだってカモはほしい。いまはわたしもペンパル募集サイトに自分のページを持っていた。でもそうやって手に入るものに本当の価値はない。心の平安にはつながらない。ジャクソンに救いの手を差し伸べることにもつながらない。手に入るのはせいぜい通信販売で買えるお安い香水くらい――しかもダナのタブーかコティのサンド&サーブルの二種類からしか選べない――で、満たされるのは動物的な本能だけだ。

「息子に連絡する方法はありませんか」

「それはわたしの専門外だ。その件で力になれるものならなるが、わたしには無理だ」

「ここから出なくちゃ」

老人が隠れてティアドロップに包みを差し出すのが見えた。ティアドロップは官給のパンツに器用に押しこんだ。

「お願いだから力を貸して」

ジョンソンの弁護士はブリーフケースを開けて書類の束を取り出した。

「記録を処分しているところでね。きみも自分の資料を持っておきたいのではないかと思って持ってきた。公判の資料、供述録取書、メモ、証人の面談記録、開示された記録がそろっている」

書類の束、これまでの記録、わたしの身に起きたことの記録を前にして、感情が抑えられなくなった。泣きたくなくて、弁護士に向かって怒鳴り散らした。あれから自分で調べてわかった、あんたが無能だからこんなことになったんだと言った。

「おやおや」弁護士は言った。「そんな調査はエネルギーの無駄遣いだよ」

「どうしてよ。あんたの責任だってわかっちゃうから？」

「無意味だからだよ。にわかには信じがたいようなケース、この弁護士のおつむは空っぽなのかと思いたくなるようなケースでも、裁判所は彼らの味方につく。たとえばある弁護士は、クライアントの反対尋問中に居眠りをした。別の弁護士は、自分が重罪容疑で有罪判決を受け、服役の代わりに言い渡された地域奉仕活動の一環である殺人事件の弁護を引き受けたが、法廷弁護士の経験がまったくなかった。世間はこの二人を〝無能〟と思うだろう。しかし最高裁の判断は違った。きみは不当なまでに重い刑を言い渡されたね。それは間違いない。そのことには同情を感じている」

「弁護士を雇うお金さえあったら」

弁護士は首を振った。「ロミー、私選弁護人を雇う金はあるが、一流の弁護士、高い報酬を取る弁護士を雇うほどの金はないとなると、これはもう悲惨だよ。世間がどんな弁護士を雇う羽目になっているか見てみるといい。ふだんは飲酒運転くらいしか扱ったことのない弁護士が、いきなりマスコミから注目されるような大事件を担当したりするんだ。法律で禁止すべきだろうね、そういうことは。公選弁護人がついたきみのほうがよほど幸運だった」

これ以上、運が悪いことがあるなんて想像さえできなかった。だからそう言った。涙があふれて頬を転がり落ちた。鬱積した思いをぶちまけたいと思った。でもこの弁護士は、ここまでわざわざ会いに来てくれた唯一の知り合いだ。

ティアドロップの面会者がふいにテーブルに突っ伏した。担当デスクで待機していた刑務官が走り寄った。心臓発作を起こしたらしかった。警報が鳴り響いた。医務室の職員が何人も面会室に駆けこんできた。

「面会終了」館内放送のスピーカーから大声が聞こえた。「面会終了。各自の監房に戻りなさい」


ハウザーはわたしへの好意をかなりわかりやすく表に出していて、生徒全員が察していた。汗と木工工場の削りかすだらけのわたしが教室代わりのトレーラーハウスに入っていくと、コナンが『婚礼の合唱』をハミングするのがお決まりになった。

ハウザーの恋心を過大評価していたサミーは、問い合わせ先の電話番号を渡したという話をわたしがすると、きっとジャクソンを養子にするって言い出すよと予言した。サミーはありとあらゆる不運に直面したありとあらゆる受刑者を知り尽くしていて、職員や、場合によっては刑務官が手を差し伸べ、受刑者の子供を養育した例を数えきれないほど挙げた。よかれと思ってわたしにそういう話を聞かせたのだろうけど、慰めにはならなかった。サミーの読みは間違っているとわたしは思った。サミーが挙げた過去の例は、わたしが抱えている問題には当てはまらない。でも、それをどう説明したらいいのかわからなかった。ハウザーは、常識的な人、大学教育を受けたきちんとした人、ガラス瓶や缶をそれ以外のごみときちんと分別して出すようなタイプの人だ。わたしの息子と養子縁組したりはしない。自分と似たきちんとした女性、やはりリサイクルごみを几帳面に分別するような人と結婚して、血のつながった子供を生み育てるだろう。

とはいえ、正直にいえば、ハウザーのGED対策クラスは心の支えになっていた。ジャクソンのためにかならず彼を味方につけようと思ってはいたけれど、ほかにもっとちっぽけで現実的な動機もあった。懐かしい場所を彼も知っているからだ。彼とおしゃべりするとき、わたしはどこかの街の一員になった。近所を歩き回り、以前住んでいたテンダーロイン地区のアパートを訪れることができた。折りたたみベッド、明るい気分にしてくれる黄色いフォーマイカのテーブル。そして何より、スティーヴ・マックイーンの映画『ブリット』のポスター。サンフランシスコ出身なら誰だって『ブリット』が大好きだし、サンフランシスコで撮影された映画だということを誇らしく思うはずだ。それにスティーヴ・マックイーンは元非行少年で、映画スターになってからもクールなままだったし、車のアクションシーンでは自分で運転した。スティーヴ・マックイーンと比べたら、あなたなんて子供よねとジミー・ダーリングをからかったことがある。ジミーは怒らなかった。おとなになるつもりなんかさらさらないよと言っていた。

テンダーロイン地区のアパートのすぐ近所に、ブルー・ランプという大衆相手のバーがあって、マーズ・ルームのシフトを終えたあと、たまに同僚の女の子と飲みに行った。バーテンダーはとても素敵な年配の女性で、いつもタートルネックの首もとにきらきら光るブローチを着けていた。いつ行ってもわたしや友達を歓迎してくれた。店のおごりだといってお酒を出してくれ、わたしたちはその分チップをはずんだ。真夜中近くになるとフランス人のコック——シェフではなくて、あくまでもコック——が出てきた。アルコール依存症の人で、染みだらけのコック服にはダウンタウンのホテルのネームが入っていた。コックはブルターニュの出身だった。いつもひどいにおいのする外国産のたばこを吸っていた。同じジョークを何度でも話した。ジョークともいえないジョークだった。わたしたちマーズ・ルームの女の子を見渡し、自分の胸を叩きながら「俺はレズビアンだ！」と叫んだりとか。

ある晩、バーの閉店間際に、店の前で女の子同士の喧嘩が起きた。その界隈を縄張りにして売春をしていた子たちが路上を転がりながら取っ組み合っていた。猫の声がうるさいときのように、店の上のアパートの住人が上から二人にバケツの水を浴びせた。二人はびしょ濡れになってもまだ喧嘩をやめなかった。髪はぐちゃぐちゃ、つかみ合ったせいで服は破れ、半分脱げていた。わたし以外の全員がその様子を見て笑った。二人はびしょ濡れで歩道を転がりながら、相手を傷つけてやろうと取っ組み合っていた。その光景はいまだに脳裏にこびりついているけれど、なぜなのかは自分でもわからない。

午後の点呼を待っているとき――点呼が完了するまで自分のベッドに座っていなくてはならない――びっくりするようなニュースがあるのよ、いいニュースじゃないけど、とローラ・リップが言った。自分の寝台にリラックスした姿勢で座り、わたしたちにいつものピエロじみた大きすぎる笑顔を向けた。悪いニュースを誰より先に仕入れたことに鼻高々といった風だった。

「さっさと言えよ、イカレポンチ」ティアドロップが言った。

「ここにいる人はみんな他人にニックネームをつけるのが好きなのは知ってるけど、〝イカレポンチ〟に返事はできないわ」

ティアドロップはローラの髪を乱暴につかんだ。「さっさと言え、そんでもって黙りな」

ローラは髪を引っ張られたまま苦痛の悲鳴を上げた。

「この刑務所に男がいるのよ！　男の受刑者がいて、Cブロックに入ってくるの！」

みなが何に憤ったかといえば、問題の受刑者セレニティ・スミスは自分で性転換する前に女性を殺しているという事実だった。反対運動は急拡大した。危険な男が放りこまれてくる、わたしたちの安全を誰が守ってくれるのか。恐怖と不満が噴出しかけていた。その男と同房になるかもしれないのだ。その男の前で服を脱がなくてはならない。その男と並んでシャワーを浴びなくてはならない。その男は害だ。悪だ。災いだ。

ローラが秘密をばらしたために、刑務所側は、時間とともに被収容者の反発がやわらぐのを待つことにして、セレニティ・スミスを一般収容棟に移すタイミングを先送りした。

派閥ができた。〝女子〟〝ミス〟呼ばわりの屈辱に日々耐えているコナン、何度も心理検査を受け、無数の書類を提出した末にようやく女もののパンツではなくボクサーショーツを穿く許可を勝ち取ったコナンは、容認派についた。コナンをはじめCブロックの男たち、わたしたちが男性に分類している人たちは団結し、ミズ・スミス――コナンは本人の意思を尊重して〝彼女〟と呼んだ――を支援することが重要であると宣言した。彼女を快く受け入れよう。性別を決めるせますぎる定義からはみ出した人々を、刑務官はあまりにも差別的に扱った。わたしたちは、彼らは、みな刑務官に反感を抱いている。だから一致団結しなくてはならない。以前は男だった人、自分で自分のペニスやタマを切り落とした人と同房になるとしたら、わたしも全面的に歓迎とはいえなかった。けれど、緊張が高まり、その人を袋叩きにしてやろうという計画が聞こえてくるにつれ、ギアリー・ストリートのブルー・ランプでよく見かけた女性の顔が思い浮かんだ。その人は秘書みたいな服につややかなとび色をしたビッグヘアのウィッグという出《い》で立《た》ちでカウンター席に座っていた。小柄で、異様なくらい女らしかった。きれいだったけれど、不自然だった。いつも喉を腫らしているみたいに掠《かす》れた声で話した。あの人はたぶん生物学的には男だったのだと思う。でも、女にしか見えなかったし、男にしては繊細な雰囲気だった。かならず一人でカウンター席に座り、針みたいに細いストローでジントニックをすっていた。ピンク色に塗った唇をすぼめ、男性から声をかけられるのを待っていた。男性客の一人と店を出て行き、しばらくして帰ってきたのを見たら、目の周りにできた青痣を化粧で隠していることもあった。ブルー・ランプのあの人、ピンク色の口紅をつけてとび色のウィッグをかぶり、いつ見てもカウンターに一人ぽつんと座っていたあの人は、いまも生きているだろうか。ことによると死んでしまっているかもしれない。以前は男だったからというだけで、セレニティ・スミスは傷つきやすくないと決めつけるのは間違っている。

ミズ・スミスはいまのところ保護房に収容されていた。刑務所内を移動するときは、死刑囚を移動させるときのように物々しかった。刑務官が二人付き添い、監視塔から狙撃手がずっと狙っていた。ほかの受刑者からは罵声が飛んだ。尿の入ったガラス瓶も投げつけられた。アンチ・スミス勢の戦術は、そのままヘイト運動だった。聖書から道徳やキリスト教的価値観を述べた箇所を引用するところまで、世の中のヘイト運動そっくりだ。ローラ・リップは刑務所の事務室のコピー機を使ってチラシを作った。州知事や刑務所長、議員などに宛てて片端から手紙を書いた。塀の外ではローラのお母さんが運動していた。ローラはつやつやで真《ま》っ直《す》ぐな髪を払いのけ、憤懣《ふんまん》やるかたないといった風に、あたしたち、殺人犯と一緒に住まわされることになるのよと言った。

わたしはハウザーの授業で出た宿題をボタンと一緒にやるようになった。宿題を見てやるのは意外にも楽しかった。お姉ちゃんと妹ごっこのようだった。サミーはわたしのお姉ちゃんで、わたしはボタンのお姉ちゃん。コナンはお父さんといったところか。わたしたちには家族がいる。大して心強くはないけれど、誰もいないよりずっといい。ただし、ボタンは面倒くさい妹だった。いつも何かに怒っていて、すぐに喧嘩腰になる。でもティアドロップがボタンのペットのウサギを食べたとき、わたしたちはそれまで知らなかったボタンの一面を見ることになった。

ティアドロップは、わたしたちが授業に出ているあいだに、電熱器でウサギを茹でた。午後の点呼のために戻ると、肉を茹でたにおいが部屋に充満していた。

「何のご馳走《ちそう》だよ、それ」コナンが訊いた。

ブランズウィック・シチューだとティアドロップは答えた。

その一件のあと、コナンはずっと言い続けた。「味つけされてなかったんだよ、いっさいの調味料なしだ」ひどかったのはそれだとでもいうみたいだった。ボタンが可愛《かわい》がっていたウサギを味つけなしで食べたことが。「だいたいさ、ブランズウィック・シチューってのはリスの肉で作るもんだろ。ウサギじゃなくてさ」

ボタンはベッドにもぐりこみ、ウサギに縫ってやった小さなシャツを抱き締めた。次の日までずっとそうしていた。

「具合が悪いのか」ユニット担当の刑務官がボタンに怒鳴った。

ボタンは枕に顔を埋《うず》めたまま答えなかった。

「病気でもないのに割り当てられたクラスに出ないなら、違反を取るぞ、サンチェス」

ボタンが小さなシャツを抱き締めているのを見て、わたしは夜寝るとき、ジャクソンがいつもアヒルのぬいぐるみを抱いていたことを思い出した。赤ん坊のころからずっとそのアヒルちゃんと一緒に寝ていた。朝までずっときつく抱いて離さなかった。あのぬいぐるみを最後に見たのは、わたしが逮捕された夜だった。警官の壁の向こうでジャクソンは泣いていた。アヒルちゃんを抱き締めて金切り声で叫んでいた。「ママ！　ママ！」

「ウサギ、また飼いなよ」わたしはボタンに言った。「育てるの上手だものね」

やがてボタンは新しいウサギを飼い始めた。しつけをし、同じ服を着せ、同じ名前で呼んだ。

たった一度だけ、ボタンが自分の赤ちゃんの話をしたことがある。あのときのことを聞かせてくれた。刑務所から病院に連れていかれ、病室には銃を携帯した刑務官が見張りについた。刑務官はトイレまでついてきた。ボタンは手錠と腰の鎖、足枷をつけられたまま、どうにか汚れを落とそうとした。脚の内側についた血や後産をできるかぎり洗い流し、渡された産褥《さんじょく》ショーツと巨大な生理用ナプキンを着けた。

「朝から晩までずっと誰かに見張られてた」

　刑務官が赤ん坊を監視している図が頭に浮かんだ。生まれたばかりなのにもう半分犯罪者扱いされて、ふいに動いたりしないよう見張られている。

　出産でボタンの会陰はひどく裂けていて、縫合はしてもらったけれど、まともに歩けなかった。「貧乏白人って感じの医者だった」ボタンは言った。「アメリカ国旗がたくさん描いてあるバンダナを頭に巻いてて。一つじゃないの。いろんなサイズの国旗がたくさん描いてあった。縫合のあいだ、そのバンダナしか見えなかった。たくさんのちっちゃな国旗だけ。何針縫うのって訊いたら、そういう風には考えないようにしなさいって言われた」

　握ると液体が出るボトルを看護師がくれて、縫合跡がきれいに治るようにその液体を塗りなさいと言った。ボタンの手足はベッドにつながれていたけれど、親切な看護師が女の赤ん坊を見せてくれた。引き取ってくれる人を四十八時間以内に探す必要があった。ちゃんと動く車を持っていて、赤ん坊を引き取りにスタンヴィルまで来てくれそうな知り合いは誰も思い浮かばなかった。ボタンは病院のベビーベッドに寝かされて息をしている赤ん坊を見守った。小さくて完璧な顔を見つめた。すみれ色をした閉じたまぶた、ちっちゃな口。疲れきっていたボタンもやがて眠りこんだ。目を覚ますと、赤ちゃんは消えていた。着替えろと言われた。ボタンは囚人服を着た。液体の入ったボトルは持っていかれないと言われた。ボタンは金網で囲われたバンのシートに押しこまれた。出血が止まらなくて、硬いビニールシートが血だらけになった。引き裂かれた股間が痛くて痛くて、刑務所までの道中、ずっとお尻の片側だけで座っていた。

ジャクソンから、アヒルちゃんは誰がくれたのと訊かれたことがある。「パパがくれたのよ」わたしは答えた。ジャクソンは愛情と驚きのこもった目でアヒルちゃんを見つめ、キスをした。

ジャクソンの父親がくれたものなんて、本当は一つもない。アヒルのぬいぐるみは、マーズ・ルームの掃除係の若者エイジャックスがウィスコンシン州に帰省した帰りに空港の土産物店で万引きしてわたしにくれたものだった。子供が喜ぶわとわたしは言った。エイジャックスは困ったような顔をした。わたしに子供がいることさえ忘れていたみたいな顔だった。わたしはエイジャックスとそれなりの距離を保っていて、ジャクソンとは一度も会わせたことがなかった。

『ジーザス・サン』を読んだとハウザーに伝え、どうしてあの本を選んだのかと訊いてみた。小説の登場人物みたいに、元ジャンキーのダメ人間だと思われているのではないかと気が気じゃなかったからだ。

するとハウザーは、素晴らしい本だからだよと言った。自分のお気に入りの本の一つなのだと。

その本に収められた短編の一つは、二人の男がある家から銅線を盗む話で、そのとき語り手は、相棒の妻が空に浮かんでいるのを見て、相棒の夢に入りこんでしまったのだと考える。その話に親近感を持ったとわたしはハウザーに言った。銅線を盗む人たちをむかし知っていたから。本の二人組に似た人もいた。ドラッグがやめられず、手っ取り早くお金を稼げる手段を探していた。でもほかの人たちは、ほとんど職業みたいに銅線を盗んでいた。

ハウザーはそのあとも本をくれた。わたしは読み終わった本からサミーに回し、サミーもみんな読んだ。サミーもわたしも七年生を飛び級していた。二人とも成績優秀者として卒業したわけではないから、思えば奇妙な偶然だった。わたしが通っていた学校にはメキシコ系の子がたくさんいて、わたしはその子たちとやることや服装が似ていた。黒いチノパン、中国風の靴を愛用し、メイベリンのアイライナーをマッチの火で温めて使った。だから、暇なときはサミーと思い出話ができた。週末になるとサミーのユニットに行き、写真のコレクションを見せてもらった。同じ隔離房に収容されていたとき聞いた話を今度は写真で見た。若いころのサミー、いろんな時期の友達の写真。カリフォルニア州南部のチノ刑務所《CIW》で撮った写真。サミーはＣＩＷをＣＩワンダフル《W》と呼んだ。「大量投獄前の時代でさ」刑務所が収容者であふれかえったのが自然災害か何かのようにそう言った。あとは、９・11の同時多発テロのような社会的な大事件とか。ビフォアとアフターがあるような大事件。大量投獄のビフォアの時代。

CIワンダフルにはスイミングプールがあった。官給の水着もあったけれど、共用のものだったから、下着を穿いて着なくてはならなかった。わたしは旧来の刑務所の話、ビフォアの話を夢中になって聞いた。きっとみじめな場所だっただろうけれど、サミーによれば、水槽で金魚を飼っていた人もいたらしい。スナイパーがいる巨大監視塔はなくて、全長何キロにもなる電気フェンスもまだ設置されていなかった。監房もコンクリートだらけではなかった。木でできた棚、木でできたロッカーがあった。草木があった。売店で化粧品が買えて、〝紫の炎〟という色名の口紅が人気だった。刑務所の敷地のすぐ隣はゴルフ場で、誰かのボーイフレンドがコースにバッティングマシンを持ちこみ、ヘロインやジュエリーを詰めたボールを刑務所の大運動場に打ちこんだ。わたしがふさいでいると、サミーはかならずCIワンダフルの話をした。そこは陥落前の楽園だった。

サミーの写真コレクションには、刑務所で撮った写真がたくさんあった。そのなかの一枚は、仮釈放なしの終身刑で服役しているスリーピーという名前の悲しげな美少女のものだった。スリーピーは自分の写真をこの一枚しか持っていなかったとサミーは言った。キースと結婚してサミーが娑婆に出たとき、スリーピーがその写真をくれたのだという。自由の身でいる誰かに、ときどきでいいから自分のことを思い出してもらいたいと願ったからだ。わたしはスリーピーに会ったことがない。わたしがスタンヴィル刑務所に入る前に北部の刑務所に移されていた。それでも自分の写真をサミーに渡したスリーピーの気持ちは理解できた。サミーに何を期待したか、わたしにはわかった。サミーには、外の世界から来たもの、サミーが外からずっと持ち続けているものが何かある。旧来の世界、自由な世界の何かが。哀れなスリーピーはたぶん、サミーの心のなかで自分は生き続けていると思えば生きていけると考えたのだ。そう思ったらわたしまでひどく気分が沈んで、サミーが見ていない隙に写真を破り捨ててしまいたくなった。

お祝いすることなんて何一つなかったけれど、それでもわたしたちはときどきパーティを開いた。同房者のなかで、パーティの計画を練ることに誰より情熱をかたむけていたのはコナンだった。精神科系の錠剤をのまずに取っておけよと全員に指示した。どうやってのまずに回収するか。売店でピーナツバターを買っておくか、わたしみたいに手持ちのお金がなければ、コナンのピーナツバターを借りる。薬をもらいに行く前に、ピーナツバターをほんの少しだけ上顎につけておく。薬をちゃんと飲んだという確認に馬みたいな大口を開けさせられても、薬は見えない。ピーナツバターに埋もれているのをあとで吐き出す。入れ歯の人は、その下に薬を隠した。頬の内側に巧みに隠す人もいた。五一〇ユニットの全員が錠剤集めに協力した。毎晩の点呼が終わると、コナンはたまった錠剤をみんなに見せた。それをシャンプーのボトルの底を使って砕き、アイスティーに溶かして〝パンチ〟を作った。ショートアイランド・アイスティーのできあがりだ。開錠時間になると——時計の長針が時計を読めない人向けの赤いくさびのなかにあるあいだ——サミーがこっそりわたしたちの監房にやってきた。

「鬱な気分だから、こいつで上げないとな」コナンはそう言ってパンチを混合した。

自分の分をもらって飲んでみたけれど、あまり気分は上がらなかった。サミーは差し出されても断った。クリーンでいたいからと言った。わたしは〝薬物をやらない《クリーン》〟と〝パンチを飲む〟を両立できる。人それぞれだ。それは日曜の夜だった。コナンがラジオをアート・ラボーのリクエスト番組に合わせた。みんな日曜の夜のその番組を楽しみにしていた。

「さて次は、ペリカンベイのタイニーから、ルル、別名ボニータ・ブルー・アイズに捧げるリクエストです。タイニーからルルへのメッセージは——〝きみをこの世で一番愛している、僕の心はずっときみのものだ。いつだってそばにいる、絶対にどこへも行かないから〟」

「どこへも行かないのは、終身刑で服役中だからだな」コナンが言った。

オールディーズが流れ始めた。高くささやくように歌う声に、いろんな感情がいやおうなしに押し寄せてきた。わたしはパンチのおかわりをもらった。

次の開錠時間になると、わたしたちの部屋は人であふれ返った。ローラ・リップは枕を頭からかぶって、自分は関係ないというふりをしようとしていた。コナンがセクシーな曲を流し、ボタンがみんなの前で踊った。

そのあとわたしも踊ったけれど、そのときのことはよく覚えていない。コナンがあとでこう言ったことだけを覚えている。「何かを見て、どうしても手に入れたくなることってのがあってさ」

コナンは強くてたくましい――コナンという呼び名は伊達じゃない――し、わたしを笑わせてくれる。その夜、彼のベッドに一緒にもぐりこみ、彼の柔らかな舌が仕事に取りかかったとき、笑っている余裕はなくなった。ああ《ジーザス》……わたしは何度もそうささやいた。いつもなら冗談を返してくるところだろうに、コナンは代わりにもっと深くすべりこんできた。がん、という大きな音が轟いたときもまだ、わたしたちは夢中になっていた。その音にびっくりして、コナンは勢いよく体を起こし、ベッドの上の段に頭をぶつけて切り傷を作った。音を立てたのはガルシア刑務官だった。わたしたちのユニットのその晩の当直で、警棒で監房の扉のガラス窓を叩いた音だった。

盛り上がった気分がしぼんで、コナンとわたしは思いがけず始まったベッドでの交流を切り上げた。わたしは出血していた彼の頭に包帯を巻き、二人でまたパンチを飲んだ。みんなでトイレにぎゅう詰めで隠れた。刑務官がのぞき窓から室内を見ても、トイレのなかまでは見えない。

若くて体が小さいせいか、ボタンは誰よりも酔っ払っていた。急に神のことを話し始めた。運動場の監視塔にいるのは神なのだと言った。どの監視塔の話よ、と誰かが訊いた。一号監視塔？　それとも二号？　するとボタンは言った。「神様は高倍率のスコープを持ってるの。それであたしたちを見守ってるんだよ」

コナンが言った。「あのな、あれは神じゃない。リントラー刑務官だ。監視塔で昼寝したり、マスかいたりしてるエルマー・ファッドの一人だよ。無防備な標的を狙う卑怯な連中だ」

それからコナンはカウボーイ風の鼻にかかった話し方で続けた。「きみ、下がって、きみ。こっちだって違反は取りたくないんだからね」

ボタンは泣き出した。「でも、あの人たちが空を支配してるじゃない。そういう世界なんだよ、もう。神様は監視塔にいるんじゃないとしたら、どこにいるわけ？　神様はどこ？」

ローラ・リップがトイレに入ってきた。わたしたちはおしゃべりをやめ、ローラを見つめた。まるでエクソシストみたいなひどい顔色をしていた。わたしたちの目を盗んでパンチを飲んだらしい。完全にラリっていた。

「あたし、アップルヴァレーから来たの」ローラは言った。

「知ってるって」全員が一斉に叫んだ。サミーが立ち上がってローラをトイレから追い出した。

「でも、あたしは知らなかった。あたしは聞いてなかった。聞こえなかった。どういう意味かまるでわからない。りんごの谷。誘惑の谷ってことでしょ。そうよね。罪。ね？　毒入りの果物。ほんと、すっきりするのよ」ローラは言った。「怒りをぶつける先があるとね。自分が傷ついた分、誰かを罰せられるとすっきりするの。それが現実だし、あたしみたいな女はみんなそれを知ってるのよ。自分の子供をね、ハンガーやベルトで叩いたり、揺さぶったり。結局同じことなのよ。すっきりするからやるの。誰もそうは言わないけど。やるとすっきりするなんて、誰も口に出しては言わない。意気地なしだから、黙ってるの。でもあたしが教えてあげる。悪魔が入りこんできてね、鬱憤を晴らすためにやるのよ。誰か止めてくれたらよかったのに、誰も止めてくれなかった。神は、神様は、アブラハムの手を止めたわよね。介入したのよ。なのに、あたしが神様を必要としてたとき、神様はどこにいたわけ。どこにもいなかった。誰も助けてくれなかった。誰も」ローラは目の見えない人のようによろめき、手と膝を床につくと、声を立てずに泣いた。

　その夜、わたしは規則違反を承知でコナンのベッドにもぐりこんで寝た。おかしなものばかり見たから、正気を保っている誰かのそばにいたかった。

『プライス・イズ・ライト』【賞品の値段を当てるクイズ番組】で優勝した夢を見た。わたしの名前が呼ばれると、割れるような拍手喝采と口笛が聞こえた。耳を聾《ろう》するような拍手と歓声を滝のように浴びた。スタジオに満ちたおなかにがつんと響くような騒ぎのなか、小走りにステージに上がろうとしたところで目が覚めた。

コナンは先に起きていて、湿らせたトイレットペーパーで頭の血を拭っていた。わたしは包帯を直してあげた。

「頭が死ぬほど痛え」コナンは言った。「寝らんなかったよ。きゅきゅ、きゅきゅって音が聞こえて目が覚めちまうんだ。エンジンはもうかかってるのに、誰かがしつこくキーを回してるみたいな音だった」

「わたしは『プライス・イズ・ライト』で優勝した夢を見た」

「賞品は……こちらの新車です！　あの番組のクソなところはさ、車はもらえても、隣でにこにこしてる女はついてこないってことだよ。女はもらえない。車だけだ」

その日の刑務作業中、わたしたちはみんなそろって薬物の二日酔いに苦しんだ。「吸血鬼ブラキュラの気分だ」コナンは言った。「ラストシーンのブラキュラな。太陽の光が当たって、着てた服とそこから立ち上る脂じみた煙だけが残る」

木工工場での昼休み、コナンは〝白人の女が好きってわけじゃないんだ〟みたいな言い訳を始めた。わたしはコナンを愛していたけれど、そういう種類の愛じゃなかった。家族ごっこのなかの近親相姦ごっこにすぎない。わたしたちは単なる友達だ。

工場の前をガルシア刑務官が通りかかった。コナンは「よう、あんた！」と叫び、包帯を巻いた自分の頭を指差してガルシアをにらみつけた。

作業後の検身の列に並んでいるとき、ハウザーと行き合った。

きみに知らせておきたいことがあると彼は言った。ジャクソンのケース・マネジャーの名前がわかったという。わたしが感激してありがとうと言いかけると、礼を言われるようなことじゃないと彼は言った。でも、わざわざ問い合わせてくれたんでしょうとわたしは言った。

「きみの親権は停止されてる。そのことは知ってたかな」

「親権の停止って、どういう意味？」

「養子縁組がスムーズに進むようにするための措置だって説明だった。新しい家庭で暮らせるように。本当はそのことも話しちゃいけないらしいんだけどね。その女性は、あくまでも好意で調べてくれた。きみの刑期の長さを理由として親権は停止され、子供は州の管理下に置かれている」

「州の管理下に置かれてるのはわたしよ。ジャクソンはまだ子供なの。州の管理下に置くような年齢じゃない」

「ジャクソンは州の保護下に置かれていると言われた。つまり、里親家庭で養護されているってことだと思う」

「どこにいるのかわかる？　わたしから手紙は出せる？」

「よくわかっていないみたいだね」ハウザーは言った。「僕もすぐにはわからなかった。ちゃんと説明されるまでは。ジャクソンの居場所を調べるのは――児童福祉制度で守られている子供を探すのは、赤の他人の情報を手に入れようとするようなものなんだ。ただしこの場合の〝他人〟は、入手可能な記録を何一つ残さない。未成年者のプライバシーを保護する規則で何重にも守られている」

「だけど、わたしはあの子の母親なのよ。母親じゃないなんて誰にも言わせない。あの子には母親が必要でしょ。なのに、どうしてこんなことをするのよ」

自分がどんな声で話しているか、どんな表情をしているか、わかっていないわけではなかった。彼はニュースを届けてくれただけなのに、悪いことが起きたのはあなたのせいだとでもいうように八つ当たりしているという自覚もあった。でも、思いがけない現実を突きつけられて、目の前にいる彼に大声で詰め寄らずにはいられなかった。

その夜はロックダウンになって、サミーとは話せなかった。自分の監房から出られない。わたしはコナンに甘えた。またコナンに甘えた。泣いても泣いても涙が止まらず、自分の子供のことも守れないのだと考えると、郡刑務所に収容された最初の夜と同じように、自分の身に起きていることが現実とは思えなくなった。わたしは取り返しのつかないことをした。でもジャクソンは何もしていない。あの子は悪くない。なのにいま、ジャクソンは行き場を失っている。愛情も、頼れる人もないまま、一人で世の中に放り出された。

わたしがようやく落ち着くと、コナンが昔の話を始めた。

「まだほんのガキだったころ、弟と俺は、ばあちゃんちに預けられてた。ばあちゃんの家はサンランドにあった。馬の牧場がたくさんあるところでさ。ばあちゃんちには庭があった。田舎に片足つっこんでるみたいな土地だからね。ばあちゃんのことは大好きだったし、ばあちゃんと一緒に暮らしてると楽しかったよ。ある日、うちの母親が俺と弟を迎えに来た。母親の引っ越し先に一緒に行くんだって言われた。母親のことはほとんど知らなかった。俺たちを育てたのは母親じゃなかったから。ばあちゃんと母親は喧嘩を始めた。母親はばあちゃんを殴った。俺たちが見てる前でな。ばあちゃんちのキッチンで、ばあちゃんをぼこぼこにした。俺たちはただ見てることしかできなかった。二人とも泣いたよ。怖かった。俺は七歳、弟は五歳だった。

結局、母親や母親の彼氏と一緒にベルガーデンズで暮らすことになった。彼氏は最低な男だった。何かと弟を痛めつけた。どうしてだかはわからない。きっと弟は男だったからだろう。俺が十一歳になると、そいつは俺を痛めつけた。弟のときとは別の意味で。あのクソ野郎は俺をレイプした。一度だけじゃない。日課みたいになった。だから俺たちは家を出た。俺が十二歳、弟が十歳のときだ。サンランドのばあちゃんちに行くつもりだった。何年もずっと会ってなかった。ばあちゃんとうちの母親は疎遠になってたからね。俺はばあちゃんの家を覚えてた。道順を正確に覚えてた。サンランドの大通りから角を一つ曲がったところだ。俺たちはバスに乗った。ずいぶん遠い道のりだったよ。乗るバスを何度も間違えたから。ようやく近くまで行った。バスを降りて歩きながら、弟ははしゃいでた。ばあちゃんの話をあれこれしたりしてさ。どんな料理を作ってもらったかとか、ばあちゃんの話し方は古臭くて変だったねとか。椅子に座ったまま寝てたよねとか。ばあちゃんがベッドで寝てるところは一度も見たことがなかった。いつも張り番をしてるみたいだった。俺たちの番をしてくれてるみたいだったよ。一瞬たりとも気を抜かなかった。俺たちが呼んだらすぐに行ってやろうと思ってたのかな、いつも椅子で寝てたんだ。

ばあちゃんちを見つけた。ここで間違いないって確信があったよ。ところが、その家にばあちゃんはもう住んでなかった。新しい住人は、ばあちゃんが死んだあと自分たちが引っ越してきたって言った。ばあちゃんは死んだのに、俺たちは知らされてなかった。というわけで、俺たちはサンランドで困り果てた。金はない、ばあちゃんはいない、行くところもない。その夜は公園で野宿した。次の日、ヒッチハイクを始めた。着いた先はサンタバーバラで、ベンチで寝起きして、道ばたのごみをあさって食い物を探した。サンタバーバラでアムトラック【主要都市を結ぶ鉄道】に忍びこんで、車掌が来たらトイレに隠れたけど、ほかの乗客がしじゅうノックするから、しかたなく座席に座った。そのうち弟の具合が悪くなった。列車の中でパンツにうんこ漏らしたり、吐いたりした。マジ具合が悪そうで、自分じゃどうしようもできない感じだった。けど、俺たちは切符を持ってない。車掌が検札に来て、降りろって言われた。次の停車駅で降ろされた。弟はひどい状態だった。すごい熱で、ホームで伸びたまま動かない。そこがどこの駅、どこの町だか見当もつかなかった。警察を呼ばれたらって怖くなった。母親に連絡が行くだろうから、俺たちはあのろくでなしがいる家に連れ戻されちまう。

そしたら、通りすがりの男が手を差し伸べてくれた。警察には連絡しないって約束して、救世軍【キリスト教系慈善団体】に案内してくれた。そこで弟は、シーツなんかもちゃんと揃ったベッドで寝かせてもらった。看病もしてもらった。赤痢だ、下手をしたら死んでたかもしれないって言われてさ。弟をゆっくり休ませて、回復するまで世話を焼いてくれたよ。清潔な服ももらった。俺はミートボールのスパゲティを食わせてもらった。

世の中ってさ、捨てたもんでもないんだよ」コナンは言った。「りっぱで優しい人もなかにはいるんだ」

第三部

23

ドクが十代の少年だったころ、リチャード・ニクソン大統領が『グランド・オール・オプリ』に出演した。ドクと養父のヴィクは並んでテレビを見た。一九七四年の春のことで、ニクソン大統領はすでにスキャンダルにまみれていた。最後まで大統領を忠実に支持していた陰険なヴィクは憤慨していた。

ナッシュヴィルに新築されたばかりの大劇場のステージにニクソン大統領が現れ、アメリカ合衆国〝オプリ・ランド〟の市民に挨拶をした。

歓声が静まるのを待って、大統領は話し始めた。カントリー音楽はアメリカン・スピリットの真髄だ。素朴な価値観――家族愛、神への愛、祖国への愛――を讃《たた》える伝統音楽だ。カントリー音楽は愛国的でキリスト教的なものだと大統領は言った。

「始まりはこの街でした。カントリー音楽こそ私たちの音楽です」大統領はオプリ・ランドの聴衆に向けて言った。テレビ・ランドで耳を澄ましていた人々、当時十七歳だったドクのように、髪をクルーカットにし、大きな耳と関節の目立つ手足を持つ、むらむらしっぱなしでふさぎがちなアメリカの少年たちにもその言葉は届いた。

「ほかの民族、ほかの国から学んだものではありません。他人から借りたり受け継いだりしたものではないのです。カントリー音楽ほどアメリカ的なものはほかにないでしょう。われわれの確固たる何かを作るのに欠かせない価値観、アメリカが確固たる何かを必要としているいま欠かせない価値観を映すものです。カントリー音楽はアメリカの心から生まれたもの、アメリカの心そのものなのです。グランド・オール・オプリに祝福あれ」ニクソンは言った。

「アメリカに……祝福《ゴッド・ブレス・アメリカ》あれ！」

　オプリ・ランドの市民は熱狂した。

　ニクソンはピアノの前に腰を下ろし、『ゴッド・ブレス・アメリカ』を弾いた。醜悪な演奏だった。両手の動きは上下を繰り返すレバーのようだった。演奏が終わると、ロイ・エイカフがヨーヨーを上下させながらステージに登場した。

　会場で大きな耳をそば立てていた少年たち、自宅のラッグラグに寝そべっていた少年たちは、ロイ・エイカフのみごとなヨーヨーさばきを見てにわかに活気づいた。

　ミシシッピからきたジャグバンドの演奏が始まった。厚い胸をした歌手は、バリトンの声で、道路沿いのビール酒場をチェーンソーで粉々に破壊したパルプ材の運搬人の歌を歌った。なぜそんなことをしたのか。歌はその理由も説明していた。運搬人が酒場を破壊したのは、バーテンダーが彼を赤首野郎《レッドネック》呼ばわりし、おまえに飲ませるビールなどないと言ったからだ。だから酒場をめちゃくちゃにした。

健全なカントリー音楽の愛好者たるニクソン大統領をもてなすために次にステージに登場したのはタミー・ワイネットで、『D-I-V-O-R-C-E』を歌った。

ロイ・エイカフは『レック・オン・ザ・ハイウェイ』を披露した。

チャーリー・ルーヴィンは『サタン・イズ・リアル』。

ウィルマ・リーとストーニー・クーパーは『トランプ・オン・ザ・ストリート』。

ポーター・ワゴナーは大衆に人気の『ラバー・ルーム』を選んだ。

ロレッタ・リンは『ドント・カム・ホーム・アドリンキン』を力強い声で歌った。

「ここで私たちのきょうだいであるバンジョー奏者の故デヴィッド・〝ストリングビーン〟・エイクマンに黙禱《もくとう》を捧げましょう」グランパ・ジョーンズが聴衆に呼びかけた。「ストリングビーンは今夜このステージにいるはずでした。彼は私の一番の友人でした。隣人でもあり、狩猟仲間でもありました。そして何より肝心なことに、ここグランド・オール・オプリのファミリーの一員でした。大半の方がおそらくご存知《ぞんじ》のように、四カ月前、ディッカーソン・ロードに住む二人の暴漢の手で、ストリングビーンとすばらしい妻のエステルは殺されてしまいました。長いシャツと短いズボンを履いた素朴な男、そして昔ながらのマウンテン・ミュージックへの彼の愛をいつまでも記憶に残しましょう」

会場が静まり返ると同時にニクソンの顔は冷たいプラスチックのようになった。葬儀に雇われるサクラのようだった。陰気で儀式めいた雰囲気を演出するために呼ばれてそこにいるとでもいうような。

〝カズン〟・ミニー・パールが登壇し、大統領と同席できるこの特別なステージに備えてシークレット・サービスのボディチェックを受けたあと、もう一度触ってもらいたくて列に並び直したわとジョークを言うと、会場の雰囲気はぱっと明るくなった。近親交配や近親相姦のジョークも披露したあと、嫉妬のあまり、ブルドッグを飼って眠っている恋人を見張らせているという歌を歌った。

デルレイ・リーヴスは、ハイウェイ沿いの大型看板で見た裸同然の女とどんなことをしたいか妄想をふくらませるトラック運転手の歌を歌った。

ポーター・ワゴナーは『ザ・ファースト・ミセス・ジョーンズ』を演奏した。歌詞に出てくるミスター・ジョーンズは、最初の妻を殺していて、もし自分を捨てたら最初の妻と同じ運命をたどることになるぞと第二のミセス・ジョーンズを脅す。

警察の捜査を逃れた酒の密造者の歌もあった。

また別の歌では、妻を殺して埋めた男が、いまも一晩中、妻の小言が聞こえると嘆く。

オプリ・ランドの観衆がどっと湧いた。

ニクソンは舞台上手に座っていた。たっぷりと肉のついた顎。堂々と、しゃちほこばった姿勢で座る、この偉大ですばらしい国の大統領。体格に似合わず長い腕は、トラクターのスタビライザーバーをつかむかのように、座面の両側をきつく握り締めていた。

24

ソローは野生のリンゴのすばらしさを讃えたエッセイで、野生のリンゴがうまいのは野外で食べるときだけだと認めている。散歩を好む人でさえ、キッチンのテーブルでは野生のリンゴをうまいと思わないだろうと書く。渋みの強い風味は、秋の美しい自然のなかを歩きながら味わうからこそ、うまいと思えるのだ。ゴードン・ハウザーは暇を見つけては散歩に出た。木材運搬用の道を登り、連邦政府所有の牧草地を抜けて、何キロも何キロも歩いた。動物の頭骨、ショットガンの空薬莢《からやっきょう》が転がっていた。埋め立て式のごみ処理場に大量に捨てられていたアンティークのガラス瓶のなかには、欠けてさえいないものもあった。彼のバンガローのすぐ上の牛の通り道ではアシナガバチの巣に遭遇した。壊れかけのヘルメットが道の真ん中に転がっているように見えた。大きくて神秘的で、半分つぶれ、引き裂かれた物体を持ち帰って、テーブルに置いた。

空が暗くなるまで野外で過ごし、昼から夜のゆっくりとした変化を眺めることもよくあった。初めから終わりまで鑑賞するのが好きだった。空の最後の光が消えたとたん、コノハズクの声が聞こえてくる。アメリカワシミミズクの声も。メンフクロウのこともあった。五月のある夜、フクロウが地面で翼をばたつかせ、身を震わせていた。頭は雄ネコくらい大きく、毛羽に覆われていた。舌打ちのような音を鳴らしながら、大きく鋭い足で地面を蹴ってゴードンから離れようとした。目は人間のそれのようだった。人と同じで瞳孔が丸い。怪我をしているのだろうと思った。自分が何もせずにいたら、捕食動物に食われてしまうだろう。ゴードンは家に戻って電話をかけた。電話。電話でどこかに問い合わせる以外、私生活らしい私生活はなかった。役所への問い合わせ。郡の森林保護官は、おそらく巣から落ちてしまった幼いフクロウだろうと言った。この時期にはよくあることらしい。見つけた場所に戻ってみると、フクロウは消えていた。その後、夕暮れ時に木々のあいだに姿が見えたように思ったことがある。ほかのフクロウだったのかもしれないが、あのとき見た飛び方を覚えかけの若いフクロウだったと思うことにしても別にかまわないだろう。

散歩から戻ると夕食の支度をする。一間しかないいまの暮らしの定番メニューは缶詰のスープだ。そのあとはインターネットに接続する。すっかり悪い癖がついていた。痛みのないまま一瞬で釣り針にかかってしまうように、気づくともうやめられなくなっていた。素性を洗う――女子受刑者はその行為をそんな風に呼ぶ。誰かの過去を知るため、塀の外にいる協力者に頼んでグーグル検索をしてもらう、あるいは周辺に聞き回ってもらうのだ。

誰かの名前を挙げて調査を頼む目的は、その人物の悲しむべき背景を事細かに知るためではないし、公開されている写りの悪い写真を探すためでもない。郡の職員が収監時の写真をネット上にアップロードして公開するフロリダ州やカリフォルニア州では、失敗としか思えない写真が見つかる確率がやたらに高いように思える。写真から受ける印象はどれも一緒だ。意地の悪いライティング、収監時顔写真のお決まりの構図。日常生活から突然引き離され、逮捕され、番号を振られ、システムに吸収され、世間に顔をさらされる人々の、充血した目、ぼさぼさの髪の毛。

犯罪そのものの周辺にあるトラウマや貧困の詳細——マスメディアに大きく取り上げられた事件や、公判記録や事件のまとめがネット上に公開されている場合は手に入ることがある——は、塀のなかにいる女性たちにとって必要な情報ではなく、手に入れたい情報でもない。彼女たちが確認したいのは、同房者や同じユニットの受刑者、敵対する人物が、子供を殺したかどうか、あるいは自分の罪を軽くするために共犯者に不利な証言をしたかどうかだ。その二種類の人物、子供殺しとチクリ屋は確認しておかなくてはならない。

ゴードンがする検索は、そこまで的が絞られていなかった。どんな情報を探しているのかわからないまま検索を開始する。事実を知ることによって何かバランスのようなものを確立できるのではないかと期待していた。反面、事実を知ればバランス云々《うんぬん》というのは、本来自分には無関係なはずの隠れた事実を掘り返す行為を正当化するためのまやかしだという認識もあった。

刑務所には刑務所の社交上のルールがあり、他人が何の罪で収監されているのか尋ねてはならない。詮索しないのがマナーだ。しかし、詮索してはならないという意識が強すぎて、心のなかで憶測することにさえ抵抗を感じるようだった。他人の人生を決定づけた事実は何だったのか、それに思いを巡らすことすら許されない。真実に関するニーチェの名言が思い浮かぶ。人はその重みに耐えられる分の真実のみ知る権利を有する。もしかしたら、ゴードンが探しているのは真実ではなく、自分がどれだけの真実に耐えられるかの尺度なのかもしれない。名前のいくつかは入力できずにいた。ロミー・ホールとタイプするのに抵抗を感じ、ほかの名前を検索し続けることでその誘惑から目をそらしていた。

最初に検索したのはサンチェスだった。フローラ・マルティナ・サンチェス。周囲からはボタンと呼ばれている。サンチェスが起こした事件の情報はネット上にあふれていた。サンチェスとほかの二人のティーンエイジャーは、南カリフォルニア大学近くで中国人の男子学生を暴行して死なせた。被害者は医学部進学課程に通っていて、中国の家族にとっては一人っ子政策によって許されたただ一人の子供だった。サンチェスは、その学生が自分に〝空手チョップ〟しようとしたと供述した。サンチェスもほかの二人も、自分たちが野球のバットで殴りかかると、被害者は外国語で叫んだと述べている。バットはワース社製の緑色のアルミのものだった。少年二名とサンチェスの指紋が付着していた。サンチェスは黙秘権を放棄した。三人とも放棄し、自白し、裁判にかけられ、仮釈放なしの終身刑を言い渡された。

この子たちは何もわかっていなかったのだ。記事を読みながら、ゴードンはそう確信した。ことの重大性をわかっていなかったから、男子学生から金を奪おうとした。それでもまだ重大性に気づかず、男子学生を殺した。何の知識もないから、翌朝、それぞれ別の場所で逮捕され、取り調べのために警察署に身柄を移され、親の同席、弁護士のアドバイスがないまま殺人課刑事の尋問に応じ、自分の利益だけを考え、後先を考えず、訊かれたことに答えた。

少年の一方はこう話した。その男子学生を選んだのは、アジア系だから金を持っているだろうと思ったからだ。バックパックを奪いたかっただけだ。初めから殺すつもりでいたわけではない。男子学生は、重傷を負いながらも自力で歩いて帰宅した。バスルームの閉じたドアの奥から鼻をすするような音が聞こえてくることにルームメートが気づいた。風邪でもひいたのだろうと思った。血が気管を詰まらせたためにそんな音がしていたとは想像もしなかった。

ゴードンは、ヒポクラテスの誓いに通じる信条を持っていた。教師としてだけでなく、私人としてその信条に従おうと努めている。〝知りながら害をなすことなかれ〟。こうして嗅ぎ回るのはおそらく害だろう。それでもやめられなかった。

新聞記事の情報を積み上げていくと、肖像が形を成し始める。曖昧な印象が重なるにつれて浮かび上がってくるもの。ゴードンは塀のなかでボタンと知り合った。十二歳くらいに見える、途方に暮れた小柄な少女。いつだったか授業中に褒められてサンチェスが笑顔になったとき、そこにふだんは隠されている若さが透けて見えた。それはいかにも物欲しげで、そしてあまりにまぶしくて、ゴードンはあわてて目をそらした。

暴力という言葉は、過度に使われるせいで強さをなくし、空疎なものになっているとはいえ、力を完全に失ったわけではなく、いまも一定の意味を持つが、その意味は多岐にわたる。そのむき出しの行為、たとえば誰かを殴打して死に至らしめるという行為を意味するのはもちろん、もっと抽象的な行為を意味する場合もある。誰かから仕事や安全な住まい、適切な教育を奪う行為がそうだ。それは大規模な暴力だ。たとえば嘘と失策に基づく無意味な戦争、永遠に終わらないかもしれない戦争が、たった一年でイラクの何千、何万もの人々の命を奪う。ところが検事たちにいわせれば、本当に恐るべきモンスターは、ボタン・サンチェスのような十代の少年少女なのだ。

心のごく原始的な部分では、暴力とは肉体と肉体のぶつかり合い、拳や棍棒《こんぼう》で殴ったり刃物で切ったりすることを意味する。そういった行為を行った者は刑務所に入れられる。いかなる慈悲も与えられない。そしてゴードン・ハウザーの生徒になり、読書の課題をこなしたり、やらなかったりする。

耐えがたい事実を貪るように集めたあと、ゴードンはふいに理解した。この三人、ボタンと仲間が気の毒な学生を殺し、自らの人生を棒に振った理由がわかった。

三人にとって、男子学生は人間ではなかった。それが理由だ。一人の人間として知っている相手だったら、危害を加えることはなかっただろう。三人にとって、被害者の男子学生は異質な存在だったのだ。流暢《りゅうちょう》な標準中国語は、三人が予期していないものだった。学生は大きな音を立てて苦しげに息をしていた。法廷で証言台に立ったルームメートは、中国語の通訳を介して涙ながらに言った——風邪をひいたのだと思ったと。

ゴードンは一枚の写真を繰り返し眺めた。法廷で撮影されたサンチェスと共犯者二人の写真だ。つっぱった少年らしい姿勢でだらしなく座った三人は、そろって眼鏡をかけていた。ゴードンは教室で何度もサンチェスを見ているが、眼鏡姿は一度も見ていない。おそらく公選弁護人が眼鏡を注文するよう助言したのだ。郡刑務所では何種類かの医療サービスが受けられるが、眼鏡の処方はそのうちの一つだった。もしかしたら弁護人がウォルグリーンあたりのドラッグストアで万人向けの読書眼鏡を購入したのかもしれない。写真の三人はそろって眼鏡をかけ、自分たちの殺人容疑の裁判だというのに、退屈で上の空といった態度で座っていた。その写真を見て、ゴードンはサンチェスに嫌悪を感じた。眼鏡は、陪審の前で印象をよくするための小道具だ。真実を曲げるための演出だ。だがゴードンは、ふいに嫌悪を抱いた自分にも嫌悪を感じた。有罪か、無罪か。ひょっとしたら本当に重要なのはそれではないのだろう。生きていれば、不測の事態はどうしたって起きる。

サンチェスの事件を取り上げた記事を読んでいると、八車線あるハイウェイを徒歩で横切ろうとしているような気分になった。サンチェスは被害者でもあるのだという考えが固まりかけたところで、青少年福祉局のカウンセラーの発言が引用された記事を目にした。そのカウンセラーは、事件についてサンチェスがこう発言するのを耳にしたと証言していた。「強盗殺人事件っていうけどさ、あたしたち、何も盗《と》れなかったわけだし」

そういう最悪な夜もあった。しかし昼の光の下では気分が一気に上向いた。曲がりくねってスタンヴィルの街へと下る道を車でたどりながら、先端が緑色をしたモヘアのように柔らかい草に覆われた丘や、ヤドリギハチの巣のようにカシの枝に寄生したハート形のヤドリギを目にすると、自分に他者を批判する資格はないのだと痛感する。知らないことを批判してはならない。

大学や大学院で裕福な家の子息を大勢見てきた。裕福な家で育った子供は、バイオリンやピアノなどの楽器を習う。学校の弁論チームに所属する。特定のブランドのジーンズをきちんと裾上げして穿く。友達と一緒に父親のレクサスのなかで葉巻やパイプを吸っていて、大学進学適性テストの個別指導クラスに遅刻して現れたりもするだろう。しかし別の育ち方、育てられ方をする子供も大勢いる。リッチモンドやイーストオークランド、あるいはサンチェスのようにサウスロサンゼルスで育った子は、生まれたときからその地域、その地域のギャングのイメージそのままに教育される。非情さを体現し、誇りを持ち、そして自分も非情な人間になるよう育てられるのだ。人によっては何人もいるきょうだいの面倒を見なくてはならないかもしれないし、学校を卒業した人、安定した仕事に就いている人が身近に一人もいないかもしれない。家族が、地域社会の大半が刑務所で服役中だったりして、自分もいつか刑務所へ行くのが既定路線だったりもするだろう。つまり、生まれたときから落伍者なのだ。しかし金持ちの子供と同じく、土曜の夜になれば羽目をはずしたくなる。

子供はみな、肯定的な自己像を探し求める。子供はみなそうだ。手に入れる方法はさまざまだ。

少年指導センターには〈タンクトップは禁止〉という掲示があった。だらしない格好で法廷に現れてはいけないことさえ知らない親ばかりだからだ。その掲示はこう言っているのに等しい――〈おまえの貧しさがぷんぷん臭ってくるぞ〉。

つい最近まで、殺人についてのゴードンの知識は、文学作品で接した範囲に限られていた。ラスコーリニコフは高利貸しの老女を殺した。それは自分の人生を破壊し、夢の時代に移ろうというラスコーリニコフの熱に浮かされたような決断の結果だった。いつかは冷める熱とは違って、決して覚めることのない夢。ラスコーリニコフは貧困にあえぐ元大学生だった。ゴードンもそうだった。それにしても、滑稽にさえ思える。ドストエフスキーのいずれの作品も、結局は金《ルーブル》の問題なのだ。何か重たいもの、真鍮《しんちゅう》で作られた物体を想像させる響きだ。

ループル。南京錠の代わりに靴下に詰めて振り回せばりっぱな武器になりそうだ。

『カラマーゾフの兄弟』の結末で、アリョーシャは子供達に訴える。ここで心を通わせたことをいつまでも覚えていようと。そうすることで、死んでしまった大切な友人、失われた子供の人生を讃え、祝福しようと。

この気持ちをいつまでも決して忘れないようにしようとアリョーシャは言う。それを解毒剤にしようと。これまで生きてきたなかで一番すばらしい思い出、その純粋さを大事に心にしまっておこうと。人の一部は永遠に善良さを保つ。その善良な一部は、残りを合わせたよりも大きな価値を持つ。

サンチェスは刑務所にいて、いつかそこで死ぬ。本人によると、面会者が来たことは一度もなかった。ゴードンが知っているなかでは面会者がいる受刑者は少数だ。そのことを尋ねると、みな言い訳を並べる。誰も面会に来ないとしても、それは不名誉でも何でもないこと、そもそも自分の落ち度ではないことに誰も気づいていない。刑務所まで面会に来るには、途中で故障したりしない車を持っていなくてはならないし、仕事を休まなくてはならず、ガソリンと食事代と宿泊費、それに面会室の割高な自動販売機でものを買えるお金も持っていなくてはならない。

ゴードンは検索を続けた。ほかの受刑者の過去を調べた。

自分でわかっていないわけではなかった。一番知りたい人物、一番裏切りたくない人物について調べるのをそうやって先延ばしにしているだけだ。

彼女の名前はありふれていないから、調べるのは簡単だろう。

息子の現状を自分の口から伝えた後ろめたさはなかなか忘れられなかった。その後味の悪さが気に入らなかった。彼女の苦境を利用して優位に立っているかのように思えた。授業中はその考えは消え失せる。実際の彼女は他人を当てにする人ではないからだ。彼の質問に対してかならず生産的な答えを返してくる生徒だ。彼女がいるおかげで、ほかの生徒たちも授業についてこられているし、落ちこぼれはおらず、彼に悪感情を抱いてもいないと安心できる。彼がジョークを言えば彼女は笑い、彼女の言動は、この授業にはちゃんと意味があるはずだというゴードンの思いを裏づけた。文学を読み、議論することが彼女のためになっているのは明らかだからだ。しかしそのすべては、たとえ真実だとしても、壮大な嘘でもあった。彼は彼女に惹かれている。だが彼女を手に入れることはできない。ゴードンは彼女のことばかり考えているが、それは州矯正局にも空想のなかまでは監視できないからだ。

「グリーン・フラッシュって見たことある？」授業のあと、彼女はそう尋ねた。「オーシャンビーチで見える緑色の光」

ないとゴードンは答えた。すると彼女は説明した。光のいたずらで、夕陽が海に沈む瞬間、てっぺんに緑色の光が閃くことがある。わたしもまだ一度も見たことがないけれど、と彼女は付け加えた。

「あの辺に住んでるアイルランド系の酔っ払いの作り話ってことはない？」彼は言った。

彼女は笑った。二人は教室になっているトレーラーの前に立っていた。日の長い六月のある夜のことだった。谷を覆ったもやで金色に染まった夕陽が低い角度から彼女の目を照らし、虹彩を輝かせていた。

自分を見つめている相手を見つめることほど強力な麻薬はほかにない。

「そこで何やってる、ホール！」刑務官の声が聞こえた。夜の点呼の時間だった。「さっさと監房に戻れ。ほら、早く！」

ゴードンは夕陽のグリーン・フラッシュを調べてみた。実在した。光の作用について長々と説明したウェブサイトがいくつもあった。彼女の名前はタイプしなかった。代わりにほかの受刑者のことを調べた。美容師が来るから駐車スペースを予約しておいてと刑務官に頼むベティ・ラフランス。手紙を預かって投函してやったベティ。その後、ゴードンがボーイフレンドは元気でいるかと尋ねると、ベティは答えた。「人に頼んで絞め殺してもらった」そんなのは嘘に決まっているが、その返事を聞いてゴードンの腕の産毛が逆立った。刑務所のペンパル募集サイトにベティのページを見つけた。

〈婚活中の独身女性。ちょっぴり古風なタイプで、好きなものはシャンパン、ヨット、ギャンブル、スポーツカー、ものすごくお金のかかる娯楽。どうかしら、あなたの懐はわたしに耐えられそう？　手始めに手紙をくださいな〉

ペンパル募集者全員に共通の質問事項のリストがあって、ベティ・ラフランスも規則に従ってその質問への答えを自分のページに掲載していた。

〈別の施設への移動に抵抗はありますか〉（いいえ）

〈終身刑で服役中ですか〉（いいえ）

しかし最後の質問――〈死刑囚棟に収容されていますか〉――には、（はい）をチェックせざるをえなかった。

キャンディ・ペニャを検索すると、母親はアナハイムのディズニーランド内で売店を経営していたらしい。キャンディ・ペニャ本人はマクドナルドで働いていた。店長は弁護側の証人として出廷し、トラブルを起こしたことは一度もなかったと証言した。キャンディが殺害した少女の母親は、キャンディに死刑が言い渡された瞬間、歓声を上げた。「やった！」

被害者の母親に関しては、あとで別の発言も見つけた。キャンディ・ペニャの母親を気の毒に思う、娘を奪われた母親の気持ちは痛いほど理解できるから、と言っていた。

ロンドンについては――すぐには何一つ見つからなかった。ロンドンは周囲からコナンとかボビーとか呼ばれていた。〈ボビー・ロンドン〉で検索すると、ロサンゼルスのレストランのYelpページが表示された【Yelpはレストランなどのレビューサイト】。上位三件のレビューは、書き出しが共通していた。「くたばれ、ボビー・ロンドン！」

そこで思い出した。ロンドンのファーストネームは確かロバータだ。当たりだった。〈男になりすました女強盗犯、男子刑務所へ〉。別の記事の見出しはこうだ。〈州の大失態〉。ロンドンは誰にもなりすましてなどいない。あれほど自然体の人物をゴードンはほかに知らなかった。ロンドンはあくまでもロンドンだ。

どうやらロンドンは強盗の罪で言い渡された懲役はすでに終えたものの、それがツーストライク目で、その後、詐欺容疑で逮捕されてスリーストライクとなった【カリフォルニア州などでは、重罪の前科が二つある者が三つ目の有罪判決を受けた場合、罪の性質にかかわらず自動的に終身刑を言い渡すと定められている】。ロンドンは不渡り小切手を切ったために終身刑を務めているわけだ。

受刑者それぞれの過去。

思い出せるかぎりの名前を検索した――ロミー・レスリー・ホールとタイプしてしまわないように。

ゴードンの肖像画を描いたジェロニマ・カンポス。インランド・エンパイアのどこかの橋から夫の胴体を投棄したらしい。まずその胴体が発見され、のちに見つかった頭部からは、ジェロニマの名義で登録された銃から発射された弾丸が摘出された。ジェロニマにはアリバイがなかった。彼女のバスルームのバスタブ、車、そして夫が失踪した当日の彼女の着衣に、夫の血痕が残っていた。

ジェロニマは刑務所内のピアカウンセリング・グループに参加していて、人権法を学びたい受刑者を集めて教えている。ジェロニマは刑務所の長老だ。通信教育で準学士号を取得し、一件の違反もない模範囚だった。これまで八度、仮釈放が検討されたが、服役態度は申し分なく、また塀の外で彼女を支援する人々が仮釈放後のサポートを表明しているのに、八度とも仮釈放は認められなかった。ネット上に彼女の支援ページがあり、ジェロニマに新たな仮釈放検討の機会をと訴えていた。請願に署名した人々は、署名した理由も記していた。

ジェロニマはすでに充分に罪を償ったから。

もはや社会に脅威を与える存在ではない。

ジェロニマに自由を。

彼女は家庭内暴力の被害者だから。

ジェロニマは年配のレズビアンの先住民で、スタンヴィル矯正施設に不当に収容されている。

レズビアンであることは違法ではない。

地域社会に必要な人物だから。

刑期を全うしたから。

脅威ではないから。

ジェロニマの釈放を。

ジェロニマは、たしかに刑期を全うしていた。裁判で言い渡された刑期はもう満了しているのだ。それにゴードンはジェロニマの人となりを知っていた。絵を描くのが大好きなおばあちゃんだ。支援ページに書きこまれた理由はすべて事実だった。ジェロニマを家に帰すべき時期が来ている。言い渡された刑期は満了したのだから。

仮釈放委員会に呼ばれるたび――ゴードンの脳裏にはいつも、堅苦しいヘアスタイルをして色気のないパンティストッキングを穿き、共和党候補が政治討論の場でかならず着けている風になびくアメリカ国旗の小さなピンを襟に留め、厳めしい顔をしたフィリス・シュラフリー【憲法学者で女性保守活動家】がずらりと並んでいる様が描き出される――ジェロニマは、わたしは無実ですと言う。支援者は、彼女は充分に罪を償った、社会にとってもはや脅威ではないと言い、当のジェロニマは仮釈放委員の前に立ち、わたしは何も悪いことをしていませんと繰り返す。矛盾している。しかし、ジェロニマがなぜ無実を主張するのか、ゴードンは理解できた。

ジェロニマが自分の罪を受け入れる道を模索するのに適した場所がどこかにあるとしても、それは刑務所ではない。刑務所は、その日その日を生き抜くのに強靱《きょうじん》な精神力が求められる場所だ。仮釈放委員会が求める類の理解、委員全員を納得させられる類の真の理解を得るために、自分が犯した忌まわしい行為を毎日、ディテールまで鮮明な映像を見るように反芻し続けたとしたら、おそらく気が狂ってしまうだろう。正気を保つこと、生き抜くのに肝心なのはそれだ。正気を失わずにいるためには、自分が納得できる自己像を形成するしかない。

そして、仮にジェロニマが真の理解を示し、夫を殺した当日に自分は何を考えていたか、なぜ夫を殺したのか、殺したあとどう感じたか——高揚感、罪悪感、否定、恐怖、嫌悪——を仮釈放委員の前で打ち明け、自分の犯罪とその動機について隠し立てせずに詳細に話し、自分の行為が被害者や周囲に及ぼした影響を率直に認めたとしたら、そうやって自分の犯罪のおぞましさをくどくど説明することになったら、それは自分が投獄されるに至った経緯を一切合切、他人の前でわざわざ蒸し返すに等しい行為ではないか。そんなことをして仮釈放を認めさせるのは無理ではないのか。そう、これは負け戦なのだ。

もう何も聞かずに釈放してやってくれ。ジェロニマに自由を。

それでも、ジェロニマは仮釈放委員の前で〝わたしは何も悪いことをしていません〟と訴え、塀の外の支援者は〝刑期を全うした、彼女はもはや脅威ではない〟と訴えるという矛盾が、ゴードンを落ち着かない気持ちにさせる。

それはそれとして。ジェロニマ、サンチェス、キャンディは三人とも苦しみを経験した。その苦しみの過程で周囲を苦しめた。彼女たちを一生苦しめたところで、正義が実現するとは思えない。すでにある痛みに新たな痛みを積み上げるだけのことであり、そしてゴードンが知るかぎり、死んだ人間が生き返ることはない。

アレックスから電話やメールが何度も来ていたが、アレックスに話すようなことは何一つなかった。ゴードンの頭にあるのは女子受刑者のことばかりで、そんな話が盛り上がるわけがない。いまのゴードンはほとんど島流しの身だ。

絶望的な気分でバレッシに行った。ほかの客をうらやましいと思った。建設業や農業に従事する男たち。彼らを見ていると、セントラルヴァレーの暮らしは刑務所を中心に回っているのではないと思えたし、実際、彼らにとってはそうだろう。

「よせよ、希望はたっぷりある」アレックスならカフカを気取ってそんな風に言うに違いない。「希望は無限にある。おまえにはないってだけで」

初めて見る歌手がピアノの前で生演奏していた。上手かった。もしかしたら〝スタンヴィルの基準では上手い〟程度かもしれないが。いつのまにか少し酔っていたゴードンは、世界中のピアノ弾きがチップ入れとして置く大ぶりのブランデーグラスに二十ドル札を入れた。

「何かリクエストはありますか」歌手の声は明るく朗らかだった。

一曲も思い浮かばなかった。チップを置いたのは、とくに考えがあってのことではなかった。「じゃあ、あなたのお気に入りの曲をお願いできますか。一人でいるとき、誰もそばにいないときに歌う曲を」

「それなら『サマータイム』ね」歌手は一瞬の迷いもなく答えた。

自分の席に戻ってから、一人きりのとき歌う曲を赤の他人に聴かせてくれと頼むなんて、気味が悪いと思われただろうかと心配になった。世の中には、毎日のなかで、あるいは人生のなかで繰り返し他人の領域に踏みこんで平然としている人々がいる。そのことはゴードンも知っている。自分はそういう人間ではない。それでも気になった。

歌を聴きながら、それが個人的な歌であろうとなかろうと、歌手は彼に何かを与えるわけではないのだとゴードンは理解した。あくまでもパフォーマンスだ。プロのパフォーマーなのだから。彼女は『サマータイム』を歌い、ゴードンは彼女の平凡な声が伝えてくる感情の幅の広さに圧倒された。

「フィアンセはお気の毒だったね」ある晩、授業のあと教室でぐずぐずしていたロミー・ホールにゴードンは声をかけた。ゴードンは、担当刑務官が来てロミーを検身室に追い立てるまでの時間を少しでも引き延ばそうと、書類を無駄に丁寧に集めてそろえた。

「何があったの?」カウンセラーのような相手を気遣う口調を装うのは、やってみれば簡単だった。しかし実際は、さりげなく情報を引き出してライバルの有無を確認するのが目的だ。

「婚約してたわけじゃないの。それに、本当は死んでない。関係が終わったってだけ」

同じユニットの受刑者のなかには、文通相手と結婚した人もいると彼女は言った。「ジミーはそういう負け組とは違うの。もともと自立した生き方をしてる人だったしね。いまもあのままの人生を謳歌《おうか》してると思う」

受刑者の手工芸への熱中ぶりを笑いつつも、手を動かして何か作るのはたしかに楽しいわよねと彼女は言った。そしてゴードンに持ちこんでもらいたいものを挙げ、ジュエリー作りに必要だからと説明した。ゴードンはそれを鵜呑みにはしなかったが、ある意味では信じた。あれこれ勘繰りたくなかったからだ。勘繰るのにはもう疲れた。まもなくスタンヴィルを離れることが決まっていた。大学院に戻って社会福祉学の修士号を目指すつもりだった。このタイミングで仕事を辞めるのは、不景気を考えればおそらく無謀な行動なのだろうが、世界のリズムは個人のリズムとかならずしも一致しないものだ。

〈大自然と囚《とら》われの生活はどうだよ〉アレックスからメールでそう訊かれた。

〈今朝はハヤブサを見たよ。スズメの巣のひなを食ってた〉ゴードンはそう返信した。〈大騒動だった。シエラネヴァダの悲劇ってとこか〉。

〈きっと美味いんだろうな〉アレックスが返信をよこした。〈フランスの貴族は、ある種類の小鳥を骨から何から丸ごと食ってたそうだ。法律では食っちゃいけないことになってる鳥でさ。死刑執行人の頭巾みたいに、布を頭からかぶったりまでしてたらしいよ。情け容赦なく大自然を破壊する僕ら人間に足りないのは、伝統と優雅さなのかもな。で、いつこっちに帰ってくるって？〉

頼まれた品物を彼女に渡したあと、ゴードンは車で街に出た。ウィンドウに色つき石鹸で文字が書かれた商店が並ぶスタンヴィルのメイン・ストリートに駐車した。角に小さなカトリック教会があった。頑丈なアドベ煉瓦《れんが》造りの年季の入った建物だ。入口の扉は開いていた。なかは涼しそうだった。

ヴァレー聖母マリア教会は、おばあちゃんのバッグを開けたときのようなにおいがした。聖母マリアのハンドバッグは、過去何十年にもわたって粉っぽい化粧品のかすやカビの胞子を蓄積していた。ゴードンは無宗教だが、教会やキリスト教の神が示す慈悲、州政府は決して示さない慈悲について、このところずっと考えていた。信者席の端に腰を下ろした。通路をはさんだ向かい側は告解室だった。罪を告白する信者の声が神父に聞こえるよう、仕切りの金属のプレートにはランダムに孔《あな》が開いていて、まるで道路脇の標識が弾丸を浴びたように見えた。

ドアストッパーで開けっ放しにされた奥の出入口から風が吹きこみ、教会の内部を通り抜けた。紙が持ち上がってはためく音がどこかから聞こえた。誰かいるようだ。だが、実は誰もいないのだろう。風が紙を巻き上げる音はしていても、教会は無人で、いるのはゴードン一人だ。信者席に座ったまま、奥の出入口を見つめた。

知識には、認識論的な確固たる限界がある。善悪の判断にも同じ限界がある。

誰かを知ることができるとしても、その相手は自分一人に限られる。善悪の判断についても同じだ。

最初にそう言ったのは、ソローだ。

〝私は自分が犯してきたよりもひどい悪事が世のなかにあろうとは、これまで夢にも思ったことがない。私ほど悪い人間はこれまでも知らなかったし、これからも決して知ることはないだろう〟。

テッド・カジンスキーは〝テッド〟なのに、なぜソローは〝ソロー〟なのか。ゴードンのなかで、一人は他人行儀なままで、もう一人は完全にファーストネームで呼び合う仲だった。〝テッド〟。

より身近なのは怒りと悪だ。きっとそのせいだろう。

ノーマン・メイラーはワイヤカッターを刑務所に持ちこんでジャック・ヘンリー・アボットに渡したりはしなかった。ノーマン・メイラーは手紙を書き、自分の影響力を利用した。メイラーは、アボットが釈放されたのは自分のおかげだと自慢げに吹聴した。だがそれも自分の名前を出すというのはすなわち責任を負うことだと気づくまでのことで、その後は自分の関与を否定したが、やがてまた我慢できなくなって自慢を始め、芸術のため、文化の向上のためなら何度でも同じことをやるとさえ言った。それが一九八一年のことで、哀れなアボットはニューヨーク市マンハッタン島のローワー・イーストサイドにある更生訓練施設に移された。周囲は麻薬中毒者や小物の犯罪者だらけという環境で、アボットは護身のために銃を持ち歩くようになった。一般社会で生活した経験がなかったため、ものごとの意味を勘違いしやすく、慣れ親しんだやり方、監獄でのやり方で脅されたと誤解することが多かった。まもなく自分を攻撃した相手の心臓をナイフで刺し貫いた。刑務所では喧嘩に時間をかけていられない。周到な計画と思いきった行動が成功の鍵だ。刺した相手は一番街の現場で即死した。ジャック・ヘンリー・アボットは刑務所に逆戻りし、有名人や作家、〝ノリス〟のような名前を持つ美女と夜な夜なテーブルを囲む生活はそこまでとなった。妻にノリスなんて名前をつけるバカがどこにいる？【ノリスはメイラーの妻の名】。アボットが言いたかったのはたぶん、〝娘に〟だろう。ゴードンの知るかぎりでは、妻に名前をつける人はいない。

バンガローの荷物はほぼ片づいていた。段ボール箱二つ分の本、鍋がいくつか、カップに載せてコーヒーを淹《い》れるメリタの道具が一つ、ごみ袋に詰めた衣類が少し。ストーブに薪をくべ、金と青の液体のような炎が伸びてその薪に燃え移るのを確かめたあと、彼女の名前をタイプした。いくつか自分なりの規則を作っていた。この名前は最後に調べることに決めていた。

ロミー・レスリー・ホール。

何も出てこなかった。検索結果はゼロだ。

ロミー・L・ホール。ホール、刑務所、スタンヴィル。サンフランシスコ、終身刑、ホール。

キーワードを変えながら検索を繰り返した。薪は燃え尽き、静かに崩れて、ときおり燃え残りが指を鳴らすような音を小さく立てた。

ジミー、サンフランシスコ、アート・インスティテュート、教師。これも何も出てこなかった。講師名簿を何時間も目でたどった。映画科にジェームズ・ダーリングという講師がいる。そこでジェームズ・ダーリングをグーグル検索した。各地の映画祭。アーティスト自身による作品の解説。だが、この人物がフィアンセなのかどうか、それさえ確信が持てなかった。

斜面を下ったどこかから聞こえる犬の声に耳を澄ました。

この地域の住民は自然を飼い慣らす。反面、番犬を使って自然を敵に回す。〝猛犬注意〟な犬。ジャーマンシェパード。ドーベルマン。

犬はどこか下のほうでいつまでも吠え続けた。その声がこだましながら斜面を上ってきた。午前三時の闇に響く、土中の死人さえ目を覚ましそうな声。その声は地面を掘った。何も埋まっていない地面をひたすら掘り続けた。

25

翌年の夏、誰かを殺すつもりで罠を仕掛けたが、どんな罠をどこに仕掛けたかは伏せておく。万が一この文章が見つかるようなことがあれば、罠は害を及ぼさないまま撤去されてしまうだろう。ほかに、せっかくのハイキングをオートバイのやかましい音でだいなしにされたあと、ルースター・ビル川の上を通る自然歩道を横切るように、オートバイ乗りの首の高さに針金を渡しておいた。あとで確かめに行くと、針金ははずされて木の幹に巻きつけられていた。残念ながら被害者は出なかったようだ。

サウス・フォーク・ハンバグ川の近くで30‐30弾を牛の頭に撃ちこみ、大急ぎでその場を離れた。エルクではなく、家畜の牛だ。ほかに日の出前に近所の家に行って斧を振るい、通りがかりの自動車がぶつかったような具合に郵便受けを叩き壊した。

その年の十一月、モンタナ州から生まれ育ったシカゴ地域に旅行した。主な目的は一つ——科学者や実業家といった連中をより安全に殺害するためだ。共産主義者も一人くらいは始末したいと思っている。

動機はあくまでも私の自己決定権を奪う者、脅かしている者に対する個人的な報復である。哲学や道徳を持ち出して正当化しようというつもりはない。

26

サミーの仮釈放が決まった。わたしたちは四年近く刑務所で一緒に過ごしてきたことになる。十月のことで、そろって青い服を着たわたしたちの頭上には連日、真っ青な空が広がった。出所の日取りが決まって塀の外に出ていく人もいる。サミーもその一人で、わたしも嬉しくなった。大運動場は、そこに広がる青い服を着た数千人の受刑者の海は、永遠に続いているように見え、わたしはここから出られないという事実を突きつけてくる。

運動場の向こうに横たわる山々もやはり永遠に続いているけれど、自動化されたコンクリートの刑務所が作る〝永遠〟とは違っている。あの山の上にはきっと太古から続く文明があるとわたしは空想した。失われた文明。わたしにチャンスを授けてくれる人々。それはハウザーの授業で読んだ本に影響された子供っぽい夢だった。冬の午後に見ると、山影は茶色の混じった紫色を帯びている。あのどこかに粗末な小屋があって、人々が火を囲み、薪の爆《は》ぜる音が静かに聞こえている。人々はよそ者を受け入れ、生きることを教える。ジャクソンがすでにその親切な人々と一緒にいてわたしを待っているという空想をすることもあった。ジャクソンはわたしに新しいチャンスをくれる人々と一緒にいる。顔も体も汚れた、たくましい野生児。怯《ひる》むことなく自分の道を切り開く子供。ジャクソンは小屋にいて、ほかの人たちと一緒にわたしが来るのを、わたしの社会が社会に復帰するのを待っている。わたしがそこの言葉を覚えて話す日を待っている。誰も言葉を教えてはくれない。自分で覚えるしかない。

「シャバに出たらさ、あたしにできることがないか探してみるよ」サミーは言った。

本気で言ってくれているのはわかる。でもサミーはずっと刑務所の出入りを繰り返していて、自分のことだけで手いっぱいだ。友達思いな人だけれど、解決しなくちゃならない問題を自分もたくさん抱えていた。

ジャクソンの担当のケース・マネジャーにはもう四十通くらい手紙を書いた。返事は一通だけ届いた。わたしの親権は終了していること、それに異議があるなら弁護士を立てて家庭裁判所に訴えるしかないこと、ただし親権終了の決定が覆る可能性はないに等しいことが書かれていた。

セレニティ・スミスはもう一年近く隔離棟に収容されていた。きっとこのまま一般収容棟に移されないままになるのだろうと考えて、反対運動をやめた受刑者もいた。ローラ・リップは続けていた。運動に情熱を注いでいた。男に仕返しするために乳児だった自分の子供を殺したローラ・リップは、運動のリーダーにふさわしくないと考える人たちもいた。収監されたばかりで、刑務所内で名前を売ろうとした若い受刑者が二人、ローラを暴行し、あのロングヘアをばっさり切り落とした。

それ以降、ローラは目立つ行動を控えるようになった。ミズ・スミスに反対する運動は、リーダーがローラ・リップではなくなったことで賛同者を増やし、拡大した。ノースもそれに一役買った。ノースは、手をつないでいた受刑者を密告したりした。受刑者同士が手をつなぐのはスタンヴィルでは禁止されている。ハグも禁止だ。受刑者同士の長時間にわたる身体的接触の一切が禁止されていた。「これは総力戦だからね」ノースは言った。「あたしは同性愛者と一緒になんか暮らしたくない。要するに州は、男を一般収容棟に放りこむけどおまえら我慢しろよって一方的に言ってきてるってことじゃないか」自分だって何かに腹を立てた哀れな受刑者の一人にすぎないのに、ノースは、我こそスタンヴィル刑務所における白人労働者階級の伝統的な価値観の擁護者みたいな顔をしていた。刑務所の道徳規範を守る誇り高き闘士を気取っていた。ティアドロップも反対派についた。他人を攻撃したり殴ったりするのはストレス解消になるからだろう。もとより犬猿の仲だったティアドロップとコナンは、この問題でもやり合った。「ふつうはきょうだい《シスタ》を守ってやろうと思うもんだろうが」コナンの言う〝きょうだい〟は〝黒人同士〟という意味だ。ティアドロップは、スラム街上がりの人間なんかと一緒に暮らせるかよと答えた。二人は大運動場の可動式トイレのエリアで殴り合いの喧嘩をして、コナンが勝った。ティアドロップはほかの監房に移された。

「電気フェンスを越えられた人って過去にいる？」わたしはサミーに尋ねた。わたしたちは大運動場の周回コースを並んで歩いていた。そこなら監視台の集音マイクにも声を拾われずにすむ。

「スタンヴィルだと、二人」

「どうやったの」

「下から何か嚙ませてフェンスを持ち上げて、できた隙間をくぐった。ほうきの柄だったかな。サリナスヴァレーの男子刑務所の人は乗り越えたらしいよ。何かで自分をアースしたみたい。あと少しで出られるってところで射殺されたけどね」

ランニングをしていたコナンが追いついてきた。「走ってたらさ、トイレの近くに白い人影が見えたんだ。男でさ、腕を広げてた。白い服を着てた。ズボンの裾がベルボトムみたいに広がってた。エルヴィスかと思ったよ。いけてなかった時代のエルヴィスだ。太っちまって、妙な形のサングラスをかけてたころのエルヴィス。けど、近づいてったらごみ箱だった」

コナンの視力は糖尿病が原因で悪化する一方だった。医務室の助手——刑務所の医者——に診てもらえることになってはいた。ただし八ヵ月後に。

「なあ、エルヴィスってどんな車に乗ってたんだっけ」コナンがわたしに訊いた。

ごみ箱をエルヴィスと見間違えたと聞いて、わたしは笑わなかった。わたしが浮かない顔をしていることに気づくと、コナンはかならず車の話をした。

「スタッツ」わたしは答えた。言葉にも、わたし自身にも勢いがなかった。「エルヴィスが乗ってたのは、スタッツ・ブラックホーク」

ジミー・ダーリングはカメラをかついでグレイスランド【テネシー州メンフィスにあるプレスリーの旧宅】に出かけて行ったことがあって、撮影するようなものは何もなかったよと話していた。見るものも何もない。しいていえば、敷地をぐるりと囲んだ塀をびっしり埋めた落書き《グラフィティ》か。

きらびやかで豪華に見えるように作ってあるんじゃないの、とわたしは尋ねた。

まあね、そうなってる、とジミーは答えた。

車は？

車か、とジミーは言った。車は、トーストに浮かび上がった聖母マリア像みたいなものかな。写真で見ると、奇跡が消え失せる。ジミーは追加料金を払って飛行機も見学した。エルヴィス所有のプライベートジェット。一機にはダブルベッドが設《しつら》えられていた。カバーの上にスーパーワイド幅の飛行機用シートベルトが渡されていた。ベルトのかかったベッド、それに窓際に置かれた重役椅子を見ていたら、飛行機にエルヴィスの魂の存在を感じたとジミー・ダーリングは言った。夜空を彗星《すいせい》のように走る飛行機のなか、眠れずに一人孤独に座っているエルヴィス。彼の一番暗い時間、寄り添う人は誰もいない。ジミー・ダーリングは、飛行機のなかで、エルヴィスの寒々とした魂から吹く風を感じた。

　ハウザーもオーシャンビーチのミュゼ・メカニーク【レトロなアーケードゲームなどを展示している〝遊びの殿堂〟】を知っていた。「〝カンカンを踊るスージー〟【展示物の一つ】」行ったことがある証拠として、ハウザーはそう言った。大きな皿に波頭の泡が映し出されるカメラ・オブスキュラも見たそうだ。あとは、本来はサーフィン・スポットだけれど、わたしたちにとってはお酒と男の子を意味していたケリーズ・コーヴ。そんなものどこにもないのに、〈プレイランド遊園地〉を宣伝する巨大看板。人工の崖のそばに陽に焼けて色褪せた看板だけがある。噂によれば、第二次世界大戦中に日本軍に向けた目くらましとして立てられたものらしい。

アーヴィング・ストリート沿いにピザ店があるだろう、とハウザーは言った。生地をくるくる回しているのがウィンドウ越しに見える。

　その光景が目の前に浮かんだ。粉の円盤を両手で受け止めるコック帽をかぶったピザ職人。生地はくるくる回転しながら薄く伸びていく。どんどん大きく伸び、回転し、また高々と投げ上げられる。ある朝、店の入口に大きな花輪が掲げられているのを見た。店主が亡くなったことを知らせる花輪だった。あんなに大きな花輪を見たのは初めてだった。わたしは八歳だったか、九歳だったか。まだトラブルとは無縁だった。わたしのなかで花と死が結びついた。あの巨大な花輪がその二つを結びつけた。

アーヴィング・ストリートから見える銀色の蓋のような海も頭のなかに映し出された。晴れた日には、通りの先でその蓋が呼吸をするように上下していた。生き物のようだった。

ジャクソンは教会好きだったとハウザーに話した。グレース大聖堂に連れて行ったことがあって、自分ではない別の誰かの神の家――わたしたちは宗教を信じていなかった――では静かにしなくてはいけないとジャクソンは本能的に知っていた。聖堂のなかを見回したあと、楽しげな調子でささやいた。何かすごくいいことを思いついたとでもいうように。「ママ、ぼく大きくなったら王様になりたいな」

ジャクソンが駄々をこねたことは一度もなかったとわたしは話した。でもそう話しながらも、自分の息子をあまりべた褒めしないように気をつけなくてはと思った。世の中にはただ善良な人間であるだけではなく、大半のおとなより優れている子供がいるということを人は知るべきだと思う。でも、ハウザーに引かれてはいけない。ジャクソンを養子にと押しつけているように思われたくなかった。本心ではそうしてもらいたかったわけだけれど。それ以外の道はもうどれも閉ざされてしまった。刑務所に収容されている人はみな、自分の将来について、他人が聞いたら呆れるような妄想を抱いているものだ。そしてわたしの心のよりどころはそれ一つだった。「あの人、脈がありそうだよね」サミーは言った。「職員はたいがい受刑者と関わらないようにする。いろいろ見聞きしてるからね。初めからこっちの分が悪いわけよ。でも、あの人はすれてないもんね」

ハウザーにはどこか上の空でいるようなところがある。仕事を離れたらやることが何もないという風な人だ。わたしたちの前で私生活の話をしたわけではない。個人的な話はまったくしなかった。スタンヴィル刑務所の職員のなかでは浮いていた。刑務官は彼を馬鹿にしていて、彼を馬鹿にすることで間接的にわたしたちを馬鹿にした。おつむの空っぽなビッチどもに読み方を教えてやってくれよ、ハウザー先生。牛なみの頭の持ち主どもに、2たす2を教えてやってくれ。刑務官は、ハウザーが日々続けていることには意味がないと考えている。モニターで受刑者を監視したり、監視塔で自慰をしたりするほうがよほど有意義なつもりでいる。

ハウザーの頭の働きは鈍くない。〝キース〟ではなかった。それでも、ときおりキースと変わらないふるまいをすることがあった。図書室にワイヤカッターを持ってきてほしいと頼んだときも、きっと本当に持ってくるだろうとわたしは思った。それを使う具体的な予定があったわけではない。ただハウザーを試しただけだった。

キャンディ・ペニャは、ハウザーはあたしのボーイフレンドなのと吹聴していた。〝旅行鞄一つ分の〟毛糸を持ってきてくれたんだからといって。あたしが頼めば何だって持ってきてくれるんだから――キャンディは、隔離棟に誰かが移されてくるたび、通気口を介してそう自慢した。収容先が死刑囚監房ではなかったら、そんな自慢はしなかっただろう。自分だけの秘密にして、着々と彼を手なずけたはずだ。

十二月十八日火曜日は、ジャクソンの十二歳の誕生日だった。その日、目が覚めてすぐに七歳のジャクソンの写真を見た。持っているのはそれ一枚だった。最後にジャクソンに会ったとき、四年以上前、母が郡刑務所にジャクソンを連れて面会に来てくれたときにもらった写真。わたしは傷だらけのアクリル樹脂板をはさんで二人と会った。その時点でもう、ジャクソンはずいぶん大きくなっていた。わたしが逮捕されたときは五歳だった。あれからジャクソンがどう変わったか、わたしにはわからない。

写真をブラの内側に隠した。午後の授業のあいだ、ハウザーに何と言おうか、そればかり考えていた。ジャクソンのことで力を貸してもらいたいともう一押しするのに、何を言えばいいだろう。クラスのディスカッション中も上の空だった。一度も挙手しなかった。写真をハウザーに渡す瞬間のことだけに意識を集中していた。

ほかの生徒が教室を出て行き、デスクに座っていたハウザーが顔を上げた瞬間、何かおかしいとわたしは思った。わたしに気づいてもうれしそうな顔をしなかった。それが予兆だった。

「今日は息子の誕生日なの」

わたしは写真を置いた。ジャクソンがどれほどかわいらしい子供か、彼にもわかるように。ジャクソンを可愛いと言わなかった人はそれまでいなかった。

ハウザーは写真をろくに見ようとしなかった。

「これが息子なの」わたしは負けずに言った。「あげるわ」

それはジャクソンが二年生のとき学校で撮った写真だった。作り物の秋の景色を背景に、作り物の丸太に膝をついている。笑みを浮かべた顔は、磨いたりんごのようにつやつやしていた。

ハウザーは写真を手に取ろうとしなかった。「受け取れない」

「もらってほしいの。あなたに持っていてもらいたいの」

「気持ちはありがたいが、受け取るわけにはいかない。きみが自分で持っておくべきだよ」

せめてジャクソンがどんな子供か見てくれてもいいんじゃない、と声の調子に気をつけながらわたしは言った。怒ったら逆効果だ。わたしは洗いざらい話すつもりでいた。力を貸してと率直に頼もうと思っていた。でも、口を開こうとしたところでハウザーにさえぎられた。

「息子さんのことは本当に気の毒だと思うが、僕には何もできないんだ」

クリスマス休暇が来た。スタンヴィル刑務所のわたしたちにとっては何の楽しみもない季節だ。

一月から授業が再開するはずだったのに、いざその日が来ると、生涯学習プログラムは一時停止になったと知らされた。ハウザーが辞めたか、解雇されたかしたらしい。職員が辞めても、受刑者にその理由は知らされない。いろんな噂が流れたけれど、ハウザーのことを本当に気にしているのはキャンディ・ペニャ一人だった。ちょうどそのころティアドロップが隔離房に入れられていて、キャンディは通気口越しにティアドロップに叫んだ——ハウザーがいなくなったのは、あたしと親しくなりすぎたせいだわ。

わたしは行き詰まった。ジャクソンの写真、一番新しくても五年近くも前の写真と一緒に取り残された。ハウザーがまだこちらの思惑どおりにふるまっていたころ持ってきてくれたワイヤカッターはまだ手もとにあった。木工工場で作った大きな木ダボもあった。その二つを大運動場の第一監視塔の裏に隠した。手を使って地面を掘った。ネイティブ・アメリカンの女性がたばこを大運動場に隠すときにそうやっているのを見たことがあった。みんな雨降りの直後を狙って土中にものを隠す。爪や手を道具として使い、辛抱強く土をかく。第一監視塔の裏にずいぶん長い時間いて、ようやく木ダボとワイヤカッターを隠せる穴が掘れた。誰からも叱責の声は飛んでこなかったし、誰にも見られずにすんだ。サミーの言っていたとおり、そこは死角なのだろう。それは単なる夢だった。もしその夢が現実になることがあれば、死の夢になるだろう。わたしは電気フェンスに近づきすぎたウサギのように感電して死ぬ。

コヨーテがフェンスに触れて死に、その死骸が目立つ位置にぶら下がったままになっていた。

わたしがロサンゼルスで借りていたアパートの裏の路地にコヨーテが住んでいた。昼日中に歩道を小走りに通り過ぎていく姿を見かけた。夜になると、甲高い鳴き声が部屋のなかまで聞こえてきた。ジャクソンは怯えてわたしにしがみついたけれど、ふざけてそうしているだけだった。ママと一緒に安全な家にいるとき、すぐ外に来た野生動物を怖がるのはおもしろい遊びだから。ジャクソンは、コヨーテはオオカミより鼻が長いんだよと言った。大きな違いはそれなんだよ、顔の形なんだ。

死んだコヨーテを下ろす作業のあいだフェンスの電気が切られ、刑務所全体がロックダウンされた。エンジェル・マリー・ジャニッキの時代は終わったのだ。誰もここから出られない。

サミーの釈放日が近づいていた。まずは更生訓練施設に入り、そこで厳しい職業訓練を受けることになる。そのころはもうサミーが運動場に出てくることはあまりなくなっていた。自分の部屋にこもり、ほかの受刑者と接触しないようにしていた。仮釈放の日が近づくと、敵対する誰かがその受刑者をわざとトラブルに巻きこみ、せっかくのチャンスをつぶそうと画策することがあるからだ。

そのころテレビの撮影班が刑務所に入り、ボタンをはじめ、未成年のとき成年として裁かれ有罪を言い渡された受刑者の何人かを取材した。ボタンは空き時間をすべて撮影の準備に費やした。まるで美人コンテストにでも出場するみたいな念の入れようだった。「悲しい感じを期待されてるんじゃないの」わたしは言った。「あとは若さとか。清純な雰囲気とか」でも、せっかくの晴れ舞台だから、最高にきれいに見せたいのとボタンは言った。美容科の美容室でトリートメントをするのと引き換えに、誰かに服をあつらえてもらった。隣の監房の、いつも一人ぼっちでいてボタンを怖がっている受刑者から化粧品を盗んできた。ボタンの髪を整えた受刑者が前髪におかしなカールをつけたといって、ボタンはその人を平手打ちした。ただの思い上がった子供になったボタンを、わたしたちは部屋から追い払いたいと思った。

テレビのクルーは、土曜日と日曜日の面会時間をフルに使って撮影した。日曜日、わたしは同じように誰も面会に来ないみじめな人たちと一緒に運動場にいた。といっても、受刑者の大部分に面会者がいない。善意から受刑者の話し相手をしに来る教会のボランティアはいて、わたしが知っている人たちは、ただ面会する人がほしくて教会のボランティアと会っていた。あとは、面会室の自動販売機で食べ物を買ってもらうためだ。わたしは運動場に座り、正真正銘の先住民にまじってスチームバスに入るのが目的で先住民のふりをしている人たちを笑いながら見ていた。本物は誰と誰なのか、観察していれば簡単にわかる。本物の先住民なら、タバコの流通を管理しているし、売店で買い物をするときは部族の基金を使うからだ。

その日曜の夜、ボタンはドキュメンタリー番組のことばかり話し続けた。全国の視聴者が自分の経験を知ることになるのだとうれしそうだった。

「あたし、いつまでもこんなところにいるような人間じゃないのかも」ボタンは言った。

「あんたのどこがそんなに特別なのよ」わたしはボタンにうんざりしていた。

「事件が起きたとき、あたしは十四歳だった。その年齢だと、脳はまだ未熟な状態なんだって」

子供の脳が未発達だというのはきっと本当だろう。刑務所では、何もかもが選択や意思決定の問題にされる。人は選択と意思決定をした上で罪を犯すものだというみたいに。十四歳の子供は、意識的に選択して罪を犯すわけではない。ボタンは、現在時制という監獄に囚われている。ボタンと似たような年齢だったころ、わたしは今日のことを考えるだけでせいいっぱいで、明日のことなんて考えられなかった。それでも、わたしたちと比べて自分は特別なのだと言い出したボタンに腹が立つことには変わりなかった。

未成年で有罪判決を受けたのに、州知事の一声で刑期が短縮されたリンディ・ベルセンという受刑者がいる。スタンヴィル刑務所では有名人だった。弁護士が無報酬で集まって弁護団を結成し、人身売買の被害者が起こした事件であると力説した。リンディは自分のポン引きをモーテルの客室で射殺した。男は、十二歳の時からリンディを売春婦として働かせていた。悲しい話だ。たしかに、社会に戻すのが当然なのかもしれない。でも、誰がどう見てもリンディに罪はないと印象づけようとした弁護団に、わたしたち受刑者は違和感を覚えた。リンディ・ベルセンは、訴求力のある受刑者をいつも探している自由世界の活動家にしてみれば、理想的な広告塔だ。きれいな顔立ちをしていて、教養のある人物のような話し方をする。でもそんなことより何より重要なのは、加害者ではなく被害者のイメージにマッチしていたことだ。スタンヴィル刑務所の受刑者には、リンディ・ベルセンに反感を抱く人がたくさんいた。だって、弁護団が仕立て上げたストーリーは、リンディ以外のわたしたちについてどんな印象を与えることになる？　リンディが出所したとき、喜んだのはごく一部だった。

セレニティ・スミスが一般収容棟に移された。Bブロックのなかの保護監視ユニットだ。一般と同じユニットではあるけれど、やはり保護監視対象になっている七人と同じく行動制限がかかり、ほかの受刑者のユニットへの出入りも禁じられている。いつかは行動制限が解除され、セレニティは一般の雑居房に移されるだろう。コナンが運営しているトランスジェンダーのカウンセリング・グループは、セレニティの警護役に立候補していた。それについて何度もミーティングを開き、グループとしてセレニティを支援すると表明した。ほかの受刑者は、彼らと戦うための武器を作っていた。コナンのグループは〝タフガイ〟警備団を結成してセレニティの防壁となり、ティアドロップはじめセレニティ襲撃を企てている危険な受刑者たちから彼女を守ろうと計画していた。

サミーによると、暴動が起きると刑務所は血の海になる。CIWでは受刑者が北部と南部で対立し、暴動に発展したことがあった。マジ修羅場だから、とサミーは言っていた。

運動場で組織的な暴動が発生するのを防ぐため、刑務所側はセレニティの行動制限が解除されるタイミングを伏せていた。

わたしには関係のないことだった。日々の生活は以前と同じに戻っていた。ハウザーが辞めたあと、生涯学習プログラムで選択できるコースは、体育館で行われている心理療法グループ一つだけになっていた。自尊心の向上。怒りのコントロール法《アンガーマネージメント》。移行期の過ごし方（出所日が確定している受刑者が対象）。予算が削減されて、ほかにも前と変わったことがいくつかあった。わたしのようなレベル4の受刑者は、配役先に木工工場を希望できなくなった。わたしは食堂で働き始めた。そこでは、一日当たり一四〇〇キロカロリーの〝モーティマー盛り〟の配膳作業のあいだ、刑務官が体にべたべた触ってくる。厨房の監督官は、〈考えるだけムダ〉と書いた大きなバッジを着けていた。お涙頂戴の身の上話を聞かせて特別扱いしてもらおうなんて考えるだけムダ。職員はそんな人ばかりだった。聞く耳を持っている人にしても、わたしたちの力になりたいと思っているわけではなかった。禁制品を持ちこんでお金を儲《もう》けることしか考えていない。

エヴァのお父さんから手紙が届いた。エヴァの連絡先が知りたくて、お父さんに十通くらい手紙を書いていたけれど、収監されてから五年たって、返事が来たのはそれが初めてだった。

〝エヴァは去年死にました。あなたの手紙を保管しておいてエヴァに渡すつもりでいましたが、居場所がわかりませんでした。エヴァに連絡しようとしてももう無駄になってしまったということをあなたに伝えておこうと思いました。〟

ハウザーからきっと手紙が来るだろうと思うこともあった。面会者リストに自分の名前を入れてくれと言われるだろうと。いまはもうスタンヴィル刑務所の職員ではないから、受刑者と親密な関係を築いてはいけないという規則には縛られない。ハウザーは自由世界の人なのだから、次の段階に進む準備を始めるだろうと思っていた。わたしは彼にそういう感情を抱いてはいないけれど、それでも結婚すれば、ジャクソンを連れて家族面会に来てもらえる。ハウザーはまじめで優しい人だ。きっといい父親になるだろう。けれどわたしにはその考えを彼に伝える手段がない。わたしは彼を利用し操っているつもりでいたけれど、馬鹿を見たのはわたしのほうだった。

ある晩、水が出てくる夢を二つ見た。最初の夢で、わたしはハウザーといた。少なくとも、あれはハウザーだったのだと思う。わたしと何らかのつながりを持つ代理人、どういう事情かわたしの指示に従わなくてはならない存在だった。激しい雨が降っていて、わたしたちはロサンゼルス川の水位が上昇していくのを見守っていた。川の水はコンクリートの護岸を越えようとしていた。ハウザーは飛びこんで泳ごうとした。でも、川の流れの速さを甘く見ていたハウザーは流され始めた。彼には木の枝や根っこを見つけてそこまで泳ぐ体力があるのか、何かにつかまって岸に這い上がれるのか。わたしは商店に行き、そこの店員に、友人が川に入ったと言った。するとその女性店員は言った。「川の水は時速百四十一キロで流れているんですよ」。ハウザーはもう死んだか、いまごろ死に向かってまっしぐらに流れているかだろうとわたしは思った。そこで目が覚めた。

ふたたび眠りが訪れ、また別の夢を見た。わたしは古い車を運転していた。クラッチはぎくしゃくし、ブレーキは利き方が急だし、アクセルペダルは踏んでもすぐにはエンジンの回転が上がってくれず、ハンドルも重たかったけれど、わたしはその車に乗り慣れていて、扱い方を心得ていた。行く手で何か起きているようだった。わたしは車を停めて降りた。男性がいまにも自殺しようとしていた。若い女性が説得して思いとどまらせようとしていた。次の瞬間、わたしたち三人は岸壁か堤防らしきものに沿って歩いていた。オーシャンビーチの堤防だ。巨大な波が盛り上がっては砕けている。水平なはずの海がこちらに傾いているかのようだった。若い女性はふいにわたしになった。男性が、わたしを、わたしではないわたし、夢のなかでその男性に返事をしている人物のほうを見た。彼は夢のなかのわたしを見て、海に入っていこうとした。わたしは言った。やめて、行っちゃだめ。そう言うと同時に気づいた。彼はわたしを海に誘いこもうとしているのだ。自分が死ぬと見せかけて、わたしに自殺させようとしている。そこでまた目が覚めて、ジャクソンは喉が乾いていないだろうかと心配になった。ベッドから手が届くところに水のコップがないのではないか。そして思い出した。わたしがいるそこは、Cブロック、ユニット五一〇、一四号室の二段ベッドの下の段だと。

サミーが仮釈放された。不安だから出たくないと言っていた。口ではそう言っていても、高揚感が伝わってきた。更生訓練施設は街の底辺地区にあって、サミーはそれを心配していた。「床屋の近くをうろうろしてたら、いつかは髪を切ることになるでしょ」サミーは子ブタ柄のアイマスクや何かをわたしにくれた。手紙を書くからねと約束した。わたしたちはさよならのハグをした。

人生の終わりは波のように一気に迫ってくるという。わたしにも迫ろうとしていた。これが人生とあきらめきれなかった。死ぬ日までこんな風に生きていきたくない。鬱状態になって、寝てばかりいた。ある日曜日、朝食に起きられず、朝一番の自由時間も寝たまま過ぎてしまった。お昼休み、運動場に出てコナンを探した。

ローラ・リップの属する園芸班が地面を掃いていた。よく晴れた日で、運動場は込み合っていた。二千人くらいいたんじゃないかと思う。

わたしは回転式のゲートを抜けた。きいと音がなった瞬間、近くにいた全員が振り返った。たくさんのフクロウがくるりと首の向きを変えたようだった。理由はわからない。それでも空気が張り詰めているのが感じ取れた。

バスケットボールコートのそばを通り抜け、コナンを探した。コートでは試合が進行中で、サイドライン脇では何人かが売店で買ってきた食べ物を広げてピクニックをしていた。

「来た！」誰かの叫び声がした。

自分のことかと思って、わたしはパニックを起こしかけた。運動場のあちこちから大勢が運動場の入口めがけて走って行った。バスケットボールをやっていた人たちも試合を突然放棄した。ボールがゴールに入ったのに、下で受け止める人はいなかった。ボールはバウンドして無人のコートを転がっていった。全員が回転式ゲートに向かって走っていた。

セレニティ・スミスがゲートを抜けてきた。一人きりで運動場に出てきたようだった。背筋を伸ばして堂々と歩いてくる。美しい黒人女性だった。すらりと伸びた腕が優雅だった。

ローラ・リップと園芸班のメンバーがシャベルや熊手を振りかざしてセレニティに迫った。金切り声が聞こえた。ノースだった。セレニティに向かって一直線に走っていく。コナンやリーボックら支援グループのメンバーが集まってきて、ノースや園芸班を阻止しようとした。

全方位から大勢が押し寄せてくる。

最初にセレニティを襲ったのはノースだった。ノースはセレニティに飛びかかって地面に倒そうとした。セレニティは抵抗した。コナンがノースを押し倒し、何度も踏みつけた。コナンの内側に蓄積していた怒りがブーツの底の一点に集まり、ノースの頭や顔を何度も踏みつけた。ノースの頭から血が流れ出した。

セレニティは、ローラ・リップ率いる集団から走って逃げようとしていた。ローラ・リップにシャベルの平らな面で背中を殴られ、セレニティは地面に倒れた。ローラはセレニティにのしかかって顔を引っかいた。女のなかには、喧嘩となるとまず引っかく人がいる。どうしてもそうなるのだ。本能だろう。セレニティが立ち上がり、ローラを折り畳みテーブルに押しつけて拳で殴った。警報が鳴り渡った。ぶぉん、ぶぉん、ぶぉん。耳をふさぎたくなる音は、地面にうつ伏せになれという命令だ。

ローラを殴り続けているセレニティを園芸班のほかのメンバーが引き剝がそうとした。彼女らを狙ってくずかごが飛んだ。警報は鳴り続けている。誰もがつかみ合っていた。

ティアドロップがシャベルを拾い、ラグを叩いて埃を落とすようにセレニティを打ち始めた。ゆっくりと、重たい音を立てて、次々と。セレニティが悲鳴をあげた。警報がやかましい。刑務官はわざと止めに入らないでいるのかもしれない。セレニティが大怪我をしても
——下手をしたら死んでも——かまわないと考えているのではないか。

誰もうつ伏せにならなかった。運動場はカオスに陥っていた。まだ格闘をやめようとしない受刑者に向けてペッパースプレーのオレンジ色の雲が広がった。刑務官は身の安全のため監視室に撤退した。聞いたことのない音、空襲警報のサイレンのような音がどこかで鳴っていた。緊急事態発生。もう収拾がつかない。警報とサイレンが鳴り続けた。

わたしはそっと第一監視塔の陰に入った。頭上には刑務官がいたけれど、銃口は暴徒と化した受刑者たちに向けられていた。暴動鎮圧用の木製弾を続けざまに発射している。

わたしは第一監視塔の裏の地面を引っかき、目当てのものを掘り出した。

かみそり鉄線が布地を引っ張る感覚。それは誰かに引き止められているような感覚だ。行かないで。ここにいて。まだ行かなくていいでしょう。行っちゃだめ。このままここにいたら、わたしは時間をかけてじわじわと死んでいくだろう。一瞬で終わらせる方法が見つかるまで。

かみそりに何度も斬りつけられながら、内側のフェンスにすり抜けられるだけの大きさの穴を開けた。

穴を抜け、一つ外側のフェンス、電気が通っているフェンスに近づいた。警報はまだやかましい音で鳴っている。命を懸ける覚悟はできていた。木工工場で作った木ダボで電気フェンスに触れてみた。

ショックは来なかった。

木ダボを使ってフェンスの下端を持ち上げ、つっかい棒にした。それから地面を這った。息を止め、次の瞬間にもかりかりのフライになるのではと怯えながら、フェンスをくぐった。

気づくとフェンスの外に出ていた。外周を警戒する巡回車両用の未舗装道路にいた。世界との境界線にたどりついたのだ。

あともう一つフェンスを抜けるだけだ。警報はまだ聞こえていた。指示に従えと繰り返し命令する声、木の弾を発射する音も聞こえた。

手早く針金を切って穴を開け、これ以上の切り傷を負わずにすむよう木ダボで押し広げた。アーモンド果樹園に出た。遠くで警報が鳴っている。走って木の陰に入り、道路を横切って、走り続けた。

27

ゴードン・ハウザーが十二歳だったとき、町全体を巻きこむ大騒動が起きた。マルティネスの中心部にある古い郡刑務所から、ボー・クロフォードという名の囚人が脱走したのだ。サンパブロ湾岸一帯は、軍隊に占領されたかのような物々しい雰囲気に包まれた。見張りの兵士、軍の装甲車両、スナイパー、何頭もの軍用犬、道路封鎖。ボー・クロフォードが残した痕跡がどこそこで発見されただの、ピノールで、ベニシアで、ヴァレーホで、ピッツバーグで、アンティオクで姿が目撃されただのといったスリルたっぷりの報道の数々。郡が封鎖下に置かれてまる十日後、ボー・クロフォードがカーキネス海峡沿いのポートコスタを越えたあたりの廃屋に隠れていたところを捕まった。

逃亡生活は決して気楽な日々ではない。絶えず背後を確かめていなくてはならない。刑務所のほうがまだ休まるのではと周囲は話していたが、ボー・クロフォードは、たとえ刑務所に戻りたいと思ったとしてもいまさら戻れないだろうとゴードンは思った。身をひそめるのにぴったりの場所など一つとしてない世界の隙間や余白で生き延びるしかないのだ。ゴードンの父親を含め、その世界の住人はみな銃を購入し、逃亡者が自分の敷地に一歩でも足を踏み入れたらぶっ放してやろうと待ち構えていた。

クロケットのC&H製油所の駐車場で、二人の子供がボー・クロフォードを目撃した。ロデオのフリッピーズのウェイトレスの証言によれば、ある日の夜明けごろ逃亡者が店に来て、ベーコンエッグを注文した。彼女が警察に通報しようと厨房に引っこんだあいだに姿を消した。

ボー・クロフォードは郡の全住民に娯楽を与えた。どのコミュニティの住人も、どのコミュニティにも属さない孤独な人々も、クロフォードが現れるのを心待ちにし、同時に恐れた。ボー・クロフォードは有名人だから、彼のおかげで地域も有名になると期待した。自分たちは、クロフォードが、指名手配犯が、危険な男が、逃走中に立ち寄った町の住人になれるのだ。

クロフォードが指名手配された罪状は？　脱獄と、それにもう一つ、武装強盗容疑だ。

刑務所の洗濯場で働いていた女性職員、ヴィーナ・ハバードはボー・クロフォードと親しくなり、彼に想いを抱くようになった。そして新たな人生の夢を描いた。脱獄の一部始終は、のちに新聞の暴露記事にすっぱ抜かれて、郡刑務所の警備上の弱点が指摘されることとなった。ヴィーナとボーはメキシコで新生活を始めようと話し合った。ただし、メキシコに向かう前にヴィーナの家に寄って夫のマックを殺す。そのあと彼女の車、ホンダ・シビックで国境を目指す手はずになっていた。地図は用意したし、ヴィーナの貯金もある。マック名義で登録されたショットガンもあって、二人はマックを殺したあとそれを持って逃走する予定でいた（ホンダ・シビックのような小型車に果たしてショットガンを積めるのかとゴードンは首をかしげた）。

ボーは生まれつき知性に優れ、完璧なまでの自制心を備えていた。毎日欠かさず腕立て伏せを二百回やった。瞑想《めいそう》もした。ヴィーナが洗濯班にと刑務所にこっそり持ちこんだフライドチキンとマカロニサラダを刑務作業のパートナーが食べているあいだに、ボーは洗濯場の物入れの奥の壁を少しずつ掘った。事件発覚後、ヴィーナが規則に反して洗濯場に食事を持ちこんだことが問題になった。その違反行為は、ヴィーナの性格的な弱さや、狡猾《こうかつ》な受刑者にあっさり丸めこまれたことを示していた。「食べきれなくて捨てるしかなくなった料理を食べてもらっただけです」ヴィーナは審問でそう証言した。洗濯場に配属されていた複数の受刑者によれば、パーティサイズのサブマリンサンドイッチやコストコの特大ラザニアなど、料理はいつも二十人分くらいあったという。ボーがパートナーを組んでいた受刑者――ボーは〝デブちん〟と呼んだ――J・D・ジョスは、脱獄計画に加担してはいたが、ボーほど有能な脱獄者ではなかった。ヴィーナが本当に愛していたのはボーだったが、J・Dはボーより大っぴらにヴィーナといちゃつき、ボーはその隙に物入れの奥にできた穴に入ってその奥を探索した。J・Dは洗濯場の設備を使って自分の囚人服のズボンに秘密の垂れ蓋を縫いつけ、監督者のデスクに座ったヴィーナがペニスをしごけるようにした。二人が励んでいるあいだに、ボーは刑務所の建物の地下に設置されたパイプを通り、表通りの下水管に出る逃走ルートを見つけた。

決行の日、ヴィーナの週に一度の休みだったその日、彼女は地図やショットガン、現金を積んだホンダ・シビックをある交差点に停めてボーとJ・Dを待つ段取りになっていた。J・Dとボーは、代理の監督官が昼食をとっているあいだに洗濯場の物入れの穴にもぐりこんだ。表通りの下水管から地上に出て、マルティネスの町の中心部、ヴィーナが待っているはずの交差点まで徒歩で向かった。シビックではない車が一台、二人を追い越していき、J・Dはとっさに民家の庭の茂みに飛びこんで身を隠した。ボーは、のちに本人が警察に語ったところによれば、「怪しまれるような動きをするな」とJ・Dを叱りつけた。一般市民らしくふるまえ、脱獄したてでびくついている囚人のようにふるまうんじゃない。シビックは約束の交差点に現れなかった。二人は脱獄したてでびくついている囚人そのものだった。地図もなく、武器もなく、計画も何もなかった。

二人を拾い、すぐに自宅にとんぼ返りしてマックを殺すはずだったころ、ヴィーナとマック・ハバードはソファに並んで座ってテレビ映画を眺めていた。もう家を出なくては間に合わないのに、映画はちっとも終わらない。マックは何カ月ぶりかでヴィーナに関心を向け、ソファの上で彼女の体に腕を回していた。その腕はこう言っているようだった。「メキシコに行くつもりなんだろう、知ってるぞ。人を殺す気でいることもな。だが、この生活だって悪くない。そうだろう?」ボーやJ・Dとの待ち合わせ時刻が来て、やがて過ぎた。あの二人は脱獄計画を中止したかもしれない。ヴィーナはそう願った。でも、もし彼女に復讐しに来たらどうしよう。

その夜は朝まで眠れなかった。物音がするたびに飛び上がった。マックはバカみたいに大きないびきをかいて寝ていた。自分の命が危険にさらされていることなど知りもせず。しかし、マックはそういう呑気な人間だ。ヴィーナが彼に惚れた理由はそれだった。のちに愛想を尽かした理由もそれで、いままた彼が好きになり始めた理由もそれだった。ヴィーナは小山のように大きな彼の背中に寄り添い、自分を救ってくださいと祈った。自分とマックを。これまで感謝の気持ちをすっかり忘れていた、日常の小さなものごとのすべてを。

J・D・ジョスとボー・クロフォードは別行動を取った。J・Dは廃屋に忍びこみ、傷んだ食料を食べ、傷んだ水を飲み、パンツを下痢便まみれにして、手がかりを残した。彼はほぼ即座に捕まった。酔っ払い、虫刺され痕だらけで、半分しか残っていないオレオ・クッキーのパッケージ一つとハンマー一つが入ったバックパックを背負っていた。

ボーは十日間、追っ手から逃げ回り、サンパブロ湾岸の小さな工業の町に伝説を残した——たとえばゴードン・ハウザーが育った小さな町に。マルティネスの中心街にあった刑務所はのちに閉鎖され、新しく建て直された。モダンで最新鋭の設備が整った刑務所。もはや脱獄は不可能だ。

緊迫の十日間が過ぎようとしたところ、地元ラジオ局にある女性から電話がかかってきた。クロケット郊外に住んでいると言い、ボー・クロフォードが鉄道脇の森から出てきたところを目撃したと話した——恐れずに彼と向き合い、彼の視線をとらえ、〝目で伝えようと〟した。その部分がゴードンの記憶に強い印象を残した。ラジオから聞こえてきたその女性の声が。

わたしは彼に〝目で伝えようと〟したんです。

その女性はボー・クロフォードに何を伝えようとしたのだろう。あれから何年もたったいま、スタンヴィル刑務所で脱獄事件が発生したというニュース、ロミー・ホールが脱走したというニュースを聞いて、ゴードンはそのことをまた考えた。

その女性は、線路脇で、ボー・クロフォードに何を伝えようとしたのだろう。その女性は、いったい何を知っていたのだろう。

ボー・クロフォードが実在することを、だ。彼が逃走中の脱獄犯であることを、だ。女性は彼を見た。彼のほうにも自分を見てもらいたいと思った。リスクを冒すことをいとわなかった。彼は危険人物で、もしかしたら武器を持っているかもしれない。それでも彼女は身を隠さず、毅然とした態度を取った。彼の目をまっすぐに見た。もし彼が女性の目をまっすぐに見つめ返していたら、彼には自由の身でいる資格がないと彼女が知っていることが伝わっただろう。

あなたは逃げられない。

女性が目で伝えようとしたことは、それだ。

28

自然とのつながりが深まって表れる変化の一つは、感覚が研ぎ澄まされることだ。聴覚や視覚そのものが鋭くなるというよりも、注意力の問題だ。都会の生活では、意識が内側に向かいやすい。周囲に重要ではない光景や音が多すぎるため、その大部分を意識から追い出すようになる。ところが森のなかでは、意識が外に、周囲の環境に向く。周囲で何が起きているかを意識するようになる。聴覚を刺激した音の正体が何であるか、わかるようになる。あれは鳥の声だ。いまのはアブの羽音だ。あれは怯えたシカが逃げていく音だ。あっちはリスが嚙み切った松ぼっくりが地面に落ちた音だ。聞こえるかどうかのかすかなものであれ、正体のわからない音が聞こえたら、即座にそれに注意が向くようになる。地面の上の目立たないものにも気づくようになる。たとえば食用になる植物や動物の足跡などだ。人間が通った場所に足跡のほんの一部でも残っていたら、それにもきっと気づくようになる。

第四部

29

カート・ケネディが目を覚ますと、ロゼワインの空きボトルが二本あり、頭痛がしていた。眠っているあいだにスチュワーデスが——いまどきは別の呼び方をするのはわかっているが、新しい呼び方は彼の記憶にどうしても定着してくれない——スチュワーデスが酒のグラスを下げたようだ。カートが膝にはさんでいるナップサックに隠して搭乗したロゼワインのことではなく、スチュワーデスに持ってきてもらったラムのコーラ割の話だ。まだ飲みかけだったのに、スチュワーデスがカートの前のトレーから勝手に下げてしまった。国際便のいいところはそれなのに。酒は無料で、どれだけ飲もうと誰からも何も言われない。途中で取り上げる権限は誰にもない。カートはシートについたコールボタンを押した。飲んでいる途中で持っていくな、新しいのをよこせと言ってやるつもりだった。スチュワーデスが来て、酒のグラスを下げたのはお客様が眠っていらしたからですと言った。カートは、あれを飲んだおかげで眠れたわけで、だからこそ返してもらいたいと言った。

スチュワーデスが彼のほうにかがみこんで言った。

「わたしもおかしな規則だとは思いますが、機内へのワインの持ちこみは禁止されているんです」

〝わたしも〟云々はごますりのつもりだろう。俺にはこの飛行機を降りたあとの計画があるけどな、あんたみたいなばばあを誘う気はねえよ。

スチュワーデスは四十歳くらいと見えた。なかなかの美人だったし、四十歳の女なら、寝てもかまわないと思う。カート自身は五十四歳だ。同年代の女と寝るなど、考えただけでゲロが出そうになる。ふいに、世の中はゲロが出そうなことだらけだと思った。何の理由もなく吐いてしまいそうな気がした。体調は万全ではなかった。メキシコのカンクンで一晩中出歩いた。手の甲には十軒くらいのナイトクラブの再入場スタンプが捺《お》されている。夜の後半の記憶は完全に抜け落ちていた。誰かのジープ、カートより年上で、カートよりさらに酔っ払っていた誰かのジープに乗りこんだような記憶はぼんやり残っている。その誰かは車を駐車スペースから出すことさえできず、前の車にぶつけ、後ろの車にぶつけた。それを延々と繰り返したころ、カートはもうよせとわめき、ジープを降りた……が、そのあとはどうしたのだったか。思い出せない。目が覚めたときはノボテル・ホテルの部屋にいて、服を着たまま寝小便をしていた。

飛行機に乗りそこねずにすんだのはせめてもの救いだった。しかもシャワーを浴びる余裕さえあった。男なら誰でも知っていることだが、シャワーを浴びればみじめな痕跡はすっきり洗い流され、どこかへ行ける程度にはしゃんとする。排水口から立ち上ってくるメタンのにおいが吐き気を誘った。世の中の人間は何一つまともに作れない。下水管の換気さえうまくできない。

免税店でワインを買った。理由は、単に買えたから。それにもう一つ、飛行機で飲むものを自分で用意しておきたかったからだ。誰かが持ってきてくるのを窮屈なシートで待っていると、閉所恐怖症を起こしそうになる。飲みもののカートが通路をやってくるのが見えないというだけで、口のなかが死の谷《デスヴァレー》よりからからになってしまう。ただでさえ薬のせいで喉が渇いてしかたがないのに。待たされるのはごめんだった。カンクンからサンフランシスコまでのフライトは長い。機内で飲むものは自分で用意しておこうと思った。ワインを二瓶とコーヒーカップを一つ。一方のボトルを搭乗ゲートで開けた。ガラスがぶつかる音が響かないようボトルのあいだにTシャツをはさみ、ナップザックごとかたむけてカップに注いで飲んだ。

搭乗したときの気分は〝酔っていた〟とは違う。リラックスし始めていただけだ。カンクンにいるあいだはずっと神経が張りつめていた。休暇旅行のはずなのに、一分ごとに自分は楽しんでいるかどうか確かめた。楽しんでいるのかどうか、自分でもわからず、そのせいで不安に駆られ、またクロノピン【抗てんかん剤で、抗不安作用もある】をのみ、横になったり、起き上がったり、バーに出かけたり、砂浜をうろうろ歩き回ったりしたが、足の裏を火傷して、自分はビーチでのんびりするタイプの人間ではないようだという現実を突きつけられ、すぐにでも家に帰ってマーズ・ルームに行き、ヴァネッサに会って彼女を膝に乗せたくなった。カートが不安から解放される方法は、世界中でそれ一つしかなかった。この世の誰だって不安から解放される資格がある。いや、誰に何を手に入れる資格があるかはこの際どうでもいい。もう安心だと思うために彼に必要なものはいくつかあった。ヴァネッサはそのうちの一つだ。ほかには──睡眠障害があるから、黒い厚手のカーテンが必要だ。不安障害があるから、クロノピンが必要だ。痛みがあるから、オキシコンチン【鎮痛剤】が必要だ。アルコールの問題があるから、酒が必要だ。生活費の問題があるから、それに金に困っていない人間に見られたいから、金が必要だ。女の問題があるから、彼女が必要だ。いやいや、〝問題〟という言葉はそぐわないかもしれない。彼には本命がいる。彼女の名前はヴァネッサ。それはステージネームだが、彼にとっては実名と変わらない。その名前しか知らないのだから。ヴァネッサは、彼の頭のなかのぼんやりした思考を具体的でリアルなもので満たす。ヴァネッサのそばにいると、気分がよかった。この世の誰もにいい気分を味わう権利がある。とりわけ彼はそうだ。彼は彼なのだから。

「ワインの持ち込みは禁止されてなんかいないよな」カートは年増《としま》のスチュワーデスに言った。それを聞いたスチュワーデスの口の周りに皺《しわ》が刻まれた。カートは頭上の荷物入れを指差した。ほかの乗客たちが免税店で買ったワインが詰まっている。

「お言葉ですが、ご搭乗中にお召し上がりいただくことはできません」

もう遅いよ、とカートは心のなかで言い返した。二本とももう飲んじまった。一本は搭乗ゲート前で、もう一本は離陸直後に胃袋に流し入れた。

カートはおかわりを頼むよと念を押した。着陸までまだ一時間あるし、口が乾いてしかたがないのだと言った。

スチュワーデスは急に媚びた態度を取った。気味が悪いほど。この女、俺をだます気だなとカートは察した。案の定、ただのコカ・コーラを持ってきた。機内向けのミニボトルはついていなかった。ラムはもう混ぜてありますからと言った。

カートの隣の席にカップルが座っていて、いかにも話しかけるなといった風にこちらに背を向けていたが、カートはかまわず話しかけた。とりとめのない世間話で暇をつぶすのもたまにはいい。彼は自分のボートの話をカップルに聞かせた。ボートなど実際には持っていないが、その嘘は長いことつき続けているから、もう本当に所有しているようなものだし、いまこの瞬間はボートを持っているつもりで話した。しかしカップルはまるで興味を示さなかった。そこでカートは通路の向かい側のガキのほうを向き、ボートの話を始めた。カートには誰であろうと〝ガキ〟扱いする癖があり、りっぱな男でも〝ガキ〟呼ばわりするが、このときの〝ガキ〟は本当にまだ子供みたいな年齢のようだと、話しかけてから気づいた。

年齢《とし》、いくつだ？　カートは尋ねた。
「十三歳」
「そいつはいいな」カートは〝でかした〟〝いいぞいいぞ〟と褒めるときと同じ調子で言った。ガキには自信を与えてやらないとな。十三歳という若さに対する褒美だ。十三歳といえば思春期、女とやれる年齢だ。ふとヴァネッサの写真を見せてやりたくなった。女のふるまいを心得た女のよさを教えてやりたい。年増のスチュワーデスはじめ、この飛行機に乗っている女どもの大半、いや、それに限らずいまどきの女はみんな、女とは思えないふるまいをする。もしヴァネッサの写真を持っていたら、このガキに見せてやるところだ。ヴァネッサにどこか似たところのあるポルノ女優がいるが、その女優の写真もカートは持っていなかった。

女が一人、通路をやってきて、ガキのほうにかがみこんだ。ガキが立ち上がった。次に男がやってきて、ガキが座っていた席に腰を下ろした。三人は家族で、席を交代したらしい。話ができて楽しかったよ、とカートは言った。こちらこそ、とガキが応じた。

誰も彼と話したがらない。というか、彼の話を聞きたがらない。そこで本を読むことにした。ベトナム戦争を題材にしたロバート・メイソンの『チキンホーク』。三年かかってまだ読み終わっていない。読もうと思ったのは、最前線で戦ったと随分前から吹聴しているが、実際には一度も戦闘に参加したことがないからだ。ずっとドイツに駐留していた。その本は軍用ヘリのパイロットの話で、カートはまだ半分も読めていなかった。読むのに時間がかかっているから、そして安手の紙に印刷された古本だから、ジップロックの密閉袋に入れて持ち歩いていた。機内で、意地の悪いスチュワーデスが持ってきたラムの入っていないラムのコーラ割りを飲みながら数ページ読んだが、読むという行為は骨が折れた。読書の困ったところは、終わりがないことだ。どうにか集中力を保って一段落読み終えても、また次の段落がある。その次も、その次の次もある。カートが本を開いたのは、ほかの乗客の目を意識した演出にすぎなかった。ただしほかの乗客は誰もカートを見ておらず、読書していることに気づいていなかった。カートは『チキンホーク』をジップロックに戻した。偽装工作にあえなく失敗したカートは目を閉じ、家に帰ったらさっそくヴァネッサに会いに行こうと頭のなかで予定を立て始めた。

その夜、アパートの前でタクシーを降りたとき、通りは霧にのみこまれかけていた。この街はたまに地上のどこより冷えこむことがある。カートはパウエル・ストリートの停車場でケーブルカーの列に並んでいる旅行客のような短パン姿だった。あの低能どもは旅行先の気候を調べもせずにやってくる。カートはサンフランシスコが寒いことを知っていた。それでも短パンで飛行機に乗ったのは、たった一つ持って行った丈の長いパンツが小便臭かったからだ。

翌日、起床してすぐマーズ・ルームに出かけた。土曜日だった。ヴァネッサは土曜にはいつも店に出ている。

なのに、いなかった。

たった一週間カンクンに行っていただけなのに、ロビーの会計台にいたレジ係によると、そのあいだにヴァネッサはマーズ・ルームを辞めたらしい。レジ係は初めて見る男で、おそらくカートが大金を落とす常連客だとは知らないのだろう。カートはレジ係を見上げ——会計台は、カジノの両替台のように一段高くなっていた——支配人を呼べと言った。会計台が高くなっているおかげで、近づく客はみなこびとになったように見える。ありえないことではあるが、自分は本物のこびとなのかと思いたくなるほどレジ係は高くて遠い。支配人が出てきてカートと握手を交わした。カートは常連だから、支配人としては鼻であしらうことはできないはずだ。それでも支配人の言い分はレジ係とまったく同じだった。ヴァネッサという者がシフトに入る予定はない。ヴァネッサという者。ヴァネッサは大勢いるが、土曜日に、いや何曜日であろうと、シフトに入る予定のヴァネッサはいないとでもいうようだった。

ほかにすることがなくて、しかたなくクラウン・アレーでハンバーガーを食べた。クラウン・アレーはノースビーチの、カートが以前通っていたクラブ、世間をよく知らなかったころ行きつけにしていたクラブのすぐ近くにあった。そのころはマーズ・ルームを知らなかった。ヴァネッサをまだ知らなかった。

クラウン・アレーの近くのクラブにはステージのほかに、半個室状のブースがあった。女たちはステージの端を歩きながら自分を愛撫するふりをし、ステージをぐるりと囲んだ半個室状のブースにいる男たちは、女たちが自分を愛撫するふりをするのを眺めながら、それぞれ本当に自分を慰めた。素通しのガラスで仕切られたブースがいいか、それともマジックミラーで仕切られたブースがいいか――つまり、自分を愛撫するふりをしている女からこちらが本当に自分を慰めている様子が見えるほうがいいか、それとも見えないほうがいいか――客が選べた。アイコンタクトを望むなら、あるいは露出狂のヘンリーに通じるところのある人物なら、希望はかなうが、それには、人生におけるあらゆるものの例にもれず、金がかかる。世間を知らなかったカートは、そのクラブで満足していた。マーケット・ストリートのマーズ・ルームに通うようになってからは、半個室状のブースがあるそのクラブにはぱたりと行かなくなったが、それでもクラウン・アレーには行ってハンバーガーを食べた。その店のバーガーはうまいし、歩道をゾンビみたいにふらふら歩いている、頭に脳味噌の代わりにクソが詰まっているような輩《やから》――近ごろはそんな奴ばかりだ――に倒されたらすぐに飛んでいけるよう、オートバイ――愛車はBMWのK100――をガラス窓のすぐ前に置いておけた。

その土曜日、夜になってからもう一度マーズ・ルームに行ってみた。今度こそヴァネッサがいるのではと期待したが、やはりヴァネッサがシフトに入る予定はなかった。ステージネームを変えたのだろうか。ああいう店の女は名前をころころ変える。ある週はチェリーやシークレットだったのに、次の週に行くとデンジャーだのヴェルサーチだのレクサスだのといったバカっぽい名前になっている。ヴァネッサは古風で現実的な女性名で、彼女にも似合っていたから、きっと変えてはいないだろうとカートは思った。その証拠に、入場料を払ってなかに入り、一時間ほどきょろきょろしていても、ヴァネッサの姿は見つからなかった。その夜も、次の日中と夜も、その後何日通っても、彼女はいなかった。

初めて彼女を見たとき、カートはアンジェリークという気の短い女と一緒だった。マーズ・ルームの奥にあるトンネルのような空間でアンジェリークとダンスをしていた。ダンスとはいうが、実際のところは体をこすりつけようとする時間だ。トンネルにはもう一組いた。ビジネスマン風の男とヴァネッサだった。ヴァネッサはビジネスマンに体をぴたりと寄り添わせていた。男と踊っている姿は、本気で楽しんでいるように見えた。ブラとパンティ姿で、スーツを着たその男にべったりとくっついていた。アンジェリークがヴァネッサのしていることは規則違反だと言い、大きな声でヴァネッサに訊いた。何かでハイになってるの、何をやったのよ。だってトンネルでファックしちゃいけない規則でしょ。客の太ももに尻をこすりつけるのはかまわないが、体の前側で同じことをすると、ほかの女の子からうるさく注意される。

「そうよ、あたしはハイだよ」ヴァネッサはそう言ってビジネスマンに体を預けた。「幸せっていうドラッグでハイになってるの。あんたもいつか試してみたら」ヴァネッサはビジネスマンに体をこすりつけ、ビジネスマンのほうは女同士の言い争いには無頓着な様子で、金婚式を迎えた妻とダンスをするように、あるいはバイアグラを売るためにそういうシチュエーションを設定したテレビコマーシャルのように、美人のヴァネッサと寄り添っていた。

　カートはうまい切り返しだと思った。あとでテーブル脇の通路をヴァネッサが通り過ぎようとしたとき、本人にそう伝えた。するとヴァネッサは、おしゃべりは嫌いだけど、ラップダンスのサービスをしてほしければ、あたしは一曲二十ドルだからと言った。そこでカートは〝アンドリュー・ジャクソン〟――店の女の子たちは二十ドル札をそう呼んだ【二十ドル札にはジャクソン大統領の肖像画が印刷されている】――を一枚渡した。それが始まりだった。マーズ・ルームの女たちと知り合うきっかけはたいがいそんなことだったが、ヴァネッサに限っては、金目当てで彼を利用しているというだけではなかった。二人のあいだに何かが起きようとしていた。

　女たちは全員、ステージショーに出演していて――少なくとも出演する規則になっていて――ヴァネッサの出番が来ると、カートはふだんよりステージに近い席に陣取った。彼が一人でいることに気づいたアンジェリークが一緒に座ろうとしたが、追い払った。

　ヴァネッサには、彼女しか使わないと思《おぼ》しき曲があって、まるで自分のことが歌われているかのように曲に入りこんでいた。歌い手は変わった声をしていた。男なのか女なのかさえわからず、ひどく奇妙に聞こえたが、踊っているヴァネッサがたとえ百パーセント女なのだとしても、彼女には似合っていた。「うちに来てよ、ベイビー、愛を語ろう」ヴァネッサはミラー加工のサングラスをかけていて、それが演技にコミカルな印象を加えていた。両脚を持ち上げる。初めて見るような美しい脚だった。女のなかには、青白くて締まりがなく、ただ細いだけのガラスの注射器が思い浮かぶような脚をしている者も少なくない。しかしヴァネッサの脚は、本物の女の脚だった。長くて、足首に向けてすっと細くなっていて。悪い冗談かとカートは思った。まるでコメディだ。こんなワールドクラスの女が、マーズ・ルームのステージで踊っているなんて。カートは事情に通じているからわかる。ヴァネッサは本当に人生というドラッグでハイになっているのだ。この世の誰もがそのドラッグを一度は試してみるべきだろうが、試したことがない。あるいは試せずにいる。彼女のように自由ではないから、この魅惑的な脚を持ったセクシーな女のように自由ではないからだ。魅惑的な脚と、可愛らしい尻。おっぱいも可愛らしかった。ちょうど掌に収まるサイズ、つかみやすいサイズ。次の瞬間、彼女はすべてを見せた。後ろ向きになって上体を折った。それはカートのお気に入りのポーズだった。そうやって上体をかがめたところを後ろから見ると、全部が宙に浮かんでいるように見える。ヴァネッサはカート一人のためにそのポーズを取った。察しているのだ。この女はちゃんとわかっている。それがヴァネッサの魅力だった。的はずれなことをする愚かな女ではない。彼女がすることはすべて的を射ている。何をしたら彼が興奮するか知っていて、そのとおりのことをする。

ショーが終わり、ヴァネッサが彼と一緒に座った。

「きみのどこが気に入ってると思う？」それは質問ではなかった。自分で答えを言うために言っただけのことだ。「全部だよ」

彼は人の話を聞くより自分が話すほうが好きだった。彼女といると気分がよかった。安らげた。彼女に触れるのは喜びだった。彼の手は彼女の体をくまなく探った。

二十ドル札を次々と渡した。いったん店を出て現金を下ろし、それも彼女に渡し、また現金を下ろしに行ってそれも渡した。なぜなら、本当に、本当に、本気でその子が気に入ったからだ。

カートは足しげくマーズ・ルームに通い始めた。労働者災害保険をもらって生活しているから、時間はいくらでもあった。それに、完全に魅了されていた。何もかもを彼女のために費やした。彼女は振り返って彼を見るだけでいい。彼の膝に座るだけでいい。それだけで彼は紙幣を次々と差し出した。

令状送達人の仕事に就く前――送達人の給料はよかったが、仕事のせいであやうく死にかけた――は、マーズ・ルームからマーケット・ストリートを一ブロックほど歩いたところにあるウォーフィールド劇場で警備員をしていた。そのころの話ならいくらでもできる。ジェリー・ガルシア・バンドの八夜連続公演。ジェリー・ガルシアのソロでの十夜連続公演。みっともないヒッピーたちが広い歩道にキャンプを張り、けしからぬことに路上村まで作って、そこで騒いだり、ドラッグをやって正体不明になったりした。彼らを追い払い、秩序の維持に務めるのは劇場の警備員の仕事だった。当時の同僚の何人かとはいまも友人関係を維持していた。マーズ・ルームに通うようになると、いつもオートバイを劇場前に駐め、目を配っていてくれるよう警備員に頼んだ。

サンフランシスコにはオートバイに乗る女がいる。カートとしては気に入らなかった。なぜって、女にオートバイの仕組みが理解できるわけがないからだ。仕組みがわからないのに、スピードをコントロールできるわけがない。ヴァネッサはオートバイに乗るタイプではなさそうだった。マーズ・ルームの仕事を終えて出てくるときはいつも、ちっちゃなハイヒールを履き、丈の短いワンピースを着ていた。だが、後ろに乗せる分にはかまわない。しっかりつかまっていろよと言い、車体と一緒に体重を移すことを教えてやろう。世の中には、二人乗りのコツさえ知らない女が多すぎた。コーナーを曲がるとき、オートバイと反対に体を傾けるのだ。オートバイの一部になったつもりで一緒に動いてくれと説明しても、女たちは理解しない。

事故後、表向きは自宅で静養していることになっているが、家にいると退屈でしかたがなかった。ポトレルヒルの公営団地の近くで転倒し、膝をK100の大きくて重たいガソリンタンクの下にはさまれたままオートバイごと交差点を突っ切り、脚がめちゃくちゃになった。四度の手術を経て、足を引きずりながらもどうにか歩けるようにはなった。事故と判断されたが、カートは殺人未遂だと思っている。団地の悪ガキどもがカートを始末しようとしてモーターオイルを通りの真ん中に撒いたに決まっている。カートは団地内のある住所に法的文書を届けようとしただけ、自分の仕事をしただけだった。しかし何度行ってもその家は留守で、六度目に訪ねたとき、問題の交差点に差しかかってタイヤがすべった瞬間、悪ガキどもが自分を殺そうとしてやったのだと確信した。しかしオイルを撒いた犯人を突き止め、そいつの犯行だと証明するのは不可能だ。

膝が治るまでは家から出られない。このまま治らないかもしれないとも言われた。ウッドサイド・アヴェニューに面したアパートは、果てしなく何かを待つ待機所になった。不自由な足で室内を動き回り、ソファに座り、雑誌をめくり、テレビのチャンネルを変え、冷蔵庫のなかをのぞき、前の通りを行き交う車を眺め、十種類のエクササイズをこなし、並列駐車を試みる車を眺め――世の中の誰一人として正しい並列駐車のやり方を知らないようだった――ベッドに腰を下ろし、『チキンホーク』の同じ文を何度も読み、同じ文を前にも読んだことに気づき、本をジップロックに戻し、テレビのチャンネルを変え、ようやく立ち上がると、オートバイにまたがってマーズ・ルームに行き、足を引きずってなかに入って、今日はヴァネッサがシフトに入っているかどうか確かめる。

いまではマーズ・ルームの女たちのなかに知らない顔はほとんどいなくなっていたが、カートが好きなのはヴァネッサ一人だった。ヴァネッサには、殺人事件を捜査する仕事をしていると話した。それはかならずしも嘘ではない。団地の手前の交差点にオイルを撒いて彼を殺そうとした悪ガキどもを捜査したかった。だが、令状送達の仕事をしていることはあまり人に言わないほうが無難だということも経験から知っている。相手に令状を渡す際、いろいろな戦術を駆使しなくてはならないのだが、その戦術はどれもあまり高潔な種類のものと思われないからだ。どんな汚い手でも使う差し押さえ屋のような目で見られるのが落ちだ。

細かい話は省略しつつ、人生に感じているストレスをあれこれ打ち明けた。ヴァネッサ相手に話し、話し、また話した。

両手でヴァネッサの素肌に触れ、いろんな話をし、自分の考えを聞かせ、そして夢中になった。彼女なしではいられなくなった。

30

アーモンドの木の列に沿って走った。二つ横の列にずれてまた走る。二つ横の列にずれ、また走り、走って、走り続けた。いまわたしにできることは走ることだけだ。走り、夜まで隠れていられる場所を探すこと。

山が見えるおかげで、そちらが東だとわかった。アーモンド果樹園の木の列はまっすぐで、それに沿って走っていくと、やがて道路にぶつかった。護送バスで来たときの記憶にあるとおり、道路もまっすぐだった。道路を渡って走った。次の道路にぶつかって渡り、また走る。もう追跡が開始されているとしても、わたしはジグザグに走ってきているから、どこにいるのかすぐには正確に割り出せないだろう。わたしは細かく方向を変えながらも、大まかに東を、そびえ立つ山々の方角を目指した。

灌漑《かんがい》用水路が行く手に横たわっていた。太い配水管の開口が見えた。空が暗くなるまであそこに隠れていよう。

灌漑用水路に下りたところで、出血していることに気づいた。それまでパンツが血で湿っていることにも気づかずにいた。水の冷たさが出血を止めたようだった。かみそり鉄線で切れたのだろう、太ももに長い切り傷が口を開けていた。

しばらく水音に耳を澄ましているうち、ほかの音も聞き分けられるようになった。水音とそれ以外の音の区別がついた。昆虫。カラス。すぐそばの道路をつむじ風のように通り過ぎる車。灌漑用水路の水を両手ですくって飲んだ。

日が暮れるのを待って配水管から外に出た。ずたずたに裂けた湿った囚人服のまま急ぎ足で歩いた。山は見えないけれど、方角はわかる。ここでは何もかもが直線でできていた。巨大な格子のなかにいるようなものだ。人はいないけれど、人の手で作られた格子。全世界が、あの山々から西側の地平線に至るまでのセントラルヴァレー全体が、特大の刑務所になっていた。かみそり鉄線と監視塔の代わりに、果樹園と発電所が周囲を固めている。人はいないけれど、人の手で作られたもの。

格子状になっているおかげで、進むべき方角には迷わなかった。道路から離れていても、果樹園の木の列に沿って移動していれば、迷子にならずにすむ。

一晩中歩き続けた。ゆっくり。速く。

夜明け前に民家が見えた。周囲におんぼろの車が何台も駐めてあった。キッチンから水銀灯の冷たい光が漏れていた。グアバの香りが庭から漂ってくる。洗濯紐に洗濯物が干してあった。衣類。着替えを手に入れたい。でもキッチンに明かりが灯っている以上、盗むのは危険だ。家のなかから物音が聞こえて、すぐにその家を離れた。その通り沿いで荒れ放題に荒れた古家を何軒か見かけた。どの家も暗く、さあ持っていきなさいと言わんばかりに服が干してあることもなかった。しばらく住宅のない区間が続いたあと、また一軒見えてきた。ポーチ脇のプラスチックの椅子に衣類が干してあった。勇気を出してその椅子に近づき、パンツとシャツを盗んだ。

日が昇るころ、小さな町に着いた。公園でくず入れを探して刑務所の服をそこに押しこんだ。そのときにはもう別の服を着ていた。ごわついた手触りの男物のジーンズとTシャツ。走らずに歩こうと心がけた。違法にではなく合法的にそこにいるように。通りを歩く自由がある人のように。

ここまで来るともう果樹園はなく、道路も碁盤目状ではなくなった。木立や岩場や牧草地のあいだを縫うように曲がりくねっていた。表通りから見えない低木の茂みを見つけて、その下に潜りこんで眠った。ときおり目を覚ましながら、夕暮れまで眠った。ちっとも休まらなかったけれど、外が暗くなると、自分のお尻を叩くようにしてまた歩き出した。灌漑用水路で飲んで以来、水を一滴も飲んでいなかった。食べ物も口にしていない。悲鳴のような動物の声が聞こえた。刑務所の運動場から抜け出して以来、心臓は激しく打ち続けていた。不安に、刑務官や警察官に、追手がどんどん距離を縮めていることを示す兆候に怯えて、激しく打っていた。いまは暗闇も怖かった。さっきの動物、いままた甲高い声を上げた動物も怖い。その声は人の声にそっくりだった。ただし、野生の動物がたまたま人間の声そっくりに鳴いているというだけのことだ。

延々と歩き続けると、先のほうに明かりが見えてきた。道路が二又に分かれるところにガソリンスタンドがあった。一方の道路はくねくねと曲がりながら山を登っているようだ。もう真夜中だった。ガソリンスタンドは営業していた。

ピックアップトラックが入って停まった。ドライバーが降りて給油した。男性で、一人きりのようだった。この人だとわたしは思った。この人に頼もう。わたしはドライバーに近づいた。

「どうした」男は言った。まるまる太った人で、マルボロのワッペンがついたアシッドウォッシュ加工のデニムジャケットを着ていた。

「乗せてもらえない？」

「車にか。そうだな。どうするかな。あんた、結婚してるのか」

「独身だけど」

「その辺に隠れてる彼氏が飛び出してきて、金をよこせとか言い出さないだろうな」

一人きりだとわたしは言った。

「どこに行きたい」

「上」わたしは山の方角に顎をしゃくった。

「どこまで」

「頂上まで」

「シュガー・パイン・ロッジか。あそこで働いてるとか？」

「まあね」

「いいだろう。ちょっと待ってな、ガソリンを入れちまうから。わかったよ、乗せてやろう、お嬢さん」男は歌うような調子でそう言った。人里離れたガソリンスタンドに寄るたびにいろんな女から乗せてくれとせがまれて、今回もまた頼みを聞いてやることにしたとでもいうように。

男はトラックのシートからソーダの容器を持ち上げた。それは四リットルくらい入りそうなサイズで、〈サースト・デストロイヤー〉【「渇きを一発解消」といった意味】と書いてあった。

男はヒーターを三十度に設定し、バカっぽい名前の飲み物を巨大な容器からちびちび飲み、自動販売機ビジネスを始めるつもりでいるんだという話を続けた。太ももの切り傷がまた開いてしまい、わたしの血がトラックのシートを濡らした。喉が渇いてめまいがした。でも、そのことを、あの飲み物を少しでいいから分けてもらいたいと思っていることを悟られたら、わたしがどこから来たかわかってしまうかもしれない。

ガソリン缶のノズルみたいに太いストローで飲み物をすする男の様子を見つめ、気を失ってはだめと自分に言い聞かせた。

「販売機を設置して、商品を補充して、金を集める。それだけのことだ」そこから始めて、その利益でフランチャイズに加盟する。「ダンキンドーナツなら、四万五千ドル。タコベルはもっと高い。自動販売機から始めて、ダンキンドーナツの店を出すんだ。その店を担保にして、次はタコベルの店を出す」

トラックは左へ、右へ傾きながらヘアピンカーブをクリアする。男はまたソーダを飲む。げっぷをする。

「将来のプランがいろいろあってね。いつかは不動産ビジネスに参入しようと思ってる。ことわざがあるんだが、知ってるか」

わたしの答えを待っているらしい。

「知らない」

「〝ジュースを売れるなら、家だって売れる〟。なかなかいいだろう。就職難だからって、稼げる仕事がまったくないってわけじゃない。チャンスってもんがどんな見た目をしてるか、それを知ってるかどうかが分かれ道だ。〈醜悪な家買います.com〉ってポスター、見たことないか。あの会社はえらい勢いで儲かってるそうだよ。不景気を逆手にとってうまいことやってるってわけだ。こんなことわざもある。〝既存の枠にとらわれない者は、決して既存の枠に縛られない〟。なかなか深いよな。もう一つ。〝きみの友達が誰だか教えてくれ、きみがどんな人間か当ててみせるから〟。俺は負け組とはつるまない。そんな暇はないよ。あ、ちょっと待っててくれ、小便してくるわ」

男は車を路肩に寄せて停め、ギアをパーキングに入れた。でも、降りようとしない。わたしをじっと見つめた。

「パーティは好きか」

「いいえ」

「俺とならパーティをしてもいいだろう？」

「いいえ」

「車に乗せてくれって言ってきたじゃないか」

「それは車に乗せてもらいたかったから」

「だったら、ウィン－ウィンの関係になろうぜ」

「山の頂上まで連れてって。話はそれから」

「わかったよ。それでいい。それでいいさ」男は車を降り、道の端っこに立ってズボンのジッパーを下ろした。四リットル入りのサーストト・デストロイヤーを半分近く飲んでいた。

男が下生えにおしっこを引っかけているあいだに、わたしは運転席に移り、ギアを入れて発進した。

31

ある晩、カート・ケネディはヴァネッサをマーズ・ルームから尾行した。彼は変態でも何でもない。ヴァネッサが好きで好きでたまらず、彼女が無事に家に着いたかどうか確認したいだけのことだった。ヴァネッサはルクソールのタクシーに乗った。カートはそのルクソールのタクシーをオートバイで追いかけた。着いた先は、テイラー・ストリートの居住用ホテルだった。テンダーロイン地区の北端、ノブヒル地区との境、〝テンダーノブ〟地区とでも呼ぶべきあたりにあって、想像していたよりお粗末な建物だったが、どうやらヴァネッサはそこに住んでいるらしい。その夜、彼は彼女が建物に入っていくのを見届けた。そのあとも何度か。何度も。

ヴァネッサが自分の家ではなく別の男の家に向かうこともあった。ノースビーチのアパートだ。その男は、カートにいわせればホモセクシュアルっぽい奴だったし、ヴァネッサもそうしょっちゅう行くわけではなかったから、さほど真剣な仲ではなさそうだ。

自分がヴァネッサの身辺に目を光らせておいてやらなくてはと思った。それが彼の責任だ。日によっては朝からヴァネッサの家のすぐ先のオファレル・ストリートにオートバイを停めた。そこからエントランスがよく見えた。日曜はマーズ・ルームが休みだから、朝から晩までそこで見守った。ヴァネッサが出てきたら、ヘルメットのシールドを下ろし、ヴァネッサがギアリー・ストリート行きのバスに乗っても、あるいはルクソールのタクシーを拾っても追いかけられるよう、オートバイでそのブロックを一周して背後に回った。ヴァネッサはなぜ、ルクソールのタクシーしか拾わないのだろう。まさかドライバーとつきあっているのか、別の男が彼女のパンティにもぐりこもうとしているのかと心配になったが、根気強く観察した結果、行き当たりばったりに拾っているだけで、ドライバーがいつも同じというわけではないと納得した。

ヴァネッサがタクシーに乗らずに徒歩でどこかへ行くようなら、やはり一周して向きを変え、後ろからのろのろとついて行った。たまに彼女が男の子を連れて出てくることがあった。手をつないでいた。微笑ましい光景だ。母親とその子供といった光景。だが、彼女はあの子の母親ではないはずだ。どうにもそぐわない。きっと同じ建物に住んでいる別の家族の子供なのだろう。一度、その子供と別の女とほかの子供二人と一緒だったことがある。三人ともあの女の子供だと思って間違いない。そう考えれば辻褄《つじつま》が合う。彼には知りようのない部分がヴァネッサの生活にあると思うと納得がいかないが、それでもカートは彼女のあとをくっついて歩き、彼女がいつ何をしたか、どこへ行ったか、すべて正確に知っていた。住んでいる建物から出てくるところを見守り、行き先を確かめ、帰宅を見届ければ、糸が完全に途切れることはない。

その糸を途切れさせないこと、目を離さないこと、彼女から焦点を外さないこと。カートがしているのは、望んでいるのは、それだった。

初め、ヴァネッサはまったく気づいていなかった。そのころは面倒がなかった。初期の平穏な日々だった。しかしヴァネッサがしばらくマーズ・ルームに現れない時期が何度かあって、当然のことながらカートは彼女と話したくてたまらなくなった。それはそこまで悪いことだろうか。些細なことと彼には思えた。やあと声をかけるだけでいいのだ。マーズ・ルームでヴァネッサに会えないと、彼はヴァネッサの家のすぐ近所を歩き回った。そして彼女を見つけた。ヴァネッサは、すぐ近くの安っぽい食料品店で彼が買い物をするのは違法な行為だとでもいうような反応を示した。商店は公共の場だ。入る権利は誰にだってある。

食料品店で彼を見かけ、腹立たしげに立ち去った日よりあと、彼女がようやくまたマーズ・ルームに出勤したとき、彼は低い口笛を鳴らした。ひゅう。こっちに来て座れよという合図だったが、ヴァネッサは彼を無視し、クラブの通路を奥へと進んで別の客と一緒に座った。毎日がその繰り返しだった。誰も彼のテーブルにつかない。彼の金は、あの日を境に、急に魅力的ではなくなったようだった。それでも彼はマーズ・ルームに通った。何度も彼女の注意を引こうとした。ステージのすぐ前の席で彼女の出番を待った。

彼女が恋しくてたまらない。死ぬほど恋しかった。それを本人に伝えようとした。彼にできるのは、せっせと店に通うことだけだった。アンジェリークと座り、汗の染みた一ドル札を渡した。二十ドル札はおろか、五ドル札を渡すことさえ一度もなかった。

どうやって電話番号を手に入れたかというと、ヴァネッサのごみをあさって見つけた。ごみは建物の隣の蓋のない大型ごみ用コンテナに入っていた。コンテナは歩道上に置いてあるから、基本的に公共のもののはずだ。そのコンテナにヴァネッサがごみ袋を入れるのを見た。オートバイの荷台にくくりつけて、袋ごと自宅に持ち帰った。満足感に浸った。充足感と幸福感に包まれた。ヴァネッサが捨てた公共料金の請求書が入っていた。おかげで本名がわかったが、彼女のことを思うとき、その名前は使わなかった。彼女が「ヴァネッサよ」と自己紹介したとき、彼の前で、あるいは誰かもっと大きな存在の前では自分はヴァネッサであり続けると誓ったのだというのが彼の解釈だった。だから彼はその名前を使い続けた。それはある種の契約であり、彼女がそんな契約は初めからなかったかのようにふるまうとしたら、許せない。

電話番号は、電話料金の請求書の一番上に印刷されていた。その番号にかけた。ヴァネッサが出た。彼は電話を切った。ほかにどうしろと？　「カートだ」と名乗ったら、向こうからいきなり切られるに決まっている。マーズ・ルームの前で待っていると、あるいは彼女が住んでいる建物の前や近く、行きつけの店、どこであれ偶然そこに居合わせたふりを装っていると、ヴァネッサは彼に気づいているのに無視した。だから、電話もやはり切られるに違いない。そこで電話をかけたら、彼女の声をほんの一瞬聞くだけにして、向こうに切られる前にこちらから切った。彼は電話をかけ、彼女は応答し、彼が電話を切る。彼は電話をかけ、彼女は応答し、彼が電話を切る。

つらい一日を過ごしたとき――やることがなく、膝の痛みが耐えがたいほどひどくて、自分の知っている世界、自分が生きているこの世界は、どこかの神がその辺のメモ用紙に書きつけたあと丸めてくずかごに投げこもうとしてはずし、また丸めて投げたがやはりくず入れに入らなかったもののように思えるとき――など、電話をかけずにいられなくなった。二十回、三十回も連続でかけた。ついにヴァネッサが電話線を抜いてしまうまで。たぶん、壁の幅木のすぐ上にある差込口からジャックを抜くのだろう。そのあとは彼の側の受話器に呼び出し音が聞こえるばかりで、彼女の部屋では電話は鳴らないのだ。そうなると、彼女の家に行ってオートバイを停め、彼女が出てくるのを待つしかなくなる。令状送達の経験から、相手を確実につかまえるには辛抱強く見張るしかないことを知っていた。何度も同じことをしてきた。カートの目はそうそう欺けない。彼はプロフェッショナルだ。いまはもう働いていないとはいえ。

ほぼ二十四時間体制で監視を続けているうち、以前から予定していたカンクン行きの旅行が目前に迫ってきた。安上がりなパッケージ旅行で、予約したのは何ヵ月も前、ヴァネッサと知り合う前のことだった。以前は旅行があれほど好きだったのに、今回は悲しくなるほど気が進まなかった。しかし、彼女のことばかり考え続ける日々からしばし解放されるのも悪くないだろうと思い直した。旅行を延期したところで、支払った代金が返ってくるわけではない。旅行代金は全額前払いしていた。行くしかない。しかし、解放はされなかった。カンクンにいるあいだ、彼女のことを考えるまいとしたのに、やはりずっと彼女のことを考えていた。

旅行から帰ると、ヴァネッサの姿はマーズ・ルームから消えていた。そこで彼女の家に出かけた。

初めは前の通りで待った。やがて建物のなかに入った。エントランスに管理人の窓口があり、黄色っぽく見える灰色の脂じみた髪をしたじいさんが座っていた。

「五ドル」じいさんはいきなり言った。

え、何だって？

「上に行くなら五ドル」じいさんはカートに向かって怒鳴った。そう言えばわかるだろうというみたいに。いかがわしい建物だ。ドラッグの売人が何人も住んでいるらしく、管理人は分け前を要求しているのだ。じいさんはカートの手から五ドル札をむしり取った。長く伸びた爪の先は、溶けたプラスチックのように焦げていた。

二階の踊り場に人が大勢いた。用もないのにたむろしている。それ以外の表現を思いつかなかった。こそこそ動き回り、低い声で何事か伝え合う。ドアが開閉する音が聞こえた。カートは何気ない態度を装った。友達に会いに来たんだがと言った。

白人の女か、え？　あの女を探してんだろ。なら八番のドアだよ。

八番のドア。

男が二人、踊り場で口喧嘩を始めた。別の部屋から女が現れ、男の一人に向かってわめいた。カートは彼らの怒鳴り声を聞くともなく聞きながら八番のドアをノックした。誰もドアを開けなかった。

それから三日間、建物を張りこんだ。彼の知るかぎり、ヴァネッサは一度も出入りしなかった。

そこで行きつけの場所を回った。マーズ・ルームの休憩時間にヴァネッサがサンドイッチを買っているのを見かけたことのあるデリ。いかがわしい連中だらけの建物から歩いてすぐの食料品店。

ある日、建物の踊り場で見た覚えのある男をテイラー・ストリートで見かけた。男は二台の車のあいだで腰をかがめ、ドラッグを売っているのか、買っているのか、ともかく何かしていたが、カートに気づくと言った。「あんたのカノジョな。引っ越してったよ」

あの脂じみた管理人に確かめようと、建物に入った。ある人物、ここの部屋を借りている人物を探しているのだと話した。

「ここは住人の入れ替わりが激しいからね。毎日、引っ越しがある」

わりと長いこと住んでいた若い女だとカートは説明した。髪は茶色。美人で、脚がすばらしくきれいだ。何もかもすばらしい。どの子のことかわかるだろ。

じいさんは首を振った。言っとくが、全部ノーだよ。あんたがこれからする質問全部に対して答えはノーだ。

「俺は捜査をしてるんだ」カートは曖昧に言った。刑事だと思わせようとした。令状を送達するために過去に何度も使った手だ。今回は通用しなかった。

「令状を持ってきな。そうしたら入居者名簿を見せてやる」


膝の手術は失敗で、また手術を受けなくてはならないことになった。痛みは間断なく続き、朝めし代わりのビールを飲んだらすぐ六時間の昼寝というのが新しい日課になった。行けるときはマーズ・ルームに出かけ、いまやなくてはならない杖にすがってよろよろとなかに入る。だが、ヴァネッサはいなかった。アンジェリークは、ヴァネッサならほんとに辞めたよと言ったが、自分がカートから金をせびれるよう、ヴァネッサはもういないことにしたがっているのではないかとカートは疑った。

そうこうするうち、あっという間にイースターの連休が来た。カートはマーズ・ルームに行き、イースター・エッグ探しのゲームで優勝した。

すると顎ひげを生やした巨漢のドアマンが言った。「あんた、ヴァネッサを探してんだろ。ヴァネッサから伝言があるぜ。新しい住所をあんたに伝えてくれって預かった」

ヴァネッサはロサンゼルスに引っ越していた。ドアマンはなぜ彼に新住所を教えたのだろう。ヴァネッサから預かったと言われても、半信半疑だった。ドアマンはやたらににやついていた。何がそんなにおもしろいのかカートには理解できなかった。からかわれているのか、本物の住所なのか。ここは確かめてみるしかない。カートは家に帰り、二つ三つ荷物をまとめ、オートバイにまたがって、はるばるロサンゼルスまで飛ばした。ガソリンを入れるときと、エナジーバーを食べてエナジードリンクで薬を流しこむとき以外は一度も止まらなかった。

目当ての番地にたどりついたときには、オートバイのカウルは昆虫のはらわたで緑色になっていた。グローブの関節部分もだ。脚が痛くて死にそうだ。膝はもろい石膏《せっこう》でできているかのようで、しかも誰かに丸頭ハンマーでしつこく叩かれたようだった。歩くと、砂利を踏み締めるみたいな音が膝から聞こえた。州間高速五号線をかっ飛ばしているあいだずっと、そちらの脚でギアチェンジしなくてはならなかった。本当はオートバイなど乗ってはいけないのだ。ベッドから起き上がって歩き回るのもいけない。どうしても歩くときは、杖を二本、左右の手に持って体重を支えなくてはならない。

ヴァネッサの家を見つけてオートバイを停めた。痛みを堪《こら》えて階段を三つ上り、ノックした。誰も出てこなかった。それはそうだ、いきなり来たのだから留守でもおかしくない。部屋はメゾネット式で、玄関はガラス扉からなかの様子がうかがえた。人が住んでいるとは思えない雰囲気だった。夕方で、暑かった。玄関前にポーチがある。日陰になっていて、椅子が一つあった。椅子に座り、鎮痛剤をまた二錠のんだ。ここで一休みしながらヴァネッサの帰りを待つか。時間はある。あわてることはない。

話し声が聞こえて目が覚めた。あたりは真っ暗だった。寝ているうちにすっかり夜になっていた。ここがどこなのか、とっさに思い出せなかった。

足音が階段を上ってくる。

ようやく、彼女に会えた。あの子供を連れていた。カートがとっくの昔に彼女の子供ではないと決めた子供、別の誰かの子供。

「ヴァネッサ」カートは言った。

膝がひどく腫れていて、立ち上がろうとしたらそのまま転んでしまいそうだった。杖がないと危ない。杖は二本とも床にすべり落ち、手を伸ばしても届きそうになかった。

ポーチは暗かった。ヴァネッサの顔はよく見えないが、声の感じからすると怒っているようだった。帰ってと言っている。

「ヴァネッサ、スイートハート。ヴァネッサ。きみと話がしたいだけなんだ」カートは手を差し伸べた。どれほど恋しかったことか。いますぐ彼女に手を触れたい。彼女の体温を確かめたい。ヴァネッサはさっと飛びのき、ドアの鍵を開けた。子供を家のなかに入れてから一人で出てきた。

彼女と話がしたい、それだけだ。とにかく彼女と話がしたい。もう一度そのとおりのことを彼女に伝えた。

「帰って」ヴァネッサは言った。「いますぐここから出て行って」

立ち上がろうとしても、できなかった。膝があるはずの場所に、ハンマーで叩かれて粉々になったくずが入った袋が代わりにくっついているかのようで、体重をかけられない。近いほうの杖に手を伸ばした。ヴァネッサがそれに近づいた。拾って渡してくれるのかと思った。だが彼女が拾ったのは別のものだった。バールのようなもの。その何かを彼女が持ち上げると同時に、がらんと重たげな音がコンクリートの床に響いた。ポーチは暗くてほとんど何も見えなかった。

「帰ってて言ってるの。わたしにつきまとわないでって言ったわよね」

「おい！」

ヴァネッサが手にした何かで彼を殴りつけた。もう一度。

チェッカーフラッグが見えた。白と黒の市松模様の旗。何度も閃いた。耳の奥でぶうんと大きな音がした。頭に激痛があふれ出した。ポーチのコンクリート床がぶつかってきた。重たい鉄の棒が何度も振り下ろされた。

よせ！　彼は叫んだ。やめてくれ！

第五部

32

町は一つもなかった。トラックのヘッドライトが闇から削り出すのは、鬱蒼《うつそう》とした森だけだった。山をだいぶ登ったところで、道が二つに分かれた。どちらの道も鉄のゲートでふさがれている。冬季通行止めと書いてあった。Uターンして谷へ下ったら、いまごろはもう警察が検問を始めているかもしれない。

容器のキャップを開けて、男の飲み物の残りを飲んだ。氷が喉を痛めつけた。ピックアップトラックを道路に残して森に入った。

山の空気は冷たい。冷たくて乾燥していて、肺に吸いこむと薄く感じられた。月が出ていた。半月だ。その光を頼りに森のなかの小道を進んだ。どちらを向いても木しかない。松葉や小枝がわたしの足の下でこすれる音以外、何も聞こえなかった。

夜が明けるころ、森は霧に包まれた。白いもやが地面を這うように木々の間を抜けてくる。

わたしは小道からはずれていた。丸太をまたぎ越え、丘をぐるりと迂回し、急斜面を下りながら横切っていくと、幹の太さがふつうの木の十本分くらいありそうな巨木が見えた。十二本分かもしれない。二十本かもしれない。小さな一軒家ほどもありそうで、根本からのびたこぶだらけの巨大な根がライオンの前足を連想させた。垂直の溝が入った赤い樹皮は、ベルベットの細長い切れ端を並べたようだった。はるか頭上、巨木の真ん中あたりから伸びる枝に霧がからみついていた。木の大部分には枝がないけれど、ずっと上のほう、空と区別がつかなくなるあたりに枝の一大都市がある。根本を一周してみた。反対側にうろがあった。この巨木は幹が空洞になっているらしい。向かい合うように、もう一本、巨大な木がそびえていた。この二本は仲よくここで育ったのだ。

霧が晴れるにつれて空の明るさが森の奥にも届き、巨木はほかにもたくさんあるとわかった。木というものがそこまで大きくなるとわかったいま、そのスケールで見晴らすと、わたしが登ってきた斜面のそこにも、あそこにも、巨大な木がそびえていた。そのすぐ下を通ってきたのに、まったく気づかなかった。木々はその大きさを利用して自分の存在を隠していた。ふつうの木より何倍も、何十倍も大きい。何を探せばいいか知っていればすぐに見つかる秘密というべきか。

巨木のうろに入った。空間は上に広くて、うろが閉じているところ、天井のようになっているところは、ずっとずっと上、とても手が届きそうにない高さにあった。内側の壁にはつややかに光る黒いとろりとした樹液の滴《しずく》がびっしりとついていた。手で触れてみた。べたべたするのかと思ったけれど、意外にもさらさらして、ガラスのように冷たかった。赤い樹液もあって、手触りはやはりガラスのようだった。黄色い樹液もある。赤毛を金髪のうちに数える人もいる。ジャクソンの髪は薄い茶色なのに、彼らはジャクソンを〝グエロ〟と呼び、金髪という意味だとわたしに教えた。

うろの床には無数の松ぼっくりが敷き詰められていた。この巨木は赤ん坊みたいな松ぼっくりを作るのだ。水と食べ物がほしい。脚が痛かった。もしかしたら熱が出てきたのかもしれない。だるかった。わたしの追跡はとうに始まっているはずだ。ピックアップトラックを分岐点に残してきた。そこから一晩中歩いた。わたしは横になって眠った。

ぶうんという低い音が聞こえて目が覚めた。そう遠くないところ、すぐ近くから聞こえている。

起き上がって木のうろから出た。低い音は大きくなった。木の幹の近くから聞こえている。巨木そのものが音を出しているかのようだった。太陽が昇り、その光が巨木の上半分を黄金色に染めていた。音の主はミツバチの群れだった。光のなかを漂う埃のように、高い枝を照らしている陽射しのなかを忙しく出入りしている。上のほうに巣があるらしい。羽音が木の幹を伝い、すべてを――地面まで――震わせていた。

幹の内側にいると、ミツバチのハミングは、木のハミングに聞こえる。木が立てる音は聞こえない。だから、ミツバチが代理で話す。ミツバチの羽音は木の声だ。

わたしの目を覚ましたのはその音だった。

別の音も聞こえた。ちゅん、ちゅん。鳥の一家が地面を小走りに通り過ぎた。ひなたちが親鳥を追いかけてピンポン球のように急斜面を転がっていく。一家は茂みに飛びこんで見えなくなった。

仲よくそびえる二本の巨木はどちらも幹が焼け焦げていた。内側も外側も黒く焦げて干からび、ひび割れの幾何学模様ができていた。きっと雷に打たれたのだろう。一帯の木々が燃えたようなのに、それでも森は生き続けた。森は生き続けるものだから。生きることができたから。もしかしたら、一千年もここで生きているのかもしれない。二千年かもしれない。

木にしてみれば、その程度の歳月は決して長くないのだろう。それが命だ。人間の考える命の基準が人間の一生であるように。命をはかるものさしはそれだけではない。ここから見上げても、赤ちゃんのような小さな腕、空と同じくらい高い位置から伸びている細い枝が見えるだけだった。木は高すぎて、わたしからはてっぺんが見えない。この木は別の世界まで、あるいはこの世界の果てまで届いている。

未来は果てしなく続いている。誰がそう言ったのだろう。どういう意味なのだろう。木は矢印のように上を指していた。ジャクソンがおとなになる未来を、その先の未来を、そのさらに先の未来を指している。いつかジャクソンにも子供が生まれる未来を。ジャクソンも死ぬ未来を。

また新たな音が聞こえてきた。けたたましい音、小刻みな音。彼らが来たのだろうか。何をしているのだろう。また同じ音が響く。つつくような音。キツツキだ。自分のすべきことを黙々としているキツツキ。彼らはまだここまで来ていない。

逃げて、安全な場所を探す。あの巨木がわたしの安全な場所だった。

夜の森は本当に真っ暗だ。木のうろから出るにも手探りするしかない。外に出て顔を上げると、満天の星が広がっている。乾いた音が聞こえた。風が木々を揺らす音だ。昼間見た鳥の一家が茂みの奥で眠りにつこうとしている気配がした。ほかのことをしている気配かもしれないけれど。

天の川がくっきりと輝いていた。あれがきっと天の川だろう。初めて見たから断言はできない。それとも、いつか見たことがあったのだろうか。ともかく、あれは天の川だ。空一面に散った星のあいだを、ひときわ明るい星の集まりが川のように流れている。空には数えきれないほど星があるのに、都会に住んでいるとそうとはわからない。刑務所から星は一つも見えなかった。夜間照明がまぶしくて見えない。ここは空への道のりの半ばあたりだ。人は下方に消え、世界が開かれる。人間が消えると、夜の帳《とばり》は空に向かって落ちる。黒くて人のいない夜が来る。

光の条《すじ》が森を縦横に切り裂いた。

来た。

頭上からヘリコプターの音が聞こえた。サーチライトがぎくしゃくと動いて地面を払う。おばあちゃんのクローゼット、子供のころはみんなそう呼んでいた。マリファナに火をつけるとき、風の入らない場所に引っこむ。その場所のことだ。スタジアムの階段の陰、雨よけに囲まれたバス停。フォレストヒルの、おしっこの臭いが染みついたバス停。風が来なければどこだってかまわない。

後悔というものについて彼らはあれこれ言う。何か一つのこと、自分がしたことを出発点に人生を形作れと、取り消しのきかない何かを踏み台にして成長せよと彼らは言う。無から何かを作り出せ。そうやって彼らに、自分に憎悪を向けさせる。彼らは、自分たちこそ世界であるように装い、おまえはそれを裏切ったと、彼らを裏切ったと責める。けれど、世界はもっとずっと広いところだ。

後悔という嘘、人生が脱線したという嘘。誰が敷いたレールだろう。人生そのものがレールなのに。人生こそが人生のレールであり、そのレールの行き先は誰にも決められない。人生は自ら道を切り拓《ひら》く。わたしの道は、ここに続いていた。

ジャクソンにここの大きな木を見せてやりたい。ここには一度も連れて来られなかった。わたしもここを知らなかった。こんな場所があったとは、あるとは知らなかった。レイズ岬のセコイアの森には連れて行った。でも、ここの木は種類が違う。もっと大きくて珍しい。ここにこんな木があることを世間は知っているだろうか。ジャクソンもいつか、ここの木や、この木と同じように存在を知られていない何か、存在すると思われていない何かと出会うことがあるかもしれない。

世の中には善良な人がいる。真に善良な人たちがいる。

ヘリが高度を落とした。声がこだまする。大運動場に轟く構内放送のようだった。

ロミー・ホール。逃げられると思うな。ホール。

人生はレールだ。わたしは運動場から眺めて夢を描いた山の上にいる。夢見た場所に来ているのに、どんなものも、そばに行ってみると遠くから見ていたときとは違っているものだ。そう、わたしは自分を特別だと思う。わたしはわたしだから、特別なのだ。わたしが愛情を注ぐ相手はジャクソン一人しかいない。あの子を心から愛している。心底愛している。あの人たちは〝グエロ〟と呼んだけれど、ジャクソンの髪は金色ではなかった。〝グエロ〟と呼んだのは、あの子を愛していたからだ。彼らはわたしを愛さなかった。それでかまわない。愛されなくていい。彼らはあの子を愛した。わたしはあの子を愛した。

霧の冷たさは、いまこの瞬間もわたしの内側にある。霧を怖がることはもうない。その冷たさに震えることさえない。わたしの記憶の一番深い層は、そういった冷たさでできている。あそこで育ったから。砂の上に、大きな弧を描くコンクリートの壁で隔てられた割れたガラス瓶の海、偽物の海の上に築かれた、木のない街で育ったから。〈溺死事故多発〉。ビーチに下りる階段にはかならずそんな警告が掲げられている。焚き火に続く階段、スプレーペイントの落書きに、殴り合いの喧嘩に続く階段。ビーチにあるおばあちゃんのクローゼットは、たまたま駐めてあった車だった。車の陰でもいい。風向きによっては、階段も使えた。溺死事故多発。

みんな服を着たまま泳いだ。溺れて死ぬなんて、一度も心配したことがなかった。わたしたちの未来に、死は存在しなかった。未来に生きる人はいない。いま、いま、いま。人生はその連続だ。

ホール。完全に包囲した。

わたしに話しかけている。運動場で聞く指示のようだった。

ジャクソンがここにいないことを喜べ。人生がレールをはずれることはない。なぜなら、人生そのものがレールだから、行き先を決めるのは人生そのものだから。

犬の吠える声。さっきよりも近い。

森が光であふれた。どこもかしこも昼のように明るい。

両手を挙げろ、と彼らは言った。見える位置に両手を挙げて、ゆっくり出て来なさい。

もしもジャクソンがここにいたら、わたしには守ってやれない。でも、あの子が巻きこまれる心配はない。

わたしは巨木のうろを出て、光に向き直った。ゆっくりではなく、すばやく。彼らに向かって、光に向けて、走り出す。

わたしが自分の道を歩んでいるように、あの子は自分の道を歩んでいる。世界はもうずっと、わたしなしで進んできた。

わたしはあの子に命を与えた。それは大きな贈り物だ。それは無の反対だ。そして無の反対は、〝何か〟ではない。すべてだ。

謝辞

刑法の世界の目に見える網、見えない網に関する洞察と専門知識——それに彼女が奇跡のように蓄えているほかの分野に関する無尽蔵の知識——を惜しみなく分け与えてくれたテレサ・ブーブー・マルティネスに、深い感謝を捧げたい。

さまざまな知恵を授けてくれたマイカル・コンセプシオン、ハーキム、トレーシー・ジョーンズ、エリザベス・ロザーノ、クリスティ・クリントン・フィリップス、ミシェル・レネー・スコットにもありがとうの気持ちを。アイレット・ウォールドマン、モリー・コヴェル、ジョアナ・ネボースキー、マヤ・アンドレア・ゴンザレス、アマンダ・シェパー、カリフォルニア州オークランドのジャスティス・ナウ、ポール・サットンとローリー・サットンにも。

スーザン・ゴロンボは多方面から私を支えてくれた。ナン・グラハムは私を信頼し、編集者の立場からとても重要で的確な指針を与えてくれた。

マイカル・シャヴィットとアナ・フレッチャーは編集面から助言をくれた。またドン・デリーロ、ジョシュア・フェリス、ルース・ウィルソン・ギルモア、エミリー・ゴールドマン、ミッチ・カミン、レミー・クシュナー、ナイト・ランズマン、ザカリー・レイザー、ベン・ラーナー、ジェームズ・リックウォー、シンシア・ミッチェル、マリサ・シルヴァー、ダナ・スピオッタ、そして誰よりジェイソン・スミスは、無限と思える知識を授けてくれた。

あらゆる局面でそばにいて支えてくれたエミリーにも感謝している。

スーザン・モルドウ、ケイティ・モナハン、タマー・マッコロン、ダニエル・ローデルほかスクリブナーの皆さんにも。

ヘンリー・デヴィッド・ソローとテッド・カジンスキーについて考察するきっかけをくれたのは、ジェームズ・ベニングの"Two Cabins"プロジェクトと、彼の映画"Stemple Pass"だった。ジェームズが示してくれた友情と支援に、またこの数年にわたって何度も長い対話に快く応じてくれたこと、テッド・カジンスキーの日記の使用を許可してくれたことに、心より感謝を捧げる。

最後に、この小説の執筆にあたり、多大な支援を与えてくれたグッゲンハイム財団、アメリカ芸術文学アカデミー、チヴィテッラ・ラニエリ財団にお礼を申し上げたい。

本文中のソロー「ウォールデン　森の生活」の引用は、すべて飯田実訳『森の生活』（岩波文庫）による。

解説

酒井貞道

　極めてシビアな物語。なんてシビアな物語。それがこの物語を読み終えた際の、解説者の偽らざる思いである。しかも、本書は語り手の人生が抱えるその過酷さが、静謐《せいひつ》な閉塞感を伴いつつ、物語の幕開けから幕切れまで、ゆっくり時間をかけてじっくり、静かに、着実に、読者の心に浸透してくる。これは彼らの人生の具体的エピソードを通じてだけ表されるわけではない。この物語は首尾一貫して、語り手が内面を語るモノローグの分量が多い。それを通じて、彼らが感じる、人生のままならなさと、もどかしさ、一種の諦めが、感覚や感傷の面からも丁寧に掬《すく》い取られていくのである。

この物語の骨子は、主人公ロミー・レスリー・ホールの一人称で成り立つ。語り手の違うパートも多数あるが、それは後述しよう。重要なのは、彼女の人生が、物語の冒頭から既に詰んでいるということだ。

郡刑務所からスタンヴィル女子刑務所へ囚人を護送するバスの中――この物語の最初の舞台はそこだ。ロミーは、看守でも運転手でもない。このバスで移送される受刑者の一人である。この最初のチャプターでは、同乗する他の受刑者の会話と、それに対するロミー自身の感覚的な述懐がかなりの部分を占めるため、主人公自身の罪状や経歴は細切れにしか提示されない。しかしそれでも、この最初のチャプターを読めば、読者はロミーの置かれた状況を概《おおむ》ね把握可能だ。それによると、ロミーは現在、二十九歳。サンフランシスコに生まれ、《マーズ・ルーム》という名のストリップ・クラブで働き、ジャクソンという名の幼い息子を儲《もう》け、シングルマザーとして生活した。その後、ロサンゼルスに引っ越し、二年前（二〇〇一年）に殺人容疑で逮捕される。自身が貧困で、母親もまた同様であったため、ロミーは弁護士を雇うことができず、輪番制の公選弁護人に弁護を委ねることしかできなかった。加えて、学もなく、悪知恵も働かず、自らに有利となるような司法上の主張立証が満足にできなかった。その結果、有罪判決を受けた上に、量刑は、二つの終身刑プラス六年という大変重いものとなった。ロミー自身は、殺人は息子ジャクソンを守るためでもあったと認識しており、公正な裁判が受けられたとは思っていないようである。ただ既に判決は確定してしまっており、彼女はこの先一生を監房で過ごすしかない。逮捕以来引き離されている、愛する息子と一緒に暮らすことは、二度と再びあり得ないことを彼女は認識している。この現実を、ロミーは語り手として粛々淡々と述懐していく。

もうこの時点で、主人公の極めて辛《つら》い立場は明白で、胸が痛む。解説者個人の感想を言わせてもらえば、彼女の犯した殺人には、情状酌量すべき要素が多いように感じられた。その実態（真相）が読者に詳しく開示されるのは終盤であるが、捜査と裁判で警察と司法は実態に気が付くことができたのではないか。この事件内容でこの量刑は、あまりにも重過ぎる。これで社会正義が実現されたと言えるのか、甚だ疑問である。

この後、ロミーは護送バスに同乗した女性受刑者と共に女子刑務所に到着し、入所レクチャーを受ける。その場で、妊娠中の受刑者が出産してしまうトラブルが生じる。そこでの事務的で非人間的な扱いは、読者に主人公たちの置かれた過酷な現実を突きつけてやまない。本書前半のハイライトの一つであろう。続いて、ロミーは受刑者たちと交流し、性格や自称する人生を相互に把握していく。これと並行して、彼女は自らの来歴を振り返る。まずはサンフランシスコでの少女時代に遡り、虞犯《ぐはん》性や非行の度合いが強い未成年期の交友を語り、《マーズ・ルーム》での、自分の大切な何かを切り売りするような感覚と共にある労働と、そこでの人間関係について語る。「貧困層の」「まだ若い女性の」つまり「社会的弱者の」

「既に詰んだ人生と生活」の全貌が、徐々に読者の前に姿を現わしてくるのだ。

これらの結果、閉塞感と達観した諦めが、物語には濃厚に漂うようになる。だが運命は主人公に容赦がなかった。中盤で、（詰んでいるはずの人間にとってすら）衝撃的な報がロミーにもたらされ、彼女は初めて、読者の目の前で、リアルタイムで悲嘆に暮れる。そして、人生に対する最後の一撃と言って良い衝撃をロミーが受けた後、物語には怪しげな場面が明らかに増え始める。各チャプターの合間に、不自然に「他の人間」の視点のパートが頻出し始めるのだ。何者かよくわからない人物が豊かな自然を背景に不穏な動きを見せる。ロミーの受刑者仲間や、死刑囚の男性共犯者（彼もまた囚人だ。ただしロミーとは面識がない模様）がなぜか一人称で視点人物を務める。これら複数のパートが断片的に挟まれる。これらの意味は、やがてドミノ倒しのように連鎖して、ロミーの人生に大きな影響を及ぼすことになる。ここの物語の設計は、とても美しい。プロットの機能美がここにある。

紹介が前後したが、本書には準主役と言える人物が、こちらも一人称で登場する。彼の名はゴードン・ハウザー。刑務所で受刑者に文学を教える、矯正局の教職だ。出身は中産階級で、文学の士への志を半ば諦めて、収入を求めてこの職を得た人物である。なお自らの親友は期待の文学者として成功を手にしつつあり、胸中は複雑である。

境遇はロミーよりも遥《はる》かに良いし、お人好《ひとよ》しの側面も強いのだが、彼もまた痛々しい「ままならなさ」を抱えている。元文学青年という性質上、本書の読者には身につまされる人も多いのではないだろうか。彼のパートは次の二文から始まる。

生徒が自分の頭を働かせることを学び、読書の喜びを知れば、封じこめられていた能力の一部が解放されるだろう。ゴードン・ハウザーはそう自分に言い聞かせている。

刑務所と受刑者の現実に、このあまりにナイーブな理想論は機能しない。そして自己実現に失敗した彼は、以前に勤めていた女子刑務所で女性受刑者と関係を持ち、それが露見してスタンヴィルへ異動となる。そこで彼はロミーと出会い、一定の交流を持つことになる。彼が表徴するのは、文学の無意味と意義である。貧困層の女性と、女子刑務所の現実を、過酷に写し取る小説で、彼に重要な役割を担わせるのは、文学への皮肉か、信頼か。

本書の味わいに最も大きく影響しているのは、どの語り手も、人生が屈託している一方で、語り口が俯瞰《ふかん》的で冷静で客観的なことである。語り手自身が大いに動揺し、愁嘆場を演じているような場面においても、語り口自体は、それを未来から冷静に眺めて、諦念をもって全てを受け止めているような、静かな空気感が支配的である。この空気感こそが本書最大の魅力である。やりきれない思いが、胸に染み入ると言えようか。ストーリーやプロットがドラマティックに動く局面も出てくるが、それは副次的なものにとどまる。ストーリーを追うだけではこの物語を味わい尽くすことはできない。語り手たちが、自らの過去や周囲の人物、そして直面する困難に、どのように反応し、どのように振り返り、どのように感じ語るか。そこにこの小説の本質があるのだろう。

作者のレイチェル・クシュナーは、一九六八年オレゴン州ユージーンに生まれ、七九年にサンフランシスコに家族と共に移住。カリフォルニア大学バークレー校で政治経済学を、コロンビア大学で創作論を学び、イタリアへの交換留学経験も持つ。二〇〇八年に長篇《ちょうへん》Telex from Cubaでデビューし、二〇一三年には第二作 The Flamethrowers を上梓《じょうし》。この二作はいずれも全米図書賞の候補となった。現在は、夫と子供と共に、ロサンゼルスで暮らしている。サンフランシスコとロサンゼルスでの居住経験は、本書で活《い》かされているのだろう。

ノミネートされた文学賞のラインナップや、ドン・デリーロ（ご存知の通り、ノーベル文学賞の候補に度々名前が挙がる作家）と共に講演会を開くなどの活動履歴を見ると、彼女の創作活動の方向性、作家としての興味の焦点が純文学を向いているのは確かであろう。しかしながら、『マーズ・ルーム』を読めば、複雑にして丁寧な内面描写と同時に、クライム・ノベル流の劇性も具備している。少なくとも本書に関して言えば、娯楽小説との親近性は明らかだろう。良い小説に、ジャンル区分はあまり意味をなさないが、これは逆に言えば、作者や作品を知るきっかけが小説のジャンルに拠《よ》るものであっても、それはそれで構わないということを意味する。現代アメリカ文学、フェミニズム文学、犯罪小説。どこからアプローチしても良い。本書に刻まれた、弱者の人生の波乱と静謐な慟哭《どうこく》は、どのような読み方でもしっかり伝わるはずである。なぜなら、『マーズ・ルーム』は、優れた小説であるからだ。

（さかい・さだみち／書評家）

レイチェル・クシュナー著作リスト

Telex from Cuba (2008)
The Flamethrowers (2013)
The Strange Case of Rachel K (2015)短篇集
The Mars Room (2018)　本書

本書のプロフィール

本書は、二〇一八年にアメリカで刊行された『The Mars Room』を本邦初訳したものです。

小学館文庫

終《しゅう》身《しん》刑《けい》の女《おんな》

著者　レイチェル・クシュナー
訳者　池《いけ》田《だ》真《ま》紀《き》子《こ》

二〇二一年二月十日　初版第一刷発行

発行人　飯田昌宏
発行所　株式会社　小学館
〒一〇一－八〇〇一
東京都千代田区一ツ橋二－三－一
電話　編集〇三－三二三〇－五一三四
　　　販売〇三－五二八一－三五五五
印刷所 ―――― 大日本印刷株式会社

この文庫の詳しい内容はインターネットで24時間ご覧になれます。
小学館公式ホームページ　https://www.shogakukan.co.jp

ISBN978-4-09-406669-2